张　抗　抗　文　集

长篇小说

隐 形 伴 侣

张抗抗 著

GUANGXI NORMAL UNIVERSITY PRESS

广西师范大学出版社

·桂林·

图书在版编目（CIP）数据

隐形伴侣 / 张抗抗著. --桂林：广西师范大学出
版社，2022.12
（张抗抗文集）
ISBN 978-7-5598-5502-2

Ⅰ．①隐… Ⅱ．①张… Ⅲ．①长篇小说－中国－
当代 Ⅳ．①I247.5

中国版本图书馆 CIP 数据核字（2022）第 192085 号

广西师范大学出版社出版发行
广西桂林市五里店路 9 号　邮政编码：541004
网址：http://www.bbtpress.com
出版人：黄轩庄
全国新华书店经销
珠海市豪迈实业有限公司印刷
珠海市香洲区洲山路 63 号豪迈大厦　邮政编码：519000
开本：880 mm × 1 230 mm　1/32
印张：14.875　　字数：290 千
2022 年 12 月第 1 版　　2022 年 12 月第 1 次印刷
印数：0 001~6 000 册　　定价：68.00 元

如发现印装质量问题，影响阅读，请与出版社发行部门联系调换。

自序

很久以前，在炎热的夏夜，我常常看见小小的萤火虫，闪着幽绿的微光，从眼前一闪而过。它掠过潮湿的空气，穿透浓稠的夜色，燃起尾灯，在黑暗中起起伏伏，或是匍匐于低矮的草丛里忽明忽闪。

它似乎并不打算照亮周围的黑暗，它只点亮自己。

从我少年时阅读文学作品开始，心里总有晶莹的光斑在跳跃。

那星星般、火焰般的亮光，闪烁着移向远方，引领我一步步走上文学之路。五十年中，我写下了八百多万字的作品，精选成这部三百万字的十卷文集。

文集是一部生命的史诗，文集是一次对自己严格的拷问与检验。

偶然间，从百十部旧作里，我发现了一个秘密：

1972 年幼稚的小小说《灯》、1981 年的中篇小说《北极光》，一直到 2016 年的中篇小说《把灯光调亮》——我对"光"似乎特别敏感。回望我的文学路,大半生的写作,始终被微弱或是宏阔的光亮吸引着。

阳光炽烈、圆月皓洁、星空邈远。我是一个心里有光的人!

为了寻光,我用文字把雾霾拨散;为了迎光,我用语言把黑暗撕开。

人类的进化和变异,从骨骼开始。骨骼支撑着生命,使人能够站立起来。当生命的血肉之躯不复存在,最后留下了坚硬的骨骼。作品的内涵与思想,正如骨骼一样。骨骼是一支烛台、一只灯架、一座灯塔,让光束高高、灼灼地挥洒和传播,成为江河湖海的森森烟波中鲜明的标识。

当然,还有灵魂。灵魂飘飞出窍,升天入地,灵魂就是永恒的光。

编选这部文集的过程中,审视五十年来的旧作,我常常纠缠在截然相反的复杂心情中。有时我会惊叹:那时我写得多么好啊,那些流畅有趣的句子、独特的人物,新文体的尝试;那时的我,文思喷涌,认知超前……有时我也会沮丧懊恼:早期的文字太粗浅简陋了,细节不够讲究……更多的时候,我会深深感慨:我应该写得更好些,我完全可以写得更好。

可惜,年过七旬,一切都不可能从头来过了。

已落笔的每一字每一句每一篇每一部,都是生命留下的真实印记。是用书页压缩、凝聚而成的人生和历史。

写作的人在写作中享受寂寞。书籍和文学都是寂寞的产物。

寂寞中，我听见自己内心的声音，自由自在无拘无束地飞扬。

在我大半生的写作中，"写什么"和"怎么写"同样重要——"写什么"体现自己的价值观，"怎么写"是价值观实现的方式，用文学表达对自身、人性及对世界的认识。其实，最为重要的是"为什么写作"。整理文集的过程中，我无数次叩问自己，杂糅的思绪渐渐清晰：少年时，文学是对美好理想的向往；青年时，写作是为了排遣苦闷；中年时，写作是为了精神的坚韧与丰厚；进入晚年，写作是为了抗拒人生巨大的虚无感。一生写作，其实都是为了解决自己的种种疑惑、困惑，可惜始终未能达至不惑。

我已与文学相伴半个世纪。于我而言，身前的赞誉非我所欲，身后的文名亦非我所求，写作不是我的全部生命，而是人生的组成部分。我在写作中不断成长——成熟，在文学中日臻完美，从而成为一个合格的公民、一个有尊严的写作者、一个善于思考的人。

近年来，我留意到萤火虫已越来越少，它们被污染的环境和滥用的农药灭杀了。我心黯淡进而悲凉。我梦想着变成一只萤火虫，让我书中的每一个字，能在暗夜里发光，孤光自照。

是为序。

张抗抗

2022 年 3 月 2 日

一

太阳沉落之后，原野在那片黛紫色的云霭下耐心等待了许久。漫岗的草尖尖上，闪烁着阳光未曾燃烧净尽的火星子。那一整个夏天，夜都是来得这么磨磨蹭蹭。直到它终于将那些金灰色的萤火虫，一只只收进自己的黑口袋，疲倦地匍匐歇息，浑蓝的天空才突然一下子不见了。

钻过围墙东头那个破土洞时，她的舌头死死抵住了自己的牙缝，唯恐那怦怦乱跳的心，真会弄出什么动静。鼓鼓的帆布书包，蹭着洞壁啪啪直往下掉沙砾，在静悄悄的野地里，像军训实弹演习时落地的炸弹崩响。那会儿她浑身的毛发都一根根竖了起来，头上一对刷子似的小辫儿变得硬邦邦的，好险没把她自个儿卡在洞口。

一阵苦涩的蒿草气息扑面而来，这是围墙外才有的青草味。她直起身子，望见那片空荡迷茫的旷野，模模糊糊，像一团弥散的浓烟。她深吸一口气，又袅袅地吐出去，站定了，惶惶四顾。

他在哪里？

凉丝丝的夜露，伏在密匝匝的草叶上，蛇一般地从脚脖上爬过，又缠在鞋面上，脚指头黏湿滞重起来。在江南冬天的水田里踏荸荠，瑟瑟搜寻稀泥中坚冷的硬块。初中最后一年下乡劳动，哭着离开那田埂上铺满蚕豆苗苗的小村落。这农田鞋下，是土豆地。头上是高粱穗，还是苞米须子？如重重叠叠的围墙，重重叠叠的黑夜。穿过去，穿过去，却总也穿不过去……

他呢？

手电筒早已攥出了汗，如一截刚刚洗净的紫皮甘蔗。假如按亮它呢？就只按一下。夜如此严厉陌生，吞没了树影和最后一线晚霞，连灰蓝的天空，连银白的星星，连油绿的风，连迅疾包围她的那些蚊子，都掩藏得不见踪影，只留下一片嗡嗡的声浪。嗬，北大荒，望不见一星灯光、一点渔火的寂寂原野，才有这样无边无际的夜，这样无穷无尽的黑色。像开春时浸透雪水的油黑的土地，黑得那么全心全意……

手里的电筒终于闪了一闪，从她头顶的一棵小榆树梢忽地掠过。

她打了一个寒噤。

几道横七竖八的铁丝网，从围墙顶端匍匐过去，在黑暗中发着幽幽的冷光，如一面巨大的网，从天空俯撒下来。土墙的拐角上，两座残破的岗楼依稀可辨，遥遥相对，像两只窥探的眼睛，鬼鬼祟祟地眨动……

到了放风时间？脚下会有纸团扔过来？也许就要高呼口号，将热血染红铁窗。英雄为什么总是要被囚禁？无论怎样牺牲都是英雄……

那曾是多么虔诚的渴望。可恨晚生了十年，铁丝网的象征竟会有如此根本的区别——大批大批的知青代替了那些蓬头垢面的劳改犯。这残留的土墙、岗楼、瞭望台……时时提醒着他们，这是一个昔日的劳改农场、劳改农场、劳改……

她毛骨悚然。她从未一个人在墙下独处。尤其在野外，在簌簌夜风中，那个巨大的黑影，像一座墓冢、一个牢笼、一个洞穴，渗出阴森森的凉气。

　　蒿草窸窣响动，传来一个低沉的男声：

　　"关掉手电！"

　　一双温热的大手，从身后环过来。她闻到一股熟悉的气息，热烘烘的汗气与烟味混杂的男人的气息。她把头靠在那宽宽的肩上，舒了口气；又紧紧箍住了他的脖子，把身子缩成一团，埋进他怀里。

　　他很快放开她，侧过身子，如一只竖起耳朵的警觉的猎犬，急急地说："听！什么声音？"

　　……像是冬天旷野里秃秃的电线杆上怒吼的北风；像是融雪天野甸里远远的狼嚎；像是开闸奔涌的河水，哀怨悲怆地旋转；又如一群受了伤的小鸟，在嘤嘤地诉说什么……一种忽高忽低、忽强忽弱的颤音，参差不齐地从围墙里隐隐传来。

　　"是哭声。"她说，"我们排的南方女生，刚才全哭了。"

　　"哭什么？"

　　"她们收到家里来信，说钱塘江发大水了，要冲进城里来……有人说，见不到姆妈了。一个人哭开了头，两个人哭，最后大家都抱在一起哭了起来，阿丽哭得抽筋……"

　　他打断她："把手绢给我。"

　　"做啥？"

　　"给我。"

　　她摸出手绢递给他。手绢叠得方方正正，有一股香皂味儿。

他在手里捏了一把，还给她。好像，笑了一笑。

"想不到，你倒没有哭嘛。"

"是没有哭。"她也笑笑，"她们刚刚开始哭，我就走出来了。"

小时候，妈妈去上班，她可以一个人坐在小板凳上哭到妈妈回来。妈妈！她自打离开家，就没给妈妈写过信。她哭什么？眼睛鼻子，都麻麻木木。

"有没有人看见你出来？"他想想，追问一句。

"没有。她们只顾哭了。"

"郭春莓呢？"

"她也没有哭。去寻杨大夫了，说要给大家打镇静剂。"

"哦，毛巾牙刷带没带？"

"带了。还有钱和粮票……"

他默不作声。她听见他把手指关节捏得咯咯地响。

"好，我们走吧。"他终于说。

"到哪里去呀？"

"跟我走好了。"

"是到佳木斯去看电影吗？还是……"

"同你说，不要多问了。"他有些不耐烦地揽过她的腰，重重地托了一把。

一条若有若无的小道，是上工的农田鞋从地头的草棵子里踩出来的，通往前面灰蒙蒙的大路。

她停下了，迟疑地抓住自己的书包带。

"我一定要晓得。"她说。

他狠狠地撅了一根草棍，折断了，扔在地上，低声吼道："下午他们审讯我，你没看见？你要晓得，你老早就应该晓得，我们去哪里——回南方，回杭州。难道还有啥别的地方好去吗？"

她倒抽一口冷气。

"回杭州？我、我还没请假呢！"

"请假，"他冷笑了一声，"亏你想得周到。"

她怔了一会儿，咬着嘴唇，半天，犹豫地说："那他们、他们会说我们……是……逃兵！"

"你慌了？"黑暗中，对面跳起两团灼人的火星，迸溅过来。"我还以为，假如没有一个人支持我，还有你哩。"他甩下她，径自朝大路走去，"说实在的，要你一道走，不是为我，是为你。我走了留下你一个，你就有苦头吃了。逃兵？这里又不是珍宝岛……"

声音远了些，脚步却又停住了。

……隐隐约约的呜咽，依然断断续续地回旋在那片四四方方的黑墙上空，似一群没有归宿、飘忽不定的游魂，在这异乡异地徘徊流浪……

一年前的那个傍晚，载着满满一车行李和人的"热特"车，驶进这围墙时，有一只哭丧着脸的破锣扯着嗓子欢迎他们。叮叮哐、叮叮哐……从此钉紧了箱盖。

她飞快地追上去，紧紧挽住了他的胳膊。

脚步嚓嚓，分不清是一个人还是两个人。

她回身望了一眼那片土墙的暗影，奇怪自己对它并没有怎样的留恋。她在那墙里住了整整一年，一年中她从未幻想过离开这里，可突然，她和他，各背一只书包，神不知鬼不觉地穿过那土墙下的"清波门"，从从容容地走了。

好像哪儿有点不顺，不顺，别扭。总好像哪儿有点颠颠倒倒的……真的，颠颠倒倒。这条路，正好是朝着一年前来农场时相反的方向……

不过，同他在一起，当逃兵，好像也并不那么可怕。

狰狞的黑夜微笑了，小辫儿柔软地在肩上一跳一跳。

二

运气不坏。他们走上大道不久，从身后的七分场方向，射来两道光柱，一个蹦蹦跳跳的黑影，像一只巨大的怪兽，在一阵震耳欲聋的马达声中驶近。

陈旭在灯光中举起一本小红书。

车慢腾腾停下了，嗞嗞地响，像一个盛满沸水的锅炉，咕嘟咕嘟地冒泡。

"上哪儿？捎一段！"陈旭喊。

驾驶楼里有人探出脑袋来。脑袋又圆又大，剃得短短的头发，像揭去白色的塑料薄膜、江南三月绿刷子一般的秧畈田，嘴唇有些翘翘的。

"上窑地拉砖。"那司机答话。声音又尖又细，一股奶味。谢天谢地，倒不那么牛性。"你们上哪儿？"他问。

陈旭一手抓住驾驶窗，一脚跨上踏板，大声说："去镇上新华书店排队，他们说明朝有新书卖。"车跳一跳，走了。肖潇也跳了跳，差点让车给颠下来。她想坐在车厢板上，可厢板又短又窄，根本坐不住。她只好坐在"地"上。可车厢突然扭起腰来，这么一扭，甩她到左边；那么一扭，甩她到右边；屁股蹾得好疼，好像那是一个包裹、一个皮球，被抛过来，又抛过去。这破车厢！大概让那小司机当成个操场了，好开运动会……

陈旭冲她喊："站起来算啦！"

"怎么站呀？"她猫着腰，死死抓着厢板前的铁条，根本没有可以扶、可以靠的东西，不如说撅着。这是一只"拖船"，用来运粮食载化肥的，压根儿就没打算让人坐。呼嗵！拖车突然狂颠起来，蹿上跌下，如一只浪谷中沉浮的舢板——她再也站不住，一个趔趄，差点甩出车厢去。陈旭抱住了她的腰，贴着她的耳朵大叫："蹲下，同我一样！"

她蹲下，两条腿叉得很开。一阵灰沙迎面扑来，夹着沙砾，打得脸生疼。"砖粉，闭眼！"陈旭喊，一只手托着她的胳膊。那姿势一定十分可笑。苏联人怎么会发明出这样的交通工具。"文革"前看过齐齐哈尔马戏团的空中飞人，看得晕晕乎乎，头重脚轻。偏偏这种"热特"，还一个连队一辆，像《红旗》杂志似的……

她闭上眼。骨架子一定环环脱臼，五脏六腑也许换了位置，耳朵也好像碎成瓣儿了，不知还有没有头发。最糟的是胃里头也开进了一辆"热特"，噔噔地窜动，随时会破裂。脊椎骨到肩胛，都被搓成了一团，全身灌满醋精，酸胀酥麻……她觉得只要自己一放手，腿和身子就会断成两截。

"陈旭……"她哀哀地叫他。

陈旭略一思索,抓起厢角里一块碎砖,往车头扔去。

"哐——"她的胸口猛地撞在厢板上,车停了。

"什么事?"那小司机又探出脑袋来。

"让她上你的驾驶楼去吧,她受不了了。"陈旭不由分说,把她连抱带夹地塞进了驾驶楼。

"不会坐'热特',算不了农场的人。"小司机嘟哝了一句。"哎呀,小心点,别碰了我的鸟。"他突然伸腿护住了座位下的一只盒子。

"什么鸟呀?"车上养什么鸟。

"前几天在水库翻地抓到的,它受伤了,我给它抹了红药水,不知能不能养好。养在宿舍里,早让那帮人烧吃了。草甸子里鸟可多了,什么颜色的都有……"车灯映出他脸上一层淡淡的茸毛。

肖潇看不见那鸟的颜色,座位好高。真有闲心,开车还养鸟!车又开了,颠簸并未减轻,只是有了抓手,便没有了恐惧。刚才他说什么?当然,谁没有坐过"热特",谁就不知道什么叫作颠簸。

"……新书,现在有啥样新书值得半夜去排队?"小司机哼了一句,并不看她。

他要再往下问,就露馅儿了。陈旭干吗瞎说?不会说……说什么?说回杭州?可他为什么非回杭州呢?下午余指导为什么叫陈旭去谈话?……昨天晚上分场打群架,同陈旭有什么相干?陈旭又没动手……

车剧烈地晃动，车头歪到路边去了。

小司机骂骂咧咧地踩油门，攥紧了方向盘。

肖潇觉得他有些吃力，生出些同情。

"开车多久了？"

"嗯……十来天吧！我原是开'东方红'的。"

"嗬，你学得好快哟！"

"这有啥难？机务排的老职工说，把馒头插在操纵杆上，连狗都会开，这玩意儿！"他撇撇嘴。

他竭力地说着东北话，肖潇却听出那南方话的尾音。

"宁波人？"

"温州。你们呢？"

"杭州。你……才十……六岁吧！"

"不，十五。"

"这么小也支边啊？"

"不小了。我爸爸……"他把后半句咽回去了。

车猛地一震，她弹起来。车轮子颤抖着、翻腾着，好像在宣泄心中的什么怨愤，从灰暗的公路上碾轧过去。

什么碎了？是窗玻璃？热水瓶？瓦片？还是那只雪白的天鹅蛋？她从炕上裹着被单跑到屋外去时，男宿舍门口已经摆开了战场。憧憧人影，翻滚蠕动，扭结成团，痉挛的手，蹿跳的脚，狠狠地踹着黑暗——黑暗竟有这样的弹性和忍耐力。似乎大树被飓风连根拔起，飞梭与车轮互相绞割；呻吟、呼救、吆喝、咒骂，像塌方的土块，惊心动魄地砸落。被击碎的玻璃碴像炮弹掀起的尘埃，没头没脑地扣下……一道寒光嗖地掠过,是铁锹、二齿子、炉钩子、镐头!有人跳上了草垛,又惨叫着跌下,屁股上尖利的二齿子像扎住了一堆湿马粪;铁锹从空中飞过,一顶开花的帽子落在地上。她一个趔趄,触到一条胳膊,黑乎乎的黏液,凉兮兮地爬到她手指上。

"不许打人!"她扑过去。

"回去!"一只手粗暴地把她拉开,是泡泡儿,陈旭的影子。他上衣一颗扣子也没有,眼里冒着青蓝的烟。"这是男民兵训练。"他对她挤挤眼。

前天刚挂锄。鹤岗、双鸭山青年都回了家。连长呢?那个刘瞎,又喝醉了?谁来救救——救谁?谁打谁?

"服了你大爷不?"

泡泡儿的脚,踢在一个软软的物件上。一声惨叫。他为什么换上了球鞋?他一夏天都只趿着一双拖鞋。他根本没有球鞋,球鞋早在支边列车开动时掉在窗外了。他穿着拖鞋下的火车。冬天穿棉靰鞡。

"牤子,服了你大爷不?"

"别打了,有理讲理。"一个瘦高个儿从人群中挤出来,穿一件深蓝制服,额下的镜片闪闪发光。

"管着我了?书呆子,走开!"泡泡儿歪着头看他,伸出一拳。

"打人是愚昧无知的表现。"他喃喃着,去捡眼镜。是邹思竹,原先和陈旭一个学校的。

又走过来一个人。"魏华!"有个女声尖叫。魏华是鹤岗青年,新提拔的副连长,这会儿鼻青脸肿,两片嘴唇像切开的西瓜。泡泡儿拽住魏华的衣角，狠狠向上一提，衣服翻起来，像一只布口袋，把他的脸整个儿套在里头，露出腰以上的胸、肋，赤裸裸无遮挡，听任炉钩、脚掌落在那黑黝黝的皮肉上……

她浑身冰凉，腿发软，牙齿打战。她想喊陈旭。陈旭呢？这样打下去魏华会被打死的。

有人冲过来，抱一床花被子，没头没脑地盖在魏华身上。一根棍子啪地落在她腿上。郭春莓，她的好朋友。她来干什么？她扑上去拉她，她死活不动……

"行啦，别打啦。"

一个声音从她头顶上传来。陈旭站在阴影里，冷冷地捋着头发，那头发根本就整整齐齐。刚才他在哪里？

他去找来了车老板，送魏华上场部医院。

牤子瘫在草垛下。那只天鹅蛋呢？一定是碎了，中午在地头就碎了……

"车快拐弯了。"小司机突然说。

"你说什么？"

"到地方了，你们该下去了。"

车毛手毛脚地停下来。在空中？海上？头晕目眩。

"新华书店在镇子大北头，门前有个便所。"小司机又探出身子来叮咛，"要是碰上老乡的马车，再搭一段……"

她忘了说谢谢，脸有些发热。幸而黑夜里什么颜色都涂黑了一遍。陈旭那个新华书店来得可真快，她可不会这么唬人。他们打架的时候他到底在哪里？为什么快打完了他才出现？为什么非要偷偷地离开农场，匆匆回杭州？……

"才坐了十来分钟车，走了七八里地。"陈旭望着"热特"跃入黑暗，她摘下肩上的书包，拎在手里。

十来分钟？倒好像横渡了一次大西洋。

三

月亮不知从什么地方钻出来，一只小小的、同镰刀头一样弯弯的月亮，咧着嘴，一副拒人千里之外的神情。几缕深蓝色的云，在它周围悠荡，试图同它对话，却遭到拒绝。于是它们降落下来，将月色朦胧的大地，再罩上一层玄虚的夜雾——先前的黑暗，变淡漠了，先前的苍白，变模糊了。他们就在这被月光弄得疑虑重重的公路上走着，一切都似乎有点不真实。肖潇觉得。

前些天中午地头也打过一架，那时他在哪里？

可惜下午邹思竹来叫她到队部去时，余指导的训话已进行了一大半。又隔着一扇门，隔着门上两块涂了蓝油漆、一块钉了木板后剩下的唯一的玻璃格，大部分谈话听得模棱两可。只看见孙干事一只脚踩在一个拉开的抽屉上，袖子挽得老高，屁股后的手枪几乎顶着地板角上泡泡儿的鼻子。余指导靠在一把皮椅上，抖着腿抽烟。那把皮椅是有人为他定做的，坐上去颤悠悠的，蛮神气。泡泡儿垂头丧气地瞟着陈旭。陈旭铁着脸一言不发……

窗外，有个人影晃了晃。洗得发白的衣领。眼镜片的反光射在肖潇的衣扣上。

好像是邹思竹。他在这窗下来回溜达有一会儿了。

他竟然跳了跳，往窗里看。

她走到外面去。果然是他，贴墙根站着，好像吃了一惊，嗫着嘴说："找你。"

他走过女生身旁，总是目不斜视。哪个女生铲地"打狼"，他从不接垄。没有女生愿帮他拆洗被褥，可他的衣服总是干干净净。他任何时候出现，总是形影相吊一个人。正好同陈旭相反。

"你，听了，别紧张。"

他推推眼镜，自己倒是很有一点紧张。

她不由自主地紧张起来。好几年前，他第一次来找她，说的第一句话，也是这几个字，也像现在似的，喉结如发动机突突跳动，嘴角紧抿，好像要使劲钳住一种即将爆发的激情。

"什么事？"

"没什么，要紧的事……就是，陈旭，让余指导和孙干事叫到办公室去了，正审问他……"

她后背一阵发冷。

余指导开会回来了？审问？为什么——为草莓谷？

一种时隐时现的羞耻感，突然急速上升。犹如一个装着秘密的枕芯，被人一刀戳破，那些喁喁的儿女私情、卿卿的山盟海誓，都像羽毛一般，飞得漫天皆是……

"同你说，不要紧张，大概是为打群架的事……"他安慰她，盯着地面。

她的脚重又落地，飞快朝队部跑去。

"昨天晚上打群架，是不是你挑动的？"孙干事冲着陈旭吼道。

"证据？！"陈旭冷冷地反问。

干吗总想这一段？此刻邹思竹在梦乡里绝梦不到她和陈旭已经走出十几里地了。昨天晚上打群架，真会是陈旭策划？绝不可能。他在"破四旧"时都没打过人。如果是个梦就好了。梦里她还揍了牤子呢，谁叫他抢了她的天鹅蛋。

"昨天晚上做梦，到处寻刘老狠，寻到西葫芦地里去了。"肖潇有些好笑，边走边对陈旭说。

"寻刘老狠做啥？一脑壳酒精。"

"梦里头你们男生总是打架，真的开了枪，吓死人了，还有个指挥官，宣布第三次世界大战爆发了……"

他心不在焉地"哦"了一声。

她在一块沙地上走。沙子的颜色变幻莫测，像一堆黄绿的蚂蚱，到处蹦跳。她想起来，她是来找连长的，可她怎么也走不快。前面有一口井，井里鼾声如雷。刘瞄，她趴在井台上喊他，连里打架了。这群败家玩意儿，他在井底骂道，把我拽上去。她伸手，井壁深不见底，贴满长毛的白霜，根本够不着。井台有个辘轳把，死沉。她望见一口浅的井，井水溢到井口，井口铺着绿绒似的青苔，井台有一棵桂花树，树叶上积满冰凌。她走到近前摇辘轳把，手粘在铁杆上了，粘掉一层皮，她从没见过这样的井，应该住防空洞。怪不得刘老狠躲在里头喝酒。她又摇辘轳把，却摇上来一桶水。一个男青年，光着上身，穿一条鲜红的裤衩，大腿缝里鼓鼓的一个包，走过来冲凉。他刚把一桶水泼在身上，许多女生四散逃开去，尖叫着：耍流氓，老浙皮耍流氓……牤子从牛车上跳下来，揪住那人就揍，那人冲牤子吹口气，从牤子的衣服里蹦出一群紫色的虱子和跳蚤，个个青蛙大。那人喊：北佬北佬，虱子跳蚤木佬佬！牤子去追他，边追边喊：南蛮子，你别跑，看我把你揍扁了！那人钻进了一顶黑色的蚊帐，蚊帐外面一圈全是蚊子，牛一样地哞哞叫。牤子掀起蚊帐，抢一把雪亮的火车头牌铁锹，大叫：你们南方人用蚊帐，蚊子不就干咬咱们啦？不行！要咬大家伙儿一堆儿咬！蚊子来咬她，她掉头就跑，闻到了一股酒味，是从前面的西葫芦地里传来的。

连长——她大声喊。

在这儿哪！声音从一个西葫芦里发出来。

她踢了一脚，西葫芦裂开了，刘老狠躺在瓜瓤里打着呼噜。一只猩红的鼻子，两只金红的眼睛，三点红，一个红三角。没错，是刘老狠。

连里打架了。她说。

不叫打架，叫干仗。刘老狠打个呵欠，谁跟谁打来着？

她想不出谁跟谁，好像是宁波的和鹤岗的，杭州的和牡丹江的，上海的和双鸭山的。南方、北方……

没事。刘老狠哼哼。喝点酒就好啦，你去买口大缸，满满灌上酒。

她迟疑不决，大缸？她怕扛不动。

他嗖地从西葫芦里跳出来，红眼珠里射出两只尖尖的红辣椒，龇着大黄牙骂道：

扛不动？你说扛不动？那缸里装咸菜了吗？腌黄瓜了吗？那缸里啥啥没有，咋就扛不动？臭小姐，好好改造去！

她悻悻地走，去改造。一个戴绿军帽的人拍拍她的肩问：基本路线是什么？

是大白菜。她回答。年年吃，月月吃，天天吃……

满天满地都是大白菜，爬着滚着，从她的嗓子里整块地滑下去，卡在肋骨里……

"真的，我晚上做的梦，白天全能想起来。"她自言自语说。"有时候，连一根头发丝，都那么清楚。不过，梦里的我，总不大像自己。像另外一个人，真的。"她强调。

"快点走，天亮之前要赶到镇上，坐早班火车。"陈旭加快了脚步，回头补一句，"我怎么夜里从来不做梦。"

肖潇摇摇头，她不信。

他说得挺认真："……我从来没想起过昨天夜里做了什么梦……只是，有辰光，日里，白天，倒会做梦，真真假假的，一歇歇儿又没有了……"

"白天做梦？醒着做？"

"醒着。"

那场架，断断续续打了有十几天了。

只是因为买饭？因为那头野公牛牤子？

给他起个外号"牤子"，真是再像不过。谁有他那样一身疙瘩肉，那样一脸粗黑的络腮胡，那样一双蹄子般的大脚。踩在田埂上，田埂颤巍巍像要散架，谁要碰一下他那把全连独一无二的火车头牌铁锹，谁要在魏华背后挤眉弄眼，他就会像头发情的公牛似的哄起来，逼过去。其实不过是个小班长罢了。全连四个排，十二个班长，倒有十个是北佬，真他妈的欺人太甚。他当了快一年的排长了，好容易熬到提个副连长，上头偏偏选中了那个一棍子打不出个屁来、只会说"嗯哪"的鹤岗青年魏华。就算他一口气能刨下桌面大的冻粪块，能扛两麻袋豆种，除了牤子又有谁服他呢？那张脸黑得掉煤堆里也找不着，连牙也黑！可余指导说他心红，红心、忠心。红屁！粪蛋一个。叫他这样的老高三的排长，让魏华去领导，岂不颠倒黑白吗？魏华那小子倒知趣，从不敢管到他头上，偏偏有这头瞎牤，保镖似的跟在魏华屁股后，狗仗人势地吆喝……

就是为了买饭。

那饭车一到，牤子就冲了上去，从筐里抢出一堆馒头，抬起胳膊，从肩到腕，一口气排了一溜，不多不少六个。那条黑胳膊，同那四两重的黑面馒头一般粗，活像两条胳膊绑一起了。又神气活现地走开，在地头的灌木丛里，咔嚓撅一根树棍，把那馒头扎成一串，戳在地上，立时地上耸起小山似的一座。然后慢吞吞拎上那把雪亮的"火车头"，朝牛车上的菜盆走去。他是个看水员，那把铁锹亮得锡箔似的，绝无丁点锈斑，晃得人眼睁起来都费劲。瞧他那耀武扬威的德行，往锹上吹口气，又在膝盖上蹭几下，用锹杆拨开围着牛车排着队的人群，将那亮晃晃的锹，直伸到炊事员的鼻子底下，差一点就刮掉人半个鼻尖。

"来菜！"他用下巴指指锹头，瓮声瓮气地下着命令。

那炊事员同肖潇熟，她躲开那锹尖，没好气地嘟哝一句："排队去！"

"你大爷还用排队？"牤子那锹里闪出几道贼贼的亮光，一只手从兜里掏出一沓子钞票，往牛车板上一甩，"拿去，不用点来点去的丢派！"

他冷眼站着，脚心呼呼地热了。只一动念，满腔里淤积已久的那股子气，便涡流似的上下旋转起来。凭什么？凭什么呢？都是四十五斤粮的一张户口，都是没有"靠背椅"的外来户，在这天边外的荒原，到底是他陈旭还是那个牤子说了算？

"牛犊子！"有人敲了敲菜盆。

"上牛号马号去，管够！"有人讪笑。

牤子被激怒了。铁锹载着菜汤飞出去，泡泡儿转眼间被扔进了水田，四仰八叉地倒在泥浆里。扁木柈阿根，顿时一半脸成了胡传魁，一半脸成了刁德一。牛车倾斜了，姑娘们四散逃去，西葫芦满天飞舞……只有他镇定自若，咬紧牙，跺跺脚，四下里使着眼色：你们那些熊牌铁锹呢？熊急了也上树！于是那长久以来被异乡的排外恶习压抑得忍无可忍的小伙子们，都从地上爬起来，抢起所有能抢的家什，往上吐着唾沫。一场恶斗迫在眉睫。本来，这天是白白地赢了那群东北知青，他们不像南蛮子上了劲真会拼命，南蛮子们一年前还在"文攻武卫"指挥部大楼顶上，实习过真枪真炮。北佬看似霸道，三下五除二就趴下了……

偏偏刘老狠就在那节骨眼上，气急败坏地赶来，一口一个"娘的"，酒气冲天，熏也把人熏散了。牝子咬着馒头告状说："不让人吃饭，咋干活儿？"刘老狠正要朝他瞪眼，他斜一眼牝子，酸溜溜顶上一句："人说鸡蛋是狗下的你也信？"气得刘老狠直龇牙。那一仗就那么输了。不明不白的，好不晦气……

"南方人就是聪明。"他脱口而出，"真的打起来，他们不是我们的对手。别看他们个儿大，笨猪一样的，又怕死。南方人到底灵活，前天晚上你没看见泡泡儿，把魏华的衣裳翻起来，套牢他的头打，哈，叫天也不应……"

肖潇听出那话里，有一点忘形的得意，便忧虑起来："魏华会不会被打成残废？打太重了。"

"你担什么心？残废了，看他还好挂着拐刨大镐？送回鹤岗去，牝子就老实了。"他说得恨恨的。牙缝里，透出一股令人发瘆的凉气。

黑暗中，肖潇看不清他的脸，只觉得，那两条胳膊，甩得有些幸灾乐祸；那脚步声，也有些诡秘错杂。似乎就是为了把魏华赶回鹤岗去才揍的他？这残酷的复仇。她觉得身上有些发冷，交叉着双臂，抚着自己。

"你说，这件事同你没关系。"她突然为自己的想法害怕了，站下抓住了他的衣角。

他冷笑一声。

"说呀，没关系没关系。是他们，泡泡儿他们干的……"她觉着惶惑，低下头恳求。

"他们是谁？"他一动不动地反问，"你又不是不晓得，他们没有我，是不会有这种胆量的……"

她叫了一声。寂寥无声的原野上，一个低低的闷雷，在她头顶炸响。

"为什么？你为什么……"她喃喃。

"因为需要。要让全分场的人都晓得，我们不是好欺负的！"他说得异常冷静。

傻姑娘，你说是为什么？不会仅仅为了买饭。你忘了那只天鹅蛋吗？它是你的，而你是我的……

她颓然坐在地上。月色昏昏，莽原越发不可辨认。地缝露出一个巨大的黑洞，要把她整个儿吞噬。她攥紧手指，屏住气力挣扎。

"那……下午领导找你谈话，你为什么……不承认……"

他不回答，摸着衣袋。火柴头亮了亮。

"而且，也不应该骗……那个司机……"

她隐隐看见，他坐在一根灰白色的圆木上，木头很长，悬空架着，有什么声音咕咕响动，一股阴湿的水腥气荡漾过来。

这是一座小桥。小桥？该是快出农场的地界了。

"干吗要骗人？"她又挣扎。心有些发痛，为了他迟到的坦白。奇怪他什么时候学会了撒谎。

干吗干吗，连你也审讯起我来！我难道被人审讯得还不够吗？1968 年被当成"反动学生"隔离审查，一个"恶攻"罪，欲置死地，你知道我是怎么死里逃生的吗？男子汉，一人做事一人当，我坦坦荡荡承认了那些言论。可是，又有人让我推翻，一定要推翻，怎么推翻都可以……

他把烟头甩进河里，站起来：

"没读过那些书呀？连车尔尼雪夫斯基也说：'人分为两大类，不是骗子，就是傻子；不是骗人，就是被人骗。'我没承认策划打架的事，'鲇鱼头'还一个劲追问'文革'，假如承认了，一辈子不要想翻身。这次回杭州，就是要去寻工宣队弄灵清，我档案里到底有没有东西。没有，回来再同他们算账！"

一阵风过，她簌簌发抖，眼前一片迷惘。江南冬天湿冷的大雾，弥天盖地。好端端走着，就会冷不丁撞过一辆车来。也许，向后转，还来得及？桥上的木头发出吱扭吱扭的响声，叫人不敢往上踩。他总是让她感到意外，她时常觉得自己并不认识他。那话真是车尔尼雪夫斯基说的？

"都讲灵清了。你走不走，随你自己决定。"他在地上磨着鞋底，"你大概，认为我变坏了，是不是？现在没工夫同你讲了，反正我是一定要走的。这井底大个地方，人都快让它关傻了，我不甘心……"

她怔着。串联时在上海见过一种有轨电车，两头都可以开，不用倒车。走不走？即使回分场，还说得清吗，深更半夜……

"我可以把你送回去的。"他冷冷地说，一边解着衣扣，把外套裹在了她身上。

一股熟悉的气息，从脖颈萦绕上来，周身的皮肤，又被爱抚了一遍。一个深秋的子夜，他带她去寻妈妈隔离审查的"牛棚"，爬墙进去，她踩着他的胸、肩、头顶……他的衣领上留下她的鞋钉钩起的血印，像几朵杜鹃花。那是个雨天，他湿淋淋地站在门口，抱着一大堆刚从南高峰上采来的映山红……

"不！"她用下巴抵着那油腻的外套领子，茫然地说，"我不回去！"

四

他们走了很久，总是没有走上那条通向半截河镇的国防公路。

又走了很久，隐隐地出来一条岔道。两条道都很宽，他不知道应该朝哪条路上拐。

他怀疑自己是不是迷路了。不知几点钟，他没有表。肖潇有一块小表，却停了。天还没有一点亮的意思。北大荒的夏夜，只要过了一点钟，东方的云就开始卷蚊帐。

他望见路边有个模模糊糊的黑影。都已走过去了，心里一动，回过身，用手电筒扫了扫，见是个长方形的窝棚，门口没挡帘，似乎空空无人。

"累不累？"他问她。

"就是……冷！"她牙齿微微打战，只能紧紧咬住。

"等天稍亮一亮，认认路再走。"他说，"赶火车来得及的，就是不要走错。后半夜下露水，没多少蚊子了，窝棚里总比外头暖和。"

她点点头。他便抓住她的手，一齐跨过路边的干沟。窝棚里扔着些凌乱的干草，地上除了一个黄瓜蒂，什么也没有。

"你可以在这里歇一歇。"他麻利地摆弄草，拍平了，让她坐下，随即按灭了手电，走到窝棚口去。

"你呢？"她问。为啥不同她坐在一起，生气了？也不吻她一下。这么黑，一个人也没有……

"我在这里管门。"他答，"假如我也困着了，会误车的。"这是什么时候什么地方，千万不能走过去同她亲热，忍忍吧。只要挨着她，一切都乱套……

"哎呀，"她忽然惊叫了一声，"有东西咬我……"

他走过去，掩着手电光，从她的手腕扫到脚背，却什么也没发现。只有一双疲倦却又充满期待的眼睛，委屈地凝视着他。他的心颤了颤。

"没有东西。"他说。

"是没有。"她叹口气，有些失望。

他弯下腰，在她的颈窝里，亲了一下。不及她伸出手，便走开了。"睡会儿好了。"他低声说。

一阵窸窸窣窣草动，随后便没了声音。

他坐在窝棚口的半块砖上，对着大路，路边是一片贴地生长的庄稼，反正不是瓜地就是土豆地，在暗夜里铺排得老远。一团薄淡的雾气，从身后悄悄侵袭过来，绕过窝棚，又蔓延而去。静夜的原野，这般的茫无边涯，这般的随心所欲，好不神秘，好不诱人，仍像当初他踏上这块土地时那样地充满了魅力……

如果这世上还有未被征服的高峰，他一定是为了那些人们尚未创造的奇迹而出生的。小学四年级，他就在冬天里独自一人游过了钱塘江。六年级，他率领两个"兵"征服了南高峰的千人洞。初中二年级，他得了全市中学生田径运动会四百米第一名，数学竞赛第二名……

可惜，到了1966年他高中三年级的时候，奇迹却淹没在屋顶、街道、车头、船尾、茶杯盖、笔记本、毛巾、汗背心上数不清的红旗里。当他在这个红彤彤的新世界里确确实实出够了风头以后，才发现世界原来是多么窄小、拥挤。

他打开被标语和大字报覆盖已久的地图，这只雄赳赳的大公鸡，只剩下鸡冠子上那一溜黑土——七千里外人迹稀少的东北大平原，或许还残存着一角没有红旗的空白。

那一块原始蒙昧却立下了慷慨馈赠和许诺的蛮荒之地。

千年冰雪王国，将由他举起第一个火把。他们将摧毁那些破烂的茅屋，砸烂那些肮脏的牛圈猪舍，在荒原上筑起新的长城。他，是第一个。

偏僻而遥远的北大荒，在这个已被人们分割得太小的世界里，只有你——只有你，天宽地阔，盛得下他远大非凡的抱负。他全身的每滴热血、每个细胞、每次呼吸，心房的每一记搏动，神经的每一下弹跳，几乎日日夜夜、朝朝暮暮，都在期待着1966年那个夏天一般惊心动魄、痛快淋漓的革命到来。他焦躁不安而又踌躇满志，渴望风暴，渴望雷电，渴望翱翔，甚至渴望毁灭……

整整一年过去了，有谁懂得他呢？

大道上，远远的似有马车驶来。问路吗？不。肖潇睡着了？那么安心、平静……

一团黑云，一直在头顶伫立不动，庄重沉稳，似在耐心地等着什么，默然无语……

他还要沉默多久？

走了这么长时间，还没有走出这半截河的地界？

三百万亩油汪汪的黑土地、绿海洋，秋天里堆出几十万吨重的黄金山。围墙又加固了，刷成了白色。像一个个大蘑菇，散落在半截河流经的沃野上。

三十年前就有人开垦了这蛮荒之地。也许更早，就有了拓荒者的足迹，从关里家，从黄河边……

他绝不是第一个。

除了水库、林带、房屋、庄稼地……已将这块黑土地分割均匀，填充完毕，还有领受沃土恩泽的人，老人、壮汉、女人、孩子，带着人类一代代遗传下来的所有恶习与偏见，以及黑土地坐地户的骄横贪婪，塞满了荒凉空间的每一道缝隙。

这寒冷的角落同热带一般拥挤不堪。这里没有十几层楼高的巨幅标语，没有宣传车和红卫兵，却有更加奇特的忠诚、更耸人听闻的传言、更愚昧的争夺、更畸形的膜拜，一切一切，肆无忌惮地改造着他们，那一双双单纯稚拙的眼睛……

究竟是谁告诉他，他们是新时代的主人，那儿将大有作为，一张白纸，好画最新最美的图画……是谁？

他心里隐隐作痛。小时候上海的表叔来家里做客，挎着一个照相机，他想要自己拍，果然允许他拍了许多。表叔走了，许多天后寄回来的相片却寥寥无几。"为什么没有我拍的那些呢？"他问妈妈。"木柁，你拍的辰光，照相机里根本没放胶卷。懂不懂？"

他紧紧咬住嘴唇。他害怕心底那股难言的受骗感、被遏制已久的冲动、庞大而疯狂的雄心、强烈却又日渐冷却的激情，会突然迸发出来，宣泄一地，然后化作一阵虚无的白气，消遁殆尽……不，他不甘心！

她轻轻哼了一声。

她和他，手拉手在草甸子里奔跑。前面有一片密密的柞树林，林子边上有一条浅浅的干沟。沟上有几簇柳条丛，弯弯的枝条恰好在干沟上空拢成一个天然顶棚。他一把将她抱了进去。

沟底生着厚厚的一层青草，夹着几片浅褐色的枯叶，松软而富有弹性。身后的沟壁上，垂挂着网一般的碎叶，枝藤交错。每一个网眼中，都镶嵌着一粒又红又大的宝石，在幽暗中熠熠发亮。那宝石是心形的，面上有一层茸茸的小刺，她只是轻轻碰一碰它，便从里头淌出一滴滴殷红的鲜血。啊，整条干沟里都缀满了这奇异的果实，就像一座红的葡萄园，葡萄山，葡萄云，望不见天空……

野草莓呀，她说。

草莓谷，他说。

……人世间的一切，都离得她远远的。"天天读"标语牌，信号弹什么什么，从未有过，也不会再有。地球那么狭小，只是一片草地、一条土埂、一道干沟。天地之间，只剩下他和她。

她枕着树叶，枕着青草，枕着他粗壮的胳膊。她把脸伏在他宽宽的胸前，倾听他含糊不清的呓语，不知他说些什么。只有心跳和草甸子上空吹过的风……啊，还有蜜蜂嗡嗡，云雀啁啾，草尖儿低吟浅唱……她也想变成一种声音，融汇到那大自然无声的交响乐里去。饱满新鲜的草莓亲吻着她的额头和唇，香甜滋润，一种她从未体验过的柔情，从脚跟飘然升起，不知不觉地膨胀、弥漫，覆盖了整个草莓谷，整个世界……

答应我！

他叫道，叫得粗野急切，浑身战栗痉挛。他紧紧地搂住她，疯狂地亲吻她。她觉得沉重而窒息。他捉住她的手。她手心上一阵热辣辣的刺痛，脚心似有一口没有盛水的干锅，被烈焰舔烤，发出无可逃遁的煳焦味……草地塌陷了。

一道闪电，慌慌张张掠过。她瑟瑟发抖，无地自容。她嗅到草叶和花瓣的芳香、陌生而又诱人的男人的汗味。她拼命地捶他的肩，却又死死地抱住他的脊背不放。她觉得全身涂满了草莓黏滑的浆汁，胸口突然涌上来一阵恶心。

我不！她绝望地哭了，哭得又伤心又可怜。

泪水像一串雨珠，草地上撒满了湿答答娇滴滴的花瓣。

她翻了一个身。

一个临湖的公园。月桂、蜡梅、山茶，鲜花盛开。她想伸手去够那枝条。她太小了，怎么也够不着。她跳起来，有几次手指尖碰到了花瓣，眼看就采到了，它们却一昂头、一仰脸，悠悠地升高，任凭她跌在地上。

我不是采去吃的呀，我是送给妈妈的。她对花儿们说。

它们扭过头去不睬她。原来，高大的玉兰树那么傲慢，山茶花的微笑假惺惺，桂花鬼鬼祟祟，蜡梅冷若冰霜……它们不想认识她，懒洋洋地打着呵欠，把地上的花瓣都吸回去了。

小花儿……她听见妈妈叫她，妈妈带她去寻野花。

她们走过山坡、草地、竹园、小溪……

到处是家养的盆景和塑料花。江南的野花，莫不是都压在那倒塌的雷峰塔的瓦砾堆下了？她在山下的石缝里，发现了一朵小得不能再小的蓝花花，她快活地扑过去，它却钻进石缝不见了。

她最后终于在家门口的大树下，拾到一朵被风吹落的紫藤花，像一只小鸟。她把花儿插在一个瓶子里，送给妈妈。

我要走了，妈妈。这个城市不是我们的。

妈妈点点头：你梦里的小红花，在天边。

啊，天边。她走啊走……

她走啊走啊，望见了天边，天边铺满五彩的云霞，云霞上缀满缤纷的野花。

白的马莲、紫的百合、黄的罂粟、火红的金针菜、翠绿的石竹、天蓝的野蔷薇……

分不清谁是谁，只有七色彩虹、七色波浪。

她在花丛里打滚，在彩云里歌唱。花粉纷纷震落，沾满她的头发、脸颊、嘴唇……

这白云居住、彩霞栖息的北大荒呀。只有在世俗的浊气未曾污染的地方，遍地鲜花才为她开放。

一双大手，把一只五光十色的花环，佩在她颈项里。花枝垂落下来，盖住她全身，她看不见自己了。一阵阵浓郁的芳香使她头晕目眩，他的手轻轻抚弄她的头发，粗而硬的手指，像一枝枝花梗，散发着花粉的气味。她把花环挂在宿舍里自己的铺前，熄灯了，它还在黑暗中烁烁闪耀，像一群五颜六色的萤火虫……

五

黑暗变得稀薄、困乏，缓缓向西边移动，又一点点蜷缩起身子，钻进黑色的地缝。一颗又大又亮的启明星，惊讶地钻出浓密的云层，将东方撩起一角帷幕，那淡淡的灰蓝扩散开去，如一个即将解冻的湖沼，蕴藏着一种危险的骚动……

他看见了，地头有一块苞米地。

路边有一棵沙果树。

他去摘了几穗苞米，又采了一捧沙果。推醒她，叫她吃。苞米是青的，沙果也是青的，苞米是生的，沙果是涩的。咬一口，吐了一地。

他们又冷又饿。

他又去拔了几根细长的苞米秆，教她像吃甘蔗那样，咬掉皮，吮吸里头的嫩茎，果然有甜甜的汁水。可惜，吃了好几根，还是不饱。

他们望见公路对面的一块地里，升起一股袅袅的烟。是个火堆。

有火堆便有人，有人便能问路。他们走过去，穿过公路边的大杨树。杨树后面的地里，绿叶子下掩着一个鼓溜溜的小圆球……

草丛里突然蹿出一条狗，冲他们狂吠。要扑过来的样子，龇着牙，又并不真咬，围着他们裤腿转。

"看狗哇！"他大叫。人哪儿去了？

一阵吱呀呀的响声，从头顶的大杨树干上爬下一个人来。"哦，咋啦——"他哼哼，睡意还堵着鼻孔，一瘸一拐的，像一只茄子干。

"锛儿喽，一边儿去！"他说。

那口气，像是对他的一个孙子说话。那狗听懂了，垂下尾巴，悻悻走开。

他们抬起头，看见大杨树的树杈上，凌空架着一个窝棚。三角的尖顶，披挂上黑乎乎的茅草，像一个大鸟窝。

"看瓜地的？"

"你说啥？"

"老乡屯子的？"他提高声音。

"哪呢，场子的人，病号队的……"

肖潇紧张起来。可别是个"二劳改"呀。铁丝网。锈迹斑斑。

陈旭放了心。原来是个"二劳改"，烤苞米的苞米秸。

"吃瓜？我摘去……"老头蹁蹁要走。

"不吃瓜。凉！"

"……有火，挑开了烤苞米呗……要不我拿鱼去？昨儿下黑，在水泡子用老母猪网憋的，六个奶子，一网就六条……"他嘟嘟囔囔地说，并不问他们从哪儿来，到哪儿去。

"别了。"陈旭摆摆手，蹲下来。

老头脸上闪过些惶恐。不为白吃些瓜和鱼，上这儿干啥？不干啥，倒叫人害怕。

"问你个话儿！"陈旭说，"上镇，走哪条道？"

"你问我吃没吃饭？"

"你耳朵聋吧？"陈旭哭笑不得，比画着，大声问，"聋啦，因为啥？"

"那年枪崩人，我在旁边站着来的……枪没崩我，我耳朵就不好使了……"

陪绑？肖潇哆嗦了一下。

"因为啥上这儿来？"

"偷牛了。"老头伸出三个手指，"判三年……"

"来多少年了？"

"关里家，挨饿那会儿……"

肖潇拽住了陈旭的袖子，催他快走。

陈旭不动，又问一遍路。那老头总算听明白了，指指岔道口的右方。陈旭还是不动。"有近道吗？"他又问。

"有哇！"老头竟然兴奋起来，为着有人如此恭敬地请教，便要亲自带着去，狗也麻溜紧跟上。陈旭摸出一根烟递上，老头的腮帮子不停抽搐起来，破帽也掉地上了。

"贴着那水泡子走，准保没错，瞧见一棵树……"他低声咳着，鞋子啪啪踢着湿重的瓜叶。

肖潇突然觉得眼前豁然一亮。

大朵大朵金灿灿的倭瓜花，从一片碧绿的菜地里浮升上来，沉甸甸、颤巍巍地在薄雾中颔首。那擦得锃亮的小铜号呀，吹一个少先队队歌。晶莹的露珠从花瓣的这一边滚过去，转了个圈圈，并不落下。粉嘟嘟的花心里，蜜蜂毛茸茸的细腿快活地抖动，明晃晃的耀眼……

"这么多倭瓜呀！"她欢喜地说。一块地里有那么多的花，能结那么多个瓜。收瓜人往哪儿落脚呢？怕是连缝也没有呢，怕是要被瓜绊得一步一个跟头……

老头小心翼翼地答道："结上少一半儿就不错。"

"少一半儿？瞎说。你没看这么多花！"

"花是多，多一半儿是谎花。"

"晃花？"

"谎花。"

"啥晃花晃草的？"

陈旭插一句："谎花，撒谎的谎。"

"花儿还撒谎？没听说过。"

"黄瓜、西瓜、倭瓜、西葫芦，差不离有一半儿是谎花。哪能朵朵花都结果，那不累死啦……"那老头絮絮叨叨个没完。

还有丝瓜、冬瓜、黄金瓜、白兰瓜……原来从北到南，天下的瓜都从谎花里结出来。可为什么在南方从未听说过什么谎花？它到底为什么撒谎？一棵藤上，到底哪个是谎花，哪个不是……

她想得迷糊，把手里的一朵黄花，愤愤捏碎了，扬撒开去。想去问问那老头，他们却已走上了那条小道。天已麻麻亮，得抓紧赶路，陈旭坚决不让老头再送，催着肖潇快走。

"……过了水泡子，望见一棵老秃树，就上了大道……那可是棵神树……再往前走不远，就是镇口大桥了……"顺风，老头追着他们喊。

一串蓝莹莹的水泡子，如一副散乱的棋子，遗落在原野上。湖水在一人多高的苇子和蒲棒后面闪闪烁烁；尚未完全苏醒的湖滩上，留着些野禽杂乱的脚印。近水的岸边，镶着一圈白色的泡沫，时而堆砌，时而又消散，像一个孩子顽皮地游戏，噗噗吐着气泡。

"别看了！"他的步子匆匆。"那是鱼吐的泡泡吧？"她闷闷地问。谎泡泡？……为那金色的花，她心里留下了一个解不开的结。

泡泡？他自语，走得越发快，不理她。

泡泡儿，泡泡儿。该死的泡泡儿。干吗不叫他一道溜之大吉，他留在那里，要惹祸水了。他不会把一切都说出来吧？瞎说不要紧，就怕瞎眼。泡泡儿识得那"鲇鱼头""小女工"是什么玩意儿，可不知刘老狠会不会护犊子。不管怎么说刘老狠应向着泡泡儿的。没有泡泡儿，五分场围墙早化作一片灰烬了。泡泡儿为救火，立下大功。为这，刘老狠在"鲇鱼头"面前，腰板挺了有多半个月。……要不是泡泡儿"临危不惧"，那几栋房，那粮仓，那小卖店、卫生所、小学校、机耕队、牛号、马号、猪舍、粉房、豆腐房呢……值钱的不多，可你们赔得起？

那一回"鲇鱼头"可真吓坏了。三天没敢提嗓门说话，那熊样儿。火是他惹的，他还有脸？啥也不干，就会仗着那公鸭嗓子耍嘴皮子弄景。三天两头让人黑灯瞎火上草甸子找苏修的信号弹，找着个六！找着个野鸭蛋了！腻透了，合伙儿装傻，半夜你往死了吹号，也没人起床。听不见，醒不了，咋的？没辙了。还军训呢。

那小子一肚子坏招，有法子治人呢，让魏华买了一捆二踢脚，半夜两点，在屋地悄悄划根火柴点着了，嘭——啪！好像是苏联红军的装甲车上战场。电闸早拉上了，大伙稀里糊涂往外跑。一站队，拉到大食堂去开灯——倒穿衣的，反穿鞋的，光脚的……出够了洋相，还让人去草甸子里寻信号弹。这还不够，他自己返回宿舍，挨个铺位搜罗，一心指望摸出个脚丫子，第二天大批判用。

偏偏有个泡泡儿，从小睡相不好，一炮没崩醒，梦里觉着那炕宽敞了许多，一个翻身，翻到炕里的墙根下，酣然大睡起来。余指导一路摸来，满炕空荡荡，心满意足地率领人马出发找信号弹去了。

也该着有这么个漏网的家伙，才保住了几百号人的被褥行李——那泡泡儿睡得正香，被一阵浓烟呛醒。鼻子不通气，嗓子眼干辣辣，憋了一阵，睁眼一瞧，身边一盆炭，烤得慌。猛蹦起来，见是邻铺的被，已冒出了红火，再有几分钟，怕就轰地着了蹿上棚去……

调查事故的原因，发现是二踢脚的火星星引起……刘老狠这回有事干了。往日就管水田，管灶坑，管老牛，管不着能说会道的余福年。他早就烦透那装模作样又误工的军训了。鬼没逮着一个，干活儿却呵欠连天。这回看你"鲇鱼头"还能耐！于是他天天在地头表扬泡泡儿，鼓励泡泡儿，指望着泡泡儿继续立功……

泡泡儿不难煽动，只要对他说，魏华扣了他的工，只要扔他几支烟……所以，他们也一定不会放过泡泡儿。

"快看，一只鹤！"

肖潇惊喜地抓住他的手腕。

一只白色的大鸟，用一条细长的腿直立在湖边的浅滩上，另一条腿收拢着，一动不动地盯着水面，很有耐心。它的嘴尖而长，头上戴一顶鲜红的小帽子。他们站住了，怕惊动了它。

"是只仙鹤。"肖潇轻轻说。

"不，是'长脖老等'。在等鱼。"他纠正她。

它果然叨住了一条鱼。鱼挣扎扭动，它用长长的喙衔住，扑腾着翅膀飞起来。身子向前倾，两条灰黑色的长腿在身后伸得笔直。老爹爹，放了我吧，你要什么我都给你。金鱼苦苦地哀求道。

"会不会有天鹅呢？"她问。

"这种靠近公路的地方——"他摇头。

如果能再捡到一个天鹅蛋就好了。她想。

……蓝天里，有一朵白云缓缓降落下来，那白云浓得发亮，在她头顶盘旋了几圈，悄没声儿地钻进了水田中央的一小块芦苇丛。

她屏住气。千真万确，那是一只天鹅。

"喂，你到水田里来干什么？"她问它。

它不回答，像冬天空荡荡的晒场上堆起的一个雪人，神秘又傲慢。它落在那片幽暗的水面上，竟然将黑森森的芦苇丛也照亮了。那洁白的倒影，像一尊伫立在水晶玻璃罩下的象牙雕刻，光滑平静，晶莹雪亮……

忽然从田埂上迈来一双大鞋，一双粗大黑手，朝芦苇丛伸去。

那朵白云，悠悠地从绿色的涟漪中漂浮起来。如一道闪电、一道白光，倏地冲天而起。它，走了。

就在它刚才歇息过的地方，那翡翠似的草叶中，有一枚雪球似的天鹅蛋，像一个圣洁的婴儿，纯净无邪地酣眠；又如六月含苞待放的花蕾，白色中透粉，鲜润娇嫩……

那双黑手抢先把天鹅蛋抢到手，放在长满黑胡子的鼻子下嗅了嗅，吹一声口哨，把它放进了自己的衣兜。

"它是我的！"她叫起来。

"上灶坑捡蛋皮儿去吧！"他嘻嘻地笑，咽一口唾沫，头也不回地走了。

"还给我……"她追上去。

"我要坐一会儿，"她揉揉眼，抚了一下脚踝，又甩甩鞋，"只一歇歇儿。"她用眼光恳求。

他不悦地看着她。不忍拒绝，又有些无可奈何。晨风吹起她身后湖中茂盛的水草，在波浪中起伏，如一个野性的村姑，袒露着胸怀，无拘束地呼吸……他的目光变得柔和又温情……

江南的春天，妩媚羞涩，如江南的女子。她的眉眼、手脚都是那么纤细、柔弱，无论说笑动作，一举手、一投足，都和这身后粗犷的背景，显得那么不协调。那样细嫩的小手，本应在窗前拉小提琴或是画画儿，倒好像一片暖房里的花瓣，偶然让风刮到这雪地里……

然而，那娉婷的身材曲线，却流畅得像一股山泉，自自然然地倾泻下来。每一粒水珠都溅出清凉和滑润。那种没有任何装饰和做作的美，常使他暗暗惊叹，反复体味。其实，她那内在的沉静倔强的气质、外露的豁达开朗的风韵，倒是同北大荒原野有一种天然默契……

"你干吗老看着我？"

她望着湖水里他的倒影，那方方的脸颊、方方的下巴，哪儿都是方的。她捡起一根树枝，把水搅乱了。水里的他，变得奇形怪状。可是湖水平静下来，他仍然那样心事重重地盯着她。她改变不了他。他是个有主意的男子汉。如果有可能，肖潇倒想改变改变自己，什么时候才能像郭春莓，有那样黑红黑红的皮肤、粗粗壮壮的胳膊腿……

"快走吧，再加把劲，就到了。"他把一双大手伸给她。

天边一抹蛋青、一抹浅紫、一抹橙黄，无声地变换着颜色，好像在为一次隆重的演出不厌其烦地化妆。幼儿园开过一次化装晚会，她给自己选择了半个绿底黑花纹的西瓜皮扣在头顶。她想象自己是一个青蛙公主，她从小就想当青蛙公主，水中陆地两头快活，也许她一辈子都在梦想成为绿黑花纹的青蛙公主……

"说不定能看到日出呢！"陈旭说。

"真的？"肖潇忘了疲倦，忘了饥饿。好像这一夜的步行，就是为了看日出。即使就为了看一次真正的原野日出，这次旅行也值了。

弥漫的晨雾中，肖潇望见前面公路的一侧，突起一棵光秃秃的老柞树。任凭四周草色青青，树木葳蕤，它却一身灰褐的树皮、一树干枯的枝条，龇牙咧嘴地伸向半空，朝路人做着狰狞的怪相。据说它就这么不死不活地挺立了几十年，既不发芽，也不倒塌，像一只青筋暴突的手背。每一根干瘦的手指中都传递着一种支配大地的神秘力量。

"神树！"陈旭眯着眼，仰起头来。

她的头皮麻了麻。她每次去镇上办事路过这里总是离老远就转过脸去，不敢看它。她不知道它要预示给她的是什么命运。灵隐大殿被封之后，她曾和几个同学从后门的破洞里钻进去过，在阴森森的殿堂里放声怪叫，为四大金刚挨个取了外号，最后爬上如来佛的宝座，唱了一通《白毛女》，心里却许下个愿，愿大佛保佑她还能考上大学……走远了，她悄悄回头，它却像一个谜、一个深山老道，消失在太阳出来之前那白金似的雾气里了。

他们终于望见了镇口，半截河上的大桥。长长的木头桥身，横跨在干涸的河床上。宽宽的河滩上布满卵石。半截河像一股雨后的细水，在卵石间小心翼翼地流淌。一头牛在寻水喝，河水刚没了老牛的蹄子。从远处看，根本就不像有一条什么河。……那两岸长满青青桑叶和紫色蚕豆花的运河呀，那铺满菱角和莲叶的小港呀，只留出中间那窄窄的一道水巷，小篷船划出一个个绿宝石般的旋涡。可眼前这难道也能叫作河吗？又为什么要修这么长的桥？

他们穿过空无一人的半截河镇。一律的红砖房，一律的蓝窗框，一律的没有颜色的木栅栏。几只狗不远不近地叫着。……扁担筐里水灵灵的新鲜苋菜、毛豆子，湿漉漉的黄蚬、螺蛳，热腾腾的馄饨、粢米饭、锅贴……那早市馋得人口水都要淌出来。所有的店都关着门板，从街这头走到街那头，没有一个牌坊，没有一块石碑，没有……

火车站孤零零地立在镇子大东头，一座淡黄色的平房，露出满墙砖痕。有几个人歪在墙角上打盹儿，好像候车室不是在里头，而是在铁轨旁的空地上。那儿有一个小小的花坛，几丛朱砂红的地瓜花憨憨地开得正旺，卖票口关得紧紧，检票口敞开着，倒是顺理成章。他们躲在铁轨对面的一个大粮囤后面，啃了一个半生不熟的香瓜。路基微微颤动，火车来了。

四点差一刻——那黄房子墙上竟然有一只钟。

踏上车厢的时候，陈旭迅速地往身后看了一眼，车站外的大路上，仍是杳无人迹。

没有什么追兵。甚至，好像也并没有日出。

这是个阴天？朝霞也会骗人？熬过长长的一夜，肖潇突然觉得有些失望，有些不满足。天亮了，也许农场的人刚刚发现他们失踪。逃兵没追兵有点太平淡了。还是宁可有一群追不上的追兵，才有意思。这会儿，分场大概正乱成一团呢！

车厢里很空，陈旭找到两个靠窗的位置，面对着车站对面那群高高低低的粮囤。

车开了。在这个小站，火车好像只是冷不丁愣了一下。

她困极了。她只看见没有月台的栅栏下，一块白色的牌子闪了闪，写着"半截河"三个字……

六

半截河……

天刚蒙蒙亮，车厢里骚乱起来，大家都吵吵说到地方了。肖潇把脸贴在玻璃窗上朝外看，什么也看不清。到地方了，到什么地方了呢？她问别人。没人理她。火车停了，车门也开了，可是根本没有站台，路基那么高，只能把旅行袋扔下去当台阶，听得见袋里的饼干咔嚓咔嚓压成麦片的声音。火车站上什么也没有，只有白灰飞扬，昏天暗地的。她擦着眼泪往前走，差点绊了一下，这才看清前面有两辆拖拉机，拼成一张台子。拖拉机的厢板都放下了，两边绑着两根树干，上面有一道绳子，吊一块大红布，写着：半截河农场欢迎知识青年接受贫下中农再教育。

半截河？她觉得好奇怪。半截河？她生气了。我不当半截子革命派，我要回去！

又一阵风沙眯住了她的眼睛，她便学着大家的样儿，也从书包里摸出一副墨镜来戴。好多男生把从杭州带来的草帽也戴上了，这是一种窄檐的男式草帽，就是电影里特务常戴的那种。大宽边草帽，火车上没法戴呀。

有个小个头跳上了拖拉机，又站在一张凳子上。大家鼓掌，呼口号。他劈头一句：把你们脑袋上的礼帽摘下来！大伙哄笑。

这是南方草帽，不是礼帽。陈旭嚷嚷。

小个头很生气，拍拍屁股，露出身后一把乌溜溜的手枪，大声说：管你是个啥帽，到哪疙瘩就得服哪疙瘩管。还有，把那些个资产阶级迷（墨）镜通通给我摘下！

他们像鸭子一样被轰进一座围墙里的一间大房子，进门两条长炕，有人说可以跑百米。带枪的小个子咳一声，说：我叫孙汝江，保卫干事。

老子的孙子！陈旭哼一声。

你说啥？我学东北话。你学（xiáo）啥？你不是姓孙吗？孙字，小子也，对吧？你敢诬蔑贫下中农？贫下中农孙汝江，哈哈，看你就够半个人高，三个字一边去掉一个偏旁，叫"小女工"得了。"小女工"！

困觉，困觉，明朝再讲。她学上海话，怪好玩。

"小女工"暴跳如雷，在门外大骂。

你说啥，控告？明天去控告？你敢！

你听得懂人话哦？木柞，猪猡！女宿舍里纷纷咒骂起来。

"小女工"一步蹿进宿舍，去掀被子，大声吆喝：起床，通通给我起床——

她从车窗爬进一列火车。

火车往白皑皑的冰山雪海开去。

她坐在行李架上，行李架的顶上是蔷薇色的天空，挂满了一朵又一朵大红花。她采了好多，发现它们总是湿漉漉的。她抬头，发现很远很高的天上有一颗黑色的星星，正悲哀地眨着眼睛，滚出一粒粒又圆又大的眼泪，淋湿了花瓣，把花心里的花粉也冲走了。

给我一朵。给我一朵。有个尖尖的嗓音说。她低下头，看见车门口出现了一捆稻草，像一座稻草山，朝她移过来。

给我一朵。我叫郭春莓。

她看见稻草山底下，钻出一个人，穿一件紫红色军上衣，圆圆的脸，大眼睛，很意气风发的样子。原来郭春莓是在背稻子，稻捆比她的身子高好几倍，女生里就数她背得多。

你也到北大荒去吗？她问。

是呀，我哥哥也在北大荒，他是第一批支边青年，叫郭春军。奇怪的是，花儿一到郭春莓手里，就变干了。她身上堆满了大红花，稻草都变成花心了。她们坐在行李架上唱歌，先唱一支《红梅赞》，又唱《洪湖水浪打浪》。火车开得快极了，快得每支歌刚一张嘴，就立刻唱完了。

后来火车停在一座巨大的城门底下，城门的那一边全是银光闪闪的冰块，城门上有三个大字，写着：关——海——山。

关海山是谁呢？她忍不住从行李架上跳下来，拉着郭春莓就往车厢外跑，一仰脸就看见关海山坐在对面银白色的山顶上，吧嗒吧嗒地抽烟，抽得四周的山峰全是雾气腾腾的，只能模模糊糊看见他的身影，又扁又长。

关海山真长啊！她说。

关海山真大啊！她说。

我不叫关海山，我是长城。那又扁又长的关海山说话了，竟把郭春莓身上的红花震掉了好几朵。

她再仔细看，那果真是长城，盘在山梁上，又陡又直，同电影里的长城一样。她跳起来，同郭春莓抱在一起，滚成一团，她们叫道：

我们看见长城啦——

长城原来是一个人呀。

长城原来是一条龙呀。

话音刚落，那条龙就飞起来了。灰色的鳞片，在银光的照射下，竟变成了树叶般的墨绿色。她好奇怪，正想用手去摸，发现那不是一条龙，而是一列火车，正隆隆地朝城门外开去。

等一等……她们追上去。

她拼命地跑，却怎么也追不上那火车。她跑得快，火车也快；她跑得慢，火车也慢。她对火车喊：我们到半截河农场去，我们不是半截子革命派。

刚说完，火车发出尖厉而恐怖的怪叫声，车轮子上金星飞舞。哐啷——它怒吼，猛地翻了个儿，车厢倾倒下来，砸在她的胸口。

她睁开眼。

栅栏似的电线杆、窝头似的小房，奇形怪状地从车窗外掠过，苍白的云块、疯长的绿树，在她头顶飞旋。

她发现自己靠在陈旭肩上，一只手，压着胸口。

"放心睡好了，"陈旭说，"到佳木斯要一个钟头……"

他斜侧过身子，把外套像围栏似的小心环过她的肩，挡在车窗的缝上。

等一等……她追上去。

火车发出尖厉而恐怖的怪叫声，车轮子上金星旋转，哐唧——它怒吼着，吐出一支烟囱，停住了。

她们走进车厢，看见行李架坍塌下来，箱子、旅行袋全都像开了膛的鱼和鸭，肠子流得遍地。茶杯、蛋糕被压成了蜜枣，车厢也变成了椭圆形和三角形……

是谁拉的紧急制动闸？一个长着酒糟鼻子的乘警，威严地走过来。

是我。陈旭在车门边上一动不动。

她满心好奇：你知道哪个是紧急制动闸？

陈旭指了指自己衣服上的一颗扣子。

乘警没收了那颗扣子，说：你胆敢拉紧急制动闸，造成四节车厢损坏。你想阻挡时代的列车吗？

她说：你骗人！这只是一把铁锹呀。

你说什么？乘警的鼻子变白了。

是的，只有我知道，它是一把铁锹。

陈旭说：铁锹劈死人，像削萝卜一样。

郭春莓突然呜呜地哭起来，哭得好伤心。她身上的红花全变成了白花。

我的哥哥死了。她说，我的哥哥死了。让火吞在肚子里了，他去救火了。

她把一只罐头盒塞给她，说：这是我哥留给我的小油灯。

她看见罐头盒上写着字：烈士妹妹郭爱军。

郭爱军是谁？

是我呀，我改名了。以后你就叫我郭爱军，我是烈士妹妹。

郭——爱——军。她念道。可一出口，她发现自己念的仍然是郭春莓三个字。

她重来。郭——爱——军。

可念出来的还是郭春莓。

她不耐烦了。告诉你，世界上根本没有郭爱军这个人。

烈士妹妹又不是烈士。她把小油灯往窗外扔去。油灯灭了，满地的豆秸呼地着起来，田野亮晃晃一片……

又是粮囤。每一个小站、每一个村镇，冷落荒僻，却有这一座座泥草炕席混合砌成的碉堡，虚张声势地星罗棋布。

谁知那耗子洞里是什么，苞米面？大糙子？高粱？小米？

为打仗？为大批判？为生儿育女？

堆满了黄澄澄谷物的场院。

那一春一夏辛苦的汗水，被阳光晒干了，滤去了秸根的泥和锄板下的野草，便浓缩成这一粒粒粗糙而饱满的金豆豆。碾轧得溜光平滑四四方方的场院，是阳光最后的栖息地。它用细密的利剑斩断那麦粒那谷子那高粱米儿同大地的脐带，让它们摇摇晃晃站起来。舒爽的风，扫除着它们身上残留的湿气，像母羊一口口舔净它们的羔子，放它们独自去世上旅行……于是那新鲜而幽闭的生命，推推搡搡、急急忙忙地在蓝天下打滚翻个儿。忽而变一道香喷喷的虹，忽而变一座金灿灿的山，尽性儿撒野撒娇，只等着那些陌生又笨拙的手，将它们一锨锨灌进麻袋去……

他奉命看管晒场，备足一冬的口粮、种子、饲料……他气度轩昂地踱步巡回，从中获得一年汗水的报答。他没有那么多闲情，却也看得入神，看得感慨。他尚未有贫下中农那种由衷的丰收喜悦，却也为之欣然，为之振奋。这秋的场院，明明白白地散发着主人的豪气，提醒着他日益成熟的自我。

吃过中饭回来，老远看，感觉有些不对头。蓝天下一块黄底牌，忽地涂满了红绿黑白，还慢吞吞地蠕动，懒洋洋地哼哼，挺着永远填不饱的大肚皮，伸长着贪婪的尖嘴，一个劲大嚼大啃，埋头苦干。心满意足了，便打呼噜蹭痒痒，身上挂着麦粒，脚下踩着麦粒，嘴里嘴外都是麦粒，倒好像一次六畜大聚会，一张张嘴，比麦粒儿还多。

他看得冒火，拾起一块砖，朝一头老母猪砸去，鸡炸了窝，飞开去，转眼又扎堆。老母猪纹丝不动，有老猪腰子。连狗也来凑热闹，拱出一条条沟，尽大鹅大摇大摆地美餐。好像它们的主人，连偷食的方法和毅力，也都传授得头头是道，同它们的主人一样，占不上便宜，就算吃了亏——这满场院公家的粮食，不吃白不吃，也算是帮你撸拉撸拉，回家再喂点水，一天不就打发了？

"给我轰！"他对手下的战士大吼一声。一时间鸡飞狗跳，分不清猪毛鸡毛麦皮谷糠。十几个小伙子折腾得气喘吁吁，可等你一站下，又是不请自来，又是四面夹击，一群贪婪的食客。

他去找分场主任，征得同意，写一纸通令，贴在仓库门口；又在广播里喊了几遍，颇有声势，但第二天，黑猪白鹅却有增无减。

怪不得我手下无情了！他真的恼怒了，发了狠，下令大逮捕。

"三光"政策，格杀勿论。倒不全是为了粮食，为了他还算是个知青排长。

他们把所有的鸡鸭大鹅，捆好了倒挂在树上，一串串、一排排，像城里的酱鸭店。那几只肥猪缚住四脚，扔在树下，像个屠宰场。大伙都乐意做这件事，好开心，有点像"破四旧"，把心中的什么怨愤，借机砸个稀碎，或是大扫荡、大破坏，彻底痛快……捆完了，一排青年，站在树下起哄。

"谁家的鸡，撑死喽——"

"谁家的鸭子，吊死喽——"

"再不来领去，没收喽——"

肖潇扯他的衣角，低声说：

"别挂啦，会挂死的。"挂死了正好吃肉，食堂顿顿玻璃汤，连油星星也见不着。

那帮老娘儿们离老远站着，不干不净地大声骂街。上前吧，不敢，回家吧，不放心。只好跺着脚干瞅，把脚下的沙地，蹭出个窝窝。

刘老狠走来，蹙着眉说："放了算啦，那些败家玩意儿，下回可不敢啦——"

"不！"他决不动摇，内心充满复仇的快感。这回看谁治谁，谁接受谁的再教育。"每家写个检讨来领！"他宣布。

磨蹭到下午，什么会计啦，机耕队长啦，终于都让老婆哭丧着脸送来孩子代劳的检讨书。十句九不通，他又打回去让改，折腾够了，才让人把那些奄奄一息的禽畜解救下来。天快黑时，只剩下十几只"白洛克"和一头花母猪。

有人说，那是保卫干事孙汝江家的。

那威风凛凛的孙干事，除了"小女工"，还有个外号叫"耙子"，他老婆当然是叫"匣子"。治家理财，一向配合默契，相得益彰。这天孙耙子大概外出开会，傍晚才终于闻讯赶来，屁股上晃着枪，直奔树下，先把那串鸡挨个拍一遍，拍得吱哇乱叫，知道没死，回头，嘴一歪，吼道：

"你用对付走资派的办法对付贫下中农，你算老几？……你——"

后半句话咽回去，保卫干事不会不知道他的出身——三代工人。

他一句话没有说，冷冷盯着"小女工"的枪套，盯着他充满私欲的混浊的眼珠。脚底沉沉地伸出几枚铁钉，铆到地深处，扎出一层浮油似的轻蔑和失望……

"耙子"让步了，为拯救那些亲爱的鸡。

"耙子"也从此恨上他了，为他的轻狂。

他心目中原来就已经模糊、破损的贫下中农形象，像一尊被雷雨击塌浸透的泥塑雕像，再也难以复原，泥浆四处流淌……

金灿灿、黑黝黝的粮囤……

七

佳木斯！

肮脏而拥挤的公共汽车穿过凹凸不平的街道，扬起一层薄而干爽的尘土。清晨金亮的阳光中，眼前晃过一片黄，又一片绿。它似乎古老——那颜色难辨的屋顶，磨去了棱角的石子路；可又分明还年轻——车里车外那尚未来得及自成一体的四方口音。它是个小城，有门窗低窄的商店，那门面小得似乎只让风进去，而把人留在门外；还有她很久不曾见到的大烟囱。它也许又不是城市，有两个轮子的马车嗒嗒经过，带来泥土和大葱的气息。它为什么叫佳木斯？佳木斯是什么意思？满语还是赫哲语？驿站？马掌铺？朝鲜冷面？桦树皮小船？江沿的鱼晾子？森林的出口？鱼皮鼓？坟场？不知道，不知道……

雪从北刮来。风从南吹来。

这儿的人，从哪儿来？关里关外，天南海北。背着山东汉子的行李卷，揣着唐山老呔儿的愁容，甩着黄河边的泪水……

它通通收下了，佳木斯。

他们烧荒，他们播种，他们盖房，他们伐木。他们同早就学会了打算盘的满族人、同赫哲族人、同鄂伦春族人、同回族人做买卖。这松花江的一个纽扣啊。佳木斯是商人遗落的袋袋变的，那袋袋并不值钱，却装过人参，装过貂皮，装过山珍。空瘪了，便是平常又平常……

肖潇喜欢这个城市里那种五方杂处的乱劲儿。

危险似已过去，而离傍晚南去列车开车的时间还早，他们在街上闲逛。

原来，那一片黄，是房子；那一片绿，是杨树。

透过玻璃橱窗，她看见那些穿草绿色军衣军裤，却又没有领章帽徽的人，挤在苍蝇乱飞的小饭馆里，用玻璃罐头、用大海碗，咕嘟咕嘟地灌着自己，面红耳赤地笑着，争着什么。白的泡沫，黄的液体，从嘴里溢出来，顺脖颈往下淌，流到桌上，又流到地下……

那一片黄，是啤酒；那一片绿，是知青。

他们讲着这个城市杂居的市民绝难听懂的方言——上海、杭州、温州、宁波……怀着新奇和莫名的烦恼，夸赞和诅咒这个陌生而遥远的地方，他们在短暂的农闲时节，唯一可以聚集和散心的场所。

它总比农场让人感到亲切，甚至比农场容易熟悉和了解。佳木斯成了一个草绿色的大兵营，一个没有枪的大兵营。

它像一个憨厚质朴的北方汉子，以它本能的宽厚，善意地接纳这些远离故土的南方孩儿。在它看来，这场绿色的骚动，同它短短的历史上那些闯关东开荒、淘金的盲流，十万转业大军，都没什么不同，他们将在这里繁衍生息，成为它的主人和奴隶，直至变成这块土地的一个疙瘩、一把粉末……

街道两边杨树间的风，一阵凉一阵热。北方的太阳是憨厚还是无能？总不能把每个角落都晒热。裹着饭店的油烟味、电影院里的汗味和柏油马路的热气，污浊又俗气。一个多么自相矛盾的城市。

松花江也使她失望。

浑黄的江水，慢悠悠地挪动，从远处看，根本是一块平展展的枯黄草场，无风无浪。它似乎不急于到哪里去，有一点百无聊赖的懒散样儿。也许它也是无处可去？对岸是一览无余的田野、砖房、麦地、树林……好像农场就在那儿。根本就没有她想象中高大的原始森林，没有满树金色的松花粉，落在江里，江水喷香……没有，既没有松花，也没有森林……

黄的是江水，绿的是江岸。

她弯下腰撩起一把江水，江水一滴滴从她指缝间淌下去，滤下几粒细沙，原来松花江里除了水，便空空荡荡。你以为江水里藏着什么宝贝？……可钱塘江不这样，不这样！它走得好急，滩涂上留下蛤蜊，留下石蟹；江里有大鱼，有潮，还有帆船……一个满满的钱塘江。

"今年是错过了。明年4月开江的时候，一定来看冰排。"陈旭凝神望着江水，突然说，"我到东北来就想看三样东西。大江解冻，是我顶想看的。"

"还有两样呢？"

"大烟泡和沼泽地。"

"沼泽地有什么好看的？"

"不，你不知道……"他微微叹了口气，"它太神秘，又太残酷了，一个看不见的陷阱，不能自拔，那种窒息……"

他没有再说下去。

"你在杭州顶喜欢哪里？"她问他。为了要说出自己的喜欢。

"荷花池头，"他笑笑，"荷花池头十九号。"

"你坏！"她噘嘴。那早不是她的家了。"我问的是西湖风景区。我顶喜欢……顶喜欢保俶山脊，还有九里松，那么多松树，冬天也碧绿碧绿……"

"你想说你喜欢什么，就说你喜欢什么地方。"他揶揄她，"你哪一种颜色不喜欢？西湖哪里你不喜欢？……"

她瞪他一眼。你要么不说话，说起来总像是射中靶心的箭。就为这才跟你走？今生今世也离不开你。

"那你说，有你喜欢的颜色没有哩？"她反问。

"黑色，"他说，"黑色是顶永恒、顶彻底、顶真实的颜色。大地、宇宙、星球都是黑暗的……"

"瞎说！太阳！"

"太阳还有黑子、黑洞，太阳也会烧尽……"

"人！"

"人最后也化为黑烟，从烟筒里冒出去。"

"白！"

"白的影子是黑。"

"红！"

"红的血凝固后不也变黑了？"

"……"

"任何一对颜色相混合，都无一例外地变成黑色——红与绿，黄与紫，蓝与橙。所有的颜色都是相对存在的。只有黑色主宰一切。"

不是梦见过一颗黑色的星星吗？也许连月亮，啊，月亮……

他走近她，"还有你的头发……我第一次看见你那条又粗又亮的辫子，脑子里蹦出个念头：它会缠死我，我看见它就开心……"他轻轻摩挲着她的辫梢。

她摇摇头。头顶飞过一只喜鹊，尾巴是黑的。

她不知自己是在哪里。

她只记得，他们买了两张短途票，上了一列南去的慢车。她觉得困倦，困得身子直往下塌陷。

一个声音在跟着她走，带着她走，轰隆轰隆，咔嚓咔嚓，哐啷哐啷……像"热特"又像摇篮，还像古老的时钟，均衡自信。时而震撼她，时而又抚慰她……

有时，那节奏突然迟慢下来，像被黑暗无休止拉长的铁轨，又被无情地碾平。战战兢兢，战战兢兢……

……她背着一座绿色的山，在水田里跋涉。山是用两根帆布的背带系住的，套在肩上，死死地勒着她的肩膀，一半在肉里，一半在皮上。她想把背上的山卸下来，却发现那是一只喷药器，烟雾落在稗草上，稗草上结满了绿莹莹的奶葡萄，落在稻苗上，稻苗瘦黄枯死了。一会儿工夫，稻田里只剩下紫葡萄，没有稻子了。还打什么药呢？她想，就走开去。

郭春莓光着脚从后面追上来，喊：到哪儿去？

去太阳岛。

太阳岛在哪儿呀？

在韶山。

干吗去？

晒太阳，晒晒黑。

嗯哪。

你怎么同魏华一样老"嗯哪嗯哪"的？

我就告诉你一个人。

你告诉我什么了？

我告诉你，我同魏华一样黑。

她低头看自己，水田里一个白花花的影子，像一只绵羊。她用手抠那层白白的皮肤，抠不下来。她抬起头，让太阳直接晒她的脸。四周田里都冒着透明的气体，像一只只大蒸笼，水波渺渺地颤动，晃得人眩晕。她晒一会儿，又蒸一会儿，照照自己——还是一只白绵羊。郭春莓伸来一把剪刀，剪掉一层白羊毛，底下仍是一层白羊毛，白羊毛剪光了，长出来的，还是白羊毛。

她急得想哭，哭不出，又要走。

郭春莓问：干啥去？

上那儿——她伸出一个手指。

郭春莓说：你不会熬一会儿吗？

我不会熬，小便怎么熬得住呢？你来熬熬看。她有点生气。

我就经常熬，大便也熬。

我一个小学同学有尿急病，就是熬的。

你不知道，余指导常躲在小树林里，偷看谁干活儿偷懒。你总是去上一号，只能当一个坏战士了。

她不理郭春莓，小肚子快胀破了。她去寻一号。

她刚一挪动插在淤泥中的脚丫子，就觉得一阵冰凉彻骨的寒意，从脚跟升起。迎面却吹来热烘烘的风，沟埂上的土，一块凉一块热。

风是热的，土是凉的；头顶是热的，脚底是凉的——她迷惑不解，莫非在这凉爽的北大荒上空还有一个炎热的北大荒，在这夏天的北大荒底下还有一个冬天的北大荒？那么，到底哪个是真的呢？

她觉得自己似乎坐了一辈子火车。

她不知自己是向南走，还是往北去。

陈旭拍拍她的背，让她继续睡。他在看一本列车时刻表，她听见他低声说，快到山海关了。他的神情狡黠又诡秘。

只是在刚上车时查过一回票，真运气。她把头靠在他肩上，那是一堵墙，安全又安心……

黄的？绿的？什么什么？看不清……

一片树林，一片墓碑。一个金黄头发的人坐在墓台上点钞票，衣服上写满字母。

她用俄语说：你好。

你看过《勇敢》吗？我是阿廖沙。他眯着眼，不停地点钞票。

阿廖沙不是牺牲了吗？怎么又到北大荒下乡？她想问问他，问出口的却是这样一句话：

你们不扣棉衣费？有没有探亲假？

他嘟噜嘟噜说一串俄语，她隐隐听懂。他是说，凡是开发远东的知青，都是高工资，新建的厂矿、农场，都有文化宫、图书馆，可以跳舞、看电影。每人每年都度假，到黑海海滨，到高加索……

你们这是修正主义生活方式。她批评他。

他听不懂，拼命摇头。回答什么，她也听不懂。他挽住她的胳膊，往一座城堡走。原来，黄的是他的头发，绿的是屋顶，屋顶的绿铁皮瓦，像一本本书似的勾在一起……

有佩红袖标的人骑车从后面追上来，大喊：回去开批斗会，反修防修！

她定睛看，身边那个人，原来是陈旭。骑车人脚下那车轮子，却是两只软乎乎的松花团子，怎么骑也骑不快，她放心了。陈旭走上去把那两只松花团子卸下来，闻闻，说：好香，松树开花了，这是松花粉。她用舌头舔一舔，松花团子黄粉上，有一个粉红色的湿印。她用鼻子闻一闻，长出一只金鼻子。

黄的是松花粉，绿的是松塔。

陈旭把松花团子重新安上去，骑着车就走，骑一圈就掉下两只松花团子，再骑一圈又掉下两只。掉下来就变成了金元宝。

陈旭大惊小怪地叹气说：金元宝顶值钞票了，可以买火车票，买火车卧铺……"破四旧"时我从资本家家里抄出那么多金元宝，可惜一个也没留下……

她像一只蚂蚁，在元宝堆里爬，金山金地，亮得她睁不开眼睛。太阳出来了，太阳竟然也是一个金元宝。于是原来那些元宝都变成了一个个窝窝头。她急得想哭，却突然在一个窝窝头的"窝"里，发现了一张钞票。她想打开看看是多少钱，它却像一张飞毯一样腾空而起，载着她和陈旭往南飞去……

谢天谢地，总算快到济南了。到了济南，搭着一个"南"字的边儿，家也就不远了。

那趟慢车到大虎山时，她和陈旭被查出来轰下了车，没钱补票吗？请下去！连申辩求情，连说明自己是下乡知青的机会也没有。他们在大虎山站里一个煤堆后头趴了小半夜，爬一辆货车到了天津西。又跟着一溜子跑小买卖的人，从一个破墙洞子里混出了站，再上车站，买站台票，准备好一书包随机应变的妙法，走走停停地一路南下。

本来嘛，这一年多时间里，想家的、怕苦的、待腻了的那些南方知青，豁出去爬煤车、钻厕所、涂票、换票……明里暗里，或多或少都成功地免费回过一次南方。加上两三年前刚刚经历过的东西南北革命大串联，他们对于铁路的经验，无论实践还是理论，都实在已经积累得丰富又丰富。

成绩是主要的。俩人的全部积蓄，六十六元八毛五分，统共只花去了十几块。路已走了一大半。在沧州曾被轰下去一次，现在却快到达济南了。肖潇对这样的旅行开始感到兴奋和入迷，在这循环往复、锲而不舍的车轮声中，她体会到一种智慧较量的乐趣，很像一场蒙眼的游戏。她觉得自己面对的是一个又大又疏松的东西。乘警气势汹汹地出现在任何一段线路、任何一辆列车上。但铁轨上的每一颗道钉似乎都在松动，每一个人都从轮子下钻过来，又钻过去……四处是网，网上又四处是洞……

陈旭告诉她，济南车站很乱，我们可以说是在禹城上的车，补一张六毛钱的票出站，管保没事。只要你心里以为真的，它就成真的了……

肖潇有点心跳。

反正谁也不认识。抓住了，也还是不认识。连你也不认识自己，只要下了火车，到了目的地，你还是原来的那个你呀。

出口处旁边一个门上贴着一张白纸，大字很醒目，写着：补票处。

许多戴红袖标的人和不戴红袖标的人在门里进进出出。经过这个门出站的人，似乎并不比经过检票口出站的少。

他们走进去。她的头皮有些发紧，绷硬起来。屋子里烟雾腾腾，一张大桌子，许多人排着队，队移得挺快，好像或多或少补一张票，就万事大吉了。

终于有人问："哪儿来？"

"禹城。"陈旭用一种可以称作是山东口音的话回答。

"哪儿？"又问一句，"大点声。"

肖潇看见一个穿汗背心的山东大汉，板刷眉，蒜鼻头，身子圆鼓得像个塔头墩子，更像个卖肉的。

"禹城。"陈旭又说一遍。那山东味有点不自信，变调了，滑到一边儿去。

那大汉眨眨眼，眉间挤出一团疑云，狡黠地笑了笑。

"干啥去？"

"青年点儿。"

"家住济南？"

"嗯，不，还往南……"陈旭答单词，单词里蹿出一股东北味。那山东话的抑扬顿挫，锤炼了几千年，单是一句"俺爸嘞——"就够学上十天半月的。"青年点儿"那么好待的？再往下，山穷水尽了。

那大汉沉甸甸地往椅背上一靠，椅子发出嘎嘎响声，他挥挥手说："一边儿等着去——下一个！"好可恶的山东大汉。

扛着面袋的，拖着娃娃的，一个个减少。一个穿蓝铁路制服的女人在打算盘，把百十个车轮子，在手指下随意调拨着，便拨出了威严和权力……

那大汉终于把头转过来，抹着脖颈的汗，口气和缓了些，问："知青儿？"

"知青！"陈旭索性恢复了南腔，一副横竖横的样子。

"没票，可要从头上补起哩。"大汉笑了笑。

"你知我们从哪儿来？"

"知道。俺会知不道？黑龙江的南方知青娃娃，想家了，不是？"

肖潇很吃惊，又生气，为他揭穿一个重大的谋划，就像大人轻而易举识破孩子的把戏一样……

"补票吧。"他说。

陈旭沉吟片刻，答道："没钱。"

"没钱跑出来做甚？不好好干活儿，叫农民养活着？哎，把钱交出来，知青那点道道俺全明白了，藏在肥皂盒里、牙膏皮儿里、雪花膏里、笔记本儿里……快点吧！"

——原来，逃票的人，都把钱放在这么秘密的地方。像做地下工作，传递情报一样。肖潇恍然大悟。世界各地的人也许都逃票，还具有一点国际主义色彩也说不定。

"你们要不补票，就关到那里头去！"打算盘的女人抬起头来，冲着窗外努努嘴。

收容所。一阵臭气袭来。她恶心。

大汉用手指关节敲敲桌子："要再不自觉，俺们可要搜身，这是制度。"

有人在身后插话说："哎，站长，他们是知青。"

好像对知青应该有一点特殊的政策。

肖潇便觉得委屈，她恨这个站长——不信你家就没有知青？连点同情心……

陈旭紧紧按着书包，额上的青筋突突地跳。

肖潇看了一眼那女人，心里哆嗦了一下。纱厂的"那摩温"？她害怕自己的手碰到她的身体，害怕……

陈旭突然把书包往桌上一扣，大吼一声："给你们！"

汗衫、裤衩、衬衣、牙杯、牙刷、毛巾、笔记本、墨镜、列车时刻表、蓝格子塑料钱包……

都在这里了，都给你们了。我们仅有的财产。好像少了二十块钱，哪儿去了？火车，你这个吸血鬼！

"一共是三十六块八毛。"那大汉满意地点点头，"这就对了。哈，你们去哪儿？"

"杭州！"他应该说广州、柳州，越远越好。

山东大汉把那堆票子翻来覆去地拨拉了一阵，脸上的肌肉蜷拢来，卷起了刚才的严酷和残忍，露出几道和蔼可亲的微笑，对那女人说：

"给他们好好算算账。替他们买两张济南去杭州的慢车票，再留块把饭钱，剩下的，往北能补多少就补多少……"

肖潇以为自己听错了。她看见陈旭也愣在那里。那女人噼里啪啦一阵算盘，嗓子眼拉响一阵警笛："济南到杭州，一张十六块六，两张三十三块二，给他们留两块钱吃饭，还剩一块六，就能补从禹城到济南的。"

站长迟疑一下，转过身，抬起沉甸甸的眼皮问："再没有了吗？"

"就这些，你们看着办吧！"陈旭忽又傲慢起来，"再不，喏，这里！"他拍拍自己的屁股，"这后头还有一只袋袋，你们忘记搜查啦！"

站长生气了，为着这样快的忘恩负义。

"扣他们四角手续费！剩下的，从泊镇起补，补到他娘的苏州，十五块六毛一张票，留四块八，让他们坐船去！"

高度精确。相加总数仍是三十六块八毛。胖站长喉咙里咕噜噜响了一阵，疲倦的三角眉毛沉重地耷拉下来，椅子嘎嘎，他站起来，叹口气，背着手，走出去了——像沿途所有的站长那么威严不可一世，也像沿途所有的站长那样，马马虎虎，又煞费苦心……

"这个站长……真好，"肖潇和陈旭走到车站外的广场上，惊魂未定，感慨非常，"就是太凶了……"

"其实，他们也不会搜身的，不过吓吓我们而已。"陈旭反复看着手里的两张车票，一脸事后的精明。

"万一搜呢？我不愿意……像包身工……"她辩解，又想起一点事，"钱数好像少了？"

陈旭得意地眨眨眼，低声说："幸亏我昨天晚上拿出了二十块，藏在我鞋垫子底下了。鞋子臭烘烘的，哈，怎么样？"

他们站在肮脏的广场一角，既无比欣喜和轻松，又莫名其妙和沮丧。他们好像还没有完全清醒过来，肖潇甚至觉得那个站长的行为不可思议——他使他们几乎囊空如洗，却给了他们两张到达终点的票。他像个校长？班主任？舅舅？现在，除去已经历险过的五分之三路程，加上这一张余下的五分之二路程的车票，这次危险又奇特的旅行，已经等于胜利，等于成功了！

她竟暗暗地遗憾起来，她发现自己原来并不希望这次旅行轻而易举就结束的呀。

而且她发现，手里有一张票，等火车、坐火车，竟是很乏味的……

她在搭积木，积木的形状很古怪，搭了这块那块又掉下来了……

爸爸带着她走进一间白色的房子，里面有一张床，妈妈穿着条条的衣服躺在床上，爸爸把一篓橘子放在妈妈床头，妈妈胳膊上插着针，针的一头连着一个盐水瓶。妈妈问爸爸：你脸怎么那么红？爸爸嘴里含着一支体温计，摇摇头不说话。她回答说：爸爸热出汗了。妈妈瞪她一眼：爸爸发烧了。她大声说：是爸爸让我这么说的。

…………

她在操场上踢毽子，楼上的铜铜在一棵树下，用弹弓打麻雀。她帮他捡石子。他打一下麻雀就飞了，又打一下，麻雀又飞了。当啷——教室的玻璃张开了大嘴，飞出那么多麻雀——玻璃碎了。门房老头抓住铜铜的衣领，要他赔玻璃。铜铜哭了，他没有钱，只有一把弹弓。肖潇跑回家对外婆说：老师要我们一个人交两毛钱看电影。昨天不是给你了？我丢了。

她又搭积木，搭了一列火车，火车好长好长，每个轮子却是一颗算盘珠子。火车在一条河里开，河水是淡绿色的，清澈见底，成群的小鱼游来游去吐泡泡。河岸上长一片密密的白桦树，却结着一串串紫色的桑葚。河道弯弯的，铺满绿色的水草，草尖上开着一朵朵金色的小花，草叶下挂着一只只水红菱……

她跳下河去游泳，看见水里自己的影子，舌头变成了土黄色。舌头不是粉红的吗？她想，自己的舌头什么时候换了一条呢？她想去找自己的舌头。

她游了好久，游过一片冰山，看见冰山上有一块粉红色的湿印，可是没有舌头。她游过一块黑色的沼泽，沼泽地上也有一块舌尖的湿印，却没有舌头。她望见一座破庙，陈旭站在岸上招手。她和他走进庙里去，却让一个老太婆拦住了。老太婆抱一大堆草纸，硬要塞给她一张，又伸出一个手指，晃晃说：这是厕所，一分！陈旭把草纸还给她，说：我们没钱！老太婆追上来，把住了厕所门，不让她进去，说：不买也要一分！她只好把所有的衣裳都翻过来，给老太婆看，证明她确实一分钱也没有。

老太婆哭起来：你们就帮帮忙，可怜可怜我孤老太婆，我儿子插队，月月倒挂，我还要养他，一分铜钿买几粒谷子……

她鼻子酸酸的。但她真的没有钞票。这一分钱，对于她们双方都很要紧。

老太婆说：你不会到钱塘江里去摸？钱塘江钱塘江，江里都是钱……

她就到钱塘江里摸钱。她从来不知道钱竟是这样不可缺少。她摸到一只田螺，又摸到一根藕，最后摸到一个滑溜溜的东西，举出水一看是一条金鱼。

金鱼苦苦哀求：老爹爹，放了我吧，你要什么我都给你。

她说：不是老爹爹，是老婆婆。

金鱼搬来一架机器，用尾巴一扫，机器开动起来，掉出来那么多火车票，像一列长长的火车。她抬头一看，金鱼头上长一脸大胡子，甩甩尾巴游走了。

她抓着一大把火车票，从这节车厢跑到另一节车厢，每个车厢门口都收票。票收去了她才发现那竟是自己的舌头。她不明白自己怎么会有那么多舌头，舌头像铜板一样当当响。她从来没发现自己原来这样喜欢钞票。

她累极了，火车在下坡，像一只只叠在一起的松松垮垮的火柴盒。火车冲下去，撞上一个煤堆，散架了，翻身了，变成一堆泡沫，一堆碎片，一堆浪花……

口水从腮上一直淌到耳根。书包湿了。

一觉竟睡了三个小时，一路上，还没睡得这么踏实、这么长久过。

是知了叫吗？远远地，望见了拱形石桥、带篷子的水泥船……过了长江啦，那绿莹莹的竹林……

时间竟然又像铁轨，像车轮，把相隔遥远的距离，一点点缩短了。一个梦，从江北到了江南……

八

石板路。一副未上漆的旧木桶，晃晃悠悠，洒下一路水痕。巷口有一个几十个人家共用的自来水龙头。

煤球炉冒着黄烟，弥盖了横搭在房檐两侧细竹竿上的棉絮和尿布。墙根下晾晒着毛豆壳。大盆里浸泡着黑乎乎的油纱头。

从尿布和黄烟下穿过去。狭长而拥挤的小巷。

一扇低矮的木门，正对着一口四四方方的水井。"姆妈——"陈旭喊一声，推开门。她跟上去，又怯怯地站住。

屋里所有的人，举着筷的、端着碗的，通通愣住了，惊恐地打量他们——

"我回来搞外调。"他宣布，回头说，"肖潇，进来呀！"

她被一道道目光包围，审视的、疑虑的、挑衅的。

你真是丑得厉害！野鸭子们说。不过只要你不跟我们族里任何人结婚，这对于我们倒也没什么大关系。——可怜的小东西！它绝没有想到要结婚；它只希望人家准许它躺在芦苇丛里，喝点沼泽里的水就够了。

"肖潇同我一道回来，她回来看毛病，胃溃疡。"陈旭把她肩上的书包放在凳子上，让她坐在一把竹椅上，去倒开水。

"也不先吓（写）封信来！"他姆妈眯细的眼仍盯着肖潇，勉强笑了笑。她穿一条肥大的花短裤，手背上沾着菜叶，跶一双大屐鞋，眼里说不上是慌是喜，腮下的肉木木地动了动，咧开嘴露出一颗金牙，仍然疑惑而僵硬地笑着。

"写信写信，我写了信从来收不到回信。"陈旭嘀咕。

"你阿爸……你阿爸做夜班，一歇儿就回来……介远的路，坐几天几夜火车？先困觉，要么先汰浴……吃过饭没？阿莲，去拿两个菜瓜给阿龙他们吃。"

她的眼光迅速扫过肖潇的腰部。肖潇觉得她那些话一句也不是对自己说的。好像他们从一去不能复返的疆场、地狱回来。逃兵？肖潇不自在。她一点不喜欢他姆妈说那种地地道道的杭州方言，管洗澡叫"汰浴"……但愿她永远不会叫她姆妈。阿龙？她记起陈旭说过，他的名字是"文革"时改的。

她被领到厨房去汰浴。一板之隔，前面的说话声清清楚楚。她听见陈旭咕嘟咕嘟喝水，打呵欠，他姆妈用大蒲扇啪嗒啪嗒地给他扇凉。

"为啥不过年辰光回来？旧年子，屋里腌两只猪头，猪头肉尽吃！黑龙江冻死人了，生冻疮不生？"

"不生，有炕。"

"啥糠？"

"砖头底下烧火，人困在上头……"

"有这种困法？我还当是铜火铳哩……"

"阿哥，狼有没有看见过？"

"熊呢？熊都是瞎子吗？"

"他们说六月里天热，到河里掘两块冰吃吃……"

别的小鸭倒是很可爱的，腿上有一片红布的老母鸭说，如果你找到一个鳝鱼头，把它送给我好了。

木门吱吱响，堂前进来个人，脚步重重，八仙桌上杯碗乒乓摇晃。

"阿爸！"她听见陈旭的声音。"农场要提拔我当干部了，让我回来办点事体……"

他说得像真的一样，一点不结巴。肖潇一阵燥热。

"肖潇要住在我们家里。"他用一种被人服从惯了的口气说（在南方话中"要"与"应该"通用），"肖潇老早同她家里断绝关系了，回不去……住在这里，也一样，反正，过一两年我们就……"

一个粗哑的嗓子咳了一声。

"你回来办公事，领她一道……蹲在我们屋里，我看……不大好……"他姆妈抢上来说，"虽说你们一两年要……结……现在，总归是还没有结。没过门的姑娘，自己家又在杭州城里，街坊邻居要讲闲话的……"

粗哑的嗓音颇为沉重："你不是不晓得，阿爸是工宣队，动员人家上山下乡，自家儿子……"

"人家会说你们是逃回来的，会说……喔哟多少难听话，你们年纪轻，不懂……"

"不要说了！"陈旭突然拍了一记桌子，"你们要不让她住在这里，我也不住了，马上就走！我不相信介大个杭州城，没我们住的地方！"

肖潇慌慌张张跟着他，走出来。

小巷、小街，疲倦、困顿。少了一点红漆，多了一点灰尘，同一年前他们离开时，几乎一模一样。公共汽车无精打采地开来开去，忙碌又盲目。它运送过多少欢天喜地又生离死别一般下乡去的知青，如今却摆出一副与己无关、甩手不管的冰冷面孔。街口的小百货店，有一个凭支边卡供应商品的知青柜台，肖潇在这里买过肥皂、电筒、电池、人造革箱……现在，那个售货员麻木不仁地望着她，把那原本就少得可怜的笑容，吝啬地锁在了瘪瘪的嘴角里。

他们蹲在街边一棵梧桐树的树荫下。

"……反正我不去寻我认识的人。"肖潇低着头说。你怎么这时候回来？回来做什么？出什么事了？"我宁可……宁可住在火车站候车室。"

"没想到家里不让住……我实在也没人好寻！"陈旭抓着头皮，"中学同学都到农村去了，大学里的战友，都分配到外地去了，浙大留校的老 K，信里说他住在办公室……哎，你不会去寻你小阿姨？"

"她家里九个平方，轧死了，夏天打地铺……再说，她会告诉我妈妈……"

陈旭不作声，用一根火柴梗，在地上画着道道，突然跳起来，一把抓住肖潇的手说："对了，可可他家，省委宿舍，房子木佬佬大，他妈对我顶客气，本来要扫地出门，还是我同王革讲了好话保牢的……"

可可和陈旭是一派的战友，后来当兵去了。王革是全省有名的造反派头头，陈旭救过他的命。这点交情总有。物理实验室那架天平总有一头翘起来的。没有办法，试试吧。

可可家在保俶路后面的半山腰上，一座乳白色小洋楼。

铁门紧闭，又敲又喊。门开了一条缝，露出一张熟悉的胖脸，却不认得他了。尴尬地自我介绍，艰难地启发，鼓足勇气说明，沉默……讨债一样，她想逃走。

"从黑龙江回来？"那女人重复问，问号里，希望扣除了一半。

"自己家里住不下？"又一个问号。理由欠充分，她丈夫当过高级人民法院院长。

"户口怎么办？要报临时户口，派出所三天两头派人来通知，不准我们同外人来往，有时半夜也来查。"

句号。门在背后沉重地关上，连条缝也没有。

他们在山脚下的一块大石头上坐了一会儿，石头很烫，石头也不欢迎他们。他们像一群被驱赶的羊，在这个城市里永远失去了落脚之地。它抛弃了他们，遗忘了他们——家乡！陈旭顶着太阳去买了两根冰棍，她慢慢吮着，却越发渴起来。

这儿总是热。农场的水田里，虽是阳光炽烈，却总有一阵凉风徐来。那种感觉是很奇妙的。农场的宿舍也很阴凉，像灵隐的山洞，走进去，汗就收干了。那夏天里生着火也不热的炕上，有一条完完全全属于她的褥单，绣花的白褥单……

"哎，有了，配把钥匙，配把钥匙就好了！"陈旭忽然没头没脑地嘟哝一句。

"什么钥匙？"

"我想起来，我家后门有间堆东西的仓房，是宁波二伯伯的，他不大来住，有点漏……"他在肖潇膝上狠狠拍了一记，"我们可以配一把钥匙，晚上偷偷溜进去……"

"总有点……那个……"肖潇憋住了一口气。啊，谢谢老天爷！小鸭舒了一口气。我是这样的丑，连猎犬也不要咬我了！她不忍让他失望，补一句："会不会让你们家的人发现……"

"你放心！"他往她耳根上飞快地啄了一口，狂颠颠地抬脚往山下跑，声音也走了调：

"快跟我去买蜡烛、蚊香……"

电车穿过热烘烘、乱糟糟的市区，湖滨、巷口……一座尖顶的灰楼从梧桐树顶升起，静穆庄严。窄小的圆窗上龟背似的彩格玻璃，在夕阳里惨惨淡淡地生辉，倏忽又不见了。铁门幽闭，无人进出。门上无牌无字，也似一处被人遗忘的古迹……

"你看——"肖潇推推陈旭。

她知道那门额上曾经是有字的。三年前她第一次到这里来时，还依稀辨得已被凿去了的那三个水泥塑的字"思澄堂"隐隐的残迹。不过那时这里已不是基督教做礼拜的思澄堂了，而是用来做了红卫兵报编辑部。

她到编辑部来查问她写教育革命的一篇投稿，学校的油印小报要用，她却把底稿弄丢了。

门大开着，却空无一人。教堂里冷森森、静悄悄，正是中午，几束阳光从高高的天窗里投射下来，网住几道粉尘，上上下下地浮游……

"有人吗？"她大声问。声音在拱形的天花板下嗡嗡回响，既没有上帝，也没有人。

"有人吗？"她更大声地问，给自己壮胆，想走，不甘心，又嘟哝一句，"什么红卫兵报，都上天做礼拜去啦？"

屋角的一架旧钢琴旁边的地板上，一堆白花花的大字报窸窣响了一阵，钻出一个脑袋，打着呵欠说："上帝也要困觉，他已经工作三十六个钟头了。"

总算有个活人哪。肖潇松了口气，她等待他爬起来接待她，等了一会儿毫无动静，探过头去看，那人头枕着地板，又睡着了。

她好气又好笑，又有点可怜起他，便走到外面台阶上，靠着廊柱坐下，想等他醒来了再问。她等了很久，蒙眬中觉得有人轻轻推她，睁眼一看，一个高个子青年站在她面前，一边伸着懒腰，一边笑嘻嘻地问："你找谁？"

"找你！"她有些恼怒，明明是他睡大觉，却弄得她也睡着了。这不是红卫兵报，是老爷报。"老爷编辑部。"她忍不住骂了一句。

"你有什么事尽管说好了。"他饶有兴味地注视着她。短袖白布衬衣口袋里露一角红。

她说了自己的稿子题目，不再理他。他走进去，走到一张奇大无比的长桌子前，哗哗地翻了一阵，拿了一篇稿子出来，问："是这篇吧？"

她看到稿面上画了不少红杠杠，好像是编发了。

"嗯……就是政审有点……"他咽回去，又咽一口唾沫，愣了一会儿神，用十分肯定的语气说，"我们要采用的！"

不几天以后，红卫兵报果然发表了这篇文章。

又过了几个星期，一个偶然的机会，她知道了他就是红代会的宣传组组长，全市大名鼎鼎的辩论家陈旭。她不断收到同一种笔体寄来的报纸，却一次也没有回信……

即使就为了一次有趣的相识，这样的友谊也够回味的。它曾经是那么有趣，即使要为它吃许多苦。她对自己说。车开过去了。

他早知道电车要经过这里。未待肖潇提醒，他心里那面落满尘埃的蜘蛛网，已经微微颤动起来……

只是可惜了这座教堂，当年曾那么轰轰烈烈地在这里干过革命的教堂，带给他无限福音的圣地——思澄堂。自从出现了她，自从她坐过思澄堂的台阶，一切一切的思维、思绪，都散乱又迷混了……

她消失在教堂的大门外，一个亭亭玉立的少女。

这样的少女，他见得多了，可没有一个会说："红卫兵都上天做礼拜去啦？"没有一个会安静地坐在台阶上等他醒来，却又娇嗔地一抿嘴，说："找你！"

他开始经常钻到教堂的大字报堆里去午睡。

午睡的时候，他常常敞着大门，期待着一个细嫩的嗓音，从空荡荡的拱形屋顶降落下来。

她没有再来，只是寄来过几篇稿子。他在稿子后页发现了她家的地址。她不希望退稿寄学校去。

他继续在大字报里午睡，纸很薄，尽管他从十几张增厚到三十几张，桂花开的时候，他还是感冒了一次。他终于明白自己为什么忍受冰冷而沉重的纸被，明白自己为什么感冒——他得承认啦！

感冒刚好一点，他就按着那稿上的地址，到她家里去找她。那是一座二层的旧砖房，走廊尽头的一间小屋，敲了很久的门。门开了，看见一屋子的书，东倒西歪。她淹没在书堆里，头发上、鼻子上都是灰。互相似乎都有点不认识了，他把手伸给她，她却红了脸，局促中，把一摞书哗啦砸在他脚背上。他看清了，她正要把地上床上堆的书，放进一只大木箱去。

"爸爸说，那些'封资修'的书，要卖掉，"她眼神恓惶，"可我不知道……哪些是……"

《欧根·奥涅金》《伊利亚特》《失乐园》……

真他妈的一本都不该卖。他连借都借不到。"文革"初他偷过一麻袋书，全是中国古典文学……

"做啥卖书？现在……"

"妈妈隔离了，清理阶级队伍，说不定，要抄家……"

她仰着脸望着他，信任而坦白，像是对一个老朋友。他感动了。二十岁的生命第一次发生这样的冲动，想把这个小小的姑娘，紧紧地抱起来，用他屋檐一样宽宽的肩膀为她遮风挡雨，像一棵树护卫一朵孱弱的小花那样。不，只是她。只是为她。

他得到的实在已经太多太多了。万人大会、社论、吉普车、电话……甚至连思澄堂的上帝也让位于他，他相信。只是，在那转瞬间获得的广大世界里，却没有这样一个女孩，会用标准的普通话，在宣传车的大喇叭里熟读最新指示，或是在教堂的那架旧钢琴上，叮叮咚咚地弹语录歌……

他住的那条小巷，聚集着翻砂工、挡车工，卖豆腐脑、修拉链、踏三轮车、磨剪刀的师傅。还在幼年时，他就为自己生煤炉、倒马桶的前景深深忧虑和苦恼。那小巷里的姑娘只关心钩针、玻璃丝和盐津枣……

但他绝不会对那些坐着爸爸的小汽车来上学的小姐去献殷勤。小姐？他讨厌她们。无产阶级是什么？是小汽车、保姆，还是优先录取和保送？他也不属于这个阶级。他只有门门功课一百分的成绩单和一套洗换衣服。他和她们之间永远隔着一堵墙，只有在她们父亲的追悼会上，她们的眼泪才会变苦。

……可是那个纤细的小姑娘，在教堂冰冷的角落里，一遍遍改她的稿子。她身上似乎有一种天生的抗体，那么温和，又那么倔强地抵御着多舛的命运。摸不着她的棱角，她却分明是坚硬而有弹性的。

他会好好爱她。爱得所有的人都羡慕她。他要把她养成一棵结结实实的果树，有花有蜜，有种子，有鸟儿唱歌。还有，儿子！

喀一声，锁开了，扑来一股潮湿的霉味。

他们蹑手蹑脚走进去，点亮蜡烛。仓房铺的竟是木地板，堆着些杂物，有一张长竹榻，积满灰尘，他们轻轻地打扫，烛光中墙上出现了两个巨大的影子，长着犄角，披散头发，张牙舞爪地晃动。

"像个魔鬼！"肖潇差一点被自己的影子吓一跳，定定神，又扑哧笑起来，"哈姆雷特……"她说。

"轻点！"陈旭压低嗓音提醒她。

他们在一只旧木箱里，找到一条旧被单、几件旧衣服，竟还有一股樟脑味。蚊香点着了，袅袅的影子里，又多一点情节，那魂灵在四面墙上来回走动，时而安静，时而狰狞，忽而分散，又忽而聚会。

"嘻嘻，像演皮影戏一样……"

她望着自己的影子出神，怪好玩，忍不住又要说话，一回头，见陈旭瞪她，便吐吐舌头。

陈旭把她拉到身边，捋捋她的头发，贴着她耳朵轻轻说："床都弄好了，你千万小心，不要弄出响声。我走了，你就好好困觉，蜡烛吹掉，半夜小便，那地板角落上有个洞……明天早上等他们都走开了，我来开门把你放出去。"

她不作声，两个影子都默默。

"听见没有？"他问，"里头插销要插好。"

一个陌生的魔窟，留下一个影子，吹熄蜡烛，更什么也没有了，只有老鼠、蜈蚣……谁知有没有蛇和黄鼠狼。那黑洞洞的梁上，也许吊死过人……不远的邻家客堂里有一口空棺材……

她扑在他怀里，扳住他的脖子，把脸贴在他胸口，喃喃说："我……怕……"

他低下头，用下巴抚她的肩，又亲亲她的脖颈，说："我不到外头把锁锁上，天亮了会叫人看出来的……"

她却把他搂得更紧，含糊不清地低声恳求："现在天井里……有人乘凉……你晏点走，陪陪我……"

她放开他，顺手把竹榻上的一条旧席子铺在地上。自己半蹲半跪地在他旁边，睁着一双迷蒙的眼睛，心神不定地望着他。

黑黑的瞳仁里，跳动着两朵金红的烛光。那烛光是灼人而又坦白的，充满了信任和期待。——走进去，那里是一个温暖的世界。

陈旭猛地抱住她，把她紧紧拥在怀里。他可没那么傻，本来，本来，本来他就不愿走。烛光下，她的细嫩光滑的皮肤，罩上一层淡黄的光晕，那平日里的白皙，更多了一种滋润，柔和得像晨色中的湖水，散发着一种清甜的香味，忽前忽后地萦绕着他。他弄不清这股气息来自哪里，只觉得它像一个诱人的精灵，要把他引向一个无声的旋涡，一个深不见底的峡谷，或是一个极乐的岛屿。

他觉得自己融浸于一片清凌凌的荷塘之中，被那淡雅的清香缠绕围圃……它从含苞欲放的荷花心里，从荷叶的盈盈绿色上，从脚底下黧黑而芬芳的泥土中，幽幽传来，摩挲他的全身，撩拨他每一个毛孔。他贪婪地吮吸，变得昏昏然、醉醺醺、热辣辣……它唤起他一腔炽热而凶猛的渴望，只愿把他的魂灵和热血，做一次淋漓痛快的喷泻倾洒，报答给那一片温馨的土地……

他的呼吸急促了，全身都在颤抖，一种莫名恐惧，一种突如其来的痉挛，使他透不过气。仿佛有一股绵延无尽的汹涌浪潮，要把他和她吞噬、淹没，卷到不知名的远方去。他难道还能期待世上会有什么别的快乐？在理想的泡沫和幻影的碎片里，如今只剩下了她—— 一朵风雨飘摇中的小花，一颗灰烬中残留的火星星，一丝黑云中的光亮……

草莓谷！那新鲜饱满的浆汁，等待采撷，等待燃烧，等待暴风雨。她曾经拒绝过，但她不会再拒绝了。

他紧紧勒住她，那条光滑而精湿的小鱼。只有在那疯狂的厮杀中，他才能找到他的寄托，他的皈依。在这个神秘的时刻，他突然迷惘又困惑——他不认识自己了。那一瞬间，他重复了人类的全部历史，他闪电一般穿过几十个世纪，回到远古时代，在那里竟然意外地遇到了自己的祖先。原来祖先不是猿人，而是一条巨蟒、一头雄狮、一只野牛、一个金铃子，或是随便什么生命……他觉得自己明明死去了——灵魂飘飞，躯体空空，神经崩裂，筋疲力尽，却又发现自己活了过来——在那巨大的双重叠影中奇迹般地复苏、重生……

　　她往一个又黑又深的山洞里走，洞壁垂挂着奇形怪状的白色钟乳石。远远的一块巨石上，蹲着一头大象。

　　大象用长长的鼻子把她卷起来，鼻孔里喷出噗噗的热气。她觉得它像一条大蟒蛇，把自己从头到脚一圈一圈缠绕起来，又像一个透明的大水母，整个儿罩住了她。

　　她又热又闷，渴得慌。奇怪的是她一点也不害怕。她想挣扎，手脚却绵软得没有一点力气。

　　答应我！有声音从山洞深处传来。

　　大象驮着她往里走，它是那样的健壮有力，她抚摸它的大柱子一样的腿，紧紧地抱住了它。带我走！她说。我要！她说。我是你的！她说。我……

　　她渴极了，一团火腾腾地从心底蹿上来，她不觉得疼，只是渴。身子开始抽搐，一阵阵悸动，又痛苦又快活。灵魂不再属于自己，身体也不属于自己，只有它，一个如云如水如烟如雾的缥缈形骸，牢牢地攫住她，鞭笞她，抚爱她。她同它连为一体不分彼此。她分解融化为无数的碎片，再也难以恢复原状。她几乎昏迷过去，却又清楚地觉得，她马上要变成一个真正的大人，永远告别她的少女时代。

　　抱住我！她喊道。红色的烛泪汩汩流淌，房梁倾斜，四壁旋转，世界在毁灭！她死死咬住了自己的手……

她的心怦怦直跳。黑暗中，她听见瓦片上稀里哗啦地响，几声猫叫，叫得人毛骨悚然，又沉寂下去……

她看不见什么，只有一阵均匀的呼吸，从身边传来。

她拉过他的胳膊，偎依在他怀里，嘤嘤地低声抽泣起来。

她走进一家电影院，电影已经开演，却看不见银幕。她找自己的座位，看见一个翻起的椅子背，赶忙走过去，刚要坐下，发现椅面上没有板。又看见一个翻起的椅背，刚要坐下，发现它也没有板。她只好走开去。墙上有扇门，写着"太平门"却上了锁，她怎么也推不开。

有两点亮光从远处忽悠忽悠移近，她以为是电影院的服务员，走近了，发现竟是两只灯笼，外婆一只手提一只灯笼，笑吟吟地向她走来，嘴里念叨：猫也来，狗也来，蚕花娘子同介来……

妈妈呢？她问外婆。

外婆眨眨眼，不说话，她定睛看，发现原来是妈妈。妈妈脸上布满了皱纹，头发里一绺绺银丝。

妈妈——她叫，却发不出声音。

她朝妈妈走去，想替妈妈拔掉那些白发。妈妈却转身走了，走得好快。她追上去，却怎么也追不上。她跑起来，眼看快追到了，妈妈却不见了，消失在一道布满铁丝网的围墙后面。

她敲门，踢门，却敲不出声音。许多门，没人开。最后终于发现一扇门上挂着两只红灯笼，她冲进去，却见一个男人，坐在一把皮圈椅里，戴一副金丝边眼镜，穿一件工作服，拿一支笔在写字。

她看看这个人，眼睛大大的，额头高高的，很像自己。她想这可能就是自己爸爸了，不过不知他为什么坐办公室，他不是早就被赶去当装卸工了吗，天天挑煤。她凑近一看，原来他在写外调证言，密密麻麻一大张。

陈旭这个人，嗯，当过反动学生，政治上没前途。爸爸哼哼。

我不要前途，要爱情，要战友！她嚷嚷。

爱情？你多大，不害臊！你要同他好，永远别回来！爸爸用拳头砸写字台。你滚！

滚就滚，我就要同他好……泪水一颗颗从她眼眶里溢出来，她去找妈妈。一所破房子里，只有一头牛哞哞叫，没有妈妈。

她把一只口琴、一些小画片和一个洋娃娃放进箱子里去，还有一张妈妈的照片。有人交给她一张户口迁移证，反面却是一张汽车月票。

她拎着箱子走出巷口。箱子重极了，她一步步挪，没人来帮她。大街上只有她一个人。

轮船码头上只有她一个人。

原来她只是一个人到外婆家去过暑假呀。

不知从哪里滚来一个毛线团，掉在地上，线团滚呀滚呀，露出里头的芯—— 一个小纸团，上头写着字：妈妈不回来，谁也不能开。

她一个人拎着箱子，四处是雾，田野湿漉漉。

妈妈追上来。她躲在一根电线杆后头，妈妈捂住脸哭起来，她跌了一跤，扑来呛人的尘土……

席子有点凉飕飕的，鬓发湿了一绺。

板缝外泄来灰白的亮光，身边空空，陈旭不知什么时候已经走了。

外面的门一定锁上了。

她突然觉得，自己是在一个离妈妈很近很近的地方，只要大喊一声，妈妈就会答应。也许她就是为见妈妈才回来的。她不怪妈妈，谁也不怪。她只想伏在妈妈膝头痛痛快快大哭一场……

九

他在这扇赭红色的大铁门里进出了六年——如果不是因为高中三年被这场革命延长了一倍，他早该是北京某大学的学生会主席了。他相信。

铁门紧闭。一年前，在欢送的锣鼓声中飞舞的喜报、大红决心书、标语……早已荡然无存。草草粉刷过的灰墙上留着一些大字块模糊的痕迹："打倒□□□""□□□万岁"……

他站住了。

他的队伍，浩浩荡荡地通过大门，走向万人大会的会场。他们唱一支歌，"不打倒□□□，不打倒□□□，不打倒□□□……誓不罢休！"他教给他的战友们，把每一员资产阶级司令部黑干将的名字都编入歌词，反正这歌词可以无限反复，无限延长，任意添加删减，随时修正补充。当然这需要一点节奏感——唱"不"字时踩下去，

"打倒"可以抬脚，到"口口口"，就正式地踩下去，踩住了，打翻在地，足以使被打倒对象在八千里地之外心惊肉跳。这支歌天才的再创作，使他的队伍战斗力猛增，威望传遍全城。

那一年，二十岁。多么幼稚浅薄的年龄。

然而，只有那个年代，那个年龄，他的聪明和智慧、能力与雄心，才痛痛快快地得到了发泄。自从他走出这道门，就好像天下所有的门，被一阵连环的风在他身后通通地关闭了。

他恨这道门。他走出去的时候，没想过再回来。

就在这里，他曾狠狠嘲讽了那个自以为是的家伙。

"……革命左派，不许向右转，任何行动，一律向左转！"

那个家伙发号施令。

"向左转，向左转，向左转，齐步走——"

他冷笑一声："三个向左转，等于一个向右转，鞋跟不怕磨掉底儿？！"

仇就是在这里，在校门口结下的。那家伙的老子是个正待"结合"的科长。他所有的本事就是试验各种"向左转"的把戏。八个月以后，果然当上了校革委会的头头。仇总是要报的，你不肯在太阳下绕一个"向左转"的大圈子，你就注定了要倒霉……

"工宣队办公室？假山顶上，不晓得有没有人。"传达室老头懒洋洋地挥了挥手。

池塘。盖满沉重的绿藻，死气沉沉。托住几片香樟叶、几瓣紫薇的碎片，像农场的沼泽地。

操场那边的教学大楼，百孔千疮的玻璃窗，做着鬼脸。蝉在树间聒噪，"知了——知了——"知了什么？知了这浅浅的池塘里淹死过人吗？

……是的，她叫"史来红"。解下腰中的皮带，抽打金老师。她的一只脚踏在他背上，咯咯地笑："叫红卫兵奶奶！""叫姑奶奶！"她的考试大多不及格，但打起人来，却知道专抽脚踝。金老师翻身往池塘里滚，是他夺下了她手里那条皮带，扔进了池塘。那时，池塘的水是清清的，没有这么多绿藻，他看见那条皮带在水里慢慢沉下去，渍在皮带上的血迹一点点在水面上漾开来……

"你包庇牛鬼蛇神！"她尖叫。

仇也许早就结下了，他这位学生会宣传部部长，不止一次当众挖苦过她作文中的大白字，尽管她是全校第一个入党的学生。她可以趁假期自费去四明山搞什么调查；而他，却要靠在暑假里摸螺蛳、寒假里踏荸荠来交上学费——她和他永远难以互相理解，甚至了解也全无可能。他在高二时几乎因买不起书辍学，是金老师，撑一把能让台风卷散架的破伞，挽着裤脚管把助学金送到他家里。

他要打倒什么。是的。但绝不是打倒金老师这样的人。

他是多数派的首领，但奇怪的是，权却在少数人手里。

他没有保住金老师，在一个结着薄冰的早晨，他在池塘边看见了那双没有鞋带的破皮鞋……

厄运就是从这里开始的。在池塘里浸泡过的皮带的复仇，加上"向左转"鞋跟的协作，他被送进了假山上的隔离室。

有人揭发他"恶攻"了，他并不想否认。池塘里时时浮升上来的绝望的眼睛使他清醒，他准备为自己的憎恶付出代价。

就在他坦率地承认了自己的"罪行"以后，就在他向自己和人世间做着悲壮的告别的时候，他却被人莫名其妙，而又不容抗拒地拯救出来。

　　既然他们"拯救"了他，却为什么还会有一个洗不干净的尾巴、一个无耻的流言，尾随他到了北大荒？

　　"知了——知了——"蝉叫不息。知了什么？天知了……

　　假山顶那一排小平房，就是当年曾关押过他的地方。

　　肖潇抓住了他的胳膊。

　　"就在这里。"她低声说，呼吸急促起来，"就在这里……"

　　是的，就在这里，决定了他和她的命运。

　　靠西的小窗，在假山边上最低的部位。窗下是石块砌成的陡直的山墙，人除非跳下来摔成残废，没法爬下去逃走，因此做了隔离室。然而，小窗的下面，有一条静僻的小路，掩隐在几株竹子里，平时很少有人光顾。他在寂寞中，想象着，如果她出现在小路上，可以同他对话而不会被别人听见。

　　他托邹思竹找到她之后，邹思竹又带回了她想见见他的口信。这使他欣喜若狂，他画了一张路线图。如果她顺利到达窗下，周围又没有人，可以唱一支歌，天刚亮的时候，那帮懒鬼还在睡觉。

　　他记得，那是一个冬天的早晨，青青的细竹上，闪烁着晶亮的雨珠子，他在一层淡淡的水汽中，望见一个小小的人影，穿件淡紫色碎花布棉袄罩衫、一条蓝布裤，一对齐肩的小辫儿，扎着两团宽宽的红玻璃丝，在茫茫雨雾中，格外惹眼。一把小小的淡蓝塑料雨伞，犹如一片突然显露的晴空，在她肩头轻盈地跳动、摇晃。她转动着伞把，于是伞上的水珠，飞快地四溅开去，像一个无忧无虑的杂技演员，在钢丝上快乐地旋转、滑行……

"……不要用哭声……告……别……不要把眼泪……轻……抛……"

他听见了歌声，细细的嗓音，清脆甜润，如一阵悠悠的江南丝竹声，从微雨中飘洒过来；又好似个梦中的精灵，若隐若现，萦绕在他的头顶。她站在一棵竹子底下，仰着头，睁大着眼似乎急切地在寻找。两片薄薄的嘴唇，一张一翕，那动人的声音，就是从这里飞出来的。只是她那好奇而秀丽的面容，同这悲壮的歌词，显得不大协调。用她这种稚嫩而天真的嗓音来唱《江姐》，真使人觉得那深重的悲痛简直是一种幸福的享受。她用玫瑰花瓣承受不幸，灾难似乎要在一个纯洁无邪的女孩脚下屈服了。

他的心突突地颤抖起来。这是他迄今为止听到过的世上最感人的歌声。他真想从窗子上跳下去，把她紧紧地抱在怀里……

"相信我，我是要革命的。"他说。

"我相信。"

"革命不是在涅瓦大街上散步。"

"我知道。"

"如果我有错误，你可以批判揭发我，或者从此同我一刀两断……"

"不！"她叫起来，打断了他，"我对他们说，你没有讲过一句不革命的话。我无论如何也想不出来……"

他松了一口气。

"哎，他们打你吗？"她踮起了脚尖。

"不。他们不敢。"

"半夜里，慌不慌？"

他摇了摇头。

"想吃粽子吗？我外婆从乡下带来的……"她居然从衣袋里，摸出两只鼓鼓的粽子，举在手心里，想扔进窗子去。她笑了笑，笑容甜甜的。她还太小，只知道半夜里慌不慌，不知道白天更危险。看来她这种"探监"的勇敢实在有点盲目。

他不想使她失望，叫她把粽子藏在竹林的枯叶下。再说他也真馋了，他会让邹思竹去取。雨已停了，天亮起来，校园里开始有了活动的响声。

"快回去吧，坚强点，我一定会很快放出来的。"

"多少辰光？"

"一个月……哦，也可能，两个月……"

她怔在那里，"这么久……那，我干什么呢？"

"你应该学学《共产党宣言》。"

"我在看《马克思的青年时代》。"她显然不愿马上结束这冒险约会。她根本不懂什么是失去自由。她一定把这当作一件好玩的乐事了。山顶上已有人在走动，真见鬼！他拼命挥手让她走开，她竟然抬手把一个小纸团准确地从铁栏外扔了进来。门锁在拧动，有人在吆喝起床，他把纸团塞进鞋里，离开了窗子……很久很久，他依然听到从山下的小路上，传来一阵阵悠长的歌声，不知是竹叶飒飒，还是他的幻觉。一直到夜深人静，他才在月光下掏出那纸团，上头是一行娟秀的小字：

在卡尔看来，爱情是神圣的。"我爱你"这句话，对他说来，有特殊的意义，它同时意味着"永远"。

他爱她。为了雨中的那把蓝色的小伞，他会永远爱她。

"哎，问你话呢，又发呆。"她嗔怪地推推他。

"哦……啥？问啥？"他从自己的思路中挣扎出来。他想件什么事的时候，总像做白日梦似的。

"我问你，你后来找到那两只肉粽子了吗？"

"当然，让我一口气都吃光了。"

他想起当年的"看守"邹思竹那一丝不苟的模样。

"邹思竹那个人心肠蛮好的。"她说。他不愿意她在这种时候提邹思竹。记忆的门到处敞开，却毫无用处；生活的门，到处关闭，却充满诱惑。那个一帆风顺的中学时代，那个光辉灿烂的红卫兵时代，已经永远成为过去。它们被厚厚的绿藻覆盖，失去了以往的光彩。而他面对的，却是一个酷热的夏天，一次没有旅费的长途跋涉，一把锁，一张席子——仅仅为了一张证明，为了那不知深浅的沼泽地。

他感到厌恶。

小山顶工宣队办公室传来几声洪亮的京腔："浑身是……胆……雄赳赳……"

他突然站住了，抓起肖潇一只手，急促地说：

"你知道那年我隔离审查，最后是怎么放出来的吗？"

"不是说……恶攻……证据不足嘛……"

"不，一进去，我全承认了，好汉做事自己承当。"他苦笑着摇摇头，"但到了最后，是他们叫我推翻的。"

"哪个？"

"他们。"他往山上一抬下巴，放低了声音。

"工宣队？"肖潇睁圆了眼睛，"为啥？工宣队为啥要叫你推翻呢？"

"因为工宣队支持我们这派。我如果打成反革命，他们也完了。"他的脸恶狠狠地往一边扭歪过去，树影在脸上投下一块块青绿的斑。"这是一笔政治交易，懂不懂？只要本人不承认，上头就不能做结论，对立派就没有办法，工宣队就一贯正确。我，也就糊里糊涂地当了一只筹码，最后撤销了隔离……"

肖潇不吭声，茫然不解地咬着辫梢，似乎对这中间的复杂关系，仍然不能够弄得十分明白。她低头想了一阵，自言自语说："那……不是等于工宣队教你……教你欺骗组织嘛……"

组织？哼，组织是什么？不过你也总算明白了，一个人第一次撒谎，不是叫人逼的，就是让人教的。欺骗？谁骗谁？这一切也许都是个大骗局，我悟了多少个白天黑夜了……

而现在，要去低三下四地问他们：你们当年教我撒的那个谎，还算数不算数？

他们敲门。"样板戏"往门口移来。

十

"陈旭陈旭，等等我呀……听我说……"他听见她喊。

背后有一双娇嫩的小脚，踩着他的脚印。跌跌撞撞，像一具影子，尾随着他。

"你等等我呀……停一停，我跑不动啦……"

他走得更快。他什么也没有听见。她、汽车喇叭、自行车铃、蝉、大树和风……什么什么，也没有，一片空旷。空白。空虚。

……………

当年他从这条马路上经过的时候，有那么多人簇拥着他，向他欢呼；他起草的大字报，足足一三轮车，贴到市委大院，三进院墙不够贴，干脆铺在地上，用砖头压住，满院子是他的大字报，市委书记下楼都得绕道行走……他亲自撰稿的批"血统论"的大字报，送到省委大楼，从五层楼的楼窗上垂挂下来，一直拖到地上，抄他大字报的人，爬在屋顶，爬在树上，才能看清纸上的字……他在省委大楼前讲演，一脚把麦克风踢翻在地，他不需要扩音器！全场热烈鼓掌……

而现在，满大街的人，没有一个认识他。他们用那么轻蔑、冷漠的目光睥睨他，躲避他，在那一片空洞的阳光里，咒骂他踩了他们的脚……

就是假山顶上的平房，他在七千里外寄予了全部希望的所在，竟也翻脸不认人。半小时前，对他做出了这样的回答：

"离校的知青，我们一律不管。"

“有问题找当地组织解决……让你们农场开张介绍信来！”

“你态度好点儿！反正，证明我们不能出！”

“你不服气，找市知青办去！”

一张张熟悉的面孔，突然变得阴冷陌生。挂着狡黠而愚钝的微笑，瞳孔里却分明充满了怀疑，甚至是幸灾乐祸。变化是怎么发生的？两年前的谆谆教诲、启发、劝导、鼓励——拒之门外。不，不符合逻辑。如果真是这样，人世就太残忍了。你在他们手心里，是一粒小小的棋子儿、一张薄薄的扑克牌，为了替他们赢那一局赌注，你必须扯谎、抵赖、翻案。而时过境迁，不知又是哪盘赌注，他们又会把一切赖得干干净净！

他完全没想到，“向左转”那一派会在学校掌权，成了响当当的无产阶级革命派。他远走高飞——全线崩溃。二十二中早已不是他的势力范围，那座假山已被别人盘踞占领了。

革命？

棋子儿。扑克牌。红卫兵头头。农工。红代会宣传组组长。流浪汉。半截河。可怜虫。车轮。铁锹。鞋底里的二十块。“鲇鱼头”……

“陈旭，等等我……”

这声音，好像是从一个他从来没有到过的地方传来，或者，是他早已离开了那个地方。至少他的魂灵，没有腿也没有翅膀的魂灵，离开了他冰凉的躯壳，孤零零在空中游荡。魂灵里，没有希望也没有思想，只有失望和恶心……

　　他钻进了湖边的一堆灌木丛。他不知那是什么。他只想隐蔽、藏匿，远离人群，孤身独处。他扑倒在阴湿的泥地上，抓住了那黑色的树根，树叶摇撼起来，他的头撞着树干。不知是枝条，还是他的牙齿，咯咯响……

　　他从此将变成边塞的一个碌碌无为、蓬头垢面的小农工，辛辛苦苦、忍气吞声地苟活，无足轻重，任人宰割，在那群地头蛇的统治下度过一生……

　　他狠狠地捏着地上爬过的蚂蚁，一只只捏得稀烂。

　　太阳是灰色的。

　　一湖铅，一湖血，一湖尸骨。

　　才气、运气，埋葬在天边的沼泽地里……谁遗忘的一块雨布……天晴了……变成了垃圾，一个垃圾世界。

　　他不要魂灵，魂灵使他痛苦，他只要一尊受到欢迎的躯体，高踞于众人之上。可躯体里爬满了蚯蚓，把肠子拱得乱七八糟……

　　一双柔软的小手，摩挲着他的额头，一个轻细的声音，吹到他耳边：

　　"陈旭你怎么了？"

　　"你别着急呀，冷静点。"

　　"你说过，要坚强……"

她用手绢替他擦额头上的汗。

他猛地跳起来。额头在树枝上狠狠地撞了一下，痛得他一咧嘴，更惹得他心里的怒火直往上蹿。

他粗暴地推开了她。

"你给我走开！"他咆哮起来，"你干吗老跟着我？你给我走开！走！"

她显然是让他这没头没脑的发作吓坏了，怔怔地站在那里，不知该怎么安慰他。

他抓了一大把树叶，揉碎了，扔在地上，用脚尖死死地踩，踩成黑色的酱，埋进泥里，才罢休。又狠狠地咳了一阵，吐出一口黏痰，哑着嗓子不知说了句什么，便拨开树枝冲了出去。

他大步疾走，死死攥紧了拳头。他要砸烂这假惺惺的阳光！

他险些撞到一辆黑色的小汽车上去。

"你瞌睡不醒？！"司机刹住车，伸出头骂道。

"你的脑子浑沌沌！"他回敬得更加气势汹汹。

有人从后窗探出头，想看看究竟是何人敢骂他的司机。今天的杭州城里，有几个不认识他的车呢？

这个人摘去了墨镜。

陈旭顿时清醒了。定定神，一阵狂喜掠过心头。却故意沉下脸，双手一抱胸，冷冷地说："怎么不认识啦？"

相持了几秒钟，那人大惊小怪地喊起来："啊呀，陈旭——"车门很快打开。一个肉球滚出来。

他就是王革，当年的省工代会常委，一家大工厂夺权后的一把手。那年武斗，他被困在一幢二层楼顶的平台，是陈旭想办法甩上一根绳子和几个面包，让他逃走的。救命之恩，交情非同一般，陈旭支边上火车那天，他还赶来送行，送了陈旭一只一千瓦功率的旧电炉，拍拍肩膀说："你到北面去干，我在南面干，南北一条心！"

"啥辰光回来的？高升了？也不来寻我，把你大哥忘记了？"王革眯着眼打量他。目光里的疑虑，是猜他把坐上直升机的通天消息隐瞒了起来。

陈旭便把刚才那些愤怒沮丧快快地收藏好，嘻嘻一笑，从容说：

"我们知识青年，人生地不熟，东北人排外，一步一个坑，到现在还在打天下，哪里像你稳坐钓鱼台了……喏，熬了一年，总算农场领导还识货，先给我个场革委会副主任当当……"

他忽然看见肖潇在不远的一棵树下站着，用那么一种奇怪的眼光看着他。

他叹了口气，又说："就差一步了，哪晓得，为了那年隔离的事，还要政审……回来开张证明，唉，你晓得二十二中工宣队那帮浑球……"

"噢，小事一桩，包在我身上，笃定！"王革恍然大悟地拍拍胸脯，"你不早说……"

"王主任，要迟到了，"小汽车里探出个姑娘的前额，嗲声嗲气地叫道，"走不走呀？"

"好，就这样，有空来寻我，陪你到屏风山去荡一圈。山上风凉嘞。噢，忘记告诉你，我，到省革委会工交办当头儿了，电话22347……"他向陈旭伸出一双胖鼓鼓的手，又朝小汽车喊了一声，

"柳荫，下回这位陈旭同志寻我，要放他进来。"

柳荫？好熟悉的名字。陈旭愣了愣，他看见一头浓密的黑发晃过，车门关上了。小汽车扬长而去，一股汽油的浊气，喷在他满是汗味的衬衣上。他闭了一下眼睛，将一种无法述说的酸苦，送进了心底。

他默默目送这位显赫的战友，若有所思，痛苦不堪的面孔渐渐舒展。他在心里背了一遍电话号码，眼睛熠熠发亮。

魂灵自己归来了，不甘屈服的生命又一次死里逃生。那极小而又无限大的空间——男人的胸腔里，充满了疯狂的呼唤。

他回过身，却发现肖潇不见了。

十一

半夜里，肖潇常常被街上传来的莫名其妙的锣鼓声惊醒。开始，她总以为是军训的号子，翻身跳起来就去叠被——竹榻嘎嘎响起来，黏滞而又潮热。小巷里微弱的路灯光透过板壁的缝隙，投在地上，几个小小的黑影吱吱叫着，拖着细长的尾巴倏而不见了。她记起了自己是在哪里。她和她的伙伴们曾在七千里外的异地夜夜梦想的故乡，竟然如此陌生。

她不敢翻身，一动也不敢动。好像改变一下位置，这黑暗也会随之变得更加狰狞，或从哪个角落，走出什么魔怪。她悉心辨别那锣鼓的去向，猜测又发表了什么最新指示……陈旭不再陪她，她也不敢再让他陪，何况这几天，她一直有些生他的气，为他那天当着她的面，对王胖子撒了一个弥天大谎。什么提拔革委会副主任，他好意思！她气得扔下他走了。他追上她，就为这，两人在街角上吵了一架。

……洞穴一般的仓房，她似睡非睡地睁着眼想自己的心事。也许原始人就这样生活。横竖是一片昏黑，看不见丑，也看不见脏，原始人不需要撒谎。可是蜥蜴呢？墨斗鱼呢？为了生存？为了……

她隐隐地觉得，陈旭对于她，似乎一天天变得陌生。她和他之间，虽然熟悉亲密、相依相恋，却又隔着一层什么，一松手，依然是清清楚楚的两个人。他是一个多棱镜，她要看透他，实在是件吃力的事。而他却回回轻易地将她的心思识破。她即使看透他一回，低头却看不透了自己。她惊讶，又迷惑。她总是不认识他，有时甚至有些厌烦他。他走近了，却离得她更远，她不知哪个是真实的他。然而奇怪的是，最后她却又总是被他说服，原谅、同情和钦佩他……

他爱她。她知道。她需要他爱她，在那寒冷的土地上。她也爱他，她需要爱他，在那寂寞的人群里。

他自从遇见那辆小汽车后，这几天老往外跑，她说什么也不愿同他一起去。她清清楚楚看见，坐在王胖子身边的那个姑娘，是他们学校高二的柳荫，全校闻名的"女篮5号"（她认为自己长得像秦怡）。她和肖潇都参加过学校话剧队。肖潇没想到柳荫不但没下乡，还当了王革的"秘书"，真有点惊心动魄。反正没有一件顺心的事。那二十块钱，除了交给陈旭的妈妈十块钱伙食费，除了蜡烛、汽车票……虽然连冰棍也舍不得吃，它还是一天天少下去。陈旭的证明一天拿不到手，他们就一天不能离开杭州。但回去，路费又从哪里来呢？

今天是陈旭第三次去二十二中找工宣队。他说王革已经打过招呼，校工宣队答应给他出证明。可肖潇对那个王胖子一点好印象也没有。陈旭兴冲冲走了，把她扔给一堆有好多虫眼的毛豆。

她剥毛豆。反正白天也无处可去，街头的大字报几乎千篇一律，看书吧，他家里就连一本书也没有。

厨房的煤球炉上，放着一口烧饭用的钢精锅，里面是水和米。陈旭妈妈一早就给肖潇布置了任务，好像她是前几年的逍遥派似的……不过，他们没发现那仓房的秘密就谢天谢地了，剥剥毛豆烧烧饭，实在也算不了什么。

那年暑假，有几天刮台风，哪儿也去不了，妈妈让她和妹妹剥毛豆比赛。谁赢了就让谁讲故事。

她讲了一个《快乐王子》，又讲了一个《海的女儿》，是妈妈讲给她听的，她再讲给妹妹听。

她们把毛豆壳扔在门口的汪洋里，一群浩浩荡荡的船队出发了，她念自己写的诗："路灯亮了，我和妈妈回家了。"

妈妈！

到今天为止，她还没见到妈妈。陈旭坚决反对她去找妈妈，说这是妥协。可是，不见到妈妈，她又怎么弄明白妈妈为什么不给她写信呢？

也许，可以到妈妈天天经过的路上，远远地、远远地看看妈妈，只看一眼……

"饭烧焦了——"一个粗壮的嗓音在她头顶轰响。一阵脚步声进门，震得梁柱也摇晃起来，她扑到煤炉前去，一掀锅盖，一股煳焦味呛人……

　　"烧饭就一门心思烧饭，一天到晚没魂儿一样……"粗嗓门唠叨着，从茶壶里咕嘟咕嘟喝凉开水。她的工作单位差不多就在家门口，街道纸盒厂，所以她一歇歇儿就回来一趟。

　　"……不当家，不晓得柴米油盐贵……"肖潇未来的婆婆，把水缸盖、茶壶弄得乒乓直响。她明白，陈旭的母亲根本不喜欢她。她和她没有什么天可谈。

　　"饭烧焦，插几根葱好了。"肖潇忍不住说，心里怪委屈。她在家里从来不烧饭，有外婆。外婆不在，饭烧焦，有葱。是妈妈教她的，妈妈也常烧焦饭。这客气的辩解，却惹得陈旭的母亲大为恼火。她端起锅往地上一摔，嚷起来：

　　"……呸！哪儿来的狐狸精，管到老娘头上来了！蛋还没生，叫倒蛮会叫……"

　　肖潇唰地红了脸。又不是嫁给你！还不是为了陈旭，她才同自己家闹翻的？她咽下一口气，尽可能平静地说："陈妈妈，你对我有意见……"

　　她的话被一阵更激烈的谩骂打断。

　　"……我当是闹鬼呢，天天后门响，哪里晓得，养了一只狐狸精，阿龙魂都勾去了，我还敢有意见……"

　　她吓得眼睛发直。所有的不满都噎了回去。她听出来，他们全家似乎早已知道小黑屋的秘密了，只为着双方都不难堪，才装聋作哑了许多日子……她垂下头，地上的毛豆壳在跳舞，一群绿色的精灵……

于是它飞过篱笆逃走了。灌木林里的小鸟们惊恐地向空中飞去。这是因为我非常丑陋！小鸭想。于是它闭起眼睛，仍然继续逃跑。它一口气跑到一块住着许多野鸭的沼泽地。它在那儿躺了一整夜，因为它非常疲乏和沮丧。

陈旭满面春风地走了进来。

"看！"他把一页纸，递到肖潇眼前，上头有一个鲜红的印戳。"胜利了！"他在地中央背着手，走了一个来回，手指打了一个响榧，"1970年7月23日，一切都将从头开始！"

他丝毫没有察觉出屋里的气氛，兴致勃勃地举起那页纸，念了一通。那上头好像是说，他在"文革"中的表现，是响当当的革命派，当地组织，应予重用……

"到底，还是要有权。"他总结，"王革一个电话，工宣队的态度客气得像儿子似的。现在好了，三天之内，我可以出发——打回老家去！"

"三天之内？"肖潇愣住了。

"怎么？路费，王革说他借我们……"

"不，不怎么……"她搪塞，悄悄溜到门边去。就在这一刻，她先前的决心冲上来，变得既坚定又果断——她一定要去一次，哪怕远远地看一眼，几秒钟……然后，头也不回地跳上火车，回到那遥远的地方去……

路灯亮了，她和妈妈回家了。

她在写诗。一边走一边写。

她还是一个小小的姑娘，袖子上别着二道红杠杠，她在妈妈身边蹦蹦跳跳地走。路灯下，妈妈身后有一条细细长长的影子，像一只小蝌蚪，小尾巴摇摇摆摆。

宽宽的大街，好像一张纸，今天写得不好，明天可以翻过去重写。长长的小巷，好像一支铅笔，小巷走到头，诗呀、歌呀自己就从笔尖下溜出来了。

她和妈妈穿过大街，走过小巷，每天每天。路灯下，她的影子像一根竹笋，刚一眨眼，就长了好几尺。竹笋变成了毛竹，妈妈没有尾巴了，小尾巴变成了青蛙公主。

她徘徊在一根电线杆下。电线杆上贴着标语。路灯还没有亮，看不出标语上写的什么。她用脚步量着路面，计算妈妈下班时经过这里的确切时间。她量了一遍又一遍，不是步子错了，就是路面凹凸不平，怎么也算不出来。

雾蒙蒙。太阳像只橙黄的气球，不知要升上去还是要飘落。不知是早晨还是黄昏。

刘老狠赶着一群牛走过来，往地上吐了一口说：娘的！

不许你骂娘。她也往地上吐了一口。

她看见一个人在给花儿浇水，走过去一看，不是妈妈。

她看见一个人在批改作业，走过去一看，不是妈妈。

她看见大道上开来一辆拖拉机，慢吞吞的，半天也开不多远。拖拉机顶上坐着一个人，正在扎笤帚，她一看，黑头发中有一根根银丝，微笑的皱纹里有淡淡的亮光。妈妈——她叫道。怪不得这么晚，原来她是坐拖拉机来的呀。妈妈下了车，慢吞吞走过来，也像一辆拖拉机，脚上安了链轨板。

妈妈说：你老是在教室外面吵，妈妈上课呢，你真不乖。

她说：我长大了要当歌唱演员。

妈妈说：青蛙公主的嗓子可不好听，还是当医生吧。

她一生气，甩下妈妈就一个人走了，走得飞快。

她在台上朗诵一首诗。

——在蔚蓝色的大海上，住着一个老头和他的老太婆……

台下的人都鼓掌了，叫她的名字。她想再念一首，就抱住了麦克风。她不愿下台，她愿意从头到尾只让她一个人表演。妈妈把她抱了下去，她打妈妈的肩，在妈妈手指头上咬了一口……

一只巨大的风车，把风绞成云朵那样的碎片，漫天飞舞。

一条河，水往山上流。

天渐渐暗下来。她等得心焦。脖子有点酸，喉咙也干极了。

妈妈——她想叫，却没有声音。妈妈——她发现喉咙的开关没有开。妈妈——她找不着钥匙了。

水上漂来一封信，她一看，是陈旭写来的，他到延安去大串联了。他根本不在杭州。

陈旭信上说：你要妈妈还是要我？

她说：我要阿妈。

妈妈的头发全白了，满是雀斑的脸像个芝麻烧饼。妈妈的额上爬满蚯蚓，妈妈变成了一个老太婆。

踢踏——踢踏，妈妈有气无力地走过来。

妈妈！她突然响亮地叫出声来，叫得像青蛙那么响。

亲爱的小花儿，是你，你回来了。

妈妈！是我，我回来了。

让妈妈等得好苦，妈妈知道你回来了。

你为什么不给我写信？妈妈。

你不是也没给妈妈写信吗？

爸爸不要我了，我不是妈妈的女儿了……

傻孩子，气话，不算不算……

原谅我，妈妈，我想你呀。

妈妈没给你写信，妈妈是怕牵连你。妈妈的隔离虽然撤销了，可以回家，但还是敌矛内处，是叛徒嫌疑……妈妈对不起你……

叛徒都长分头，妈妈不是叛徒。

傻孩子，路灯亮了，和妈妈一起回家吧。不……我要走了，明天的火车。路灯坏了，你别怪我，我想你……下次，下次我……

她分明觉得，妈妈那忧伤的目光，从她发际掠过，像她在无数黑夜里见过的两束光，温暖而透明，把她紧紧地搂在怀里。

妈妈问：你要什么？

她想了好久，说：你有钱吗？

妈妈把衣袋掀起来，又翻动那只又旧又破的灰拎包，只找到一分钱，妈妈往那硬币上吹了口气，硬币变成了一只气球。

妈妈——

她发疯地追上去，抱住了妈妈的腰。她摇撼她，呼喊她，捶打她。她却纹丝不动。又瘦又硬的腰脊，冷淡而漠然地听凭她哭号……

她发现臂弯里是一根电线杆。粗糙而破旧的木柱，长满湿漉漉的苔藓……

路灯亮了。

路灯是黑色的。黑色的灯光下，一个瘦小的人影在摇曳，像一只拖着尾巴的小蝌蚪。气球升高了。茫茫云影中，一群黑色的小蝌蚪忽沉忽浮地逐浪飘荡。

十二

他整日里腰间系一根草绳子，起初绳下是件衬衫，后来是件蓝褂，到现在过了秋分，是黄布洞里露出的黑棉花球。草绳子挺管用，比扣子便当得多。从鞋面到鞋底，也绑上那么几道，任是雨天雪地，不打滑。浑身上下真正只剩下一粒扣了，是替茅楼把门的。没有扣，就像小号的看守，蹲在旮旯抽烟卷，被看的松了绑。冷风灌进去，像拥着个冻僵的娘儿们，想干什么干什么。那几粒军扣，还是泡泡儿从支边火车行李架上扔的一件军大衣上割下来的。如今倒让这帮王八撕扯了个干净，当糖豆咽了吧？噎死才好。

草绳子，是去水田背稻草时，老边给搓的。难兄难弟。那大嘴一咧，嘿嘿说："有招儿不露！"草绳下掖一柄铁镰，镰刀头硌着腰，镰杆儿在屁股上滑来滑去，让人觉着神气。那如是枪，没准儿就崩他几个！破手套在胸前晃荡着，露一排黑黑的指甲盖。

他只能看见自己的指甲盖，似叮了一溜蝇子。他看不见自己的头发究竟长成什么形状，只有那一群骚动不息的虱子，提醒他的脑壳顶着一座热带丛林。希特勒那时候，虱子也大有用处，可以传播和制造细菌，一死一大片。反正没有镜子，他不知自己的形象。因为这个地方只负责灵魂和头脑的清洗，如同一切的拘留所和隔离室一样。他们喝"一片汪洋都不见"的酱油汤，就着铜墙铁壁一般的窝头，同许多罪孽深重的坏蛋在一条板铺上打呼噜……他对自己感到陌生，甚至不知道自己是否还存在。于是有一天早上他从稻草堆里第一个跳起来，跪在地上拼命地磨镰刀，嚓嚓嚓嚓的声音就像半夜在炕头炕梢奔忙的耗子。他磨出一个晶亮的水泡子，又磨出一身酸腥的臭汗，唯独没磨出他想要的那件玩意儿。当他把亮晃晃的刀片举齐眉梢，妄图对其摆弄自己的时候，板铺上那几颗光头放肆地笑起来。

"还照镜子哪，撒泡尿不就得了？""我说陈旭，你嘴皮子行，干活儿？""不如抹了脖子，提溜脑袋自个儿瞧呢……"

他懒得搭理他们，一潭臭水。蚊子来，长尾巴的蛆也来。"你他妈的犯的啥事儿？""做思想工作了。""给谁做？""那上海姐儿。""做通了？""通了。""通了又告了你吧？""哪呢，我让她当卫生员了。""怎么逮住的？""狗在雪地里刨出个死孩子。"……"你呢？""卖粮食了。""卖谁的粮？""食堂的。""卖多少钱？""一车木头。""木头呢?""拉城里了。""城里给你啥?""儿子开车了。"……他娘的!落到这个地步,竟同这种屎粪里的臭肉虫子搅在一个坑里。

他憋不住尿,去上茅楼,几块板子,吱吱响,晃荡荡。走上悬崖,面向深渊。他抽一口凉气,低头寻找那仅剩的黑扣子,只见从一汪黄沌沌的浊水里,冒出一张青灰的脸,胡腮像背阴的树干上挂的苔藓,将那先前的傲慢与执拗,一股脑儿包裹起来,露出一只垄磨似的鼻,挂满了晦气。他抬脚将那板子踢下悬崖,一怒之下最后一粒扣子也不知去向。

"跟我们走!""走哪儿?""场部!""干啥?""去了你就知道了!""你们算老儿?""政工组的。""我不去!""不去捆上!""敢?!""你敢拒捕?""逮捕证呢?""公检法早砸烂了,我们有印儿。""这是私设公堂!""公家怎么会是私设?你放心!""你们想干什么?""你擅自离场一个月,还有好果子吃?""我回去外调。""调谁?""调我自个儿,我不是反动学生,我是红卫兵头头,我有证明……""少废话,带走!""你们不讲理,向中央控告你们!""等我们上西湖外调三个月回来,你再控告吧!"没等肖潇喊出声音来,他早已被推进了吉普车。

没过白露,便降了白霜;没过霜降,小雪大雪把个太阳也刷白了,天上地下冻得瑟瑟发抖……

转眼间,他就在这不是人待的地方,强蹲了两个月。

还得蹲多久?长得盼不到头的冬,九九八十一天……

他提着那照不出人影却也锋利无比的弯镰排队去割豆子。一群黄不黄绿不绿的囚徒，蠕动在没膝深的雪地里。那金豆豆、铜豆豆，要从雪底下抠出来，砍倒了，铺成趟子，再来牛车拉回去。鞋冰凉，手套冰凉，血冰凉；鞋湿了，手套湿了，骨头湿了。那牛饿了还哞哞叫屈，嚼着豆秸不走，人饿了却还得弯腰撅腚，往那白茫茫的天边挪。没有鞭子还有秃鹰似的眼，在身后扫射。他发疯地挥着镰，连砍带拽，任凭那干脆的豆荚咔嘣咔嘣地炸角，迸进雪地里，变个银豆豆、水豆豆，立时不见了，好不痛快。榨油磨豆腐，谁能见着影？就是熬剩的豆饼子，也轮不到咱。抠你做甚？不如早早地撒进大地，让它们在雪被头底下困一觉，明春倒省了再播种。

"你小子小心，'座山雕'过去了。"老边低声咳着，赶上来。这个倒霉鬼，开春时拧柴油罐上的嘴子想洗手，油冻了，走时没关严，中午晒化了，一罐八吨油，跑得一滴不剩。拖拉机手当不成不说，"破坏生产"，判上三年两年，笃定。他瞅着老边那憨憨的厚嘴唇，浑身一阵麻冷。

"急啥？到脱谷那会儿，等着瞧。"那厚嘴唇贴着他耳朵，突然努出一道刃，"我让机口一天堵上十回八回的！"

"座山雕"在后面哇哇喊道："这天头看样儿还得下雪，再下雪，豆子全毁了。我上七分场机耕队借个拖拉机去，今儿天黑前把豆棵子都装上拉回去。老边，你带大伙老实干，我不回不许收工，听见没？"

他登上车，顶风走了。

豆棵子摞起来，摞成一堵墙。抓几捆豆棵，扫净了雪，露出块黑土，用鞋尖将那秸秆上的金豆碾搓下来，一捡一大捧。再把那豆秸点着了，豆子滚在镰刀上烤着，烤出一股煳焦味，贼拉香。

"谁有火？"

没人吭声。隔离室，火也隔离。火墙子在门外，停了电也不发蜡。只是上个月给白菜下窖，窖下见着几盏马灯，跃跃的火苗，跳得人心痒。"报告队长，马灯灭了，要根火柴。""报告队长，才刚那一根没点着……"骗根火柴也得有招不露。弄到了手，藏在铺下的空心苇子秆里，福尔摩斯也寻不着。那一根是留着抽烟的，哪天派出去装车什么的，不愁捡不上几个烟蒂，一人凑一个，将烟末子抖开了，撕块报纸卷成条，像小蚂蚱腿似的烟卷，一人抽上一口，"嗞——"真过瘾！

可这冰天雪地里，上哪儿弄火？放大镜，搓棉花绳？算了，还是挤成一团躲在这背风处待着去吧。

一个灰色的小东西，嗖地从豆秸中蹿出来，夺路而逃。雪地上留一行花瓣似的小脚印。兔？獾？田鼠？……你们都有厚厚的毛皮，挡得住风寒。就连你大豆，还有个荚窝。人呢？茫茫天，昏昏地，任凭摆布……

魏华的伤真就留下了后遗症？病退回鹤岗，求之不得，副连长的额总算空出来了。那空额由谁去填？

余指导竟当上了分场代理主任，那副指导的空儿呢？

郭春莓干吗去养猪？大养其猪，还评上了管理局活学活用标兵。回农场那天，在大车队前望见她推一辆独轮车，明明打身边过，她却装没看见。一条军裤膝盖上，贴着个蓝色的大补丁，活像个面具。那独轮车上的饲料，装得只差坍下来了。标兵？大概还想当个什么领导哩。倒看不出这女子有这样的雄心。

再写封信，给知青办。——怎么寄出去？

有人踩他一脚。一阵阴阳怪气的哄笑，在四周漾开。

"瞧瞧……瞧那娘儿们，矬得像个土豆……"

"瞧那爷们儿，麻秆一根……"

远远的雪地里，有两个黑影，在低头扒着什么。又直起身子，顺垄沟寻去。一高一矮，一胖一瘦。是附近老乡屯子里的屯迷糊，来捡农场地里的剩。公家的地，收得少扔得多，捡也捡活一家人了……

"那是两口子不是？"有人眨着眼，咽口水。

"两口子？高的高，低的低，够得着吗？"

"那怕啥，中间找齐不就得了……"

"中间找齐？嘿嘿，想他妈的美事儿！"

"谁给说段山东快书解解闷。"

"山东快书？好说，听着——当里个当，当里个当，俺今天表表梁山好汉武二郎。武二郎，大裤裆，当里个当，当里个当……"

"干活儿！"老边吼起来。

白雪下是骚动不安的土地，日日夜夜，每时每刻，粗糙的雪粒下冒出一股腥臊的泥土气息。那欲念，压得住吗？何况是雪。她的肌肤也如冰雪一般，玲珑剔透……不，不许想她。她不是一个欲念，是一片洁白的云，托梦的云。咽着口水想她，是一种罪过……

天暗下来。豆棵子远了，似夜行在铁轨下的枕木，虽看不见，脚踏去，却永无休止。灰色的云，倒近了，索性散成了雾，从野地里弥罩下来，悠悠贴地低回。只是从昏黄的暮色里，伸出一把把若隐若现的小钢锉，开始嘎嘎地锉着人脸、脖颈、电线杆子……

"这风……"他嘟哝。

"这风，这风还咋的？到三九天，让你去掏茅楼，下到池底，那屎尿柱子一根赛一根，跟那画片儿上的……叫啥……桂林山水一个样。那风，还带响儿的，能把人噎死，做个冰山上的来客……"

悬崖？他眉梢颤颤，一阵心跳。还在这里待到几时？一只食尸的鹰，树洞的熊。镰刀忽然发出阴冷的闪光，游蛇似的蹿出去。雪末飞扬，枯叶纷落。冻硬的鞋化了，铁壳似的脊背软了，骨头干了——一股火，烤得他大汗淋漓。

到了。他猛地把镰刀甩得狠狠的，第一个到达地头。

地头横着一条通往屯子的小路。

他望望身后，轻蔑地吐了口唾沫。有人踢踏踢踏地从远处走来，毛茸茸的皮帽子耳朵朝天翻着，小风在杂色的细毛上吹起一层涟漪。是个猎手，肩上的双筒猎枪，挂着一只沉甸甸的长脖大鸟。

"野鸭子？"他也伸长了脖。

"不，是大雁。"

大雁最爱吃谷子。猎枪就专门等候在下了秋霜的谷地里，秋天的大雁肥墩墩……

"卖了吧！"

"给啥？"

原来还是氏族遗风，以物易物。反正也没钱。有啥？钢笔、指甲刀……不要？不要可啥也没有了……嗨，对，腿上有一副狗皮护膝，带松紧的，还温乎哩，等着我给你脱。冷？不怕的，吃饱就不冷了……

这笔交易做得还值。地上跑的换个天上飞的。啊，对了，贫下中农大叔，再给根火柴……趁着还活，吃了它。"座山雕"还没回，千载难逢，别害怕，不是演样板戏……谢谢了。回头上场子玩儿去！你们都围着干瞅啥？抱豆秸去，点火，烧热土，和上雪水，搅成一坨泥，往毛上抹，看我给你们做个"叫花鸡"。

啥叫花鸡？西湖菜谱上头十大名菜之一。再"破四旧"也破不到它头上，它是个忆苦思甜的革命菜——叫花子，就是要饭的，一无所有，无产阶级，同咱们一个样儿。叫花子怎么还吃鸡？大概是沾染上了资产阶级思想。没关系，先吃再批。……糊上泥巴在火里一烧，香得你除了叫花子再不想当别的。没听说过？你们没听说的事多了，就知道猪肉炖粉条子……

快点！看见没有，大道上有灯，狼眼似的，是"座山雕"的拖拉机回来了。点火！没事，十来里地，拖拉机得开个两三袋烟工夫，够了，等"座山雕"到跟前，叫他连根雁毛也见不着。加火！要烧得那泥噼啪乱跳……放心，探照灯扫不着你，就算"座山雕"看见火，不会说是老乡扔下的烟头？……

好了，大概好了，闻着香味了，油刺刺响，流出来了……不要抢不要抢，我同老边一人一条腿！剩下的你们分去……咬不动？牙齿冷僵了？哦，是有点生……不过时间来不及了，拖拉机怎么开得这么快，再快也还有三分钟，让我把这块肉撕下来，咽下去，嚼嚼骨头实在是顶香了，可惜可惜……咬不动，真咬不动，咬不动也吞进肚里去，就是原样拉出来，也不能给你"座山雕"吃了……这就叫作"叫花雁"，南北无产阶级大团结……咳咳，雁毛卡在喉咙里了，痒得想飞，真飞起来就好了，要当就当头雁……臭味？当然，别害怕连肠肚下水一块吃，叫花子嘛，贫下中农，大雁粪也是香的……真要烤一只他妈的"座山雕"才解恨……

"陈旭！"一个破锣嗓子在火光中炸响。

"干吗？"他惊醒，火堆消失了，只有两道光柱魔怪似的逼近。

"说'到'！""座山雕"在车灯下满脸铁青。

"到。干吗？"

"瞧瞧你那趟豆铺子，干的什么活儿！"

车头哼哼着，像是被它自己的所见，吓得哆嗦不已。他身后的豆铺在车灯的暗影中歪歪斜斜，遗留的豆棵子稀稀拉拉地耸立，支棱八翘……

"给我用手薅净！啥时薅净啥时回！"

"天黑看不清。"他冷冷地说。血在咔咔冻裂，五脏六腑，空旷得如一片荒漠。脸面早已无知无觉，风在锉着冰柱似的骨头，发根僵硬得竖起来。

"看不清也得看！""劳动时间早超过十二小时了。""十六小时你也死不了。""你把人当人吗？""这才叫劳动改造，把镰刀给我！……听见没有，给我镰……"

寒光一闪，镰刀飞出去。单杠腾跃！鞍马！秋千！空中飞人！那弯弯的银钩不偏不倚，挂上了那只魔怪似的大眼。炸角了，金豆飞溅，一团漆黑。许是过了半世纪，那另一只眼，才战战兢兢地勉强睁开，一片混浊，黑暗的地球上，只有一只眼的光亮，照出一个黑暗的角落。

"你小子反了，押回去，反铐！"

……草绳子什么时候折了，钢锉贴着皮肤搅动磨砺，揭掉一层皮，剜去一块肉，锉断一根筋……心也被戳出了孔，殷殷滴血。原来创痛是这么留下的。最后一道防卫，草绳子遗落在哪个垄台，哪条垄沟，哪片雪地？

……怎么这样亮？失火了？天边是什么？一只充血的眼，一个哪吒的风火轮。一个红通通的肉丸子？一个芝麻葱油饼？是月亮圆了。怎么会有这样红的月亮？他从来没有见过这样血红色的月亮啊……

在通往场部隔离室的路口，他看见月光下有一棵小树，竟然没有落叶，在皑皑的雪地里伸展着银红色亮光的枝条。

肖潇！他在心里喊。他闭紧眼，咬牙走过去。几粒冰珠子从那冻透的胸腔里溅出来。那柔软湿润的小嘴，温热的肌肤，散发着芳香的颈项，永远是一个无可替代的诱惑。也许将要一辈子留在这鬼地方了。即使放出去，也成了这里的一个土坷，冻了又化，化了又冻；冻了收割，化了播种……可他绝不会让别人来得到她的！他有本事自己来搭个窝！给她，同她……

他哆嗦了一下，为自己的想法吓了一跳……手腕上的皮绳烧灼一般地疼痛。

十三

夏日里的野花，一朵朵凋谢了，从草丛中悄悄隐去，草甸子一日日稀疏了，憔悴又衰老。杨树绝望地呻吟，露出光秃秃的老鸹窝。水渠沮丧地沉默了，把昔日的歌，封存在冰唇下。雁群嘎嘎南去，长一声短一声啼鸣，哀怨而忧伤。未曾拉回场院去的苞米铺子，落上了一层小雪，太阳一出，苞米须上滴答着一串串清泪……

忽然有人吵吵说，要过中秋节了。

肖潇完全莫名其妙。就像在夏天，突然要过年了一样的不可思议。雪也下过了，冰也结上了，怎么就会过起中秋节来了呢？

但这是确确实实的：天上有一个圆圆的月亮，圆得好像随时会骨碌碌滚下来。

这也是确确实实的：连队食堂，杀了一头猪，每人一份大葱炒肉。那大葱粗得像南方的茭白一样，斜斜地切下去，像一只蛏子肉。可惜咬一口，麻酥酥。葱炒肉？笑死人了，葱竟然可以炒肉。这黄不黄、白不白的大葱管，假如同南方那细长翠绿的小葱放一起，就像野蛮部落和文明人。葱炒肉，能好吃吗？一股刺鼻的葱味，把肉香都吞了，火辣辣地熏人。她把碗推开，冷冷地斜睨它，不想吃。当然可以把肉片挑出来。奇怪的是，很久不吃肉，肉反倒不香不鲜，油腻腻的没了滋味。

一人还发了一个西瓜、一堆沙果。西瓜像铅球那么大一点，挂一层白霜。还有两只硬得像炕沿木似的月饼。可她不觉得饿。

她只是确实知道了：八月十五晚上不用政治学习了。

大家的面孔都像月亮似的放光。不过，那月亮却显得绿阴阴，好像长了毛似的。

她对着月饼和西瓜出神。呆坐了一会儿，从铺底下寻出两张信纸，把月饼包了起来，放在一个牛皮纸的信封里。然后又爬上炕，把信封放在箱架上。想想不妥，又取下来捧在手里，没了主意。

宿舍里老鼠翻天。有一次半夜里，一个鹤岗姑娘从被窝里跳出来，嗷嗷叫，在地上打滚。大家惊醒了，打手电一看，她的一只脚指头不见了——姑娘们从此只好穿上干净的农田鞋睡觉。有时早上起床，炕前只剩下一只鞋了，不知又让哪只耗子拖走，做了它娃娃的摇篮。连被窝里都是老鼠屎，说不定哪天就会翻出一窝粉红色的小老鼠。天棚里更是闹鬼似的，一夜扑腾到天亮……

有一天下午出工，泡泡儿和扁木柁阿根郑重其事地递给她一个软塌塌的纸包，叫她快点趁热吃。她以为又是烤苞米或是煮土豆，打开一看，吓得一下子把纸包甩出老远——一只红彤彤的无头老鼠，扑来一股又香又臭的怪味。纸包落地，心疼得泡泡儿直跳脚。他拎着那只从草棵里抢救回来的美味，咽着口水说：“你吃吃看嘛，吃吃就晓得好吃了。大串联在广州，我看见过蛇店和老鼠店，不骗你……真的，在这里，又没有东西好吃……”

吃老鼠肉？她宁可饿死。

就是真的顿顿吃老鼠肉，也不可能把老鼠吃光。陈旭就编过一个顺口溜：“东北三大宝——耗子、跳虱和小咬。”陈旭，你想我吗？“破月饼还舍不得吃，留着喂耗子！”对面炕有人冲她拍巴掌。你知道我留给谁！她终于把月饼放在铝制的饭盒里，才松了口气。下次再去看他的时候，可以带给他……

"聋啦？小肖，"有人在门口喊，"余指导让你到办公室去一趟。"

她抬起头，有点心慌，她还从来没有被余福年叫到办公室去过。

还为了那页日记吗？她是在日记上写过，她不明白陈旭为什么要蹲小号，她是在日记上写过，她想念他……可那页日记怎么就会在她不在宿舍时从铺盖下掉出来，又交到余福年手里去的呢？

为了这页日记，连里开过不点名的批判会。

那批判会上，就连刘老狠都发了言。他从兜里大模大样地掏出个笔记本，打开了往桌上一放。底下有人窃笑，说那本上其实一个字也没有。刘老狠往那本子上瞧了好一会儿，说了这么几句话：

"俺们年轻那会儿，心里就想着开荒打粮食，哪有那么些雪呀花呀的闲心。开荒队小伙收到对象的信，就贴在小黑板上公开，嘿，被服厂的姑娘收到开荒队小伙的信，也当大伙念，那信里头，其实啥啥没有，光鼓励开荒，这就叫作革命乱（恋）耐（爱）……"

开完批判会，郭春莓还把那页日记，贴在了宿舍墙的大批判专栏上，两个月迟迟不揭下。

郭春莓还在生她的气。她知道。为了那夜的恶战打伤了魏华，她把陈旭同肖潇连在了一起。自从魏华走后，郭春莓就搬到对面炕上去住，脸上像结了一层霜似的……她几次想主动同郭春莓说话，没开口，嘴唇就让对面扑来的寒气冻住了……

小鸭坐在一个墙角里，心情非常不好。它感觉自己有一种奇怪的渴望，想到水上去游游。……你们不了解我。小鸭说。

宿舍里所有的人，都把眼里惊奇、担忧、幸灾乐祸的余光扫过来。她用一个后背，通通弹了回去。陈旭被送去场部隔离室后，整整两个月，她一直在这种目光中生活。她早已习惯了独来独往。打饭、挑水、收工、学习……不会有人来同她说话，连以前那几个好朋友，也把她一声不吭地同陈旭跑回杭州的事，当作一次不可原谅的感情背叛。她不想乞求什么。

不背叛她们就会背叛陈旭，背叛爱情。两全其美的选择就是背叛自己。

她昂头走出去。

也许是陈旭那儿有什么消息，要让她送什么东西去？她送过一次，让政工组的人训斥了一顿。

会不会是为了她写给省知青办的信？那是邹思竹的主意。一个多月过去了，杳无回音……

她的心怦怦跳，跳得慢而重。

她刚迈进分场办公室的走廊，就见拐角那儿的门拉开了，一个人影闪了进去。她不知余指导在哪里，想去问问那人，走到门口，听见里头有说话声。她拿不定主意该不该进去，从玻璃上的蓝漆缝往里张望，见一个人背对她站着，余指导坐在桌前抽烟，桌上有沓钞票，那人把钞票推过去，低声说了句什么，扭身就出来了。

她没看清那人是谁，草绿棉袄，肯定是个知青，匆匆走了。她敲门，进去了，看见刚才桌上放钞票的地方，压上了一顶绿军帽。余指导一年四季都戴军帽。这会儿，露出鬓上一块小疤。

余指导客气地请她坐下，问她吃了月饼没有。

陈旭给他起个外号叫"鲇鱼头"，又黏又滑。

"你写给省知青办的信，上面转给我们了。"他笑眯眯地说，拉开抽屉，拿出一个信封，对她晃了晃，"你敢于向上级领导反映情况，好。"

她的心稍稍放下一点。她觉得余指导还是蛮通情达理的。那笑容似赞赏，又似得意，总不知真的假的，像那颗大白牙……

他喷出一团雾，手指关节敲着信封，眼皮快速眨动着，褐色的眼珠，一直坠到她的小腿肚。

"……不过，以后向上反映情况，一定要实事求是，陈旭停职反省，是场部政工组决定的，怎么是我们私设公堂呢？当然，擅自离场、策划武斗那些事，你都是受蒙蔽的嘛……"他十分宽容地点点下巴，好像压根儿就没把这封信放在眼里。

肖潇分辩说："我们是为了弄清'文革'的结论回去的。"

"'文革'的事，我们管不了那么多，现在谁都说自己是造反派，我还是一个呢。"他有点不耐烦起来，"陈旭到农场后的表现，你不觉得很危险吗？"

她垂下眼帘。危险？自从出生后，她从未有过安全感。危险，又是什么？

"很危险。"他肯定地点点头，"今天找你谈话，就是提醒你，陈旭即使撤销隔离回连队，今后仍须老实接受改造，你如果不及时同他划清界限，嗯，全完……"

"回来？他什么时候回来？"她打断他问。

他不置可否地笑笑，又接着说什么，她全没听明白。

那军帽里真的是钞票吗？什么钞票？如是公款，为什么要盖住？

为什么？划清界限？同谁？事到如今，还划得清吗？改造？改造自己而不是改造世界。要多久？永无休止？

"好吧，回去再好好想想。"他终于站起来，"如果悬崖勒马，还是好同志嘛……"

他在她的肩上，轻轻拍了一下。挪开之前，做了短暂的停留。她浑身一阵痉挛，本能地一闪身。那手滑下来，去拿桌上的军帽。就在快碰到它的时候，却又突然缩回来，飞快地瞥了她一眼，去捋头发。

肖潇把门砰地带上，走了出去。

一块灰蓝色的云，疾驰而来，如一只飞鸟，扑腾着双翼，去把玩那圆球。一个偌大的阴影，沉沉地坠落，又变了形状，似马非马，似鹿非鹿，巨鸟飞去，先前那蛋青色的月亮，更显得迷蒙阴沉。只见从那冷冰冰的银盘里，显现出几片疙疙瘩瘩的霉斑，躲躲闪闪地移动。她猜那个桂树底下的吴刚，也许是总在揩擦那霉斑，却总也擦不去。

小时候她很羡慕嫦娥，住在那么超凡脱俗的地方，能望遍三山五岳。现在却有点怜惜嫦娥，只有一只兔子做伴……陈旭定也看见这月亮了，大概是一个裹铁条的月亮……只有这月亮可以同时望见他，又望见她。假如同它说话……

有脚步从身后赶上来，急急的。她回头，看见一副亮闪闪的眼镜，是邹思竹。

"你怎么也在这里？"她问。

"赏月。"他皱皱眉，"听说'鲇鱼头'找你去谈话？"

"那封信转回来了。"她恍然，他在等她。"就是给知青办的信。"

"上头有没有批示呢？"他问。

她摇摇头。就是有，"鲇鱼头"也不会给她看的。

"他说些什么？"

"……嗯……叫我，同陈旭……划清界限。"她把自己能记得起的话，都告诉邹思竹。对他，什么也不必隐瞒、不用保留的。也许身边只剩下了他一个真朋友，可以把心里的事通通对他说。

他在雪地上来回交叉着腿，沉吟片刻，说：

"这样看来，省知青办肯定是在责成农场妥善处理这件事。……本来农场让陈旭去蹲小号，也只是为了教训教训他，杀杀他的傲气。而他们又可以以外调为名，到南方去逛一圈……对了，这么说，陈旭肯定快回来了……"

"真的？"肖潇咬住嘴唇。

他侧过脸，帽耳的月影落在肩上，不知为什么，脸色有些黯然。他讷讷地说："真的，真的……"

"很快？"

"不一定……不会很慢，也许过年前……"

月色皎皎，霉斑不知何时褪去了。远近的房屋、田野，沐浴在一片清朗的月色中，薄雪似玉，月光如雪。黑夜变得纯洁、亲切。就连土墙上的铁丝网，也像晨雾中林间的蜘蛛丝，莹莹闪烁。

它悄悄迎上来，把她拥在怀里，吻她的额头，亲她的唇，抚爱她的全身，温柔得像水，却又散发着桂花酒的醇香。陶陶醉人……它傲慢地在宽广无垠的天际遨游，何等自由，又何等孤独，何等美丽，又何等凄恻。它日日夜夜旋转不停，究竟在追寻着谁，盼望着谁？它的恋人在哪里？是地球，是太阳，还是无法到达的遥远星系中的另一颗恒星？

"还有事吗？"她问。她开始觉得饿了。

"'鲇鱼头'那个人，不是好东西……"他咬咬牙，愤然说，"你要小心！"

"我知道。"她点头，"你放心，我走了。"

他却有一点手足无措的样子，搓着手，结结巴巴地说："我……我想同你……谈谈……"

肖潇轻轻一笑，"你谈呀，这不就是正谈着嘛！真怪，干吗又不说话了？干吗来等我？你倒是要说什么呀？"

她望见他晶莹的镜片上，有两个又圆又大的月亮，洒下忧郁而又温和的月光……

"不，没什么，"他忽然抿紧嘴，喉结突突跳，又戛然而止，"没什么。我是说，你应该想办法请假去看看陈旭，给他送点东西去……"

"我去过，场部政工组的人根本不让我见。"她投去感激和求助的目光。他蹲下来，捡一根树枝在地上画着。

"场部造纸厂烟囱后头，有一排破仓库，他们每天出工、收工的必经之路……"

她听不见他的声音了。空旷的大道上，一个匆匆远去的身影，像一棵模糊的桂花树。

天庭浩瀚，一轮孤月缓缓移步，四周一颗星也没有。

隐形伴侣

一顶草绿色的军帽，在地上扑扑地跳，像一只大青蛙。她几次想按住它，把它翻过来，看看帽子里有什么东西，却总也按不住。后来帽子停了下来，笑眯眯的，自己翻了一个身——底下空空的，什么也没有——有一张余指导笑眯眯的脸。

一个男生对余指导说：你没收了我的《罪与罚》几个月了，还给我呀。

余指导呵呵一笑，摘下帽子，帽子里有许多茶叶筒、酒瓶、罐头。他说：你不知道我爱喝花茶吗？不喝绿茶叶片子。

那人拿出一沓钞票，放在绿帽子里。还有一张病退证明。

余指导点点头，把帽子翻过来。

天空很亮。明明是晚上，还同白昼一般亮。

她看见天上有个圆圆的月亮，月亮一动不动的，到天亮了还挂在那儿。第二天还挂在那儿。天天都挂在那儿。总是那么圆，那么大。还总是散发出一股浓郁的桂花香。

看来从此以后，天天都是八月十五了，她想。她很高兴，天天都不用政治学习了。

妈妈买回来许多月饼，有果仁馅、白糖玫瑰馅、豆蓉馅、桂花冰糖馅……她最爱吃椒盐火腿月饼，皮儿薄薄，又甜又咸。她咬一口，就咬出一个月牙，咬出一个上弦月，又咬出一个下弦月。

她给妈妈写信说：大年三十那天晚上，你也看月亮，我也看月亮，南方北方看见的是一个月亮，我们就团圆了。陈旭说：大年三十？是个月牙。

忽然天上出现了许许多多月亮。

陈旭不见了。她跑去找陈旭，她要告诉他，既然天上有那么多月亮，当然是一人一个，每个人都有一个月亮；每个人想在什么时候过中秋节，就什么时候过中秋节。

她跑呀跑呀，跑过一座山，山很陡。她想快点跑上去，否则月亮就掉下山去了。

山腰上有一堆人在刨粪。

有人喊：快来看铁姑娘！铁姑娘！

她看见郭春莓在刨粪，脱得只留一件汗背心，胸脯像男人一样平平的。抡着一把奇大无比的镐头，犁铧似的。她伸手去拿，镐头沉极了，动也不动，可郭春莓一动手指，吉普车那么大的冻粪块，山崩一般往下裂。

你的镐真好。她很羡慕。

铁匠炉的"二劳改"伸出黑乎乎的大拇指说：她的镐头是特制的，九斤半。

你力气真大。她有点不相信。她摸摸郭春莓的镐头，又摸摸郭春莓的手，发现她的手是铁做的，脚也是铁做的，头发也是一根根铁丝，眼睛是两颗铁弹子。

你真的变成铁姑娘啦？她又惊又怕。接着说，铁姑娘不好，会生锈的，会烂掉。

我涂一层漆。郭春莓回答。她坐在一盏路灯下看一本书。书面上涂着一层红漆。从路灯下经过的人，衣服上都蹭上了一点红。他们遇到别人，就说：是郭春莓的漆，她在路灯下学毛著。

她回女宿舍去，发现郭春莓搬到对面炕上去了。她问郭春莓：你怎么不挨着我睡了呢？你还在生气呀？郭春莓冷冷地说：我要去轰猪起夜了，我给猪把尿。

郭春莓夹着红皮书，推着独轮车走了。

余指导领着一队人在跑步。

他喊着口令，队伍就在分场办公室门口兜圈子。

陈旭领着大家喊：老余练跑步，专跑大队部，一二三四五，升官有门路。

噢……大家起哄。

你回来了？她对陈旭说，咱们回家吧。家？陈旭又跑开去。四海为家。

她去追他，不知怎么就跑进月亮里去了。

月亮里有一棵桂花树，一个人在砍树，砍一刀，桂花就落下许多许多。再砍一刀，又落下许多。她一看，那人原来是邹思竹。

她说：哎，你要对我说什么呀？

邹思竹严肃地摇摇头。

她说：你说好了，陈旭又不在。

他指指月亮，好像是说这里太亮了。

到月亮背后去。他说。

他们走到月亮背后去，可是月亮背后有许多星星，哪儿都亮晃晃的。邹思竹叹了口气，趴在她耳边说了一句什么。她根本就听不见。

你到底要说什么呀？她叫起来。

他没有再说话，凑近她的脸，在她脸颊上飞快地吻了一下。她吓了一跳，赶紧甩手去挡，发现自己搂着陈旭的脖子。陈旭坐在一张大床上吃月饼，床上有两只圆鼓鼓的枕头……

十四

场院开始脱谷的那天下午，她听人吵吵说，陈旭回来了，是场部政工组的人押送来的，让他回连队参加劳动。传话的人，见有肖潇在场，说一半，又咽回去一半。听话的人，却没什么反应，嗯嗯了一阵，好像陈旭除了回连队，也不该有更好的地方去。算不了怎样的一回事。

她却没见他来上工。会不会让他单独被监督劳动呢？她有些担心。收了工去食堂打饭，食堂也没见他。排了一会儿队，照例买一个馒头一碗土豆汤，出了食堂门，却见泡泡儿倚墙根站着，抱着两个大饭盒，朝她走过来。一边走，一边低声说：

"八点钟，'天天读'完了，'清波门'，他等你。"

"没事吧？"她心狂跳，恨不得扔下饭盒就去。

"没事。他又没犯法，蹲小号，等于朝墙壁呵口气……"

"为啥不来吃饭？"

"我替他买回去了。他不肯来，不肯看见介多人，还有你。你看见他，大概要不认识了……"

夜的"清波门"外，围墙内透出去新安的水银灯和雪地的反光，昏暗模糊。可肖潇第一眼看见他时，还是吃了一惊。

颧骨如岩石一般突起，胡楂儿像干枯的松针，原来就细而浅的双眼，深陷进去，眼睑下两团乌云。一根草绳，拦腰系着一件破袄，袄空空……

她与他默默对视。

他站着，微微弓着背，双臂抱在胸前，像是冷，却一动不动。双唇和眉，似乎上了锁，绷得紧紧。

她一阵战栗，腿肚子软软的，却重得拖不动自己。好容易，挪了几步，他早该伸开双臂……

"不要走过来！"他低沉地吼了一声。

那是他吗？那样粗哑干涩的嗓音，像一只从狼群中惨败归来的猎狗。

她站住了，嗓子发不出声音。她在梦中、在雪地里想象了几百遍的重逢，不应是这个样子。啊，陈旭你怎么了？我是肖潇呀，你的肖潇，等你回来的肖潇，你干吗不说话？我有许多许多话要对你说。我去场部看过你，在大路上等你收工，好远远地看你一眼，那是个黑乎乎的角落，你一定没有看见我。要带给你的月饼，到现在还没舍得吃……

泪水溢上了她的眼眶，她一阵眩晕。

"不要走过来。"他重复，恶狠狠地咬着牙齿，"我先问你一句话，你答应，我们永生永世不分开；你要不回答，我马上就走，永生永世不见面！我不拖累你，也用不着你可怜我，你不必同我讲那些哄小孩的废话，事到如今，只有这一条路了！"

她惊愕地张大了嘴，被他这番宣言吓得心慌意乱。

她完全没有想到，事情竟然是这样严重，严重到面临生离死别的命运选择……

你说好了。无论说什么，我都答应你。

"这个鬼地方，我看透了，没有活路。我走了。我有地方去，天下介大，没有我陈旭的立足之地？我去寻王革，到浙江农村插队去，海南岛、新疆、内蒙古……总有地方用得着我，我有才，总有出头之日……"他语无伦次地说着，狠狠踢着脚下的雪地。他忽然伸出手，一把拽住肖潇的围脖，大声咆哮："跟我一道走，给我当老婆，给我生儿子，给我……"

他推开她，踉跄退一步，脸扭成一团，斜着眼，死死地盯着她，忽然又怪声怪气地笑起来：

"你晓得，你老早是我的人了，我的人，你往哪里逃，谢谢你来同我告别，流浪去了，流浪去……"

流浪？没有车票的旅行？户口？在农村每天为工分、为自留地奋斗？天山？草场？橡胶林？都是同样一个拥挤……

她清醒了。

"跟不跟我走，一句话！"他又吼起来。

她变得镇静又坚定。心沉郁，血却奔腾。

"不！"她说。尖细的嗓音，在风中打旋。

陈旭怔在那里。忽然，他咚地跌坐在雪地上。

他并没有抽身就走。他狂躁，却也软弱。像一个被遗弃的婴孩，孤立无靠地抛在荒野里。按理说，"犯人"出狱的第一件事是整容换装，可他竟是这副邋遢相，他内心一定浸透了绝望和愤懑。他也许就要陷溺下去，被这无边的大漠和沉重的黑夜吞噬，无声无息地掩埋在茫茫冰雪之下……他走，是毁灭；失去她，也一样会毁了。谁能救救他，一个曾经满怀热望把自己献给北大荒的年轻人……

"不！"她叫道。浑身被一种莫名的恐惧紧紧攫住，心在撕裂。从那撕开的裂缝中，升起一片温热而庞大的柔情，似一团翻腾弥漫的雾气，将她整个儿笼罩、吞没。又将她的灵魂，轻轻托起，升到一个缥缈然而陌生的境界……

她跪下来，跪在他身边的雪窝里，两只手从他身后轻轻拨开他垂挂的帽耳，一字一句说：

"我回答你，哪儿也别去，我们明天就结婚。"

他浑身一震，半晌，冷笑一声："发什么疯？"

"不是发疯，你回来之前，我就已经想过了，没有户口到哪儿去也是死路……如果自己有个家，关上门，所有的烦恼，都关在门外了……怎么苦，也总比回杭州去寄人篱下，讨人家的剩饭好一百倍……我晓得我是你的人，也只有我一个人晓得你吃介多苦是为啥。我……永生永世，不会同你分开……"

她说不下去。热涟涟的泪，泉水般涌流下来，即刻在胸前冻成了串串冰珠……

他猛地抱住了她，把头埋在她臂弯里，呜呜哭起来。僵硬的棉袄，在夜空里，发出开江时冰排破碎的炸裂声……

茫茫雪原上，一辆没有轮子的马车，陷在雪窝里。

驾着马车的，是一只灰色的老狼，发出声声狗吠。

雪窝里躺着一个马车夫，腰间拴着一根草绳，棉袄上一颗扣子也没有。

许多人排着队缓缓地走过他旁边，双手合掌，低低地唱道：

茫茫大草原，路途多遥远，有个马车夫，将死在草原……

她冲进队伍，大声地质问他们：他要死了，你们为什么见死不救？

没有人回答她。

她想去背他起来，可他太重了。

远处传来教堂的钟声。

有人说：快，轮到你举行婚礼了。

她说：早就"破四旧"了，还举行什么婚礼呢！我要去旅行结婚。

她拎着一只帆布箱，准备去旅行，可是帆布箱被老鼠咬坏了，东西都漏了出来。

她忽然想起还没有登记。

可是街道办事处的人全去看电影了。

她从街上橱窗的玻璃里看见自己还只有桌子那么高，扎着蝴蝶结。

爸爸用手指关节敲着写字台：你怎么得了四分呢？你给我滚！

她穿一条绿格子连衣裙，在草地上捉蜻蜓，走过来一个人，对她说：你不是在那儿举行革命婚礼吗，怎么出来玩儿？

她的心怦怦跳。她无论如何想不起来，她要同谁结婚。

她记得婚姻法规定五十岁才可以结婚，可她才十五岁。她想逃走，迎面来了一顶花轿，还有吹鼓手，她看见新娘从花轿里走出来，对着毛主席像鞠躬，有人把新娘头上的红布撩开，原来不是她自己，而是郭春莓。郭春莓拎着一只油漆桶，东张西望找她的新郎。大家都帮她找，发现一个马车夫，埋在雪地里，露出一条辫子，拉出来一看，原来是个女的。

她是个女的，你结什么婚呀？肖潇对郭春莓嚷嚷。

你不是也结婚了吗？郭春莓很凶的样子。

我没有。肖潇分辩。她看看自己，头上确实没有红布，松了一口气。

十五

那个晴朗的冬夜，寒星如同冻凝的雪花一般缀满深蓝色的天幕。空气冷冽而清新，混杂着几缕淡淡的柴草味，慢腾腾地在低矮的红瓦房上盘旋，驰骋了一天的风累了，偏僻的村落便沉寂下来。约莫八点钟的时候，一阵杂乱的脚步，在雪地上踩出富有弹性的音节，匆匆往分场家属区南头走去。

经过四栋瓦房，穿过几个柴火垛，避开东头的井房，绕过"老鸹"队长家的恶狗。别出声，快到了。有人回头低语。中间那个人，围脖下露出两根翘翘的辫梢——是肖潇，拎着自己的脸盆和牙具。

她走得跌跌撞撞，心慌意乱，又兴奋又欢活。

肖潇的一生中似乎注定充满了各种冒险，注定了不顺利。莫不是要重复夏天杭州小仓房的秘密行动，重复一次地下党的英雄业绩？谁叫她的父亲曾经是个地下党员，好像他没做完的那些事通通都遗交给她了。陈旭的一生中似乎注定了要同禁闭室打交道，注定了要倒霉。她便也注定了要去探望，要去奔波。她似乎迫不得已，又似乎心甘情愿。她其实才二十岁。

二十岁，本来她应该正在音乐学院上钢琴课，或是在草地上写生……

三天前，她和陈旭找"小女工"开介绍信，要去场部办结婚登记手续。这枚图章，归保卫干事管。去之前陈旭很犹豫，这等于给了"小女工"一个报复机会，可是不拿到分场介绍信，即使去场部也白跑。他们抱着临刑的心情走进办公室，"小女工"正在专心地卷一根蛤蟆烟，没听完，嘴就歪到耳根下去了，眼瞪得像个蛤蟆，半天，发出一阵狞笑，嚷道："结……结婚？发昏啦？瞧你那样儿，刚蹲完小号出来，想得倒美……"陈旭把肖潇的一双小手，捏得生疼。张张嘴，又闭上了，一个劲咽唾沫，牙根咯咯响……肖潇委屈地分辩说，场部禁闭又不是法律，犯人刑满也可以结婚呀，何况婚姻法规定女十八男二十……没等她说完，"小女工"打断她说："让你们来建设边疆，不是让你们来一条炕睡觉的！"陈旭狠狠拽她一把，扭头走出了办公室。"……应该好好同他磨。"她埋怨陈旭。"没用。"陈旭甩甩手，"你越求他越来劲，屁大的权，当天然气用！我早知道，根本不可能。""那怎么办呢？""会有办法的，泡泡儿就教我一个办法……""是什么？""先不告诉你。过三天，成功了就万事大吉。"

他说得十分肯定，两只眼睛忽然熠熠生辉。自从那天晚上在"清波门"发过疯，肖潇说了结婚的想法以后，这几天他显得出奇的平静。

三天过去了。他实现了自己的诺言——这是一项绝密的革命行动，连肖潇，都不知自己将要被"劫持"到哪儿去。

他们在最后一排茅草房西头的一扇木门前停住了。

陈旭掏出一把钥匙来开锁。小鸭忽然看见门上的铰链有一个已经松了，门也歪了，它可以从一个空隙里钻进屋去，于是它便钻进去了。房子黑洞洞的，却扑来一股热气。"走好，里屋门在右边！"泡泡儿提醒她。她差点在门槛上绊一下，却见一线微光从门缝透出，门开了，一铺炕的炕沿上，点着一盏油灯。火苗忽闪忽闪，如一朵金色的小花绽开。

行李、箱子，七七八八放在炕上，泡泡儿走过来，朝她一弓身，嬉皮笑脸说："新房——请嫂子过目。"

肖潇霎时红了脸，心里顿悟，眼前却掠过一片云，又一片雾。揉揉眼，定定神，半天才看清楚——

一间多么小的农舍呀，一铺大炕就占去了五分之四的面积，只留下一步半的过道，从门边通到窗下。窗也是小小的、低低的，窗缝被几条旧报纸封得严严实实。炕上铺了一块黑不溜秋的塑料布，好像连炕席也没有。除了两个铺盖卷、两只帆布箱，小屋空荡荡。只听见外屋的火墙炉子里，煤在噼噼啪啪地燃烧，夹墙里轰隆轰隆响，连天棚里也呼呼响，像一只灌满氢气的大气球，一艘点火发射的宇宙飞船，马上要升空去做太空旅行；又如一列长长的火车，从家门口开过，看得见铁轨上进溅的火花……

她一下子就喜欢上这小屋了。因为它小，因为它一无所有，因为它突如其来，它便格外地像一个奇迹，像一个童话里的森林木屋。用它狭小而又无限的空间，来盛他们的爱情和希望。这是一个城堡，一个宫殿，只属于他们，只为他们而存在。从此以后，那些冒险，那些厄运，那些孤独，那些灾难，都远远地、远远地离他们而去。滔滔恶浪中，有了一块浮游的舢板，茫茫大海里，升起一座安全岛……

"像不像十二月党人的流放地……"陈旭倚着门框自嘲地笑了笑，"先斩后奏，大不了，再蹲三个月小号，流放也有后方根据地了。"

泡泡儿在炕沿上甩着两条腿说："你们运气，这房子原来住一家'二劳改'，刚刚遣送回原籍，房子空出来，还上了锁。我早些天看见，就动了心……"他做了个鬼脸，"陈旭说他要结婚，我想这里再好不过了。先住下来再说，住几天，领导晓得了，一看生米煮成熟饭，影响不好，就顺水推舟了。相信不相信？过几天看看情况，我们再来闹新房，分糖吃。你放心，横竖结婚又不犯法的！"

"谁叫他们刁难我们知青。"扁木柺阿根也插进来，愤愤地说，"我们回南方回不去，在这里安家落户还不让……叫我们怎么办？"

炉子又轰响起来。飓风穿过峡谷，快艇劈开巨浪。一支热情蓬勃的钢琴奏鸣曲，一片欢腾激越的马蹄声。她突然感到自己充满了勇气。在这小小的屋子里，将再也没有令人乏味的"天天读"，令人生厌的大批判；没有吆喝，没有揭发，没有哨音，没有绿军帽。只有两颗冻僵的心，在炉火边互相取暖……

她不知他们是什么时候告辞的。油灯暗淡下来。黑暗中，她看见那个高大的身影，那双细长的眼睛，变得火焰熊熊，烤得她发烫……炉子什么时候停止了歌唱，夜是这样肃静，静得只有彼此的呼吸在起伏。像一个神秘而奇异的梦境，一个冰雪王国中开满十二个月鲜花的草地……

"肖潇——"陈旭把她紧紧地搂在怀里，让她的脸贴在自己胸口，又慢慢抱起她坐在炕沿上，轻轻地摇着她的身体。他摇了很久，喃喃地说着什么。他的怀抱宽大有力，躺在这样的怀抱里做一个女人，无论怎样都值得。像荡舟河上，贴着船板，贴着水汽。青蛙公主匍匐在一片肥厚的荷叶上，不再寻找陆地。只要心里的这条河没有枯竭，它流经的土地上，什么都能苏醒，什么都会发芽……

她走进一座冰雪的宫殿。

宫殿的窗子上垂挂着银白色镂空窗帘，坠着树挂一般的流苏，闪闪亮。

她穿一条银色的拖地长裙，拿一束淡绿色的雪球花，雪球花的花瓣是六角形的。到处都是门，走出这个门，又进了那个门。所有的门都没有上锁。

窗上有咻咻的笑声，玻璃上贴满了扁白的鼻尖、扁黑的眼睛。一个个人影晃动。

她走过去，鼻尖和眼睛都不见了。

许多狗跟在她身后汪汪叫，咬她的裤脚。她蹲下身子捡石头，狗跑了。

她昂首挺胸地走过分场大道。

大道两边站满了人，像拥挤的火车车厢似的，要从人头上踩过去，他们在激烈地争吵，眼睛里放出闪电，又下起了雹子。

雹子把一张张纸片打落在地，她捡起来看，是一张张结婚证。没有名字，没有日期，也不知是谁同谁结婚。她想写上自己的名字，纸却烂了。

陈旭挑着土篮过来，说：抢煤去！

她跟着陈旭走，走进一个小屋。屋子里，毛巾像一块薄冰，牙膏像一根冰棍，肥皂长着白毛，像雪糕，锅里的大米饭，都是冰激凌，天花板的角上，白霜厚得如一座雪谷……

她和陈旭比赛穿鞋，棉靰鞡硬得像穿滑雪板。

她和陈旭比赛起床——炕上可以溜冰，一直溜到地上。门前门后都是冰场。

她和陈旭堆雪人玩儿，干沙似的雪，堆成个三角塔，堆出一个大肚皮的雪菩萨。

她问陈旭：这是哪儿？

陈旭别着一条二道杠，说：冬令营。

他们用雪搓擦自己的身子，咯咯笑……

有人在冰窟窿里游泳，她找自己的游泳衣，却总也找不到……

腊月，正是"三九四九冰上走"的大冷天，上了大冻的半截河，却差点没叫人们的脚印踩个冰化雪消。

都是邻近分场的职工老娘儿们，不畏风寒，不远十里八里前来参观那两个不登记就搬一块住的、胆大包天的知青。所谓参观，也就是远远站在房前房后，发挥想象，指手画脚一番。几度惊骇加几度愤怒，几分蔑视加几分忌妒。可惜由于小屋北窗上厚厚的积霜，屋里的一切都看不见；前门的玻璃是块木板，旧报纸条在风中瑟瑟飘摇，也是看不见……墙上既无一个大红喜字，地上更无上海糖漂亮的糖纸。吃晌饭，烟囱冷清清憋着气。天傍黑，屋里竟连个灯泡都没有，只一点暗红的火星，羞答答、晃悠悠的，把一屋子的悄悄话，揽在沉睡的炕头，关住一屋子的神秘，给自己享受……

好奇的、好心的看客们，自然是十分的扫兴。扫兴之余，又加了几分恼恨。那两个南方孩儿，真疯了不是？天底下，可有这样结婚的吗？

那年头，农场清一色的知青。管知青的，孩子尚未成年。所以除了几个盲流，成年论辈子，看不见一对结婚的，就是结，也不让摆上满桌的猪肉块和大曲酒，只让鞠躬，只让拍巴掌，新娘也不披红戴绿，却念语录，还有个啥看的？本来附近的朝鲜屯，娶亲时新娘不但穿上粉的缎裙，戴白网眼手套，而且牛车后头跟上一队跳舞的娘家人，从这个屯跳到那个屯，从天黑唱歌唱到天明。可连这也破了"四旧"，结婚还有个啥看的？倒没承想，蹦出这一对儿南来的燕子，竟然把个小窝，无依无靠又无法无天地，偷偷垒在了柴火垛里，垒在了沙滩地上，真是贼拉拉的新鲜，贼拉拉的隔路！说人家搞破鞋吧，人家是正正经经没结过婚的姑娘小伙，正正经经居家过日子；说人家偷人养汉吧，人家明明白白搞了一年多对象了，谁叫你农场不给人登记！

有疑惑也有同情，无论是疑惑还是同情，都不知该管这样的事叫作什么，北大荒丰富的语言词典中尚无"同居"的概念。于是上上下下的北大荒人通通慌了神，乱了套，没了主意。里里外外地讨论，费尽心思地琢磨，议论中又有干仗的，干仗后又有麻爪的，似乎抓又抓不得，批又没处批，轰也不好轰。三天过去，倒像是无可奈何地默认了。默认中又蕴含着些个挖空心思却用不上的对策。

肖潇一夜之间成了半截河农场顶顶引人注目的人物。

她在众目睽睽之下，忽而异常地兴奋起来，激动起来，勇敢又骄傲。

她同陈旭一起去食堂打饭（锅灶还没安上，从杭州带来的那只电炉，早让保卫干事收缴了去），走过井房前头溜滑的冰坡，她亲亲热热挽住了他的胳膊。

她同陈旭一起去出工，经过那些站在房前道口等着看她的人跟前，倒如女皇一般傲慢地昂起了头，又故意地摘了口罩，好让他们看得更真亮些，双脚咔咔踩着雪地，踩出高昂的节奏。心里一种积蓄已久的什么东西，如高压油井，要迸涌喷发出来。好像并不是为了结婚本身。为了什么呢？她说不出……

第四天傍晚，他们在食堂吃完饭回来，刚进屋点上油灯，陈旭正准备生炉子，门忽然被拽开了，寒风卷着一股酒味扑来，刘老狠抄着手，弓身走进来。

"瞧瞧啦，过得咋样？"他低声嚷嚷。昏暗的油灯下，平日总绷紧的脸显得和气了许多。他揉揉那总是发红的眼睛，屋里屋外转了转，最后在炕沿上坐下，往里缩缩身子，双腿一蜷，两只大棉靰鞡鞋底，各自在对面的脚脖子下藏好了。又掏出一只黑袋袋、一条白纸，用两个手指，夹起一撮烟末子，斜放在那白纸条上，放嘴边用口水舔舔，手指一捻，那白纸条风车似的刺啦刺啦地旋转，眨眼间就卷成了一个细长的喇叭。

"小陈儿，"他一边说一边咬断那喇叭的小尾巴，呸地往地上一吐，划着火柴，吧吧地吸了一口，表情很庄严，又咳一声，说，"写了报告来，我给你俩批个灯泡吧。"

肖潇和陈旭都愣住了。批个灯泡？灯泡？是真的？灯泡实在比结婚登记还重要，农场没有一个走廊、一个厕所有灯。灯泡厂的工人都去蹲小号了不成？刘老狠，灯的事归你管，你不骗人吧？没想到你会有这样的好心肠……

"哦，有擀面杖没有？"他又问一句。

肖潇摇头。

"面板呢？锅盖呢？水缸呢？土篮子呢？……"

水壶、菜刀、锅铲、碗勺、大米、豆油……啥啥也没有。搬进来之前，怎么就什么也没想到呢？

刘老狠把烟头甩到墙根，往地上吐一口唾沫，跳下地，一边往外走，一边嘟嘟囔囔说："安下家，就好好过日子吧。回头我同老余老孙说说，愿在咱这疙瘩留下，是好事儿。往后，就是咱这疙瘩人了，不过……"

他走到门口，又回头，指指火墙炉子："就这玩意儿，可得留神，不怕冻死，就怕熏死，赶明儿我找瓦匠给抹抹棚……"

他十分满意地走了。

刘老狠以自己的理解力，出人意料地痛快，真心诚意地接受、承认了这一事实。他不但没有斥责他们，啊，他是说——只要瞧得上这疙瘩人，愿在这疙瘩待，他刘老狠，稀罕哩！

第二天，陈旭真的领到了一只二十五瓦的灯泡。

这天肖潇收工回家，老远望见家属区最后一排茅草房七个窗户的亮光连成了一片。最初她有点困惑，她寻不到往日自己家那黑洞洞的窗口了。像个盲人突然恢复了视力，第一个不认识的人，是自己。

她拉开门，里屋的中央亮堂堂地悬着一只电灯，瞧一眼灯，炕上落满金灰色的甲虫，壳上光芒四射。她眯起眼，觉得小屋变陌生了。她突然意识到从她搬进来那天开始，小屋的黑暗中就躲藏着一种似乎不可告人的耻辱，使她的快乐更多地蒙盖了苦涩的阴影。而突然，它微笑了，笑得理直气壮，笑得一目了然。灯光闪烁、眨动起来了，在它坦然明白的笑容里，这个小屋突然变得合乎情理，变得热情好客了。

她看见炕沿上坐满了人。嗬，连队的南方知青都来了，炕里的铺盖卷上也坐满了人。来的都是客，全凭嘴一张，相逢开口笑，过后不思量，人一走……

陈旭朝炕上努努嘴。

那儿有一张小炕桌，没上漆，腿上露出几个疤。桌面凹凸不平，在凹进去的地方，撒上了一些糖果，屋里烟雾腾腾。

"大家庆祝庆祝。"泡泡儿俨然一副主持人的模样，"这张小炕桌是我们几个人的一点意思。"

"哪儿来的？"她问。一定是从哪儿偷来的。很可疑，好像原是一只镜框、一只锅盖。何必问呢？

"废物利用，嘿嘿……"泡泡儿拍胸口。

这是她收到的唯一礼物，也是屋里唯一的一件家具，实在就是几块木板钉在了一起而已。蒙上一块透明的塑料布，塑料布底下可以放一幅画，把它打扮得漂漂亮亮的。放什么呢？鲁迅？白毛女？其实不打扮也很好，更朴实无华，同这小屋斑驳的墙、粗糙的天棚，很协调。嗯，还有点农家风味。她伸出手去摸摸桌面，它竟然咯噔噔摇晃起来。

"用来吃老酒蛮好。"陈旭偏着头看它，"还没吃就醉了。"

她喜欢它。她终于有一张桌子了。到北大荒一年半来，她第一次有一张自己的桌子。她再不用在箱盖上、炕沿上写日记了，可以把腿舒舒服服地伸进桌子底下去，想伸多久就伸多久……

"等过两天再去弄个锅盖来。"泡泡儿说。

"墙壁上顶好贴张图画。小卖店有卖的，李铁梅、红色娘子军……"

"难看死了。"

"总比没有好。"

"火墙上挂根绳子好晾衣裳。"

"烤鞋垫。"

"还是结婚好，半导体想听到几点，就听到几点。"

"闹钟有没有？当心迟到。"

"外头有喇叭。"

"陈旭，以后我们要到这里来烧东西吃的噢！"

"我们帮你去偷柴，柴火垛有的是。"

"我妈妈寄来糯米，我们来烧糯米饭……"

"哎，新娘子，想啥？来，一鞠躬……"

肖潇把散乱的目光收起来，漠然笑了笑。她应该尽量使自己高兴。她发现自己似乎并不轻松，也不那么快活。她好像在惦记什么。有两个人，没到这儿来过。一个是邹思竹，另一个，是郭春莓。

"郭春莓，又出去讲用了吗？"她问。

"去寻猪了。一只小花猪不见了，她夜饭也没吃……"

她低下头……是的，郭春莓找猪去了。而她……

炉子在轰鸣。屋角的霜花开始融化，顺墙淌水。啪！一团泥巴掉在炕上，是天花板上的泥灰。房子也会融化吗？坍塌吗？像一团霜，一个泥塑，会在阳光下，在水里，悄悄隐去；更像一个梦，那么逼真，又那么可疑。她脱了棉袄靠在火墙上，火烫的砖墙透过毛衣烘烤着她的后背。她觉得自己好像会被这电流似的热气一点点烤干，她欠起身子，脊背根本就麻木了。灯很亮，小屋里的人和自己，比任何一天都更显得真实，然而她却有些迷茫，有些……她离她梦中的理想，究竟是远了，还是近了？怎么走进了这样一间低矮破旧的茅屋？

有人敲门，她走出去，分场的通信员站在门口，递进来一张字条，没好气地嚷嚷："余指导让你们明天去场部登记！"

那是一张介绍信。借着里屋的光亮，她看见上面写着：陈旭，男，二十四岁；肖潇，女，二十岁。

她把那张纸看了几遍，凝望着黑黢黢的窗外，眼里蓦地噙满了泪水。

十六

从地球遥远的北极呼啸而来的风，途经寒冷、蛮荒的西伯利亚原野，变得更加气势汹汹。它咆哮着席卷过酣眠的黑龙江，掀起愤怒的雪暴，恣意敲击着三江平原上摇摇欲坠的电线杆，逼它唱出怆怆悲歌。那游丝般的弦，在雪雾中颤动，似已断裂过一千次，却又一千次从弥天雾障中钻出来……

时而有一片巨大的雪幕，裹挟着沙砾般的粉末，像包藏着一颗蓄谋已久的祸心，忍耐已久的复仇，疯狂地旋转，轻而易举地涂抹去长蛇般的公路，将远近的村庄田野，一股脑儿遮蔽起来。一瞬间天昏地暗，天地难分——那雪骑着风，执着雪亮的长矛，横着扫来，漫天的白马银缨，不见了天；那抖着浑身长毛的白马，又一气儿蹿出几里地去，腾空翻着跟头，满地茫茫白毛飞舞，不见了地。

大烟泡！威严而不可抗拒的白衣魔王。

它来了，带来冬的残忍与恐怖。

它来的时候，将太阳和月亮，都顺手装在了它的衣袋里。它一路走去，摧枯拉朽，无孔不入。万物匍匐在它的脚下，瑟瑟发抖，顶礼膜拜。它破坏了，便满足；它践踏了，便窃喜。它走的时候，留下令人毛骨悚然的狂笑声，也留下掩埋在风雪中路人的尸骨……

那也许是很久很久以前的事了。菜地那个"二劳改"说过，那时年年冬天有冻死的人，四月开化时瞪着一双笑嘻嘻的白眼从道边沟里钻出来……

那是很久以前的事了。而现在，它只是用它冰冷而坚硬的爪子，挠着那简陋农舍破旧的木门，在未能封严的门缝上，锉下些干燥的雪粉，嗷嗷地叹息。

它被人关在了门外。这个小屋。

小屋里的人，似乎完全不为这风雪之声所惊扰、所烦恼，而只是一心一意地偎依在一起。昏暗的油灯下，一只粗糙的大手，一只纤细的小手，捧着同一本书的两角。

有了灯泡也并不就有了光明。这一段日子，几乎天天晚上停电。好像用的是太阳能，吃中饭时，灯泡倒会莫名其妙地亮起来。

他们在油灯下读《野草》，读《青年近卫军》。灯光昏暗，看不清书上的字。如果凑近些，额前翘起的头发丝便会"哧——"的一下烧着，冒出一股煳焦味。不知为什么，肖潇固执地认为必须也读《共产党宣言》。

"代替那存在着阶级和阶级对立的资产阶级旧社会的，将是这样一个联合体，"肖潇念道，食指在书页上滑行，"在那里，每个人的自由发展是一切人的自由发展的条件。"

她放下书，睁圆了眼，问："什么叫联合体？"

"取消国家嘛。"

"没有国家，人可以随便出国了吧？"

"没有国还出个啥国呢！"他笑笑，按住她的鼻尖，"这里主要是指没有压迫。"

"没有压迫，人就完全获得自由了？"

"可以这样说。"他打了一个呵欠，"一部分人压迫另一部分人，压迫者自己也不自由，也受被压迫者的制约。地球上人与人之间都能平等，人类社会才自由合理。算了，别啃这些教条了，没用！"

如果让她自由发展，她一定当一个诗人，或是画家……

"……这样就产生了封建的社会主义，半是挽歌，半是谤文……哎，封建的社会主义？没听说过哩，是不是同社会帝国主义一样，是社会封建主义呢？"她津津有味地问，却好一会儿没有听到回答。她转过身去，发现陈旭舒舒服服靠在火墙上睡着了，微微地打鼾，棉袄前襟敞开着，一只手还在她的腰上。

她放下书，去拽他的棉袄，房间的温度，不穿棉袄冷，穿棉袄又热。她抬他的胳膊，一阵窸窸响，露出一本书的角，压在他身下。她拿起来看，是一本破得没有封面的旧书，竖排本，瞄了几眼，好像是本外国小说。她怔了一会儿，轻轻叹了口气。

他累了。连队的男劳力，连日脱谷大会战。一刮大烟泡，挑叉子就要付出成倍的力气。不，他是不喜欢读刚才她念的那本书，不喜欢，喜欢的话他不会打呵欠。别啃这些教条了，没用。那么什么是有用的呢？他读一本借来的《斯巴达克思》，一口气读到天亮全读完。不，他是累了，灯也太暗，怕冷似的蜷缩哆嗦。

她看看表，其实还只有八点半。

天黑许久了，久得好像已经过了半夜。天黑得好早，太阳好像刚刚走了一半路，忽然想起家里忘了锁门，又急急忙忙回转了。长夜里只让人看见一个没头没尾的冬天，黑黢黢……

他们暂时还没有多少家务。在食堂吃饭，一则无柴米油盐，二则无锅盖。她有了家才第一回知道，锅盖比锅还要紧。泡泡儿真的弄来个木盖盖，不知是哪儿的缸盖桶盖，二指宽的缝，贴大饼子，炕灶冒烟，锅上冒气，留一半漏一半，那饼子也是生一半熟一半，决不苟且。其实肖潇是打心眼里爱贴大饼子的，和上苞米面，在炕头发一发，不用怎样技术地搓揉，锅里添上点水烧热了，把半湿的黄泥球，在掌心里团一团，压扁了，啪地甩在锅沿上。粘住了，便是成功；滑下来，也是乐趣。捞上来，再甩一回，像是做个什么游戏，好玩得要命。中学时过元旦便有这样的游艺会，前两年在杭州，她还顶顶喜欢上街贴大字报。傍晚收工回来，陈旭问："吃什么？"她便赶紧说："贴大饼子。"尽管半生不熟，那焦黄的嘎巴儿，实在喷香诱人。嘎巴儿之上便是一摊豆腐渣，为要让它熟，狠狠地加火，嘎巴儿变得黑乎乎，咬得腮帮子疼。陈旭终于抗议了，于是改做面条（发面蒸馒头是绝对的无望），做出锅面糊糊，天棚上的凉泥，叫热气一熏，噼噼啪啪往下掉，掉进锅盖的缝缝里，代替了胡椒面。最后陈旭自告奋勇来烙饼，半斤油几天就挥洒净尽。自家开伙的雄心，终成泡影……

其实吃食堂也蛮好。冷饭冷菜，却省下了工夫。

有了时间，就可以看看书，写写日记，唱唱歌。肖潇给自己和陈旭制订了一个作息时间、一个学习计划。单日学理论，双日读小说。那些"封资修"的小说像雪底下的榛子，看着没有，扒拉扒拉总能找到一本两本……

她常觉得，在原野上肆虐的风神，其实也在隔着窗玻璃听她念诗，听他说话。它羡慕他们，才故意乒乒乓乓地推着门窗，想挤进来溜进来。天棚上垂挂下一根根细细的灰黑绳，会自己无缘无故地轻轻摇摆，那不是风的呼吸是什么呢？

她时常放下书本，凝望那小小的、没有安上窗帘的窗子，一到晚上，被白天的阳光揩净的玻璃上又长出了毛茸茸的白霜，像一道晶莹华丽的帘子，将小屋与世界隔绝。而清晨睁开眼，在一片银光闪烁中，只见雪女王驾着十一匹马拉的雪橇飞奔而来……

想象在雪原上翱翔，这是她一天中最快乐的时光。

连队的南方知青，常常踩着咔咔响的雪地，卷着一身冷气，来串门。裹着雪末泥灰的棉靰鞡，黑压压脱了一地。他们兴高采烈地打扑克，七扯八搭地聊天，讲些小时候听来的鬼故事，或是大串联时遇到过的奇闻逸事，再不就是回忆杭州的小核桃、香榧子、臭豆腐什么的。又有人不知从哪儿弄来一面袋葵花子和黄豆，在那口生了一层黄锈的大锅里炒熟，大家抢分了，然后在炕沿上坐成一排，急急忙忙地嗑，一片咔嚓声，像刈草或是筛颗粒肥。谁也不说话，专心致志地嗑，比赛似的，一会儿工夫那条窄窄的走道上瓜子皮儿就大雪纷飞。

"东北人为啥叫葵花子——毛嗑呢？"她问。她并不那么爱嗑葵花子。

"这原是老毛子嗑的，一嗑一大堆。"陈旭回答，"后来精简了，就叫毛嗑。"

“吃怎么叫嗑？”泡泡儿从瓜子皮中腾出嘴皮，撇了撇，“嗑磕，磕头呀？”

嗑着瓜子，就有人提议讲故事，都说让陈旭讲，讲个长的，还得惊险又新鲜。陈旭也并不推辞，比读书的积极性高得多，神采飞扬地来讲《八十天环游地球》，连肖潇也没听过。凡尔纳的书，肖潇全读过，只落下这一本。

听故事的时候，大家嗑毛嗑不误。肖潇渐渐地觉得，有这种细密的嘁嚓声烘托，倒实在很有气氛。外婆家小镇过年时搭的大戏台，台下人就专吃南瓜子，在一片吃南瓜子声中听戏，那戏文又香又脆地耐听耐看。肖潇便也嗑毛嗑，这里的毛嗑又大又饱满，炒在火候上，松脆松脆，香甜香甜，油滋滋的，嗑上就放不下，嗑就嗑上了瘾头，嗑出了味道。于是她也同他们坐在炕上嗑毛嗑。假如一晚上没嗑毛嗑，就好像有什么事没做似的，故事也听得糊涂涂。其实陈旭讲故事，有着很好的口才，能把那人说话的声音腔调，学到如见其人；也能把那海水、那沙漠，学到如临其境。一会儿“呃呃”的像要溺死其中，一会儿又垂涎三尺地饱餐一顿。两只大手在空中比比画画，好像牵着一根看不见的线绳，那头拴着你的心，跟着他的灰淡的眸子，忽上忽下地跳跃……

那个连台本戏，讲了一夜又一夜。夜短了，冬也短了。夜暖了，冬也暖了。等她把地球转完了一圈放下心来，才发现自己很久没有看书了。

她扫着一地的瓜子皮，心里也像是塞满了什么毛毛和虫虫，轻飘飘乱糟糟地烙得难受。她烦躁起来，便噘着嘴怪陈旭：“都怨你，招这些人来！”

还有那一屋子烟呢，吸进去又吐出来。

肖潇茫茫然。她有了一个小屋，小屋仍不属于她。

陈旭不吭气。她又说：“也不谈点有意思的事。”

陈旭懒懒地答一句：“这年头，有啥有意思的事体？”

她不吭气。陈旭又说：“连队宿舍冷，不为人家想想。扁木柁这样的人多少罪过……”

她把瓜子皮扫进灶坑。扁木柁？她无言以对。杭州话“罪过”当“可怜”讲，可怜的扁木柁。扁木柁是陈旭的忠实听众，一次不落，来了，往炕梢一坐，从不脱鞋，静静地听，不笑也不插嘴。贴着补丁的裤管，短一大截，又细又窄，套在肥大的绿棉裤上，鼓囊囊露出一大块。有一次肖潇想为自己织双毛袜，不会开头，鼓捣了好几次，扁木柁伸过手来说：“我来。”他居然会打毛线，先打出一个袜底再转圈儿往上发展，还织出一圈灰一圈蓝的条纹。那天晚上客人多，炕沿上坐不下，陈旭叫扁木柁上炕里，他死活不肯，最后让人解了鞋带——肖潇才发现他的棉靰鞡里，没有袜子，只有一块包脚布。

“你会打毛线，为啥不自家打一双毛袜？”她无法掩饰自己的惊讶。

他垂下头，抚着自己的包脚布，嗫嚅一句什么。

她后来知道，他有个后妈。爸爸以前是国民党兵，现在在街道生产组，他每月三十二元工资，要月月寄家十块钱……

那双毛袜织成后，她让陈旭送给了他。

他的手很巧，会做瓦匠、木匠活儿，会修搪瓷盆、拉链。每当他替别人修理什么东西的时候，他扁扁的脸就发出红润的光亮，扁扁的鼻子也翘翘起来。

肖潇便恨不得家里所有的东西都坏了，好让他修理。只是既无工具也无原料，他也只好帮大家剃剃头、接接保险丝什么的……

小屋又成了临时工棚、理发室和食堂。

毛嗑终于嗑完，炒黄豆终于吃腻，小屋突然冷清清。陈旭不讲故事了，拿起书本却总是无精打采。

陈旭顶顶喜欢的大烟泡仍然三天两头在原野上逞狂，只是它们彼此似乎也都对对方失去了兴趣。

她听见有人敲门，走出去，门外没有人，只有雪花飞舞，打在她手背上，雹子似的疼。

她听见有人敲门，走出去，门外没有人，只有一行脚印，路过她门口，消失在风雪中。

她听见有人敲门，走出去，望见外屋门缝上有人影晃动。她推门，门却推不开，门上淌着水，滴在地上，结成一个冰门槛。她找斧子来凿那门槛，冰珠四溅，飞到半空就变成了焰火，门槛像焰火似的陨灭了，外面的人走进来，戴一副银色的眼镜。他摘下眼镜，原来是邹思竹。

她好奇地去摸那眼镜，邹思竹叫道：那是冰做的，一摸就化了。

陈旭从里屋走出来，面孔像一块苞米皮，眼皮也不抬，说：我的家没椅子。

我来拿一本书。邹思竹看看她。

以后不用你借书了，我们自己有书。陈旭指指火墙，火墙被扒开了，里头的夹层中一格格放满了书。

书放在火墙里会烧掉的，邹思竹伸手去抓书，上回我的一支钢笔靠着火墙炉子，笔杆子都化了。

不用你管！陈旭咆哮，我们家的事不用你管！

邹思竹扭头就走，她去追他。风雪中一行脚印，通到柴火下，不见了。

她听见有人敲门，半夜里，一团漆黑，她推推陈旭，说：你听——

有贼。陈旭坐起来穿衣服。快起来，一级战备。

她想问问陈旭，贼到这里来偷什么东西，陈旭不理她。就在这时，又听到里屋的门上轻轻一响。

陈旭果断地说：贼已经进来了，只有同他拼命，趁他没进来，我先冲出去，你跟在我后头，家里有啥武器？

她找到一把剪子，擎在手里，心突突跳。

陈旭咬咬牙，低声说不要开灯，要让贼措手不及，就猛地打开门冲出去，肖潇也拼着全身力气，冲出去。刚冲到外屋，就让什么东西绊了个跟头，定睛一看，是家里平时用来拴外屋门的粗绳子，好端端地系在灶坑洞上。门关着，外头一个人也没有。

一把平日靠在门后劈柈子用的斧，滑倒在地上，是它！

十七

一天傍黑，泡泡儿气喘吁吁地跑来，双臂护着肚子，油渍麻花的棉袄前胸鼓起一个包，奇怪地耸动。进了屋，松开手，从衣襟里竟活活跳出一只半尺长的小白鸡，鲜红的冠子，弹性十足地跳跳着，蹦在地上，抖抖雪白的翅膀，冲出一泡屎。

"养到六月，就会生蛋了。"泡泡儿说。

肖潇吃惊地扬起眉毛，她可从来没想过要养鸡。

"杀掉吃一顿算了。"陈旭搓着手说。

"有了家为啥不养鸡？"泡泡儿很操心地开导他们，"食堂连个蛋花汤也吃不着。"

"哪里来的呢？"肖潇有点不放心，追着问。

"拾来的。"泡泡儿有些不自在地回答，"一只鸡嘛。"

一只鸡，换了毛，起码快一斤重了，真是拾来的？养到生蛋，孵出一群鸡，腌咸蛋、酱蛋，月月杀鸡吃……

她不再追问。发愁的是不知该把它关在哪里，怎么养活。妈妈隔离时，全靠妹妹养四只鸡下蛋，贴补一个月一人八块钱的生活。

它趾高气扬地踱步，纵身一跳，上了锅台。

"把它翅膀剪掉，再在后窗口用树条围个圈圈，它飞不出去，好活动又不会丢。"陈旭来了劲。

"树条呢？"肖潇问，等着开了春隔菜园的篱笆还没着落哩。

"那就用根绳子拴在门口树上好了。"

"又不是只狗，"泡泡儿很气愤，"再说，我晓得洋鸡蛮怕难为情的。不相信？养鸡场的洋鸡为啥都关在房子里，点电灯哩？它见生人就不生蛋了……"

幸亏扁木柁来了，他说这再便当不过，捡些碎砖头搭个窝就可以了，砖现成的，夜里到大车队的猪舍去拿些就是。于是第二天肖潇家的房前，就有了一个鸡窝。

"记牢，千万不要放出来，当心让人家偷了去。"泡泡儿再三关照。一副热心肠，却又不知为甚有点鬼头鬼脑的。

肖潇门前有了一个鸡窝，或多或少也有个家样儿了。

那些日子，阳光下时而还飘几片薄薄的清雪，落在衣上就留了湿印。寒风虽然刺骨，仍然在旷野号叫，却"冻人不冻地"——融雪的田垄，开化的地表，像是一个个被盐酸腐蚀的溶洞，像树杈上密麻麻的蜂窝，叫地心的热气熏出斑斑点点的空隙。到了中午，浸透汁水的黑土地，越发地膨胀起来，实在饱和了，便四溢开去，顺地沟、房檐哗哗流淌，如大地欢喜的泪……

家家的炕头，都蹲着一只老母鸡。这儿的人，叫"老抱子"。一日日耐心尽职地抱窝，在蛋壳里变魔术。

有了家，肖潇第一次知道，春天原来是从"老抱子"的蛋壳里来的。她学着邻居那些老娘儿们的样子，从食堂的猪圈旁捡几片冻白菜帮子，在一块木板上剁碎了，拌些从食堂打回的苞米糁子，放在一只破碗里，很有礼貌地递进它的住处去，请它用餐。

开始几天，它还咕咕地哼哼，把尖嘴伸到门口的亮光里，挑拣食物。又过了几天，打开门却不见它，里头黑黢黢的，只见门边小碗歪在一边，食物冻成冰坨。

她想它一定冻死了，去喊陈旭。

"冻死了就吃肉。"陈旭兴奋地朝鸡窝冲去，伸出胳膊去掏，却猛地缩回来，手背上一点红印。

他愤愤地将它拖出。那一身雪白的羽毛，变得灰暗苍白，像一个久居黑牢的囚犯，阴沉孱弱却心怀叵测。她蹲下身抚摸它，它漠然。

"……养了介多天，轻了还是重了？"陈旭拎起鸡翅膀，摇摇头，咽了口唾沫。

这一天，凡家里来人，都被领到鸡窝前去鉴别它的重量。男生大抵说是重了，女生大多说是轻了。不管轻了重了，这样养下去何年会生蛋？

"我看……"陈旭吞吞吐吐嘀咕一声，"还是趁早吃掉算了……"

"吃，吃，你就知道吃！"肖潇突然发火，"鸡窝里太黑了，太冷了，它看不见！"

她决心让它恢复自由，不再顾及泡泡儿的劝告。一日下午她放了它出来晒太阳，它却匍匐在地，一动不动，不逃也不跳，老抱子似的温和，只是身子比刚来时更小了。恰巧大车队队长的老婆串门子路过，看见地上蹲这么个病恹恹的东西，过来帮着出谋划策。看着看着，就大惊小怪地嚷起来：

"哟，天呀，这不是鸡号的鸡嘛，脑门上铰过一撮毛哩……"

肖潇愣一愣，张张嘴，又合上，垂下眼帘，脸一阵红又一阵白，"谁家的鸡，撑死喽，谁家的鸭子，吊死喽……"才不到一年半……钻进那黑不透亮的鸡窝里去算了。她冲几步，砰地关上家门，扑在炕上哭了一场。下午没出工，满心满肺都是对泡泡儿发不出去的气。

等人散了，她低着头溜出去，只见那只鸡翻着白眼，已在阳光里僵直了脚爪。她找一把锹，在园前挖个坑把它埋了。覆土前，还在它身上盖了块旧布。安葬完毕，又在土上加几撮炉灰垃圾什么的，叫人看不出名堂。小学四年级时，为支援灾区，全班在教室外头养过两只芦花鸡，养到半大，病死了。她领一群女生，在无花果树下用棍子掘个洞，铺了木板，又把那漂亮的羽毛用无花果树叶一层层地裹了，再盖上两张从书皮上卸下的画报，隆重得像埋藏一件宝贝。最后学着大人的仪式在那土堆前烧了一堆练习簿的纸，才心满意足地回了家。第二天早晨到校，却见那坑被挖了个底朝天，树叶随风打旋——死鸡不翼而飞，姑娘们吓得远远地发抖，不知那鸡是活了还是成了精成了鬼。正惶惶，一只鸡脚爪从天落下，男生们冲将过来，报告说在传达室门口的簸箕里发现一大堆鸡骨头。她怯怯地踮脚张望，只见看门老头阿友伯的锅里翘起一只青不青紫不紫的鸡腿，全体义愤填膺……

趁着陈旭还没下工。他如真要盘问，就说鸡走丢了，否则他不会放过它的。

她安心了些，为着对它的不幸的一点补偿，也为着自己第一次养鸡的失败。她不是老娘儿们，她本不该养鸡。她没变成老娘儿们，她才不会把捡来的鸡养大！幸亏它死了，她宁可它死。谁说不养鸡就不是过日子了？

风一日日暖了，执一根柔软的长鞭，催人下地，催人忙碌。天边有烧荒的火苗，亲热地舔着敞开了胸膛的黑土地。空气里回荡着发酵的马粪气息。拖拉机的犁铧，在大道上啃出久别重逢的齿痕。马嘶也嘹亮，牛哞也振奋，车老板的辘辘，也被那阳光下热烘烘的地气蒸腾得痒痒，从早到晚上了发条似的，从冒一层油花的地头掠过，嗒嗒飞……

家属队的大娘大婶，在大道上遇见肖潇，老远就笑嘻嘻地同她打招呼：

"肖——夹上障子没有哩？"

"肖啊，房前房后先撒上点儿菠菜籽，十来天就吃上了。"

"要晒大酱，上我家取点儿豆子去。"

"栽点儿韭菜啊，肖，一茬茬吃不了地吃。"

她们管她叫肖，也不知是指姓还是指名儿，反正东北大娘不喜欢把两个字叠起来称呼，而喜欢说一个字，管自家老三叫"三啊"，或者拖长了腔，管陈旭叫"陈儿——"，听起来熟悉亲切得很。那只小洋鸡的事，她们早忘记了。

菜籽总算是有了，障子还是无着落。家家房前房后一大片空地，顺着家家的门窗，划出一道无形的界牌，假如不夹上芦苇柳条子什么的，邻家的小鸡儿啄了你家的小白菜，你家的西葫芦蔓爬那边去结瓜，咋整？家家老职工或贫下中农们，早在去年秋，就把东西足足地预备下了。可他们，一对一无所有的知青夫妇，要啥没啥，从里到外一个赤贫。于是在窘迫中幡然醒悟：原来那一根柴草、半块碎砖，都是昂首挺胸做人的基本保证。原来物质与精神，竟是这么样的一回事。

漫长的冬天里苦盼着严冬过去。春风终于回归，却猝不及防地携来一大堆繁重琐碎的农事，就这样一股脑儿摊在他们面前。

她喜欢看陈旭和扁木柁翻地。用一把铁锹挖起一大块黑土倒扣下，打碎了，阳光下油亮松软。咬碎一只小核桃，满嘴喷香，香得细腻酥脆。南方农民却绝不这样翻地，要用铁耙，四个尖爪，扎进草根和瓦砾中去，瘦又薄的泥土，裹着几千年长江沉积的残渣余孽。不用锹，用锹会镞刃的。而这块地里只是空空的土、肥肥的土、满满的土。似乎不用播种，就盛满了收获。有时会遇到冻土块，扁木柁便耐心地用铲尖竖着刨，像个削铅笔的刨子，削下一卷儿一卷儿的冻土屑，纯净得一无杂质，只有冰碴在阳光下熠熠闪亮，那土地是如此坦白，如此亲善。

他们便在这土地上，学着别人，埋下土豆栽子，播下向日葵，撒上菠菜籽，种上早豆角和晚豆角。障子已由两头的邻居代劳，一边一道苇子，将他们的菜园，夹在了中间。只要把后头那一道做个活门，就万事大吉。陈旭说："有福不用忙。"对两边邻居的好心肠，全不领情。十几天过去，该种的，全种上了，除了烟叶。还留出空地，等着栽黄瓜、西红柿、茄子秧。扁木柁不知从哪儿弄来一把豌豆，他按杭州的叫法叫它蚕豆，说秋天要吃蚕豆糖粥……小菜园五花八门的，像个中药铺。

肖潇把做种子的豆角，每个品种都留了几粒，整天在她衣兜里铮铮响。地头休息时，她把豆角籽掏出来在手心玩赏，一粒粒光滑坚实，发出彩釉般的天然光泽。这玩赏有一种说不出来的乐趣。嘈嘈切切错杂弹，大珠小珠落玉盘。有热心人来讲解：那种个头最大、上头有花点点的叫"马蹄掌"，好看不好吃；那种细长长的头上有一团黑，叫"喜鹊翻白眼"；那种白底儿上有一片片紫的、黄的花纹，叫"家雀蛋"，结出又长又宽的油豆角，又好看又好吃。还有啥"八月忙"呀，"老来俏"呀，海了海了……假如把这豆角籽穿起来做条项链，一粒不重样，定比珍珠还漂亮！初三那年见过一次舞会，可惜再也不会有了。妈妈结婚照上那串紫色的花冠到哪儿去了呢？

一天清晨，陈旭推醒她，晃着手里一把鲜绿的菜秧子，兴奋地拂弄她的脸，大喊："有了有了，快起来！"

有了什么？"黄瓜秧子、西葫芦秧子，邻居家栽剩下的，一大把，够栽了！"

就是那种会开谎花的黄瓜、西葫芦？她蓦地清醒了，坐起来。它到底为什么撒谎？一棵藤上，到底哪个是谎花，哪个不是？她倒要种出来看看。

他们快快将园子里的空地修成菜垄。陈旭挖坑，她把那毛茸茸的小苗，依次放进松喷喷的土里去。又匆匆喂上水，替它盖严了被角。几十棵菜秧，一会儿工夫栽完了。

肖潇蹲在一边，痴痴地望着它们出神。

"番茄、辣椒，为什么不开谎花？"她冒出一句，回头看陈旭。

"这还不明白？黄瓜是异花授粉。"

"那谎花，指的是雌花，还是雄花呢？"

"我想……是雌花。"

"不对！当然应该是雄花。雄花不结果，开过就掉了，让人白高兴一场，老百姓才管它叫谎花。"

陈旭竟认真了："噢，雄花？亏你聪明。雄花本来就没有结果的任务，它开花是专门为了让雌花授粉的，它怎么是谎花？"

她不吭气。自己也有点糊涂起来。也许真不是雄花。雄花花下本来就没有纽，明明白白地告诉人它不结果，怎能说它是撒谎？撒谎一定是存心的，而它却无意。它根本没有欺骗意识。只怪人们想得太好，只想每朵花都有果实。

"那你说，你说谎花是什么？"她问一句。

"是雌花中那些开过又落掉，中途夭折的花。它才……"

她打断他，叫起来："那是因为没授上粉。能怪它？或是养料供不上，一根蔓上，结不了那么多瓜的……"

"那它作为一朵本应结果的花，让人白抱了希望，总是一个事实。"他要坚持到底。

"那也是瓜蔓欺骗了它，不是它的责任。"她几乎要生气了。

"这句话还有点道理。"陈旭笑嘻嘻地点点头，收了锄头水桶，准备回屋，"等开了花再讨论吧，别纸上谈兵了。"

她跟上去。真应该去问问谁，到底谎花是雄花还是雌花。似乎都可以说是谎花，又都不像是真的谎花。这真是个谜。

好容易把菜园子像攻克碉堡似的攻下来，人困乏得干着活儿一闭眼就能睡着，出工总迟到，饭也常吃不上，日月星辰都乱了轨道。等陈旭想起来要看冰排，人说大江早已解冻多日了。并且，那早十几天播下的白菜籽，竟然就从土里绿茸茸地冒了头来凑热闹，一冒头就张着嘴要喝水；喝了水就引狼入室，招来一层密密的杂草，今儿铲了，明儿又来了，大有明日复明日，明日何其多的架势。就算你满不在乎，对它们宽容忍让，却有许多眼和嘴，会立即热心地愤怒起来："肖啊，你家那菜园子……"菜园子是个地主婆，要人侍候。侍候原来是这样的滋味。丽丽赖在城里不下乡，嫁给省军区一个连长，生孩子还请保姆。食堂管理员已勒令他们退伙，年轻轻两口子吃食堂，懒成这样，不怕人笑话？结婚干啥？结婚不就是自个儿做饭，一条炕上睡觉吗？刘老狠批一车麦秆给他们烧火做饭，那麦秆拌着冰碴，做一顿饭就像熏蚊子，烟火缭绕的，总把肖潇弄得满面泪痕。她任凭泪水混合着疲倦与委屈，涌流纵横。在大雨滂沱中哭泣，在游泳池里出汗。她时常并不躲避那股凶狠的黄烟，而是让它把她的头颈一股脑儿缠绕起来，勒紧她，勒得眼前一片混沌、一片模糊，勒出了几丝苦涩的水，心里才松快些。

"你哭了？"陈旭拿起筷子，仔细打量她。

"不，烟熏的。"她淡淡说。

先前那许多关于爱和未来的梦想，竟然就在那一天天蓬勃滋生的小白菜里消融下去。好像让那些青翠娇嫩的绿叶吸去了精华，做了菜园的肥料。每日早晨昏昏醒来，她总是惊异自己为什么会在这样一个地方……

肖潇瘦了。

分场竟然又卖起猪羔子来，五毛钱一斤，一只猪羔十来块，便宜。养到秋，二百斤大肥猪吃肉卖钱随你。成了家的人不买猪羔子养活？全分场的家属不在背后讲死你！

竟然又分起自留地来。一个人三分，两个人六分。一里地长的垄，端端正正六根，等着人去刨苞米墩子。种上大豆苞米，到秋天喂猪喂鸡，干啥不好？你不想种这六分地？全分场的家属不笑话死你!

不买猪羔不行,不种自留地也不行。

虽然她有陈旭,陈旭有泡泡儿和扁木柁,他们的自留地里的苗苗,还是不如人家的出得齐全,他们的小猪羔还是不如人家的长得壮实。尽管陈旭发过誓,要在过年时让肖潇吃上猪肝和腰花汤,可猪槽空了,他却死活不肯到食堂去捡菜帮子……

肖潇叹口气,拎上一只土篮,走出去。

一行南来的大雁欢叫着从她头顶飞过。

杨树林在暮色中笼罩着一层淡青色的烟雾,浮荡地弥散飞升。树梢上蹲着那个忙累了一天的太阳,牵着自己未了的千头万绪,慢慢沉降下去。游尘中飞扬着阳光的温暖,安静地匍匐下来,归于泥土,空气中有一种新鲜又湿润的青草味,带着泥土的芬芳,从四面向她围拢。她的心有些慌乱,她看见树林子边上,地头地角那些枯黄的草根里,探露出一丛丛绿色的生命,眨着好奇的眼,从新生土地中拱出来。

啊,小草,是春天唤醒你们,还是你们唤醒了春天?

"踏青去!"妈妈说。苏堤上有猫耳朵、马兰头,荠菜馄饨,鲜死人了。比比谁先采到荠菜王……

而这里,把婆婆丁、苣荬菜、灰菜采下扔进篮子,却要填一口生锈的大锅,熬成一团浆,倒进猪槽。啊,小草,小草……

篮子沉甸甸,却空荡荡。她发一会儿呆,又蹲下身子。

大路上的广播喇叭响了,一个清晰的女声在播送一篇讲用稿,似乎有个熟悉的名字,从耳际滑过去。她站起来,用心辨别,那声音在昏昏的暮气里一遍遍重复着——是郭春莓，是郭春莓在地区讲用的发言。

那声音说，她主动承担了二百头育肥仔猪的任务，一天推饲料两吨多，每天打扫猪圈六遍，拉水车二十趟，每天背草垫圈，还发明了猪舍和饲料之间的洗脚池，让猪蹄保持卫生。她还设法把大豆炒熟，掺入饲料，使猪每天增重一斤半……

她埋下头，拼命地挖菜。

那声音说，她宁离娘一世，不愿离党一秒；

那声音说，她要勇挑重担，消灭"帝修反"；

那声音说，她和"活命哲学"斗，斗私斗到死；

那声音说，为革命大养其猪，她要把血流尽、汗流干……

一阵冷风，肖潇打了个寒噤。

她也在发展养猪事业，为谁？不过，在水里游泳是多么痛快呀！小鸭说，让水淹没你的头，往水底一钻，多么痛快呀！她也在发展养猪事业，为谁？

篮子里的野菜浓郁又苦涩的气息，撩拨起她心上一种难言的惆怅。几丝内疚，几丝惭愧，几丝怨恨，回荡在苍茫的暮色里。你到底在做什么？你是一个怎样的人？你不求上进了？堕落了？庸俗？自私？软弱？……你完了！

她跌坐在草地上。篮子猛地翻扣过来，野菜撒了一地……

草地上开满了黄色的小花。

她拎着一只花篮来采花。篮子是竹子编的，里头放一本书。

她坐在山坡上看书。书页上的字奇大无比，像墙上的大标语。一会儿翻一页，一会儿就看完了一本，却不知它讲什么。

书里夹一张书签，是一朵玫瑰花，她闻闻，发现那花没有花蕊。陈旭走过来，把花儿插在泥里，说：这是蚕豆花，种蚕豆吧。

她的蚕豆长得快极了，像竹笋，在大风里往上蹿，比向日葵还高。结下香蕉似的大豆荚，里头的蚕豆，像蚕宝宝一样是白的。她问陈旭，陈旭说：这不是蚕豆，是罗汉豆。

她把罗汉豆吞下去，她想自己大概马上变成罗汉了。罗汉只吃大白菜土豆，她低下头，看见自己变得好胖，肚子像罗汉那样鼓起来，陈旭拍拍她的肚子说：一定是儿子！她有点恶心，哇哇地吐，吐完肚子就瘪下去了。她端着猪食盆去喂猪。

一只黑花小猪，在砖砌的猪圈里团团转，发出狗一样的叫声。她把苞米粥倒进破脸盆里，那小猪吭吭几口就把粥吃得干干净净，它翘着嘴唇沿四壁又拱又舔，一会儿工夫，把一块砖头吞了下去，真上食！一个包头巾的老大娘说，多给它吃！又倒进一盆粥，一会儿又没了，再加一勺，还是没。她掰开它的嘴，发现那里头黑森森的是个无底洞，任你怎么填也不会满。她不再喂它，让它去吞砖头，它却掀翻了食盆，把砌墙拱得摇摇晃晃；她用一根树枝去抽它的脊背，它竟然咬住了树枝，差点跳出墙来，又嗷嗷地叫，脖子一耸一耸，大耳朵呼扇呼扇，好凶。

这是条狗还是猪呀？她想看看清楚。有人说：这猪卖我吧，能看门。

陈旭在她耳边嘀咕：这猪肚里长猪砂了，不能随便卖，长猪砂的猪才这么怪。

她想不起来猪砂是什么，忽然听见广播喇叭里说总场文艺宣传队来演节目了，她刚要往回走，有人叫了她一声。

大路上走来一个姑娘，飘曳的长辫子，微微仰起的脸，迎着太阳，光彩照人。她觉得她有点像自己，想了一会儿，才明白她是宣传队的独唱演员郁笛。

她一闪身躲在了猪圈后头。

郁笛手里拿着一副竹板，系着红绸子，边走边唱：学大寨一定要往远处瞅，别坐在炕梢看炕头……哎嘿哎嘿呀……

她用手掩住耳朵，大叫：你唱啥格越剧？真难听。

郁笛不理她，还唱，唱了好久，总是一个调：哎嘿哎嘿呀……竹板不响了，郁笛说：这是东北二人转。

那个人呢？她问。明明是一人转。

不是，是独脚戏。郁笛把一只脚勾起来，像一只站在水里的鹤，也叫单出头。

她很想跟郁笛学单出头，就跟着郁笛往大架子上爬。上头有云雀在叫，小提琴声从云缝里传来……郁笛钻进云缝不见了。她爬上一段阶梯，大架子猛烈摇晃起来，好像要倾斜倒塌。她叫了一声，跌下去。

十八

华丽丰茂的夏季，踌躇满志地走过旷野。田垄的土圪和树根却把它的光脚板硌得生疼，三叶草和苍耳在烈日下越发刺烫灼人。夏天匆匆走过，撕烂了盛装，脚板上挂满丝丝血痕。夏被熬干了，变成了萎黄的秋。

收割后的水田，留着一丛丛半尺高的稻茬。初冬的早霜，将稻茬染成一块开花的棉田，银光璀璨。偶有几朵遗忘在田埂上的蒲公英，被风一吹，似凄清的小雪扬扬洒洒。水田的低洼处，看得见一束束干瘪的稻穗，标本似的封存在玻璃般的薄冰下……秋也是筋疲力尽。

工间休息的时候，陈旭坐在稻草堆上抽烟，闷闷地想着心事。脱谷还没有开始，这几天的活儿不太累，只是将割下的稻子码垛装车，拉去场院。他喜欢挑叉子这个活儿。狠狠地扎住几个捆，轻轻一抖，甩出去，像甩去了许多不快，浑身轻松。力气用得巧，可省下体力去干家里的活儿。自留地的苞米黄豆倒是收得差不离了，过冬的柴火还没有备足。路边的蒿草，都竖了捆，有了主，得上水库去割苇子，一来一去二十里地。炕要扒，火墙要掏，北窗要堵死，南窗要溜缝，还有大白菜土豆要下窖，胡萝卜要用沙子埋上……这件没做完，那件已在等着，没完没了。与其说为着猫冬，倒不如说是像替自己下葬，万事须料理得齐齐全全……

他厌烦得很。他知道自己完全是机械而无可奈何地去做那些琐碎又琐碎的家务事。

平心而论，他对那些事，几乎完全没有兴趣。厌烦发作的时候，他真想把眼前的锅碗瓢盆，通通砸个稀烂。完全是为了让肖潇高兴，让肖潇满意，他才不得不在天亮时迷瞪瞪地睁眼去自留地，天黑时酸乏乏地上井台挑水。肖潇用起水来像个没龙头的管子，哗啦哗啦，一会儿缸就见了底。她改不掉她那个爱干净的毛病，照样一天洗三遍脸，照样三天擦一遍澡，照样一盆衣服洗得水清清才罢休……肖潇疼他，一个月分场买一次肉，她总省给他吃，可从来不怜惜他担水。他连根扁担也没有，一只手一个桶，一口气拎到家门口，她笑笑，苍白的脸上浮起两个满足的笑靥，像个旋涡，一闪又不见了。

　　他却从心底疼她。夏天时她黑瘦黑瘦，这几个月脸上身上却突然像个发面团似的"胖"起来，"胖"得暄松，一按一个坑。她总照镜子。他不敢说，那不是胖，是浮肿。妊娠的女人恐怕都是要这样"热胀冷缩"一番的。那未知的小生命，也如同一架无声的发动机，驱使着他从地里到家里，奔忙劳碌。为迎接他的到来，他像一只公狐或是雄燕，本能地筑巢猎物。他意识到自己可笑，便惶然又怅然。他实在没有任何思想和物质的准备，在此安居乐业、传宗接代，他原本是为着养息心头的创伤，才躲进这避风遮雨的小窝，在她的温情中汲取活下去的勇气。然而，她把那根救援的绳索扔给他，缚住了他，也缚住了自己。他俘虏了她，也俘虏了自己。两个残兵败将，却在无意中得了一个胜利果实，他得知她怀孕那天，只觉得两眼漆黑、满腹酸水，竟也似有了妊娠反应，恶心得想吐。他不觉得那果实灿烂辉煌，却是一阵恐惧，又一阵悲哀。

　　他连自己都没有活好，他没有资格先做父亲。

肖潇在炕上默默躺了一天，一言不发，被单下那娇小的身躯一阵阵发抖。他抱起她来，抚着她的黑发，她哀哀地望着他，他的心颤颤。那双明澈的眼里一片天真无邪。那分明还是双孩子的眼，却要做个性急的母亲。他明白她的哀求，那张大炕实在误解了他们炽热的情爱。

他们终于下定决心，去了一次佳木斯医院，可是太晚了。大夫说，五十天以上便不能再做那样的手术。大夫用怀疑的眼光看他们，既然是头胎，因为啥……

从夏到秋，肖潇那纤细的身子渐渐变得丰满，夜深人静，他轻轻贴着她的腹部，便能听到微弱而清晰的胎音。一个神秘的脚步声，仿佛从地球深处传来，或是漂洋过海，越过千山万水，在向他走近。那足音叩击着人生的大门，整座茅屋、整个炕面，都似乎为之震撼，为之摇动。如此平凡却又如此壮丽，一个生命在自己创造着自己，并传递给他无可推卸的责任。他忽地受了感动，在睡意蒙眬中轻轻抚摸它；在晨光熹微中，悄悄观赏它。那一轮日渐丰盈的圆月，它也会均匀又舒畅地呼吸，在他的怀中微微起伏……

在他眼里，肖潇因此变得更妩媚动人。

婚后的生活，应该说是甜蜜的。虽然这种甜蜜浸透疲劳和苦涩，那温热的火炕却报偿给他许多安慰。长夜如一个操场，给你一次次机会，任你做雄心勃勃的环赛。那些冲刺，那些爆发，无限重复，而总不厌倦。在那疯狂的搏击中，你投掷了你生命的核弹；在那永无休止的征战中，你宣泄了你所有的愿望和激情。你盼望黑夜，黑夜使你魂飞魄散，忘乎所以；你害怕黑夜，黑夜使你变成一头无可救药的猛兽，筋疲力尽地在黎明时酣然死去……

结婚最初那一段日子，他几乎夜夜不能入睡，肖潇光滑细腻的肌肤和柔顺的发根散发的温馨使他如痴如醉。最初的肖潇羞涩而拘谨，以后的肖潇便温柔而乖巧。她青春的热望被唤醒，她也缱绻缠绵；她情感的烈焰被点燃，她也狂放如火。她从不拒绝他，像一盆娇艳的月季，日日鲜活，日日芬芳。他如同汲取生命的甘露一般渴望她的气息，在那疯狂的瞬间，他总是觉得自己已经永远地同她合成一体，再也不能分开。那时他总是恶狠狠地大喊："我要你到死！"

这便是那毁灭的代价，实实在在地在母腹中骚动、生长。这便是那爱情的代价，一个不邀自来的盲目的生命……

他大口大口地吐着烟。天空恬静无云，蓝色的地平线近在咫尺，又远在天涯。他选择的稻垛不错，背风又背人，他摸出一支烟，套在未灭的烟蒂上。

肖潇不喜欢他抽烟。

他却喜欢抽烟，他说不出自己除此还喜欢什么。

他知道自己喜欢抽烟，不仅仅是因为喜欢那热辣辣的烟味，像针灸一样刺激他的咽喉、肺腑和大脑，使他兴奋又麻醉。而且因为他喜欢那黄褐色的烟末在火星中变得焦黑，黑灰中散出白色的烟雾，如云一般，在空中渐渐飘散，飘得无影无踪，而其间的真谛却吸入胸间，化作精气，在五脏内盘旋……刘邦、李世民、恺撒大帝、彼得大帝……如今虽已灰飞烟灭，那宏图大业、丰功伟绩，却永世长存，万古不朽……

有人走过来，在他身边坐下，衣服上传来一股樟脑丸的气味。

他扭过头，见是邹思竹，便挪了挪身子，不大想搭理他。他不高兴别人在这时打断他的思绪。

邹思竹伸出一只手，说："给我一支。"

"啥？"

"香烟。"

他吃了一惊。这个书呆子，什么时候也抽起烟来？他又瞥了邹思竹一眼，见他今天确实有些异常，穿得一身新，鼻尖发红，微微颤动，嘴唇一个劲地哆嗦。

"你怎么了，你？"他把烟盒扔给他。

邹思竹咽了一口唾沫，抬抬眉毛，张望一下四周，压低声音说："哎，我告诉你一件事，你千万保密。"

"什么事？精头怪脑的，快说。"

"你一定不要乱说。"

"好吧好吧，啥格大不了消息……"

"当然，全世界头号新闻。"他越发神秘起来，摸摸口袋，贴着他的耳朵说，"我收到杭州一封信，说二把手……摔死了，叛国……"

"什么二把手？你说明白点，刘老狠还是二把手呢！"

"就是……林……"

"秃子？"他猛地从草垛上跳起来，"真的？"

邹思竹揉揉眼睛，烟熏得他咳嗽起来。

"……杭州都已经传达了，还会假？就这里，密不通风……"

他呆立在那里，风拍打着他的帽带。

邹思竹推推他说："哨子响了，干活儿去吧。我就想抽一支喜烟，表示庆祝。中国的政治自此恐怕会有所改变，矛盾到极限就反其道而行，这回真是从顶峰走到山背后去了……你先晓得一下，好有个思想准备。当初在学校时他们不是说你反林吗？这下可以翻身了。不过……"

他扔下邹思竹，朝牛车奔去，险些在稻茬上磕跟头。他想大叫，想狂吼，想在稻垛上点火，想狠狠地拥抱那头傻憨憨的黑牛……蔚蓝的天空上忽而横贯一道长龙般的浓云，银色的鳞片翻滚腾跃，欲翱翔，欲飞升……

陈旭同志，早在三年前你就骂过林秃子，是吗？"小女工"恭恭敬敬地站着问。

是啊，我看他就不像好人，贼眉鼠眼的，一脸邪气。他坐在办公室那把黑皮椅上大模大样地抽着烟。为了实现他的篡党夺权的个人野心，他搞个人崇拜，鼓吹反动透顶的天才论，我早在"文革"初期就指出过这种理论是违背马克思主义的……

那么，请您谈谈你是怎样识别这种反革命两面派的吧。余指导亲自给他倒了杯水，放了一撮花茶。你现在是我们分场，不，全农场、全管理局的反林英雄，是知识青年中杰出的革命战士，活学活用毛主席著作的优秀代表。过去我们有眼不识泰山，现特向你赔礼道歉。我们将以最快的速度培养你火线入党，在全农场系统宣传你的英雄事迹……

"你疯啦？没看车都满了，还往上装！"
有人向他吼道。

"谁扔的烟头？你他妈的不要命了？败家玩意儿，要不是我瞅见，那稻垛全完了……"

刘老狠骂骂咧咧地从场院赶来。

风萧萧，枯枝衰草，阳光却出奇的耀眼。

十九

这是他们到北大荒的第三个冬天。

几场雪一过，农场便成了茫茫雪原上的一座孤岛，围困在弧圆的雪线之中。风在雪地上梳理出一道道精细又绵长的波纹，悠悠流荡天涯。

家家户户门前，有一块四四方方的黑地，清扫得干干净净。每个黑方块伸出一条黑色的小道，通向家属区中心的井房。所有的黑线黑块相连相接，组成了冬季的临时交通线，窄小而严格，像五花大绑的绳索，把个冻僵了的五分场，捆得俯首帖耳。

他每次去井房担水，总有这种被缚住的不悦掠过心头。

这几天压水井坏了，只能到连队的井台去，那井台早已成了一个玲珑剔透的冰坡，四面溜滑。湿手沾在铁辘轳把上，立即就冻在上头，撕下一层皮。那井口冒着浮浮热气，却积一圈厚冰，像个光滑巨大的无缝钢管，伸向地层深处。只望见阴郁灰白的亮光，望不见水。稍不当心，也许就会顺着这圆筒滑入冰宫里去。打水的人小心翼翼地把裹着冰壳的铁桶，哐哐当当地放下井底去，吱扭吱扭好半天，才听见嗵的一声响，算是到了井底。那井底让人觉着没有水而只有冰块。可那辘轳把嘎吱嘎吱地转上半天，竟然就能拽上满满一桶水来，见怪不怪地眨着眼。

他每次去担水，都觉得自己是站在这样一种深不可及却又垂手而得的希望中。

然而，一晃许多日子过去了，并没有谁来找他。无论是报社记者、总场政工组或是"鲇鱼头"……

他试探着给王革写过一封短信，请他回信来谈谈杭州的近况。说不定弄好了，哪位受压的战友东山再起，他还可以调回杭州去呢！

可是一日日，音信全无。

他纳闷，又气馁。他不动声色地等待奇迹发生，奇迹却同他捉迷藏。等来的，只有第三场雪，只有冻云寒鸦……又下雪了，下午会不会出工？或许自己应该主动地去找分场领导谈谈？

他打满水，屏着气拎下冰坡，刚喘一口气，听见连队门口的小黑方块里，传来一声喊：

"头午不出工了，开批判会。"

他心里一动，回问一声："啥批判会？"

"批判会，就是大批判呗。"那人缩着脖去女宿舍了。

他回家对肖潇说："这个批判会，要去！"

"为啥？"肖潇想留在家，弄一点酸白菜吃。最近她变馋了。

"说不定哩……"他自语。说不定什么，他先不想说出来，把那点关于奇迹的想象隐忍了。

连队男宿舍门口的黑板上，用白粉笔写了一行醒目的大字：坚决批判刘少奇一类骗子！

一类？哪一类？怎么归纳到"右"边去了？骗子？这也叫骗子？他心一沉。许多天不读报，哪儿来这么新鲜的批法？

破旧的宿舍墙上，新贴了不少标语。人到得很齐，照例是男生脱鞋上炕里，坐自己的行李卷，女生坐炕沿。有女生来开会，男生便闷着头抽烟。他刚坐下，有几支烟扔过来。

"开会了。""鲇鱼头"披一件军大衣走进屋，跺着鞋上的雪，站在地中央，咳了一声。他似乎是说，"今天重点批判那个刘少奇一类骗子，反革命野心家、阴谋家的反动言论。必须联系实际，上挂下联，从每个人头脑里、灵魂里、血管里，彻底肃清他的流毒！"

陈旭的目光扫过两排炕上的人，那些无动于衷的眼睛，空洞迷茫地东张西望。

"大家知道，那个家伙诬蔑知识青年上山下乡运动是'变相劳改'，据我们掌握的情况，在我们连队，也有极个别的人，宣传、散布这样的反动言论，同野心家穿一条裤子。我们要把这样的人，揪出来示众！"

他那洪亮的声音里，嗖嗖穿行着箭头似的威慑力，向每个人逼近。

屋子顿时沉寂无声。炉火停止喧嚣，呼吸倒行逆施。混杂着烟灰、鞋臭、烟味的空气，忽而沉重了。

突然有人在屋角激愤地嚷："陈旭！陈旭从场部蹲小号回来，就咒骂知青上山下乡是'变相劳改'……"

他浑身一震。他看不见说话的人。谁？牤子？猴头？郭春莓？不，不是牤子，自从魏华走了以后，牤子倒老实了。糟糕，他究竟是在什么场合，对谁说过这样的话呢？

"陈旭——""鲇鱼头"威严发话，"你站起来！"

他慢吞吞从炕上站起来。他感到自己的高度——头快碰到低矮的棚顶了，倒像一尊纪念碑，矗立广场。脚下那一张张惊慌失措的脸，掠过拼命克制的笑容。他的样子一定十分可笑，他不是在认罪，而是在检阅，在俯瞰，在欣赏……

"下地接受批判！"他听"鲇鱼头"大声说，"你必须对自己的罪行做出深刻批判！"

这笑面虎，真相毕露了。一次无耻的突然袭击。为什么偏偏选择他开刀？

"他当时……好像不是这个意思……"一个细弱的声音传来。是邹思竹，这书呆子！

他在那一道阴冷的闪电和众人迷茫的云翳下，傲然抬起头——当然，他说过这四个字，他决不想否认，不想抵赖，像当年一样坦坦荡荡。唯有他陈旭，才能在秃子爆炸的一年前，就洞若观火、高瞻远瞩地说出这样的话。不过鬼知道怎么撞上了同一条独木桥？命运到底要同他开什么玩笑，竟然把他这样一个远见卓识的志士才子推到了被告席上！

黑色的雪，急骤地落着。

黑色的天空，黑色的地，黑色的面孔，黑色的鞋带，黑色的炉火……

屋角堆满黑色的镰刀头。

如果把镰刀头插进一个卑鄙无耻的胸膛，那儿将流出黑色的血浆，露出黑色的骨头……

"下地，听见没有？给我下地！"那声音又嚷嚷。

于是，他趿着鞋跳下地，抓抓头皮，面露一点难以捉摸的微笑，慢吞吞说：

"我是说过'变相劳改'。我是针对蹲小号说的，说我自己，活该隔离审查，也是做一点自我批评嘛。那时候，我从没听副统帅说过这样反动的话。如果说了，大家怎么都没发现？伟大领袖也没发现。如果按照时间的顺序，应该是我先说的。伟大领袖教导我们，要实事求是。所以，要说流毒，是他中了我的毒，也不一定……"

寂静。继而，人们叽叽咕咕地低声讪笑起来，又突然哄的一声，炸了锅。

二十

这年冬，雪特别勤，一场接一场猛劲下。屋顶的雪，积有一尺来厚。新雪之后，铲出雪道，再不见那些黑线方格，只有半人高的雪墙下的白雪巷，叫人觉着自己是到了战地前线，在狭长窄小的坑道工事里兜圈圈……

大雪断了公路铁路交通，煤运不进来；封了草垛，柴火抠不出来——连队宿舍百十个炉膛灶坑，顿时断了燃料。人裹着所有的棉衣棉被缩在炕上，还冷得咬牙切齿。分场的干部全麻爪了，不知那几百个知青这冬天还过得去过不去。正急得火上房，总场来了紧急有线广播通知：全场放假三个月，路费、工资自行解决。

　　全场欢腾。什么路费、工资，管他呢，只要能回家。

　　三天之内，鹤岗、佳木斯、哈尔滨、天津、杭州、宁波、温州的知识青年，牛车马车步行，走了个干干净净。

　　肖潇走不了，她弄不清自己的预产期是几时，连分场的杨大夫也说不准，她怕万一生在路上。再说，她也不愿到他家去坐月子……

　　"都走了，更好，柴火不会那么紧张了。"陈旭安慰她。

　　泡泡儿、扁木柁都走了，除了郭春莓和她的猪，所有的人都走了。

　　一度像茶水铺子似的热闹的小屋，总算清静下来。

　　分场把剩下的女劳力都集中到菜窖去修理白菜，男劳力刨粪。上午十点出工，下午两点收工，因为只有这个时间天空是亮的。既然一天只干那么点活儿，就没必要吃那么多，于是家家户户都改做两顿饭。肖潇一到中午就饿得慌，而那些家属队的老娘儿们，忙中偷闲用镰刀头咔咔地砍窖里那些嫩黄的白菜心吃，兔子似的咬得菜帮子嚓嚓滴水，津津有味。她分泌了一嘴唾液，也掰一块放嘴里，凉森森的麻舌头，赶紧吐了出来。小学时养过一对安哥拉长毛兔，吃菜叶豆腐渣。有人望着她发笑，递给她半个削了皮的胡萝卜，嚼着又甜又脆。起初她不好意思，却见大伙都吃，青萝卜胡萝卜，削了一地的皮。土豆如好吃，一定也吃了。有人对她说，不吃白不吃。她于是一到休息就去窖头的一个小洞里掏胡萝卜吃，倒好像每天上班是为了吃胡萝卜而来。生活的内容和目的真是前所未有的简单明了。往往捡上那么一筐白菜，削过几根胡萝卜，再扫扫菜叶和萝卜皮，那出气孔上的天空，就模糊了。有人说，怕又是要下雪哩，快走吧，便攀着木梯呼呼啦啦往上爬，把剩下那些活儿，通通扔给窖里的"二劳改"。

肖潇没想到这个雪冬倒也容易打发。每天迟迟地吃了早饭，走进一片银光烁烁的雪地，像走进书里见过的那些日光下奇丽的沙漠。眯着眼钻过弯弯曲曲的雪壕，站在一口冒着热气的"井"旁，犹如面对一次地心的旅行。灿烂的白雪宫殿，通通消融在地狱般的黑暗之中。那是一个梦，一个毫无内容却逼真的梦。你只消待在那个梦里，不思不想，不言不语，只消机械地掰着烂白菜帮，嚼着生胡萝卜，那时间就飞也似的溜去，如同睡眠似的浑噩而又清醒，等到天空的颜色同地下连成一片，便将身子挪到地面——那银色的雪国已变成了一个黑色的梦。只消不紧不慢地走回家，躺上炕，那个梦就会一直延续下去。

肖潇变得很爱睡觉。时间其实很多，她却不想看书，也不想做别的。她知道自己的身子一天天显得蠢笨，好似压住了哪儿的神经，使她的心麻麻木木。她又懒又馋，活得混混沌沌、随随便便。似乎一个人身上附有另一个生命，便不能够主宰自己了。那个生命会在白天的梦里咬她，在夜晚的梦里对她说话，让她交出她的一切来为他服务，受他驱使。她的生命分裂成两半，给他的那一半兴奋又好奇，给自己的另一半惶惑而迷离。她找不到自己了，便也懒得找。人生总会有这样一次的，总会有的。她安慰自己。

一晃就快到春节了，春节放五天假。五天，想想！

他们准备过年。陈旭上老乡屯去换了十个鸡蛋、十块冻豆腐，托人上镇买根擀面杖，在分场买了肉，好包饺子。

年三十那天下午，陈旭收工回来，拉开外屋门，低沉着嗓子咕噜一声："哎，肖潇，我刚才听人家说，扁木桄回来了。"

肖潇撇撇嘴："神经！"

陈旭的脸阴沉沉的。"真的，他们说他一早在大车队偷鹅，让人抓住了。你快到连队去看看。我要去弄点柴火，等会儿就让人家弄光了。你叫他来吃年夜饭，噢，你小心点走！"

肖潇包上围巾，穿上那件肥大的黄棉袄，这件黄棉袄里就是裹上一个三岁的娃娃，也看不出来。她一边走一边奇怪，马上就过年了，阿根怎么会这时候回来呢？

连队宿舍几乎有半截埋在雪里。烟囱没有冒烟，倒像个大冰柱子。门口有一座脏水和尿堆成的"冰山"。果然，有一行歪歪扭扭的脚印，踩过冰山上积存已久的雪壳，延伸到男宿舍门里去。

她小心翼翼地绕到门口，敲了敲门，没有声音。她轻轻推推门，门吱扭弹开了。

她看见有个人呆呆坐在炕上，穿着棉靰鞡，戴着狗皮帽，跟前放着一只搪瓷杯，手里燃着一支烟，他抽一口烟，又举起杯来喝一口，屋子里弥漫着呛人的烟酒味。从那条短半截的罩裤上，她认出，是扁木柮阿根。

她一时竟说不出话来。这种不吃菜、用烟送酒的喝法，叫作"干拉"。只有地道的东北人才这么喝酒。

扁木柮并不抬眼，呛了一口，剧烈地咳起来，眼睛通红，布满了血丝。人也瘦多了，鼻子倒鼓了一点。

肖潇感到寒气彻骨，手脚冰凉。她环顾四周，大炕空空，犹如冰库冷窖，没有一点热气，什么可烧的也没有。她鼻子酸了酸，一步步走过去，站在扁木柮身后，伸出手按住那只搪瓷杯，低声说：

"跟我回去——"

宿舍门在身后，逆风开启，又被风硬推回去，乒乒作响。

年夜饭也简单：白菜炒肉片、黄花菜炒鸡蛋、土豆烧肉、豆腐肉丝。

菜端上桌的时候，扁木柮忽然神经质地死死盯住那碗豆腐，喃喃地说："豆腐、豆腐，死了人才吃豆腐……"

陈旭在他肩上拍了一下。

"不看看这是啥地方，不吃豆腐吃啥？上甘岭，还喝尿哩。"

他给扁木柮和自己各倒了一点白酒，一块钱一斤。肖潇亲自上小卖店打的，过年了，破例。

扁木柮死活不肯脱鞋上炕里，缩着那双缀着一块补丁的棉靰鞡，仍然坐沿上，闷着喝酒，耷拉着脑袋一声不吭。

陈旭似乎是生了气，独自猛饮了一盅酒，恨恨地说："木柮，你不够意思，回来了为啥不到我这里来？有啥心事，尽管同我说，这里不是同自己家一样吗？"

"……我……"扁木柁木然地结结巴巴说,"来寻你,心里越发难过……你有家,有老婆,我没有家,没有……我啥也没有了……"

他突然扑在火墙上,像个孩子似的号啕大哭起来。黄棉袄肩膀上的一块黑补丁,突突抽动着。

肖潇心里发紧,轻声问:"你回来,阿彩知道吗?"

他摇摇头。

陈旭把他的头扳起来,"她是不是又不要你了?"

"她……"扁木柁泣不成声,"她……要同一个萧山兵团的人结婚了,好调回去。她回报我了,说我是农工,熬不出头,除非我上机耕队,开'康拜因'……"

"这婊子!"陈旭骂了一句粗话,"等她回来的!"

扁木柁慌忙摇头。

"这不怪她,怪我没本事。我去寻过机耕队长,送两条香烟,水花儿也没有一个……没有姑娘看得起我……你千万不要难为她……"

陈旭用筷子敲敲桌子,"那你也该过了春节再回来,好容易回家一次,宿舍又这么冷……"

扁木柁愣愣地望着天棚,讷讷地说:"春节?过啥格春节。到家里,饭钱也交不出,后娘的脸孔……一吃饭,菜也不敢搛……"

"你阿爸呢?"

"他也总骂我没出息……我情愿……回来……"

他止住了啜泣,端起酒瓶,对着瓶口就喝,咕嘟咕嘟一口气灌下小半瓶去。

陈旭一把抢了下来,瞪着他骂道:"你不要命啦!"

"不要了……命……是个啥花头？……活是活……死是死，死活一样……让我喝，我心里……冷……"

他含糊不清地嘟囔，摇摇晃晃地靠在火墙上。

"……回又回不去……在这里，又不把你当人……偷鹅……我饿呀……这回更加没脸见人了……熬到哪天是个头……做人……没意思……死了倒……"

陈旭按住了酒瓶。

"那我呢？我不活啦？比你怎么样？大批判都批过了，不照样活得蛮开心？"

扁木柁摇摇头，揉着眼睛，从炕上挣扎着挪下来。

"……你……有你的账……我……有我的账……你能说会写，有爹妈，有老婆，有盼头……我娘死了，我要寻我的娘去……我木箱里还有……三条肥皂……一双新套鞋……"

"你……别走！"肖潇想要下地拦他，却够不着。"你到哪儿去？宿舍那么冷，冻死你……"她想应让扁木柁今晚住在这儿，没等说出来，扁木柁已经跌跌撞撞地拉开门，冲了出去。门晃荡着，扑进来一股瘆人的寒气。

传来稀稀拉拉的爆竹声。

"拦也没用，让他去吧……"陈旭叹了口气，靠在门上，"他心里闷，出去走走会好点儿……"

他们草草吃了年饭，年饭越发没有滋味。听了一会儿半导体，嗑了一会儿瓜子，也没什么可干的。虽然陈旭的那份关于"变相劳改"的检讨书还没写出来，总不至于大年三十来败兴。到八点多钟，肖潇让陈旭到连队宿舍去看看扁木柁回去了没有。她还是不放心。

陈旭去了好一会儿才回来，头发上沾着一点木屑。他把手掌伸给肖潇看，手掌上有一道血印，他说：

"扁木柁一个人在宿舍里劈炕沿木呢。我让他回来，他说啥也不回来，我帮他劈了会儿，好让他生炉子。嗬，那炕沿木，是人劈的吗？硬得同棺材板一样，扁木柁好像发了疯似的，一镐头就砍下一块来……不过，他回了宿舍，就不要紧了……"

"他不会冻死吧？"肖潇还是不大放心，"他临走时，为啥说他箱子里还有三条肥皂呢？"

"他醉了。"陈旭打了个呵欠，"明天一早我再去叫他来吃饺子，好不好？"

没有什么人来串门。家家户户这时大概都在包饺子，包出一炕面的饺子，拿到外头冻上，冻成一只只银元宝，硬得像石头子，摔在地上响，然后哗哗地灌进面口袋，灌上满满一袋子，吊在房檐下。初一、初五、十五、二十五，吃上一个正月。那一年的享受和乐趣，都囫囵个儿地咽下去了。

肖潇和陈旭便也来包饺子。陈旭说自己会擀皮，揪出来的剂子却大的大小的小，不是粘了面板，就是粘了手。陈旭擀出一头汗，肖潇包的饺子也像蛤蟆似的趴着，她自己也扑哧乐了。

"倒不如做馄饨呢。"她说，"馄饨比饺子好吃。"

不好，那样说不定明年一年都混混沌沌的。

"我们家里过年包粽子，肉粽子、细沙粽子，挂一晾竿。"陈旭啧啧嘴唇，咽了口水，"还做汤团。"

嗬，外婆家，那才真正叫作过年呢。年三十夜锅里煮着香喷喷的毛芋艿。大人搓着珍珠一般细巧的"顺风圆"，吃了一年顺顺当当的。还有八宝饭、千层包子、酱肉、火腿、雪球似的清汤鱼丸……大年初一醒来，会在枕下摸到包着红纸的压岁钱，床头一双红灯芯绒棉鞋……

"这里的人过年吃什么呢？"她自言自语。

"顶高级的，大概就算挂浆土豆了，要么是熘肉段。"

"啥格挂浆土豆？"

"土豆烧熟了，放进油锅里，油锅里有糖，搅一搅，盛起来，一块块拉得出糖丝，像变戏法一样。"

"为啥要拉出糖丝呢？"

"我也不晓得。大概这里没有蚕宝宝的缘故。"

"好吃？"

"我们明朝来做做看好了，有啥难！"

"好的。我想吃。"

"你还想吃啥？我来想办法。"

想吃猪肝、猪腰子、猪肚子。那只小猪羔如果活着……可惜早卖给人家了……想吃鱼，带鱼、黄鱼、鳝鱼、甲鱼……还想吃毛芋艿、爬老菱、糯米糖、藕、荸荠……一日三餐有鱼虾，身强力壮跨战马，驰骋江南把敌杀……

她突然眼泪汪汪的。她为什么要留在这里生那孩子？她干吗不像别人一样回家去？也许她永远也吃不到那些好吃的东西了。可她不是北大荒人，她从小是吃那些东西长大的。她永远永远也吃不惯挂浆土豆和葱炮肉。这没法"改造"，没法。她宁可扔下这一切，回南方农村去插队……她和北大荒竟是如此格格不入，她为什么还要生出一个小北大荒人来……

"做啥不响了？"陈旭看看她，问。

她不作声。

"南方房间里冷，生伢儿容易感冒。"他说。

"扁木柁还情愿回来呢。"他又说。

"明朝不出工了，困到十点钟爬起来。"他调侃地笑笑，"哎，听听半导体，过年有啥节目……"

她猛地扑在他怀里抽泣起来。

"怎么了？怎么……"陈旭有点发慌，连连推她，"是不是肚子痛……"

她默默摇摇头。一股绝望的冷气，从脚跟升起。她也不知道自己为什么哭，实在哭得有点莫名其妙。

"我……总放心不下扁木柁……"

好一会儿，她噎着嗓子说。总算找到了一个理由。

天亮得很迟，响过几声冷冷的爆竹，又是沉寂。

远远的有狗叫，叫得狂躁烦乱，绝不像新年的问候。又有风声、样板戏和孩子的嬉笑，也如平日一般重复刺耳，绝不像一年的开始。太阳出来了，太阳出来了，噢嗨侬哟嗨……太阳，光芒万丈，万丈光芒……上下几千年，受苦又受难，今天终于见了太阳，今天终于见了太阳……

肖潇醒着躺了一会儿，摇摇陈旭的手臂："早点起来煮饺子吧，去叫扁木柁来……"

陈旭伸着懒腰，讪讪地说："不在杭州家里过年，这年怎么就不像个年似的呢？"

两个人起了床，洗完脸，肖潇烧水准备煮饺子，陈旭套上棉袄上连队去叫扁木柁。刚出门，陈旭又折回来，敲着门招呼她：

"哎，你来看，外头好多灯笼呢！"

肖潇走出去，果然，家家户户门前的木杆子上，都吊着一只大红色的纸灯笼，垂着马尾巴似的穗穗，迎风摇曳，发出窸窸窣窣的响声，连成一片……临行喝妈一碗酒，浑身是胆雄赳赳，高举红灯闪闪亮，红灯是咱们家的传家宝……

"哎，那是什么？"肖潇的视线突然被远处的大木架子吸引过去。她隐隐觉得，那座大圆木搭成的十几米高的瞭望塔顶上好像有个黑乎乎的人影。

"是个人。"陈旭点点头。

"大年初一的，爬到那儿去干什么？"

"身居农场，放眼全球嘛。"

"是不是在挂灯笼？"

"不像，没有红颜色的。不像……"

"大概想放鞭炮吧……总不会是寻开心了……"

她话音刚落，陈旭轻轻"啊呀"了一声，脸上愀然作色。怔了一会儿，嘴唇动了动，吐出"阿根"两个字，拔腿就往瞭望塔跑去。

阿根？怎么会是扁木柁阿根呢？他在那儿干什么？

她眯起眼，再抬头朝大架子上张望，见那人仍然一动不动地倚在塔顶的木栅栏上，面朝南方呆呆地想着什么心事，如同一根木桩。她的心怦怦跳起来，真的有点像阿根，是的，那翘起一边的帽耳朵。"你快下来！你想干什么？阿根——"她喊起来。"阿根——"她拼命地向他挥手，"陈旭，快一点！"她声嘶力竭，死死按住胸口。那一瞬间她感到了绝望和恐惧。

她望见陈旭接近了木架，就在他一只手抓住木扶梯的时候，塔顶那人影突然迈腿跨出了木栅栏。他似乎还在栅栏外那极窄的木条上站了一霎，似乎还犹豫了一会儿。她似乎觉得，他还缓缓地向她招了招手……她紧紧地闭上了眼睛。

一口白色的桦木棺材，挂在拖拉机牵引钩上。

一个扁脸的小老头，用头撞着棺材盖，用手掰着棺材盖，满面泪痕。阿根，阿爸对不起你……

你哭啥？我调到机耕队去了。那里头有声音说。

老头仍然撞着棺材，撞得咚咚响。

棺材盖竟然被撞开了，里面有三条肥皂，一双从未穿过的新套鞋；还有许许多多旧衣服，没有一件不打着补丁。

老头抱着那些衣服痛哭。他认识每一件衣服，他对着衣服指指点点，似乎在讲那每一个补丁的来历。

阿根呀——他又哭号起来。你做人一世没吃过一顿好饭，没做过一件新衣裳，你生下来就受苦，死也受苦……

扁木柁突然背着一袋黄豆从地里回来，喊道：蚕豆糖粥嘞，三分洋钿一碗……

那老头追着余指导，一边追一边叫：你还我儿子——你给我开追悼会。

余指导的脸像一块冰，他说：自杀的人，开什么追悼会？不开批判会就不错了！

那小老头跪在地上磕头：求求你，让我把阿根的骨灰带回家中去，不要埋在这异乡异地……

不行。他生是北大荒的人，死是北大荒的鬼，郭春莓对着广播喇叭叫道，生生死死都属于北大荒。

陈旭扛来了一块铁板、一桶汽油、一瓶白酒。他把白酒洒在棺木上，浇上汽油就要点火。只有他一个人，知青都回家了，冷冷清清。

他说：我来帮你火化，让阿根回去。他埋在这里，他的魂灵不安生的……

"小女工"掏出手枪对准陈旭说：你要领头闹事吗？小心第二次把你抓起来！

那老头拽着孙干事的裤管苦苦哀求：让阿根回去吧……可怜可怜……

孙干事一拍棺木，骂道：你不想想自己什么身份？你这个国民党！

老头瘫在地上，雪埋到胸口。

扁木柁突然从"康拜因"上爬下来，脸色苍白。她问他：你为啥要寻死？你不知道自杀是自绝于人民吗？他疲倦地回答说：我没死，我修机器去了。

她把一个花圈放在棺木上。

花圈化了，是雪做的，一片片雪，树叶子似的。

无穷无尽的树叶子，从天上飘下来。

棺木上落满了花圈。

一辆拖车蹦蹦着开过来，打开了车厢板。

老头扑在棺木上，要往棺材里跳，几个人把他拉开，凌空架起来，棺木才抬上了车。车开走了。

陈旭被一根皮带绑在一棵小树上。

她摸出一沓钱，交给扁木柁的父亲。他吐着白沫，坐在雪地里，不停地用手刨着雪地，叫着阿根的名字。

白雪地上有一座黑色的新坟。

坟上开一朵朵黄色的丝瓜花。

她在沼泽地上走，到处是坟。不是坟，是塔头墩子。

阿根坐在一个墩子上吆喝：蚕豆糖粥……

她感到腹中有一匹小马在踢她。她穿着一件巨大的袍子。她在沼泽地里陷下去，陷下去，袍子漂在水面上……

二十一

正月初十。

天还没亮的时候，肖潇就被一阵轻微的疼痛弄醒了。腹部好像有什么东西在震动、摇晃，悄悄地拉长了，又猛地缩短，一会儿轻，又一会儿重……疼痛一直持续着，既不加剧，也不消失，像一位很有耐心的客人，长久地敲着门。

她在依稀的曙色中睁大眼，心怦怦直跳，跳得自己都能听到，既慌张又杂乱。

要生了？会不会是要流产？

怎么会这么快呢？杨大夫说起码在月底。

过了年，初六她就开始上班干活儿，活儿不累，仍在菜窖修理白菜。可是昨天风特别大，顶着风走，累出一身汗。

前几天，为着劝慰从杭州赶来的扁木柁父亲，为着安葬扁木柁的事，大概也累着了，开始觉着腰酸。

腰酸是不是临产前兆呢？一个月前，陈旭陪她到佳木斯医院去做过产前检查。大夫说她胎位异常，是横位，分娩时弄不好会有危险。再三叮嘱他们，一旦有预产前兆，就应该送医院。

肚子疼总不是什么好事。这儿离佳木斯一百多里地，离总场医院四十里地，万一——

她哆嗦了一下。"陈旭……"她推推他。"你醒醒……"她说。

陈旭翻一个身，嘟哝一声什么。"哎，我会不会……"她小声说，"要生了……""哦，要生。"他睡眼惺忪地附和。"真的？""真的什么？生什么？"他睁开了眼。"生什么？你说生什么？"肖潇生气了，"人家肚子疼……"他终于清醒了，跳起来，"我马上去寻医生来，你等等。"他下地穿上衣服，顾不上戴帽子，就冲出门去。

肖潇迷糊了一会儿。过了很久，她觉得有人站在炕前，传来一股药箱的气味。听声音，她知道是分场的杨大夫来了。杨大夫是个转业军人，在农场十几年，从感冒到跌打损伤，从出麻疹到接生，什么病都会看。他一天到晚背着药箱出诊，很少在卫生所待着，因为他只要在卫生所待上三分钟，身后就会跟上十几个要开病假条的知青……

杨大夫听她讲了讲病状，简单地检查了一下，回头对陈旭说："不大像要分娩，你看，腹部的妊娠线不明显。"

陈旭似懂非懂地点点头。

杨大夫说："你们年轻，不懂。说不准最后一次经期，咱就说不好预产期。大概她是干活儿累了，休息休息就行。别的不怕，就怕流产。"

陈旭问："要不要送场部医院呢？"

大夫回答："不定收不收呢。要不收，还得折腾回来。这玩意儿不兴颠腾。"

肖潇想起那拖车的滋味，不把孩子颠在半路上才怪呢。而且场部医院那床单，那空气……她闭了闭眼，说："要是不会生，就不去。"

大夫很痛快地给她开了一包止痛片和三天的病假条，叮咛几句就走了。他是全分场最不可缺少的人。

陈旭坐在她身边说："我今天不去上班了，在家陪你。"

"要……记旷工的……"

"旷工就旷工……我总不大放心。"

中午陈旭给她熬了一点粥，她只喝了几口；没有胃口，也没有力气。一种有规律的隐痛，持续不断从很远的地方递送来。在这绵长不休、遥遥无期的疼痛之中，她有一种奇怪的预感，使她惴惴不安和惊恐忧虑。如果孩子要提前到来，没有什么可以阻拦他的出世，糟糕的是，陈旭家里托运来的东西至今未到，全部的婴儿用品和食物，都还在半路上。他如果真要在他们尚无准备的情况下突然来临的话，简直不能想象，他们用什么去包裹他。而且，来不及去佳木斯，那横位……

她不敢想下去。

但愿不是要生。如果真要生，怎么办？丽丽生孩子请保姆……早晚总是要生的，生下来就好……多少妇女死于难产……

"怎么办呢？"她忍不住叹了口气。

"你觉得你真的要生了吗？"陈旭有一点好奇。

"我也不晓得。"

"唉，那我怎么晓得呢？"他搔搔头皮，"反正农场的职工家属，都在家里生孩子的。你实在要想生，就生好了。"

"家里生？亏你想得出。难道我是老娘儿们？这炕，多少会不卫生，什么消毒也没有……"

"还痛不痛？"好久，他问了一句。

"好一点。"她那么希望。

"我看你不会这么快就生的。"他镇静下来，笑嘻嘻地安慰她，"杨大夫也说不会。分场小学校那几百个学生，差不多都是他接生的，他会不懂？你怕啥？再说，我看人家，都是肚子木佬佬大了，才生的，你哩，穿了棉袄看都看不出，哪里这么快就生了？等你肚

— 187 —

子痛好了，我们早点到佳木斯去，提前去，住在老边家里等着，没问题……"

肖潇点点头。她也觉得这个办法比较保险。

她静静地躺了会儿。

陈旭靠在火墙上翻一本学生字典。

突然，她觉得腹部好像被什么东西狠狠拽了一下。紧接着，有什么东西在里面翻滚起来，撕扯着她的腹腔，又传至腰部。

疼痛猛然加剧，一阵强似一阵。浑身像被火点燃了似的，焦灼滚烫。粗暴而又野蛮的飓风，将她卷拢，又甩出去。

她出一身冷汗。衬衣湿透了，凉兮兮。

"陈旭……"她低声叫道，"快去……找大夫……我……不行了……"

"你……不要神经过敏……要不要，喝点水？"

"我一定……是要生了……我自己……晓得……"她忍不住呻吟起来。

他冲出门去。

天暗下来，屋子里冷冰冰静悄悄，天棚显得很低很低，倾斜着，旋转起来。破旧的火墙，光秃秃的火炕，都隐没到一个昏沉沉的世界里去。什么鸟在窗外树枝上叫着，喜鹊还是乌鸦？像是一个即将来临的生命，远远地呼唤着她……

她等待。

她挣扎。

她抗拒，又服从；痛苦，又欢欣。有几次她觉得自己似乎已经死去。在一个生命诞生的时候，另一个生命一定付出了死亡和毁灭的代价。她像一条颠覆了的小舟，在狂风恶浪的洋面上沉没，沉没……

一阵寒风，门开了。陈旭扑到她面前，带着哭腔，连连喊："肖潇肖潇，你怎么样？"

"大夫……"

"找不到。"他用袖口抹着脸上的霜，"找遍了，就是找不到，怎么办？"

她突然变得出奇的镇静。

"你帮我……一下，把棉裤……"

棉裤冰凉，已经湿透了。她不知道这是不是就是人们通常所说的羊水破了……

陈旭拎着那条湿淋淋的棉裤，往地下一蹲，抱住了自己的脑袋。

"你起来，"肖潇有气无力地说，"你再去……找大夫……一定要找到……"

"你怎么办？"

"可能还得一会儿。"她说。这是一种女人的本能。她会像世界上所有的母亲那样，凭借这种本能，来度过人生最危难的时刻。

"你等着啊，我去去就来。"他揉揉眼睛。走到门边，又回头加了一句："你一定要等大夫来了再生啊。"

肖潇没有力气开玩笑。这道命令，应该向他的孩子下才对。现在，曾经是她赋予了他生命的胎儿，反过来成了她的主宰。他掌握着自己的命运，那么性急地、不顾一切地想要来到这个世界，连一分钟也不能再等。他已经不愿听命于他的母亲了——如果他是一个未来的男子汉。他在那养育而又封闭了他十个月的黑暗的天地里拳打脚踢、横冲直撞，寻找着迈向人世和光明的第一条通道……

她觉得浑身的血在往下流。

一股热气向上涌来，淹没了她。

疼痛骤然中止，体内的生命奇迹般地旋转起来。闸门轰然打开——黑暗的隧道豁然开朗，阳光迸溅，沉重的包袱突然卸去。她轻得如一片树叶、一根游丝、一朵云、一滴水——只那么一个短短的瞬间，一场残酷的搏斗突然结束。她自由了。

大夫来到她炕前的时候，婴儿已经完全脱离了她的身体。她瘫软如泥，全身空空。她的神志仍然清醒，清醒得她甚至觉得自己变成了另一个生命。

"没承想，这么利索……头生，这么快……少见……"

她听见大夫低低的说话声、结扎脐带的剪刀声、婴儿嘤嘤的哭声，从地缝和云层中传来，朝她慢慢走近……

"是个男伢儿！"陈旭发了疯似的摇着她，"我早说过，是个男子汉。"

她睁开眼。微弱的烛光下，有一个用毛巾裹着的粉红色的小东西。布满皱纹的小脸上，眼睛还没有完全睁开，像一个小老头子，或是一只小猫，一只小耗子……她完全不能相信，这就是她的孩子——他看起来更像一个蠢蠢的小动物，她难以在上头找到自己血肉的印记。她转过脸去，躲开了他—— 一种几近厌恶的心绪突然袭来。人、世界、自己都是如此不可思议，不可理喻。一个生命造出另一个生命，分裂、演变，却不再是原来的她。他将要脱离她而存在。就像一粒麦种，挣破麦壳而发芽。而她的腹腔、她的躯体，只不过是那层麦壳，为麦种做了暂时的仓库……一切并非像小说中所写的那样——她看见婴儿的第一眼，使她充满了做母亲的幸福。在这里，一条光秃秃的土炕上，她产生的却是一种陌生的疏离感，她觉得这个生命对于她来说，似乎有点荒唐……

他咿咿地哭。同一切婴儿毫无例外。但他不像她听见过的男婴的哭声那么嘹亮、无所顾忌。他是怯怯的、小心翼翼的，一反他在胎中的表现。好像被初生后的严寒，被这小屋的简陋给吓了一跳。

为什么所有的婴儿生下来只会哭而不会笑呢？肖潇问自己。世上所有的穷人、富人、小人、伟人都是呱呱大哭着来到人间。莫非人生真是伴随着与生俱来的悲哀苦恼，所以人在落地降生那一刻便宣告了自己对人世间的憎恨与绝望？

"祝贺你呀，肖潇同志。"杨大夫从外屋洗净了手进来，笑呵呵地说，那口气好像是她当了什么劳动模范似的，"你的胎位异常，可是在分娩时，婴孩自己把身子转了过来，完全是顺产。头生这么顺利的可不多。这很可能同你坚持参加劳动有关。不过，咱们农场的产妇一般难产的很少。"

"怎么会突然就生下了呢？"陈旭带着一种至今未明白的疑惑问道，"是流产吧？"

杨大夫十分理解地笑了笑。

"流产？流产还会哭？早产？也不像。你看那头发，又黑又长。"

肖潇这才发现，孩子有一个黑亮亮的小脑壳。

"好啦，我走啦。你们头一回当爹当妈，慢慢就明白啦。"他背上了那只万能药箱，"哦，孩子的东西，啥也没预备下？没事，回头让我老婆拿几件小衣裳来，再熬点小米粥端来。月子里好好休息，有事找我……"

他高高兴兴地走了，这五个闺女的父亲。肖潇的这场历险，在他说来完全不值得大惊小怪。生个孩子，就像谁家的鸡又下了个蛋，谁家的倭瓜又结了个纽似的。肖潇觉得有那么点委屈。

陈旭给肖潇做了一碗面片汤，放了点葱。他又去烧炕，怕儿子冻着。面片汤里的豆油有点生味，肖潇却一口气吃了个干净。她开始觉得饿，饿极了，也疲倦极了。

"明天就去报户口。"陈旭在外屋大声说。她听出他在偷偷地笑。扁木柁死后，他一直没笑过。

叫什么名字呢？肖潇想，她想过许多个名字，都是女孩子的。

"叫——陈——lí。"陈旭把头探进来，郑重其事地宣布。

"黎明的黎？他可是傍晚生的。"

"不是。"

"犁田的犁？"

"也不是。"

"那……是范蠡的蠡？"

"是——离开的离。"他走进来，站在地中间，神气十足地说，"我要他，早早地离开这个鬼地方。"他弯下身子，在孩子脸上重重地亲了一口。

肖潇吃了一惊，动动嘴唇，却不知说什么好。回头去看孩子，

陈离，离开我们吗？不不，离离原上草，一岁一枯荣……离奇，负
离子……

　　这一夜，她听着炕头上孩子时断时续的哭声（他总是在低声地
哭），觉得自己浸润在一种新鲜的激情之中。神经时而兴奋，时而
烦躁，时而沉重，时而轻松。海上的风暴已经过去，小岛恢复平静，
而她却难以合眼。她并不了解自己在想些什么，其实什么也没想。
陈旭早已发出了沉沉的鼾声，他似乎理所当然地接受了命运的这一
赐物，如此坦然达观。她倾听身边那另一个微弱的呼吸，那几个小
时之前还同她的身子连为一体的小生命，奇怪他怎么就闯进了她和
他刚刚建立起来的生活……

　　她怎么就会做了人的母亲呢？

　　她抱一只眼睛会动的洋娃娃。放下去，它的眼睛就闭上了。抱
起来，眼睛就睁开了。按按它的肚子，它会哇哇哭。

　　她不小心把它摔在了地上。捡起来，它的眼睛不会动了，肚子
也不会叫了。

　　陈旭说：不会叫更好，吵得心烦。

　　一些不认识的人，从她家门口走过，长着黑黑的头发。有一个
小学里的同学，背着鼓鼓的书包，用红领巾包着头。井房门口有人
在敲锣。不知是游斗谁，所有的人都跑去看。那些人都长着偷针眼，
眼肿肿的。

　　她把孩子放在黄瓜架下，孩子哭。

　　她把他放在一只篮子里，他还是哭。

她把他放在菜窖里，他总是哭。

菜窖好长，又上坡，走得好累。土豆发芽了，长着一串小土豆，小土豆裹着黑泥巴。她去抠，发现那是一群小蝌蚪，小蝌蚪发出青蛙一般呱呱的叫声，忽然开口叫她"姐姐"！

她从坡上滑下去……

陈旭突然从炕上猛地跳起来，隔着肖潇的身体去摸儿子，一边慌慌张张地说："怎么不哭了？是不是冻死了，一定冻死了……"

他想起来去拉灯。后半夜来了电，灯亮了。肖潇看见一张红润的面孔，安稳地睡着了。

她真的从此就有了一个儿子？

二十二

肖潇开始"坐月子"。

"坐月子，坐月子，就得在炕上坐着。"

"不兴躺着，也不兴下地，老老实实在炕上坐一个月。"

三天里头，几乎全分场的职工家属，那些大娘大婶小媳妇小姑子，轮流到她的小屋来了一次。她们说："外屋门上咋不挂上块红布哩？挂上红布条子，男人不进来。"全然把自己排除在外。她们都是自来熟，抢着抱起那孩子来，在怀里拍打一会儿，呵呵嘴，然后说：

"多好个大胖小子。"

"挺精神的。"

"像他妈。"

"像他爸呢！瞧那大脑门儿。"

就好像是她们自己，或是她们的亲人，生了孩子似的高兴。其实这些家属，肖潇大多数不认识，有的根本就没说过一句话。平时她们总是包着蓝的绿的三角围巾，背着麻袋，扛着锄头，吵吵嚷嚷地从大道上走过。

有个大娘在小屋门口大声喊道："哎，他婶儿，快来瞅哇，人家知青生了个小子！"

就好像知青生的孩子，会与众不同似的……

她们成群结伙地来。把大人孩子、炕上地下、屋里屋外，欣赏了个遍。然后呷着嘴，七嘴八舌地议论说：

"这屋咋这么冷啊？"

"敢情是炕不好烧呗。"

"让你男人修修，孩子可不抗冻。"

"炕烧热乎点没事，小小子不怕上火。"

"哎哟，咋就这么几块褯子呀？"

"鸡蛋也没有？"

"我生大小子那会儿，吃五百个鸡蛋呢。"

"我吃八百。"

"小米子红糖，才养人。"

"瞅瞅那被窝，那大针脚，南方人做被，就跟栽树似的，一针针离挺老远。"

"她家咋啥啥也没有哇？"

"人家爹妈挺老远的，没人伺候月子哪——"

她们一窝蜂走了，嘻嘻哈哈的。走出门挺远，还能听见她们又高又亮的笑声。肖潇赶紧钻进被窝里躺下。她可没听说过坐月子要坐一个月的。她小时候看见南方的产妇娘，都在床上整整躺一个月，额上还裹条帕子。

她刚塞严被角，外屋的门就被拉开了，扑进来一股寒气。一个声音说："给你拿点冻肉来，搁这儿啦！"一会儿又来了一个人，说："这儿有十个鸡蛋，你吃呀。"还有一个人说："这几件破衣裳，给孩子做裤子吧……"

她们既不敲门，也不进屋，放下东西就走了。肖潇欠起身子，也看不见那是谁。反正是那些当了妈妈的女人。等门又响，又进来了人，肖潇就赶紧喊："进来。"

这回进来的是一个瘦瘦的中年妇女，高高的个子，高颧骨，脸色红红的。她把两棵白菜、十几个鸡蛋、一包红糖、一只小枕头放在炕上，朝肖潇笑了笑，突然大惊小怪地嚷嚷起来：

"你咋又躺下了呢？"

肖潇不说话。

"月子里老躺着，以后会坐下腰疼病呀。"她着急地说，"这疙瘩人都这么说，你可得当心。这可是一辈子的事。"

肖潇点点头，躺着没动。

怎么到了东北，连坐月子也同南方不一样。是人随地方，还是地方随人呢？

"月子里，可别梳头呀，梳头会头皮疼。"她在炕沿上坐下来，"也别洗身上，会骨头疼。咱们做女人的，不易呀。顾孩子，也得顾大人。毛主席说，要抓住主要矛盾，牵牛鼻子，其他问题就迎刃而解了。"

肖潇觉得这个家属挺有意思的，好像有点文化，又会说。

那女人俯下身子去看孩子，轻声问："闹人不？"

"还……行，喂糖水，他就睡。"

"还没下奶吗？"

"没有。"

"快了，就这一两天。最好炖几条鲫鱼，那玩意儿下奶……"

肖潇想起一个问题来请教她："孩子这几天拉屎，咋是黑的呢？"

"没事。"她乐了，"是胎粪。把这些黑蛋蛋脏玩意儿拉出来，肚子里就干净了。毛主席教导我们，任何新生事物的成长，都要经过艰难曲折……"

肖潇忍不住打断她："你……是谁家的呢？"

"是徐保管员家的，大伙都叫我闵子。"她站起来，拍拍身上，"我该走啦！别外道，有事就找我去，我家住三趟房东边把头。噢，对了，杨大夫没给你家开条买鸡蛋呀？"

"开了。陈旭上大车队买去了。"

"不够上我家拿去，啊？"

"好的。谢谢你，闵姨。"

"不谢。毛主席说：'我们都是来自五湖四海，为了一个共同的革命目标，走到一起来了。'俺家老徐是个转业兵，我还是 1962 年从江苏来的呢。你年轻，待上几年就成俺们这疙瘩人了……"

她把枕头轻轻垫在孩子脑后，又说："多让孩子躺着，别一天老抱着。这疙瘩人，兴睡个扁脑勺，不兴鼓脑勺子，人在哪儿，就随哪儿吧。政策和策略是党的生命……"

她终于走了。她的口音南腔北调，根本听不出到底是哪里人。也许将来她也会像她一样，在这块调色板上被调得面目全非。

天黑下来，又是停电。昏暗中，她听见陈旭推门进来，气恨恨地把裹着凉气的书包扔在炕上。

"怎么了？买到鸡蛋没有？"

"大车队长说，没鸡蛋。冬天鸡不下蛋。"陈旭咬着牙，"还说，有本事你不会抱一只回家养着去呀……欺负人……"

他学会了骂人。肖潇皱皱眉，说："算了，没有就不吃呗。"

"妈的，这帮坐地户、土霸王，良心都叫狗吃了。我们拿钱买还不行？谁知道他把鸡蛋送谁的窝里去了？昨天我还看见……"

"也许是卖完了。"

"卖完了？就是刁难知识青年，排外主义！"他激怒地喊起来，"没有鸡蛋我给你吃什么？"

肖潇说："你点上蜡，上外屋看看。"

陈旭在外屋站了一会儿，不作声。又回到屋里，朝炕上的杂物看了看，瓮声瓮气地说："谁送来的？"

"我也叫不上名字，都是坐地户……知青都还没回来呀……"

孩子哭了，在襁褓里扭动。肖潇穿上衣服坐起来，去抱孩子。孩子软塌塌的，抱起来很别扭。她每次抱他的时候，总有点害怕。

"换尿布吗？"陈旭抬头问。

"嗯。"

外屋的门又开了。一阵轻轻的脚步，一个小小的人影，怀里抱着什么，站在他们面前。

"这只下蛋鸡，俺爸俺妈说，给肖姐。留着下蛋也行，杀了吃也行……"

墙上的影子里，有一对翘翘的小辫儿。

母鸡在她怀里舒舒服服躺着，扭着脖子打量着这陌生的地方，好像很乐意到这儿来。

肖潇认出来，那是刘老狠的老丫头小勤。

墙上的小辫儿突然模糊成一片枝枝杈杈的灌木丛……她吸吸鼻子，揉了揉眼睛。

这一天，吃了晚饭，陈旭把碗泡在锅里来不及洗刷，就匆匆戴上棉帽，又束上一根已更换过无数次的草绳，拿起两只土篮，对肖潇说：

"下午我看见拖车到鹤岗小煤窑去拉煤了，今晚肯定来煤，我上机耕队去等着，多弄点回来。"

"看你那样儿，倒像个土匪去抢煤……"

"就是抢煤嘛。"他自嘲地耸耸鼻子，"不抢哪里来？再过些日子，知青都回来了……"

"你吃饱了吗？"肖潇问。

他点点头，转身走出去。一只手把门紧紧拽了一下。

肖潇总是怀疑陈旭并没有真的吃饱，每次他手忙脚乱地做完一顿饭，就得挑水、劈桦子、洗尿布，好容易洗完了，又得做下一顿饭。去年秋季大涝，低洼地的柴火泡在水里，冬雪又早，地里下不去脚。本想等地上了大冻，陈旭找几个人去水库割苇子，没料到知青突然放假，走了个空。元旦那几天休息，陈旭独自上远远的草甸去割了几十捆草，背不回来，后来总算借到一辆牛车去拉，天黑下许久，陈旭还没回来。肖潇沿大道去找，见他一人坐在空空的牛车上发呆。那头牛埋头在道边啃草根儿，一副打死也不动窝的犟模样。原来是一头干一天活儿没喂料的饿牛……

他们家的柴火垛，趴趴着，像个小土堆，还没人家的鸡窝高。大雪一盖，抠半天才扯出一把筷子似的干草。

陈旭本打算春节时，再上水库去打苇子，没想到就发生了扁木柁的事，以后许多天，陈旭整日一言不发，连镰刀也没摸一下。

没柴火就不能烧大锅。用大锅烧水做饭，又快又省事。可是，他们似乎永远同柴火无缘，永远为它发愁。

幸亏火墙炉子通炕，只要弄到煤和桦子，就又能取暖又能做饭了。不过每次生上火，炉口就呼呼倒烟，即刻里屋也烟雾腾腾。细细查找，严丝合缝的砖墙上竟找不着冒烟的所在。而那看不见摸不着的精灵却丝丝缕缕地搅扰你，呛得喉咙痒痒。

她不知道陈旭是从哪里弄到煤和桦子的，她只知道为了省煤，他每做一顿饭就要重新点一次炉子。做饭时间很长，也不定时。她总觉得好像吃了上顿没下顿似的。"炉膛像只老虎口，满满一锹煤扔进去连个底也盖不住。"他嘀嘀咕咕地在外屋发牢骚。端着碗进来，看一眼儿子，脸又晴朗了，抬抬眉毛，说："外头老虎，里头还有只老虎哇。"

肖潇属老虎，坐月子开始更加饿，总也吃不饱，吃饱了，一会儿又饿。饿得她很惭愧。因为陈旭每次给她熬好小米粥，煮好鸡蛋，自己就一个人坐在外屋的小板凳上呼噜呼噜地吃饭，也不知吃的什么。从来没听见他炒菜，有时她看见他嘴角上挂着酱油迹，问他，他说只不过舔了舔酱油瓶口而已。有一天他出去了，肖潇悄悄爬起来，推开门看，外屋的锅台上，一锅凉大碴子，几只煮熟的土豆，泡在酱油里……

"你……同我一道吃。"后来，她想出对策。

"我们两人都吃小灶，要有先后。"他嬉皮笑脸地说，在衣角蹭手。

"你不吃，我也不吃。"

"凉了。"

"凉了就凉了。"

"我……又不是产妇娘。你就算为儿子吃……"他哄她。

"不。"她仍然满心歉疚，眼泪汪汪起来。

"快吃！"他不耐烦了，瞪起眼发火。

他走了，到黑暗中去觅火，到风雪中去取暖。

孩子睡着了。小屋恢复了以往的宁静。她静静躺着，倾听着窗外原野上终日喧嚣的风，一种无可名状的不安与烦闷在她心里潜移扩散。还有二十几天？这几百个钟点就这么躺下去，躺下去，为吃，为睡，为孩子的哭，为陈旭的奔波操劳。到底为什么？昏暗的小屋，

— 201 —

像一座地牢，把个活活的人，扣在炕上，无病无痛，却活活地躺下去……

屋里渐渐地亮起来，照出身边的孩子苍白的小脸和火墙上那一串五颜六色的尿布。她翻过身，望见窗外一个半圆形的月亮，好奇地探视着她。月的边界很清晰，似用刀子小心地切出一半，而把那另一半甩进了浩茫的宇宙……

月亮也许是太阳的孩子？太阳用自己的光亮抚养它，一个月便长成一个。太阳一年有十二个孩子，长大了就远远地走了……

这稚嫩的小东西，真同她有那样一种血肉的联系？她用什么养活他？那像她又不像她、像他又不像他的小小的眼睛鼻子，恍恍惚惚，迷迷离离，再也分不清哪儿是她，哪儿是他。即使世间的万物可分，生命却难以分割，他是一道铁锚，把他和她，从此牢牢地拴在一起……可是，每天每天，每当月亮升起来的时候，太阳已经奄奄一息了，那个伟大又可怜的母亲……

好像听见有人在外屋敲门。

她又辨别了一会儿，确实有人敲门。会是谁呢？在这个地方，敲门是一件很稀罕的事。

"进来！"她尽量大声喊。

有个人轻轻走进来，手电筒光闪着亮。但看来并不熟悉这屋子，碰在了外屋的水桶上，又撞在炕沿上。

"是我。"她站在地中间，用一种生冷的口吻淡淡说，"来看看你。"

她戴着棉帽，穿着大棉袄，像个男的。但肖潇听出来，是郭春莓的声音。不知从什么时候起，她再不像南方知青那样互相用家乡话对话。她总是说一口东北话。

她愣了一愣。全分场就郭春莓没回家。可她前几天一直没来过……

"你坐……"她说。不知该说些什么好，一边披上棉袄，坐起来。

"我刚从省里讲用回来，不知道你……"郭春莓把一包东西放在炕上，"这包饼干，给你小孩吃。"

肖潇想说，孩子太小，还不会吃饼干。话到嘴边，又咽回去，说："好久没看见你了……"

"担子越来越重了。今年要养五百头育肥猪。"

"你就是因为猪，才没回家吧？"

"嗯哪。还要开会，总场、管理局、地区的会，太忙。家里的事小，革命事大呀！"

"你……不想家吗？"

"不想，想也能克服。"郭春莓的口气很严肃，"肖潇，我今天来，主要是想同你谈一个问题。嗬，这儿没有蜡吗？"

"在桌上，你自己点吧。"

郭春莓点亮了蜡烛。肖潇发现她的脸红得发亮，眼睛越发的细了。其实她并不好看，可以说一点也不好看，眉毛那么粗，衣服上有一股猪圈的气味。

郭春莓远远地瞟了孩子一眼，问道："他叫什么名字呀？"

"陈离。"

"是犁地的犁吗？"

"嗯。"她含糊其词地应了一声。

孩子哭起来。让他哭一会儿吧，可别在她面前换尿布。哭声大了。不理他，别抱他。哭个没完没了，她无可奈何地伸出手去。在郭春莓那审视的目光下，她觉得自己像抱着块烧红的煤。

"我想同你谈一个问题，"郭春莓又说，"就是，我想，你结婚生孩子以后，应该继续革命，千万不能放松世界观的改造，千万不能放松政治理论学习，这是最重要的问题啊。"

肖潇低头"嗯"了一声，解释说，成家以来，他们一直是坚持读书的，就是最近才……

"一天也不能中断。"郭春莓着急起来，好像肖潇马上就要因此断裂了似的，"我给你带来了几本学习材料，都是最新的。你要跟上批林整风的革命形势，否则你会掉队、落后的……"

批林整风？肖潇茫然睁大眼睛。她至今闻所未闻。一个与她隔绝了的外部世界。

郭春莓从她的大黄棉袄中，掏出几本新的学习材料，递给肖潇，站起来说：

"我走了，你有什么事，要多依靠组织解决，不要……"

不要什么？她没说出来。她在门边停了停，意味深长地看了肖潇一眼，说："你要多帮助陈旭……"

外屋的门砰地被撞开了。什么沉重的东西，哗啦倾倒在地上，陈旭气喘吁吁地嚷道："抢到了，真不少呢！"

他一步跨进屋来，差点踩了郭春莓的脚。

肖潇吓了一大跳——

他的脸颊、嘴唇、牙齿、鼻尖，全是黑黑的。衣服帽子上落满了煤屑，也是黑黑的。只有帽须上的白霜，灰突突。昏暗的烛光下，看上去就像一只刚从树洞中爬出来的大黑熊。

她咧开嘴笑笑。她想哭。

"……你还不知道多紧张呢，车刚一停，四面八方的人都跳上去了，你死我活的。亏我个头大，力气又大，左一拱右一拱，就把人都挤一边儿去了……"他兴致勃勃地给她比画着，"我还得去一趟。——儿子怎么样？"

他凑过身子去看儿子，又怕身上的煤屑弄脏了他，离得老远，伸长了脖颈。肖潇隐隐地闻到了一股酒味。

郭春莓开口说："哎，陈旭，我正想问你一件事……"

陈旭扭过头，看了她一眼，冷冷地说："是你呀，我还以为是哪个家属呢，真难得。"

郭春莓勉强笑了笑，说："……我们猪号的木槽，少了好几个，不知你……看见了没有……"

"没看见！"陈旭没等她问完，就迅速地用杭州话回答。好像他早就知道，她将要问的是这个问题。

郭春莓朝外屋张望了一下，又说："我想一定是谁偷去当桦子烧了。"

"你不会换上水泥的嘛，就偷不走了。"

说完，他一甩门，走了出去。

肖潇有点过意不去。正想同郭春莓说句什么缓和一下气氛，外屋的门响了，闵姨风风火火地闯进来，一边走一边高声嚷嚷：

"肖啊,奶下来没有?"

她昨天刚来过,教肖潇如何把最开始流出的浓黄的乳汁挤出去。她这几天最关心肖潇下奶没有。

"我走了。"郭春莓说。不等肖潇回答,几步跨出了门。

"这闺女,是猪号的排长吧?"闵姨问,"听人说,她可能干了,一人干五六个人的活儿,下黑就学毛著,能背下好几百条语录,我就能背一百来条……比她可差远了。毛主席说,谦虚使人进步,骄傲使人落后。噢,奶咋样?"

"还是胀疼,可又没多少……"

"我瞧瞧。"

闵姨用一只手轻轻拨开她的衬衣,忽然"啧啧"了两声,大惊小怪地嚷道:"哟,这么大个奶子呀!奶子这么大,咋会没奶哩?"

肖潇脸红了。

"嗨!"她重重拍一记大腿,"准是你着急上火得憋住了。没事,上哪儿整几条鱼,炖鱼汤,管保下奶……"她揪着自己的围巾角,"哎,你们连队那牤子,从鹤岗回来了,昨儿个还向俺老徐借工具去水库凿鱼哩,我同他说说去……"

"别……"肖潇一把拉住她的衣角,恳求道,"我……不爱吃鱼……腥……再说,牤子……"

"他咋啦?人有难处,他还能不帮?……你还记着头年那些打架的事?年轻轻的,哪有舌头不碰牙?趁早别往心里去。人哪,处长了就有感情,啥南方北方的,人说他还看上了个三连的南方闺女哩。你有啥磨不开的?一生气上火,奶就下不来,得乐和,得多喝点汤汤水水的。要我看呀，你的奶少不了。我年轻时生头一个嘎子那会儿，唉，就那么个小奶，"她用两只手拢成一个圈，做着手势，"那么个小奶，奶还不老少，吃不了地吃。人这一辈子哪能都那么顺当。毛主席教导我们……"

她顿住了，大概是没能想起一段有针对性的语录，便叹口气，弯腰拍拍孩子，忽然问："你昨儿说，起了名儿，叫啥来着？我又忘了……"

"陈离。"

"噢，这是大名儿。小名儿呢？"

"没、没有小名儿……"

"我给你起一个咋样？就叫小狗剩……哎，你乐啥？"

狗剩？狗崽子？而不是小豆豆小松鼠……

"小狗剩哟——"她亲亲热热地逗他，"狗剩狗剩，没人要，好养活……"

孩子睁大了眼，一声不吭地盯着天花板出神。

他的眼睛大而圆，像一片浅蓝色的海湾，明澈而宁静。即使狂风大作，也吹不起浪涛波纹。在这恬适而单纯的蓝色里，有一种天生的沉着与安稳，总使肖潇觉得不安——那里头似乎透出一种与他的婴儿面孔极不相称的老于世故的神情。当他转动着那小小的浅褐色的玻璃球时，明明白白地流泻出饱经人生沧桑的漠然与厌倦……

她熟悉这神情，她在这里头看见了他父亲。

可当初，在红卫兵报的大字报堆里，在万人大会的讲台上，那双眼睛不是这样的。

"小狗剩哎，吃饱就睡哎……"闵姨还在不厌其烦地逗着孩子。一伸手，触到炕上那几本郭春莓留下的学习材料。

"啊——"她恍然摇摇头，顿时来了气，"我说你咋不下奶，成天念这玩意儿来着！告诉你月子里不兴看书，眼作病，一辈子……"

"那是批、批林……"肖潇伸手去够书。

"批啥也不行！"她一扬胳膊，把书撇在了地上，"啥玩意儿，就不怕孩子没奶吃？我下回来，要再瞅见你看书，全给你扔炉子里去！"

她气呼呼地走了。

肖潇从此不敢看书，不敢掉泪，不敢生气。她尽量让自己相信，只要服从当地的这些土规矩，她就会像这儿的年轻妈妈一样，有喷泉样的乳汁，从胀疼的乳房里涌溅出来……

可是，许多天过去了，孩子吃完奶，还是哭。

他哭的时候，张着小嘴，白白的小脖子扭动着，向左边寻着什么，咂着粉红色的舌，焦急地搜寻，终于失望了，便又扭过来，向右边探去，嗯嗯地哀求着，企望得到那个温暖柔软的胸脯，那个生命的泉。

她看得心酸，就又抱起他来。他死死咬住了她的乳头，再也不肯放开。他像一只小壁虎，把脸紧贴在乳房上，久久地、狠狠地吮吸，那小小的嘴，抽水机一般，似要把她的胸腔抽干，吮得她乳头发疼。她只要稍稍一动身子，那细嫩而坚韧的牙龈，便慌慌地跟踪过来，牢牢地攫住她不放。她若耐心好，喂一次奶，便得坐上一两个小时，坐得她腰酸腿乏，困得睡过去，手臂一斜歪，一阵钻心钻肺的疼痛，活活把她扯醒。她若心狠，硬把乳头从那噘噘的小嘴里拽出来，接着就是一阵撕肝裂肺的哭，似要掀去低矮的茅屋顶盖，而且理直气壮、没完没了。她于是又去抱他，抱了便放不下……

如此循环往复。

一个永远是饿，一个永远是困。

她越是着急，就越没奶，奶水像山崖石壁的渗水，积上好半天，叮咚一滴泉。抽水机一上来，便把下一回的也预付了。

陈旭给他喂糖水，他喝得津津有味。可是换过一块尿布，还是哭。家里的托运，走七千里铁路，不知在哪一站……

肖潇常常在睡梦中听见孩子的哭声。那是个梦，她醒不来。醒来时，孩子哭累了，哭哑了，睡过去了，睡得好沉。她又怀疑那哭声，只是梦……

陈旭里里外外地忙，黄棉袄变成了黑皮袄。牙倒黄了，面孔也黄了。头发长胡子密，整个人看上去灰蒙蒙一片。

这天早上，天刚亮，陈旭就忽地坐起来，急急地穿衣服，套上鞋，在炕沿上发一会儿愣，说："我想今天到镇上去买买奶粉看，家里……还有多少钱？"

"人家都说没有卖的。就剩……最后五块钱了。"

"再去碰碰运气。它总不会自家送上门来。"他从箱子里拿出钱，塞在衬衫口袋里，"锅里有小米粥，你自己热了吃。"

他把腰间的草绳系紧，在肖潇脸颊上亲一口，走了。

是个干冷干冷的晴天。晨光把积满晶莹的冰凌霜花的窗户，染成一块块绚丽的彩色玻璃。那第一次萌发了柔情的教堂，怎么会是个教堂呢？是个教堂。楼梯边上有一扇圆形的七色拼花玻璃，像朵七色花。那花可以实现七个愿望，可惜都让他浪费了，只剩下最后一个花瓣。那最后一个愿望是什么？怎么是最后一个？当然是最后一个，那六个花瓣都飞走了。最后一个会是孩子吗？不，那是自己的秘密。不，连秘密也没有了，最大的秘密是没有秘密。谁说的？最后一个愿望是奶粉。但愿他不会空手而归……不，不是，是春天，是在竹林里看竹笋破壳，去植物园闻含笑花香……不，不，种向日葵，栽茄子辣椒……不不不，没有愿望，没有愿望。她不渴不饿不疼不累也不困，她周身麻木，脑子里一片空白。她躺在这空荡荡、冷冰冰的炕上，面对一个嗷嗷待哺的婴儿，她还有什么自己的愿望可言，还有什么资格愿望呢？坐月子一定是闷死过人的，只是人们不说出来罢了……

小屋很憋闷，闷得透不过气。她一想到还将在这里百无聊赖地躺上二十天，坐上一个月，便无比沮丧绝望。时而心里暴躁得想要发狂，时而又默默垂泪……

冬天的天气越来越冷，非常的冷！小鸭不得不在水上游来游去，好使水面不至于完全冻结成冰。不过它活动的这个范围一天晚上比一天晚上缩小了。水正在结冰，人们可以听到冰块的碎裂声。小鸭只好用它的两腿不停地游着，免得水完全被冰封住。最后，它终于昏倒了，躺着一动不动，跟冰块完全冻结在一起。

满月以后呢，又怎么办？从此就在这小屋当娘，当老婆，当……

她在一条大河里游泳。

大河正涨水，漫过了家门口的柴火垛。

河水是乳白色的，冒着热气，河面有几处泉眼，在咕咕地往上喷水。

陈旭趴在河岸上大口大口地喝着。他喝着，河水就一点点浅了下去。他抬起头，说：这不是水，是奶。

我有一只……奶羊……你看窗外……

她朝窗外看，雪地上果然站着一只奶羊，一对通红的乳房，一直垂到地上。奶羊的乳汁一直源源地流淌出来，变成了一条大河。羊咩咩地叫，像叫妈妈。儿子也咩咩地叫，像只小山羊。

陈旭用一只奶瓶，舀了一瓶奶，喂给儿子吃。儿子咂着嘴，吃得很开心，吃得小肚子都鼓了起来，还眨眨眼睛笑了笑。

你看，他会笑了。她也笑起来。

是喝羊奶喝的。陈旭说。这只奶羊是我从老乡屯买来的，五块钱。镇上没奶粉，我看就吃羊奶吧，也挺好。

会不会变成羊呢？

大概不会。外国人喝牛奶，也没变成牛啊。

一个衣衫褴褛、穿着光板皮袄的老乡突然闯进他们家门，揪住了陈旭的胳膊嚷嚷道：好你个小子！骗子！骗我家的羊……

怎么回事？怎么回事？余指导走过来。

他骗我的羊，说我的羊有病了，不治会死了，说他会治，就给牵走了。那老乡哭哭咧咧的，说了一个很奇怪的病的名字。

陈旭，是这么回事吗？余指导问。

陈旭不理他，用奶瓶从河里舀起水来喝，那水冒着一股呛人的

— 211 —

酒气。

把羊牵走！余指导命令。马上召开大批判会，写横幅——批判刘少奇一类骗子。

那老乡回头说：长官，他不是刘少奇，就是骗一只奶羊，喝了点儿奶，没啥了不得。看他这么困难，孩子没奶吃，这奶羊，我就卖他算了。

不许投机倒把！余指导踢了那羊一脚。

郭春莓带头喊起口号来：堵不住资本主义的路，就迈不开社会主义的步！

陈旭哈哈大笑。

闵姨嚷道：小狗剩拉稀啦，快找大夫。

杨大夫来了，听了听肺，量了量体温说：喂羊奶消化不良，引起肠道发炎，得送场院医治。

一辆拖车开过来，在她面前停下了。司机探出头，招招手：上来吧，刘老狠让我送你一趟。

驾驶室里有一股酒味，她咳起来。司机把车开得像醉汉似的，东倒西歪。她想，原来是因为司机喝醉了，拖车才这么颠呀。她再仔细一看，那司机却是陈旭。

你别喝了，求求你。她说。

快到家了，没事……我喝的不是酒，是鱼汤，不信，你闻闻……她闻闻，果真是鱼汤，喷香的。

哪儿来的鱼呀？她问。有鱼就有奶，有奶就不用上总场医院了……

是牤子打的鱼，送来了半麻袋。陈旭说。我想跟他学打鱼去。

车停在家门口。家门口堆满了半尺长的大鲫瓜子，又肥又厚，在雪地上跳跃。有一条红鳞片的鱼嘴巴一张一合地喘着气，说：老爹爹，放了我吧，你要什么我都给你。

一只雪白的天鹅飞来，停在她脚下，怀里滚出一个洁白的天鹅蛋。

二十三

熬过了三九天，风依然坚定。只是硬得韧了，多了些弹性。不似隆冬的风，狠狠地砸过来，在额头脖颈又割又锯，它却是用宽大而粗糙的掌，搓揉你，摩挲你，簧片的张力，一直敲到骨髓。

奶羊事件发生的第二天，分场通信员告诉陈旭托运已到站，如不及时取，火车站要罚款。陈旭伺候肖潇的月子，已旷工十来天，刘老狠虽然批给他事假，当然还是要扣那每天一块二毛五的工资。他又去请假，"小女工"却非让他写完检讨再走。他于是花半小时写了一份"欺骗贫下中农罪该万死"的检讨书，送到分场办公室。误了上午的拖车，只好走到公路上，搭一辆拉粮的马车，去了镇上。

公路两边的原野，衰草残雪斑驳。偶尔露出一角被吹醒的黑土，落寂地凝视苍天。几抹冻云，瑟瑟地飘移，似乎唯恐将满腹沉沉的心事让那滑润的风吹化了……马车走出几里地，陈旭便觉着身上的热气散尽。鞋壳子如同铁夹，挤得脚钻心疼。

他蜷着身，缩着脖，眯着眼，冷冷地斜睨着——视野空无一物，天地茫茫。

……假如这托运早点儿到达，奶羊的事，或许就不会发生。一定不会。好好的人，活活的人，真真的人，怎么就要靠一只羊来养活？发了什么神经，撞了什么鬼？还是只母羊。老子养活羊，羊养活儿子，老子有东西喂羊，怎么没东西喂人？不配当爹，儿子掐死算，颠三倒四，幸亏羊牵走了，否则儿子大了，只会咩咩，做个货郎倒蛮好。奇怪的是肖潇一句责怪的话也没说，抱着儿子哭一场算数，一夜翻身，就是无话。话都让那只羊带走了。实在那只羊蛮情愿做奶妈，给人，给羊，还不都是一样？这年头人活得也同羊差不多，只会咩咩叫。卖了？卖给谁？身价多少？无价之宝、无偿牺牲、无可奈何、无产阶级、无法无天、无忧无虑、无事生非、复归于无物、南无阿弥陀佛……

他抬头，见前面雪地上，孤单单突起一棵老柞树。那树生得怪，粗枝横飞竖插，细枝卷曲如藤，似分场圆木叠搭的大架子，缠满长蛇。咝咝吐舌，张牙舞尾。他记得那次同肖潇一起回杭州去，明明是夏天，曙色中却只是一棵寸芽不发、寸叶不长的老秃树。奇怪的是这会儿远远望去，却见一团团灰褐色的圆叶，缀满枝头，茂茂盛盛的一派热闹气象。

神树。你竟也是那样的不驯服吗？你在夏天死去而在冬天复生，你是决心对抗到底了？你创造奇迹，奇迹却永远不创造我们……

马蹄疾驰而过。那满树圆叶，忽地纷纷腾空而起，四散开去，箭也似的飞天，石也似的落地。飞天的惊起一阵风，落地的扇起一片雪。那叶片儿，不，那翅膀，扑腾扑腾地发出叽叽喳喳的喧嚣声。

是群麻雀，他往地上狠狠吐了口唾沫。

这才叫欺骗。神树也会欺骗。神树为什么就不能欺骗？神树骗得更神。抑或也可叫作弄，叫作假象，叫作化装，叫作误会，反正不是撒谎。撒谎是为保护自己，是不得已，是没奈何，是暂且脱身，是逼上梁山。从来没有一个人不曾撒过谎。我敢发誓，那只奶羊也只不过是开开玩笑，怎么就成了欺骗？欺骗一定有目的、纲领、计划、步骤，而且永不认账。你受骗了只是活该，谁叫你忘了冬天的麻雀停在落叶树上变成了树叶子还迎风招展。谁叫你忘了神树百十年不发叶才叫神树。这里头有个暗示、有个预卜、有个占卦、有个命！我知它就是用这种办法告诉给路人你的凶吉。麻雀变叶叶又飞去，你悟到什么你就尽管去悟，谁也逃不出它的手心……

"啪——"一记响鞭。

鞭梢从空中掠过，飘下几束苍绿的松针。马车正经过一片樟子松林。车老板什么时候站在了车上，正扬起鞭梢去抽松树上的一个褐色圆球。又一次鞭响，那毛茸茸的圆球落下，在雪地上打几个滚，钻进草棵不见了。

"妈的，跑了。"车老板子骂咧咧。

"松塔？"他问，知道问得不对头。

"松鼠子。"车老板子气哼哼地说，"抽准脚爪子，一鞭子一个。回家给孩子玩儿。"

回身望去，那虬龙爪似的神树，竟又神速地枝叶繁盛，复归原状了。

他从镇上扛着沉甸甸的纸箱回到家，已近天黑。推开门，屋里黑洞洞。顺手一拉电灯线，灯亮了，肖潇像座雕塑似的，一动不动坐在炕上，望着窗外。听见门响，并不回头。

"怎么了？"

"……"

"怎么了？"他扔下箱子，走过去。

孩子醒着，睁大着眼，吮着被角，若有所思地沉默。

他扳过她的肩，肩上潮乎乎。他望她的眼睛，眼睛红丝丝。

"怎么了？"

"不怎么。"她淡淡地说。

"你眼睛里有话。我晓得。"

"你怎么晓得我有话？"

"因为我也有话。"

"那你先说好了。"

"说可以，有条件。"

"什么？"

"月子里掉眼泪，一辈子眼睛痛。"

"我没哭。是陈离哭了。"

"家里的托运取回来了，半个月吃光它。"

她吸一口气，睁大了眼。

"吃光了，就开路。"

"你是说再过半个月，陈离满月了？"

"满月就好坐火车了。"

"几天几夜也不要紧？"

"当然。"

"路费呢？"

"借。情愿借。以后一月月还。"

"……你妈妈，会要他？"

"当然。头生孙子，宝贝还来不及。"

"他……太小了……"

"可以寻个农村奶妈，月月寄钱……"

"……"

"把他安顿好，我们就回农场。没有孩子拖累，日子还好过点。否则我们都完蛋了，真的变成屯迷糊老娘儿们了……人家地质勘探队的职工……"

"……"

"你要哭，我不说了。"

她慢慢抬起头，泪痕满面。用袖子去擦，忽然叫道："你怎么会同我想的一样？谁告诉你的？我想了好几天，不敢说。你怎么也这样想？你真狠心，你舍得，你舍得吗？"

她猛地扑在他怀里，大声哭起来。

那神树，是它告诉我的。是它，它不会错，不会。

他半跪在炕上，那揩泪的手势很重。她"唉"了一声。他把湿手抹在自己膝上。

孩子什么时候睡着了。柔嫩的额头、疏离的眉痕里，藏着那一副天生的冷漠与恬然。他突然觉得，自己除了把儿子送走这唯一的出路外，再无别样选择。

二十四

肖潇仍然没有受到欢迎。在那条拥挤的小巷里，一切似乎都没有什么变化。只看得出路灯下墙壁上的标语又换了几回。

受到欢迎的，是陈家新添的男公民，第一个孙子——陈忠顺。一下火车陈离就变成了另一个人，一个名叫陈忠顺的杭州人，赋予他生命的自然不是陈旭，而是陈旭的父亲，或是父亲的父亲的父亲。所以起名字这种归根结底的事情，当然历史地只有爷爷可以胜任。陈离不再存在。既然已经离开了那个……鬼地方，忠顺就忠顺吧，一字之差，国事家事都兼顾了，传统和现实都包容了，还有一点古为今用的意思。肖潇苦苦地一笑。

左邻右舍都顿时激情亢奋，川流不息地来探望。一个三十天的男伢，坐三天四夜的火车，跨过一个松花江，一个山海关，一个黄河，一个长江，真真正正是少见少有的稀奇事，扇子巷里的头号新闻。哎，你看，人家农村去去总有好处，还有孙子抱了回来。噢，黑龙江没多冷，儿子也生得出，就不担心事了。哟，弄不好我们家那两姐妹都大了肚皮回来，介个办好？哼，我老早说过，男男女女的没有大人在面前，会有啥格好事体……

面对沸腾的小巷，陈忠顺那沉静的眼睛，仍旧漠漠然的无动于衷。

自从救命的葡萄糖奶粉终于到达农场，他饥不择食地默认了这一代乳品之后，小脸一天天红润起来，哭声也渐渐温和柔软。轰隆轰隆的火车里，他一直酣睡，一觉就睡出几十个站去，竟把晃晃悠悠的火车当成了舒服的摇篮。春节后，南下的列车出奇的空，车厢的座位靠背上，晾起了一块块尿布。没有人责备他们——当人们得知这是一对南方知青，是从冰天雪地的北大荒来，是去送一个上山下乡的丰硕成果，五湖四海的陌生旅客，便怀着那样谅解的善意朝他笑笑，把不透风的座位，让给他做床。

他平平安安、顺顺当当地回来了。这曾经属于北大荒的儿子，应该说黑土地才是他的真正母亲。

而他那曾经喝着钱塘江和西湖的乳汁长大的年轻的爸爸妈妈，却要告别他，回到遥远的黑土地去。

为什么总是背叛？两代母亲，而且恰好做了一个对位。这样的报复便将彼此的过失和遗憾都通通勾销了。她忽然卸去一团心债，她不是用自己换了他吗？这样也许很公平。

为了让他们能及时回农场去，奶奶很快就托人找到了一个奶妈。

送孩子去郊区奶妈家的那天，下着小雨。江南二月，才几天工夫，柳树绽出一层嫩芽，朦朦胧胧的半边天。小麦蹿起半尺多高，油绿油绿的一片地。青灰色的蚕豆叶茎上钻出了紫茸茸的小花，扑通——塘里竟跃起一尺把长的银鲢鱼……

借问酒家何处有，牧童遥指杏花村，能不忆江南？春来江水绿如蓝，春风杨柳万千条，六亿神州尽舜尧，山色空蒙雨亦奇，踏花归来马蹄香，俏也不争春，只把春来报，淡妆浓抹总相宜……

"小心雨伞。"她用一只胳膊推推陈旭。

儿子的襁褓在她臂弯里。他睁大着眼，望着金色的油布伞，小脸犹如一只新鲜柚子，发出橙黄的光泽。他依然一声不吭，泰然接受命运的安排。离开农场那天，陈旭抱着他，像抱着一个大棉花包——他被里三层外三层地裹了个严实。路口的公共汽车来了，人塞得满满的，像一车豆饼。她真担心孩子会被闷死。终于到了镇上，下了车，一掀被角，他就是这么定定心心地睁大着眼，吮着被角，若无其事地等待着。

他们走进了公路边上的一个小村子。

奶妈是个三十多岁的农村妇女，脸色有点发黄，一件过大的对襟旧布袄罩下，乳房鼓鼓地颤动。她的大儿子已经六岁，二女儿刚满周岁，要断奶，她想为家里收点现钱，就趁这奶水未断的时候，抱孩子来养。一个月收入二十块，交队上五块，可净得十五块，比起到队上做工分，还是划算得不好比。所以如今队上养了孩子的女人都愿给人做奶妈。一边挣着工分，一边就把灶间猪圈鸡窝的活儿都做了。天天一样地吃饭，饭就变成了奶水，变成了十五块。等于吃饭不用钞票了，等于身上开着银行，长着两只扑满。真是各人有各人的活法。她看上去还干净，脾气也好，接过孩子，解开衣扣就把他揽进了怀里，连声说："相貌蛮好，大起来要做官的。"

她开始哄他，叫他阿忠、阿狗、阿三……好像他已经变成了她的小儿子。到底是阿狗还是狗剩还是忠顺？反正哪里也没有陈离，陈离只在这世上活了三十天。奶妈还留他们吃了午饭，吃青菜炒鸡蛋和腌菜炒鸡蛋。竹园的笋呢？塘里的螺蛳呢？"实在难为情，一分自留地种番薯了，粮不够吃，塘里的公家东西不好随便摸的……"她惭愧地笑着。吃罢饭，抱着孩子，一直把他们送到汽车站。汽车远远地露个头，她舔舔干裂的嘴唇说："你们放心去好了。儿子自家会大起来。明年回来，儿子会叫姆妈了。"

肖潇红了脸。姆妈？怎么会叫她姆妈呢？她从来也没想过，她真的会变成一个姆妈。她朝奶妈感激地笑笑，不由自主盯住她隆起的胸部，儿子的生命之源。他学会说姆妈的时候，第一个叫的并不是她，而是这个抚养了他的女人。他认识的姆妈，一定不是她，而是她。她已经剥夺了她的权利和她的爱，多么卑鄙无耻的二十块。她忌妒那旧布衫胸口的两个湿印！可惜她那排黄黄的牙齿真太难看了！

她仍然感激地朝她笑笑。没有这个奶妈，儿子和她真是一筹莫展。

"肖同志要不要再抱一抱？汽车来就抱不着了。阿忠阿忠，你晓得不晓得，你姆妈阿爸要到老远老远的地方去了——"

她低头对孩子嘀咕着，把他递给她。

她不由得退了一步。

孩子竟然睡着了，小脑袋歪向一边，一副不屑的神情。他的呼吸很轻，小小的鼻翼纹丝不动。没有烦恼也没有忧虑，完全不在乎自己在什么地方。薄薄的嘴唇微微地撇了一下，那么无所谓，那么轻蔑。几乎看不出来的两道眉毛，眉心很宽，似乎天下都同他无关。

— 221 —

只在陈旭轻轻撩开被角想亲他一下的时候，他才忽地睁开眼，迅速地瞥了周围一下，露出两粒晶莹的琥珀珠珠，冷气袭人，如结了冰的水泡子。

你是个坏妈妈。

我……我没有办法……我没奶……

你是个坏妈妈。

我……我没有钱。

你是个坏妈妈。

我……

你有我。

你是个包袱。我不要你。

我也不要你。

汽车喇叭突然响起来，等车的人拥过去。最后的一刻，她回头看他。他如果哭起来就好了，就是舍不得离开我。他却毫无反应，酣然大睡，连一点点告别的表示也没有，连看也没看她一眼。她毅然挤上车去，死死揪住陈旭的衣角。姆妈！你不要我了？她听见他喊。她想跳下车去，把他抱回来。

车门关上了。她微笑着向奶妈和她的儿子挥手。她以为自己要哭，可是一滴眼泪也没有。她平静得像路边的池塘。一株海棠在细蒙蒙的雨雾中淡淡隐去。告别并不像她想象中那么艰难，也没有想象中的那种所谓母亲的痛苦。走得很平常，甚至有点轻松，好像捡来一个孩子，终于交还了主人。小说里常写的那种生离死别的场面，怎么就竟然一点没有在她身上出现？

陈旭一直望着车外，一言不发。

雨似乎停了，田野却一片迷茫。车停的时候，可以听见田畔里传来的声声蛙鸣。那些青蛙公主是在水里还是在岸上？

雨雾散去些，公路被湿润的空气涂得发亮。快进城的时候，她看见一棵高大的玉兰树，洁白的花瓣被雨打落一地，零乱地伏在泥水中。一排新锯倒的老梧桐树，歪倒在路边。不知为什么，她的视线却被一个不起眼的黑影吸引过去——树杈上有一团乌绒球，朝天翻了一个身，压得扁扁，又翘起一角，如一只嗷嗷待哺的小鸟张大着嘴。是个鸟窝。

她忽然觉得心里空荡荡，空得有点发慌。她伸出一只手去，想在挤挤的人堆里找到陈旭的胳膊。可四周都是陌生人。她垂下头，"原谅我"。她费力地朝车尾转过身去，却什么也看不见了。

二十五

她总是远远望见，有什么东西在朝她迎面走来。

沙尘漫天，什么也看不清。只听见叮叮咚咚的响铃声，从尘雾中钻出来。是匹马，却长着奇怪的角。

马背上有一个小小的人影，戴一顶军用黄呢帽，披件军大衣，黄呢帽下，露出长长的黑胡子。

她问他是谁，从哪里来。

他说他是新调来的书记。他拍拍马肚子上挂着的柳条筐，筐里有衣服袜子、锅盖、菜刀、饭盒、干辣椒、大蒜。他走进食堂去排队买发糕，发糕大得两只手托不住。他趴在发糕上啃着，发出喷喷的响声。屋檐下有群兔子在嚼豆腐渣。他把两手往胸前一抹，用袖口擦嘴，喔喔地吆喝那匹马。

拖拉机手正把一麻袋豆种倒进播种车里去。

问你这垧地的播种量是多少？他喊起来。有一个麻脸师傅跪在地上，吭吭磨刀。

拖拉机在地里来回转圈。她用手按住一只上了发条的玩具青蛙。

我问你保苗株数！他往黑油汪汪的大地中间一站，两手叉腰地骂起来。奶奶的，给我停下！你们这些个管劳改的，就会押宝种田！

她去追他，拦住他，指指果园。那一大片沙果树，招了满树的乌云，风一吹，乌溜溜的花瓣纷纷落地，弥弥飞扬，把天空搅得昏灰灰的。

是花腐病。他跺脚，对余指导大声吼道，干吗不打药？我要把半截河变成花果山！

花果山？余指导撇撇嘴，脸上的肉一块动，一块不动。如今取经不上西天了，上大寨。你懂吗？今日欢呼花果山，莫非妖雾又重来？

蓝色的风把风向标吹得溜溜转。

杨气象是原场党委书记的小舅子，她对新书记说，他每天都在家里填写观测数据。

哦？他的眼睛瞪得老大。这种气象观测站，应该叫——气象估

隐形伴侣

计站。这个杨气象，真他妈扯淡。该让他去放羊、扬粪，得胃溃疡。

他走进一间大屋子，满地的大肥猪在打呼噜。门上有张纸，写着：千头猪座谈会。

陈旭把一根糖醋排骨搛给她吃，排骨炸得焦黄，酱红色的卤汁沾着亮油珠子，酥脆酥脆，香得鼻子直痒痒。她咬一口，没吃完，又咬一口，那根排骨长得望不见头，远远的一群胖墩墩的猪蹄子噔噔跑过来。

我先出个题，那小老头说，老母猪下羔提前多少天各就各位？就问你这个生产队长。刘老狠腮上挂着口水，蒙蒙地抬起头，他回答说是不是打仗啦？民兵的枪怕是生了锈。小老头哼了一声，指着一个胖姑娘说，你是养猪模范，你说母猪下羔垫圈多厚？

郭春莓张开厚厚的嘴唇，一开一合，嘟哝着说，二十厘米呗。

她在窗外一下子喊起来，不是二十厘米，是三十厘米。

小老头眉开眼笑，对她招招手，让她进去。

远处那团云雾又滚过来。她影影绰绰看见，那巨大的圆心里有一只奇丑无比的小鸭子，它摇摇摆摆地走来，那扁而薄的脚掌下滚动着一个洁白的天鹅蛋，一片荷叶裹住了荷花花苞，忽而那个蛋裂成了两半，从中飞出一片白云，悠悠地升上天空……

这是一个同去年一模一样的春天。

雪化了，河开了，雁来了，柳茅子发芽了。

这是一个同去年全不一样的春天。

那雪化得哧哧地响，一边化着一边就在黑土地的血脉里咕咚咕咚地闯荡起来；那半截河欢欢喜喜咧开大嘴，把一河的冰块儿，心急火燎地吞了下去，打着饱嗝，挺着鼓鼓胀胀的肚皮，抖抖擞擞地赶路；那雁群在蓝天里飞出个"二"，又飞出个"三"，还飞出个"大"，飞出个"万"字，满天空古古怪怪的符号，叫一声换一个谜语；甸子里路边上的柳茅子强忍了嗓子眼里的绿色，先爆出一串串蚕茧似的银球，亮得让人疑心天边的云，原也是从草根里萌生出去的，那丝丝银灰的绒毛毛，多情又多心地拂弄着人，让你心里也直冒尖尖的芽茬子，恨不得伸手进去抓挠抓挠……

肖潇从杭州送了孩子回来，觉得农场的春天，从未有这般舒展，这般蓬勃。她比别人都早早地脱去了棉袄，利利索索地系上了一块淡蓝色的方头巾。她不养鸡，也不养猪了，甚至也不要那六分自留地。她从杭州买回一只长方形的小钟，它嘀嘀嗒嗒地奔跑，慌慌张张，像个催命鬼似的，催着她和他，跟它一起去踩那个春天的鞋后跟。她不能让它落下了。她扬粪，打池埂，踩格子，栽菜秧子，撒菠菜籽……若到江南赶上春，千万和春住，她却是千里万里地回这融化的雪地来寻春天。

他们仍然是没有见到松花江一年一度的解冻。人说解冻的前夜，要山崩地裂天塌地陷般地炸响。于是他们巴巴地盼着欣赏那气吞山河的奇观，可到了年年开江的日子赶去江边——江上黑浪滔滔，一场鏖战早早平息，竟然连白花花的门牙也没留下一颗。

就是这么个性急鬼儿似的春天。她追它，却总让它甩下好远，望见个影子，还是望尘莫及。

那些日子，她被派去做颗粒肥。

一个铅灰色的大圆盘，朝天斜架，像个土雷达似的，通了电，盘子便旋转，往上不断地扬上一锹锹干不干、湿不湿的氮磷钾肥混合土，便转出一层层花生米大的颗粒。勤快时，让盘子多转几圈，那颗粒就精细些、圆滑些；惰怠时，让盘子少转几圈，麻溜往下拨拉那黑球球，颗粒就粗糙些、松散些。无论粗粗细细、大大小小，在转盘里滚出了形，攉到地上，装在土篮里，挑到墙根下通风背阴的地儿铺开晾上。有个一天半天，那些黑球球便轻飘起来，褪去一层脏色，花生粘似的松喷喷、白麻麻。再用粗筛子滤一遍，分别灌了麻袋，送进播种箱。大粒的培大豆，小粒的培小麦，喂给饿得直流口水的黑土地。

肖潇喜欢把转成了颗粒的黑球球，装在土篮里挑走。装得冒尖，走起来扁担嘎吱嘎吱响，两头颤悠悠，很有一点快乐的眩晕。裤脚管下一阵阵清风来去，担子沉甸甸，两腿飘飘然，很是惬意。况且胸衣忽上忽下地晃动，似比平时发达得多，臀部也左左右右地扭摆起来，越扭越灵巧，越扭担子越轻，心也说不出的美滋儿，斜阳下那细长的影子，像画上西双版纳地方的人。瞧那些没有腰的东北大姑娘哟！她喜欢挑担。

"你是个南方知青？"有人问她。那时班长刚宣布休息，她在休息时照例要看书。

她发现他已经在那土雷达旁边站了一会儿。一个穿黑衣服的小老头，津津有味地打量那机器和肥料。放猪的？"二劳改"？她不想理他。她似乎正来了一点诗的灵感。

"南方人会挑挑儿，一看就像个样儿。"他又说。

"这关你啥事儿？"她头也不抬，"把你的猪管管好，别又踩了我的颗粒肥！"

"肥的比例是多少呢？"

"又想弄点到自家菜园子去？不用跟我套近乎。"她生了气。

他笑笑，走开了。一条腿有那么一点颠颠的，背影也就忽高忽低地起落。

灵感全无。轰轰隆隆铁盘子又转起来，像只大钟。她拾起扁担，可惜不是竹子的。实心儿硬，硌肩，幸亏颗粒肥不重。担子不重才能保持好看的姿势，胸一定挺起来。小扁担三尺三……好像大雁……上青天，哎哎嗨哟哎嗨呀……真是机械单调，她在土雷达与晒场之间踩出一条固定小道，闭着眼都能走。那场雨留下的小诗，分场广播站什么时间播呢？……下来了，下来了，一滴雨点！像听到了冲锋的号角。乌云上来了呀……一队队人，一队队人，都朝着场院飞跑，那里有新拉来的粮食……快跑！快跑！只看见一个个人影闪过，只听见脚步沙沙……下来了，下来了，一滴雨点……

大钟终于停止旋转，收工时间到了。从连队食堂那儿传来大葱和馒头的香味，空气也饿得咕咕响。她回家去。电线杆子上的喇叭骤然响起来，她的脸忽地红了。全分场任何地方，都听得见这只喇叭。

老远，望见陈旭拎土篮去倒灰。

"今天收工早？"她在门口用头巾掸衣服，问。

陈旭伸出一只手掌，在空中张开，似笑非笑地说："是呀，今天又没有一滴雨下来，不用抢盖粮食。"

"何必挖苦人。"她接过土篮子，去后园拔水萝卜。

菜园绿了一角。小白菜、菠菜密匝匝铺了几个格子。"蚕豆糖粥——"她一进园子，好像看见扁木柁阿根的身影，迎着阳光在擦汗。

陈旭也跟来。拎半桶水，倒进萝卜畦里，蹲在她身后，揪揪她的小辫儿，低声说："哎，'新拉来的粮食'，大诗人，你知道那是什么粮食？"

"……苞米面？大碴子？"

"傻丫头，那是返——销——粮。"

"返销粮怎么啦？"

"哼，堂堂社会主义大农场，从外头调返销粮，岂非咄咄怪事！"

"我……我又不是歌颂返销粮……"

"歌颂贫下中农的大公无私？"他耸耸鼻子，"就这么点粮食，要让雨浇了，霉了捂了，吃啥？不抢盖怎么办？这叫作庄稼人的生存本能，典型的小农意识。"

他嘴角挂起讥讽的笑意，把萝卜缨子拔断了，用手指去泥里抠。

"那我以后不写好了。"她有一点赌气。

"写尽管写，不要叫人听了汗毛竖起来。"

她把萝卜扔进篮子，径自转身回屋了。你会写诗吗？她得抓紧时间做晚饭。有了水萝卜，切成丝凉拌，菜有了，主食就做炸酱面……她切萝卜的时候，陈旭在里屋炕上擀面条，擀着擀着，突然冒一句："今天那个李易人驾到了！"

"哪个李易人？"

"就是那个从哈尔滨下来的场党委书记。"

"你看见了?"

"看见?我还在公路边上,同他谈了个把钟头哩。抽了他五六根香烟,都是握手牌……棉袄领头,比我的还脏……"

人说他是全国第一个国营农场的创办者,后来调到老东总——东北农垦总局去当局长。不是坐办公室的命,还是要去办农场。家里有个当大夫的老婆,月月二百块不够花,死活不肯离开哈尔滨,饿饿几年,终于离了婚,他背一个破行李卷儿到了三江平原,坐吉普车跑遍了每个农场,最后在半截河边上吐一口唾沫,说:"就它了!"人说半截河农场是全管理局最挠头、最落后的烂摊子……

她怔了一会儿,问:"你怎么知道他今天来?"

"今天一上工,'鲇鱼头'就训话:'今儿上头要来人,大伙好好干,别给咱连队丢脸。'我一想,肯定有名堂,等他走了,我就跟人换了一块靠近公路的地号,叫泡泡儿管瞭望,不到八点钟,他就嚷嚷大道上来了吉普车,我把老牛往公路上一赶,连播种车也抬了上去。吉普想开过去,除非把牛轧死,轮胎戳扁。"

"你想做啥哩?"她叫起来。

"做啥?让他晓得晓得,五分场有个人,叫陈旭。"他索性不擀面条了,挥着两只沾满面粉的手,走到外屋来。"听我说——喏,果然,蛮灵光,小吉普开到老牛面前嘎地停了。没停稳,车门就开了,走下一个小老头,人矮矮,不到我肩膀高,两只眼睛倒蛮神气,看一眼老牛,又看我一眼,低声说:'啥事儿?说吧!'"

"你对他说什么?"她扔下了水萝卜问。

"我不慌不忙走过去说:'我没啥事。为我自个儿的事,不在这里同你谈。'他瞪起眼:'没事你闹着玩呀? 我可有的是事儿。'我笑嘻嘻说:'你那些事,我都知道。半截河农场这么办下去,打不成翻身仗!'"

她吓了一跳:"你是这么说的呀?"

"我就这么说。这一说,他呆了呆,摸出包烟,递过来一根,指指那老牛,让我挪开了,别钉在公路上妨碍交通。又挥挥手让他的吉普也靠了边,就在沟边的干草上坐下来,划根火柴,眯着眼说:'嗯,说吧——'"

不要急,听我说,我是有充足的理论准备和材料准备的。思想路线确定之后,干部就是决定的因素——你可以去调查,场部机关,场部所有非农业生产的工副业单位,哪个单位不塞满干部的三亲六故? 知识青年管这些厂叫"罐头厂",就是官儿头儿们的厂。头儿有几个到生产第一线刨镐种地的? 又有几个肚里有"水"的? 做报告训人还得让知青给他写稿子。谁教育谁? 我看百分之七十的头儿要吐故纳新,那点水平就够回老家放羊的。农场到底依靠谁? 广大知青缺乏主人翁责任感,不是没有,是不让有。报上的主人翁,实际是廉价劳动力。让有文化的人待在文化沙漠里,不是让知识青年活活变成老农民吗? ……说起来农场成天发展养猪事业,可是知青一年能见几粒肉星星? 那猪也怪,全不长下水,不长蹄子,光长些肥膘,同粉条炖成一个色儿。就这样,吃肉那日子,食堂还早早地挤满了人,多闻一会儿肉香也是赚……

他说得得意,抓过一个水萝卜,咔咔地咬,缨子上的水珠甩到

— 231 —

肖潇颈子里。

"他说什么？"她清醒过来，"你要闯祸了。"

"哈！"陈旭摇摇头，"他同我握手，连声说：'好，小伙子，有脑子。以后有事，找我！等我上五分场来蹲点，咱们再往下唠……'怎么样？我给他留的印象不错吧？这个小老头，人小小，魄力倒蛮大。这回，半截河说不定摊上一个有本事的头儿了……"

她忽然想起了什么，打断他，大声问："他是穿一件黑布褂子，眉毛蛮浓，一只脚，有点颠颠的？"

"也许吧。"他含糊地咕噜了一声，回里屋继续擀面去了，"脚，我没有看灵清……"他心不在焉，沉在自己愉快的回忆中。平日里漠然而不可捉摸的双眼，露出一块雨后湿润的青天。

二十六

"你们这疙瘩，有个知青，很有能水，为啥不使用？我同他唠了，比你们都强！"

那小老头一根烟接一根烟地抽。花白的头发，好像在愤愤燃烧，烧得一块黑一块白。

"谁？你说的是谁哩？""小女工"奔着眼皮问。

"他叫——陈旭。对，陈旭。"

"陈旭？哈哈……"一屋子的人，怪声怪气地笑起来。一种绝对否定的笑，可判处一个人残废。

刘老狠板着脸，在炕沿上蹭着脚后跟的痒痒，慢吞吞说："这小子，说嘛，还行；干——又是一回事……"

"鲇鱼头"拍拍头顶的黄军帽，咳了一声："问题不在于此，而在于此人的思想路线、阶级立场。据我们掌握，他攻击知青下乡是'变相劳改'，在场部关过禁闭，还经常在青年中煽动对社会主义不满情绪……"

小老头在地中央来回踱步，眉毛缩成两块黑炭，头发一根根竖立。

"小女工"把一个厚厚的大信封扔在桌上，拍得纸页哗哗地抖，一个大红印跳过来，又跳过去，"他同杭州那个林彪的黑线人物一伙儿，这不是——王革，依法逮捕了。得让他交代是啥关系，就等这春播大忙完了的！"

小老头垂下头叹息一声，走出了屋子。

久等在门外的他迎上去，主动伸出手，"真来蹲点了？说话算数，你不是要找我唠唠吗？李书记，我要把大家心里的话都对你说……"

小老头抬眼看他，两眼暗淡无光。额上一道道皱纹里，疑心叠着疑心，好像完全不曾有过公路上的那段交情。如那吸尽的香烟，在风中散荡无存。他只是朝他客气地一点头，就背过身走了开去。

他定了定神。

那瘦小的身影，在暮色里走远了，拐进了铁丝网下的破墙门。

他不过是朝他客气地点了点头，竟连一句话也没有。

半边天空还挂着玫瑰色的晚霞，他衣领上的油垢还在发亮——

他不会没有认出他来，那两只咄咄逼人的眼睛。

……是的！当然是！……"鲇鱼头"已提拔成分场副主任了。他难道会眼睁睁看着新来的一把手欣赏一个刺儿头？

风突然变了脸，像一具被抽干了血液的僵尸，横在路上。他跨了过去，头皮发麻。他迎风站了一会儿，慢慢走回去。

不，他不想回家。

夕阳终于完全沉没。天边袭来一层深似一层的黑暗。它闭上了眼，也带走了他心室里那最后一道微弱的阳光。血从此是蓝？是绿？太阳永远是一个圆满的句号，西落东升，周而复始，遵循着永恒的规律。就是那么回事，疏远绝不会如此无缘无故。王革？工宣队？该死的"鲇鱼头"！

他相信自己的直觉，相信自己的白日梦。他睡眠时仍然极少做梦，白日梦却与日俱增。

陈旭有能水，为啥不使用？

他曾是那么苦苦地在汪洋中挣扎着去抓那根小小的草棍，他曾是那么死死地攀住悬崖边上的哪怕一棵小树——他不会就此完蛋，既然太阳每天都要理直气壮地重新升起来。

可是……

新来的书记同志，你本是他最后剩下的唯一一次机会了。也许在你官运不济的一生中，这也是起死回生的唯一一次机会了——你本来可以得到一匹有胆有识的好马，驮你穿过林海雪原，去寻花果山。这样的马你大概一匹也没见着过。你的马厩里除了摇摇欲坠的老马，就是光会放屁、光会配种、光会吃豆饼的孬货。你错过了它，踢开了它，放跑了它，你会后悔，会后悔一辈子的！你他妈的活该！

不能回家，不能回家，回家对她说什么？

黑夜无边，太阳再也不会升起来了。

他发现自己站在连队场院的小屋门口。那扇窄小的玻璃窗上透出贼眉鼠眼的煤油灯光。

污浊的窗纸上摇晃着一个模糊的暗影。

他推门进去。

那影子盘腿坐在炕上，一只白碗放在脚边。眼皮浮肿，如两只空蚌壳，沉重地耷拉下来。他把碗挪到自己嘴边，咕咕地喝，又颤颤地伸长胳臂。并不看来人，只将碗递过来，含糊不清地哼哼：

"喝——喝——"

他走上去，在裤腿上抹一记手心的汗，接过碗，一横心仰起脖喝了一大口。

他浑身顿时着火了一般，灼热滚烫，几乎跳起来。嗓子呛得半天发不出声。

"喝——"那影子又从被窝卷下掏出一个黑乎乎的东西塞到他手里。

他在油灯下照那玩意儿，是个煮鸡蛋，一股臭烘烘的香味，他咽一口唾沫，在炕沿上砸一下，剥开蛋壳，露出一撮淡黄色的茸毛。是个毛蛋。他咬住嘴唇，三下两下将那细毛揪个精光，撕下那个尚未成形的脑袋，大嚼起来。

"是公鸡下的蛋，孵不出来啦⋯⋯"那影子摸摸索索地嘟哝，"喝——"

他整年整月就这么醉醺醺地打发日子，人称范大酒壶，刘老狠到他跟前，就是小巫见大巫了。有酒，饭是不必吃的。他一月挣四十三块，全喝了，连一张回关里家的车票也买不起。

陈旭平日很少同他搭腔，为他身上那股传出八里地外去的令人作呕的酒气。也真不愧是范大酒壶，每次运动一来，他就上台低头认罪，回回在台上打呼噜。有一次嘴里竟然念念有词："牌楼牌楼，上头蹲个猴儿"，气得"小女工"暴跳如雷，一枪管戳到他瘦精精的肋骨上，还是没醒。人说他就是为这句话犯的事——他老家河北，国庆十周年镇上新修了个牌楼。他打那底下过，一高兴，就来了这么一句。自己觉着怪顺口押韵的，一遍不够，又放大声吆喝一遍。当下让人逮住，送去公安局。等游斗车再从牌楼下过，他才看清，那上头蹲着一张领袖像——就这么，判了十五年的现行反革命，在这劳改农场一待二十年。刑满后，没再回那牌楼下去，一日三餐，喝上了酒，冬天逮田鼠，夏天愁晾子捡鱼、摸家雀蛋啥的，下酒菜总是有的。至于那醉话，"小女工"率领全体多喊几句打倒便也就消了毒，开完批判会，下了台，照样押回场院，当他的技术顾问。没有他当技术总管，几百垧水田愣是光长稻子不长米。所以范大酒壶就处在这样一个高于人上、低于人下的位置，日子倒也过得不坏。人逗他："酒壶，咋不回家看看老婆去呀？"他嘿嘿一乐："酒比老婆好，更迷糊。"

"喝——"

那碗又哆哆嗦嗦地挪过来，冒出一股廉价而诱人的热气。雪地里的深井——一个寂静、温暖的去处。

他不想知道那影子是谁。他只觉得心里郁郁的一团凉气，徘徊不去，又渗入骨缝，在那里结成冰碴，封住了每一道血管，听得见冰块在脊椎里咔咔地响。他要沉到井底去，那个寂静、温暖的去处。

他一口喝干了那碗酒，也许是吞下了那只碗。头发呼啦啦燃烧起来，从发根延伸到肩胛，又传至手指、脚心……血液忽地沸腾翻滚，皮下注入了轻而润滑的煤油，刺刺焚烧。骨腔酥松，牙齿脱落，冰块开始融化，在骨髓里流淌，在胸腔里发出哐哐回声。他不存在。不再存在。只有一口冒着热气的深井，喷出热辣辣的血水狂奔乱撞，朝他涌来，淹没了他，又驱使他……他在哪里？

"喝吧——没事……"

他把头伸到井里去，贪婪地张大了嘴。他要把这口井喝干。

他在哪里？他不再存在？可没有他怎么会有世界？他存在？有他为什么没有他的世界？他沉没了？沉没了为什么倒在自由地邀游太空，在永恒的星球间穿行，高居于地球的众山之巅，俯视那卑劣丑陋的人生，窥探其间的真伪善恶？这茅屋，这原野，为什么通通在缩小，小到可以随意捏在手心？而他周身长满翅膀，甚至连翅膀也没有，在云里雾里徜徉。他超乎于万物之上，心无限大，手无限大，大到望不见自己。他驱使风，驱使雷电，驱使河流，驱使地心的岩浆……啊啊，这真是他梦寐以求的那个境界，连万有引力也不再对他发生作用。问苍茫大地，谁主沉浮？一个谦恭的太阳从井里升起来，涂满了那鬼洞子里金色的硫黄。太阳一边口喷着酒气，一边为他殷勤地按摩，它那双醉醺醺的手，从他每一个烦恼苦痛的穴位经过，他便像被施了魔法一般，从此有了忘却，忘却之后便有了快活……

…………

"喝吧，没事……"

"不行啦，明儿要上工……"

"明儿再说明儿的……"

…………

"再喝一杯……"

"不行啦，老婆又该来找我啦……"

…………

"喝，一口……"

"……没、没钱了……要养儿子……"

"儿子？喝水也能长大……"

"老范头，借、借我十块钱吧……"

…………

自从那一晚在范大酒壶的深井里得到些许安慰后，陈旭意外地发现了自己原来有着惊人的酒量，那是一种无穷无尽的饥渴。只有沉溺于煤油捻子的火焰在皮肤下游窜、身悬半空失重跌宕的那种奇妙境界，他才能得到片刻的小憩和满足。

有一次他醒来时，发现自己躺在牛车道上的水洼里，浑身湿透。青蛙在身边聒噪，什么热乎乎的东西在舔着他的额头——就是这东西把他舔醒的。他猛地坐起来，那东西退了几步，汪地吼了一声，掉头逃走了。原来是条狗。他趴在河边哇哇地吐，嘴里一阵苦涩又一阵咸辣，不知是酒还是泪。他早没有泪了，鼻子却一阵阵酸。他跟跟跄跄走回家去，扑在门上，许久，却没有进去。

肖潇会用那么绝望的眼光看着他，眼泪一滴滴无声地淌下来。你……又喝酒了？好像他又自杀了一次回来，他受不了。

假如她也同大车队队长的老婆那样，在门口的树荫下放一张小桌，在太阳偏西那会儿，他劳累一天收工回来之后，炒一碟辣椒鸡蛋，倒上一盅酒——给她的丈夫，后来的一切，或许就不会变成那样。

他是个男人。他要抽烟，要海聊神吹，要像个顶让人看得起的男人那么活着。

可，她却把那个小屋变成了一个书斋。她不喜欢他同什么人都来往，不喜欢烟味、酒味，甚至不喜欢猪肉的香味，她好像打算在此修行了——每月给孩子寄二十块生活费，扣去归还欠债二十块，两个人六十四元工资，常常只剩下三分之一，买了粮油，还能吃什么？咸菜、酱油、酱油、咸菜，她克勤克俭地过得理所当然，他却受不了。

要是约上几个人，坦坦荡荡地到老乡屯子里去抓一群鸡回来，即便让人看见了，等他们带着家伙打上门来，那一只只肥母鸡早已放了血煺了毛，白嫩嫩的挂了一溜。"偷鸡？认认吧，哪只是你家的？！"干瞪眼。

偷鹅就更便当了。趁那些鹅昂着脖子吃榆树叶，一把抓住那长脖子，往后一拧，弯成一个结子往它大翅膀底下一塞，完事大吉，连点声响都没有。裹在棉袄襟里回家，鬼晓得？炖满满一锅，上顿下顿吃不了地吃。

他却从来没有这样做。

首先，肖潇会瞪大了眼睛，大惊小怪地叫："哎呀，一只鹅，哪里来的呀？"

买的，多少钱？钱呢？干吗这么浪费？

送的？谁送的？不能白要别人东西，我送钱去……

偷的——说得出口吗？偷个人的东西，是贼；偷公家的东西，是盗窃。你——堕落！

他知道他和肖潇之间的那根感情纽带，已被剥蚀过许多次了。他使肖潇失望得太多。当初他们相识时那个光辉的他，已蒙上了太多的尘土。或许再有什么意外的风暴，那根纽带就会折断、破裂……

他总想起冬天她月子里那只奶羊的事。虽然那一次她什么责备的话也没有说，但他能感觉到，一连许多天，她的嘴唇是冰冷麻木的，她的怀抱也是冰冷麻木的，以至他的手指、他的舌尖在接触到她以往对他来说是如此销魂的肉体时，他第一次感到了孤独和陌生。在她那种神思恍惚和漠然的拥抱中，他突然觉得自己根本没有得到，或者说她已经换成了另一个人。他爱她，他害怕这样的冷落和疏远。在大鹅与清贫之间，他宁愿服从后者。她是他在这个世界上唯一宝贵的东西，他不愿在她心里破坏了自己。

然而那是一种违背他天性的痛苦的服从。他答应她，又无缘无故地对她发火；他粗暴地摔东西，又跪在她面前请她原谅。他开始走出小屋到别处去。可是，扁木桄阿根已经死了，泡泡儿新交了女朋友，一有空就在女宿舍帮人挑水劈桦子。再有的就是牌友、酒友和仇敌……李书记刚来了三天，就让电话叫到管理局开会去了。他早已忘了他这个人才的存在。记住他存在的，只有"鲇鱼头"和"小女工"……

于是他仍然偷偷去老范头的场院喝酒。他对肖潇说，他要去加夜班拉砖或是出窑。他喝得酩酊大醉，在老范头的炕上倒头睡到天亮，然后睡眼蒙眬地跟着大伙去干活儿，抽空钻在哪个灌木丛里打盹儿。有时实在恶心得难受，算好了肖潇上工的时间，绕个弯儿回家去。她收工了，问一句：回来这么早？她不是那种女人，绝不会去调查昨晚连队派的什么夜班，干的什么活儿。她做梦也没想到他会旷工。

然而旷工的天数却一日日增加，他不仅无钱买酒，连出满勤的三十二块钱工资也到不了手。他对肖潇说什么？债呢？儿子呢？他不知道，他时醉时醒。醉时向老范头借钱，醒了便把鱼虾杂碎吐还给他。在岸上时知道那借的钱总是要还的，可一扎进那口井里，便不明白老范头的钱究竟是从哪儿来的。

明天，明天，明天拴在哪个龟孙子的裤腰带上！

二十七

一个月黑天高的夜晚，他正同老范头喝着酒。老范头前几日被一根钉子扎了脚，工伤休息了几天，总好不利落。屋子里四下静得连只壁虎贴墙爬过的声音都能听见。忽然，门口的黑子恶声恶气地吠起来。老范头异常灵巧地出溜下了地，悄没声儿地递给他一把二齿子，一股酒气喷到他耳根："快，出去瞧，你腿快，要是有偷化肥的，非逮住他，啊？"

他冲出门去。外头黑极，分不清哪是天哪是地。他用手电筒一晃，隐隐望见两个人影，跌跌撞撞往西跑去了。他解开黑子的链条，几步追上去，抡起二齿子就打。只听见"哎哟"一声，什么沉重的东西落在地上。一个人，扑通跪在他脚下。他用手电筒照照，是两袋化肥。

他喝住黑子，厉声问："哪儿的？"

"西、西边屯子……种地，跟不上肥……生产队让……让俺……"

每年为了争地争水，农场和屯子少不了得干上几场仗。去年夏天，有个屯子的老乡在一夜之间剪去了农场百十亩地的麦穗儿。出了人命，还有抬棺材来农场游行要赔款的。官司一打到地方，农场方面没有打赢的时候——你们官办的农场吃官粮，家大业大，金饭碗饿不死。所以，连队的农药化肥，每年都不知要让生产队明偷暗拿去多少，反正农场亏损了有国家。你知道农场的干部同生产队做了什么交易？农场派拖拉机去替老乡屯子耕地，屯子送来的猪肉、黏米、豆腐、饲草又落进了谁的腰包？

他突然怒从中来，蹾蹾二齿子，说："不行！跟我走！"

那影子晃了晃，在胸口摸摸索索地掏什么。

"你要干啥？"他警觉地一闪身，手电筒直射过去，照在那人脸上。然而他怔住了，那人从怀里掏出一张破破烂烂的十元钞票——

"求求您大爷，饶俺一回……庄稼人不易……农场不差这几袋化肥……俺们有钱也没处买去……"

那张显然早有准备的纸票塞在他手里。他呆立着。一阵踢里踏拉的脚步声，人影消失了。

他又拧亮手电筒照了一遍：是一张十元的钞票，票面灰突突的，上头是几个工农兵。

他望着黑暗的田野，冷笑了一声。

"警惕阶级斗争新动向！"

"狠批阶级斗争熄灭论！"

"打倒反革命分子范世才！"

"野心家、阴谋家陈旭必须老实交代！"

领着呼口号的是郭春莓。她越发的胖了，眼睛陷在一堆肉里，喉咙里射出支支利箭。

"陈旭严重丧失立场，被阶级敌人拉下水，同就业工人一起酗酒，策划反革命阴谋活动……"

他打断她："哎，慢点，你知道什么叫作阶级敌人？就业工人是什么？留场就业，不是劳改犯，不要敌我不分……"

人群窃窃。

她不理他，昂着脖子继续念："他在阶级敌人教唆下，盗窃国家财物，敲诈勒索贫下中农。我们要正告陈旭，你这样下去非常危险，必须悬崖勒马……"

他斜视她一眼，慢吞吞说："危险的不是我，是那五百头猪，饿得满分场乱转啃屎舔尿，茅楼都不用打扫了。希望养猪模范发明一种新的饲养法，在她外出讲用期间，不必请专人代劳，而能够自食其力，自力更生……"

人群中发出一声又响又长的旋转怪调。

"噗……啪……"

哄堂大笑。有人吹口哨，敲板凳，扔帽子……

"小女工"气急败坏地站起来，喝道："有啥可乐的？屁——乃肚中之气，一不留神，溜了出去。笑啥？谁笑批谁！"

一声长屁，肆无忌惮。

几颗星从云缝里挤出来，大地仍然一团漆黑。它照亮不了他。它的光亮来自许多个世纪之前。

他跺跺发麻发酸的脚，低头看一眼手心里紧攥着的那湿乎乎的十元钞票，咬咬牙将它塞进了衣袋。

他回到场院小屋，仰起脖子把半缸子二锅头一口捅了。

老范头从他身后一瘸一瘸地跟进来，他拄着一把铁锹，已在门口等了多时。

"跑了？"他小声问，转动着疑心重重的眼珠，"怎么没动静？"

"跑了。"他七仰八叉地倒在炕上。

黑子摇着尾巴走进来，把前爪搭在炕桌上。

"去！"老范头狠狠地给了它一下，嘟哝着，"这狗东西真是不中用，到明春非想法子弄条好种来不行……唉，原先那白蹄儿，多好的一条狗，叫你们知青打了吃……"

"我赔你！"他咆哮，"赔你！"

二十八

她在看一本书。书里夹着好多书签。她拿起书签来看，才发现每张书签都是钞票。有一角、两角、五角的，还有一元、两元、五元、十元的，还有一张椭圆形的，写着四元；一张三角形的，写着三元；一张鸡心形的，写着二十元。她想起自己过去从来没有见过三元、四元和二十元的钞票，觉得好奇怪，她仔细看了又看，看到上面有麦穗和镰刀，还有许多工农兵大团结，又敲了敲，竟然叮当作响，好像钢板一样，才放了心。她把这些钱一张张收起来，用橡皮筋束好了，放在帆布箱里的最底层。

她在心里算了又算，有了这笔额外收入，她可以一次把回家借的路费还清了，这个月还可以给孩子多寄十块钱：寄三十元。孩子快六个月了。从照片上看，还是那么大一点，大概是奶妈的奶也不够吃了。如果还剩一点钱，可以买一条大床单，买两只新枕套。结婚到现在，什么床上用品也没有添置过……

她到后园去摘黄瓜。

陈旭把一件东西递给她，是个褓褓，她接过来一看，不是儿子，是一个又白又胖的冬瓜。

她吸吸鼻子，一把抓住了他。

你又喝酒了。

什么？陈旭搂住她。

有人告诉我，说你老在场院喝酒，你还骗我说打夜班，我都知道了……

陈旭嘿嘿笑起来，搂紧她，张大嘴凑到她面前，呵了一口气，说：

你闻闻，是酒吗？不是，是甜酒酿。

她闻了闻，果然是甜酒酿的气味，又甜又酸，香味扑鼻，她的口水差点淌下来。她说：我也要吃甜酒酿。

陈旭就去挑水做甜酒酿，她坐下来抄一篇自己写的散文，想参加总场"七一"征文比赛，散文的题目叫作《谁持彩练当空舞》。刚抄了几行，陈旭回来了，对她说：井里还结着冰，冰糖不能做甜酒酿。她很失望。陈旭说：我来给你抄稿子吧，我没事。

陈旭就给她抄稿子。过一会儿举起稿子来，说抄好了。她走过去一看，见题目写着：有几个苍蝇碰壁。她火了，把稿子一扔，大声问：你怎么改我的稿子呢？

她借了一辆自行车，到邮局去给孩子寄钱。

刚下过雨，公路上泥泞不堪，坑坑洼洼。半尺宽的车辙里灌满了水，路面都是陡峭的大斜坡，斜坡呈一个黑森森的大圆筒，明明是马戏里的飞车走壁，她完全悬空着身子，飞快地骑着车子，气也喘不过来。前面公路边隐隐可见一条水沟，沟里哗哗地淌水，路面上也淌着水，只有一条甘蔗那么窄的干地方，可以过去。她咬着牙骑过去，突然发现自己是在一条钢丝绳上，车把一歪，她的车就倒在了水沟里。她的整个身子都沉没到水里了，不过那水却是温暖柔滑的，使人觉得舒服。她的脚用力一蹬，人就在沟底站了起来，露出一个脑袋。她望见自己的自行车也有一半浸在水里，沟边光秃秃的，什么也没有。她试着想爬上坡去，却怎么也爬不上去，刚迈上腿，就滑了下来。如此重复，弄得她筋疲力尽。忽然从上游漂来了一只小船，乌黑的篷像抽屉一样可以拉来拉去。两只光脚的脚指头钳住了两把桨，一前一后地划着，一双粗藕般的胳膊把她和自行车拽上了船，她浑身淌水，自行车链条像肠子一样丁零当啷挂下来。小船慢慢向前划去，绿色的小河里开满了黄色的小花，河道越来越窄，塞满绿草，他们被堵在那里。小船掉转头，又朝另一条河划去，一边划，一边就看见那些小黄花发了疯似的开放，一朵一朵开得比船还快，封锁了整个河面。她环顾四周，茫茫一片金黄色的水，稠得糨糊一样，没有她的路。船老大用一根竹篙把那黄花按到水里去，按下去却又浮上来。她去帮船老大拨黄花，见船老大戴一副眼镜，竟是邹思竹。

　　肖潇早晨醒来的时候，眼睛有一点浮肿，头也昏昏的。她睡得好累，好像比不睡还累。

　　水田已经开始打药了，白天的活儿更累。陈旭在除草班，也是天天早上困得死去活来的起不了床。匆匆扒两口剩饭，急急就走了。她刷了碗，锁了门出去上工。

　　走不远，听见身后有人喊她，回头看，见是杨大夫，背着一只红十字皮药箱。一边走，一边呵欠连天的。

　　"孩子咋样啦？"他问，"有信来没有？"

　　她点点头，回答说："还在郊区奶妈那儿，他奶奶爷爷常去看他……"

　　"弱是弱点，倒没啥病，瘦点不怕的。不过，就怕在南方养得娇了，往后接回来就不服……"

"嗯。"她笑笑。

"照百日相片了吗？"

"还……还没寄来……"

"等寄来，可得给俺一张，啊？这是我接生的头一个知青的孩子。"

肖潇又点点头，笑了笑。她急着去上工。

"哎，等等。"他喊住她，神态忽而有些异样，迟疑不决地吞吐了一会儿，"……有件事，想同你说说……可别往心里去……"

他耸耸药箱，停下脚步，把两只手插在腋下，好像故意躲开了她的目光，"咳，不说你也知道，眼下正是大忙季节，每年一到这咱，找我开病假条的人就贼拉多。你知道，开病假条是有规定的，发烧不到三十八度就不能开……"

她忍不住打断他："杨大夫，我不开病假条。"

"不是说你，说陈旭。"他有一点发急，"他，教人把热水袋藏在衣服里，来试体温，还教他们用烟头熏体温表……吓，四十度，好人能有那么高的温度？烧不死你！我杨大夫是这么好糊弄的？唉，我告诉你，是让你好好劝劝他，都当爹的人了，还净搞邪门歪道……"

肖潇没听完，咬住嘴唇，一跺脚跑了。

是他，只有他才干得出来。杨大夫不会瞎说冤枉人。从杭州回来后，陈旭早已不摸书本，自从李易人书记回了总场，他就像秋天罢园时的西瓜秧子，蔫蔫的再提不起精神。连队的青年已经不再以南方人北方人来分伙了，而是逐渐形成了各种"派别"，南北混杂，男女混杂，按各自兴趣、利益、势力，甚至同领导的关系程度来划分。如雨后草甸里的蘑菇圈儿，一个圈儿套一个圈儿，小圈儿之外还有大圈儿。陈旭的周围，几乎都是余主任讨厌的那些人。他们劳动时怠工，学习时起哄，休息时恶作剧，专同余主任孙干事作对。前不久又开了一次批判会，批判陈旭同就业工人一起喝酒，是严重的"混线"行为，他却满不在乎地往台上一站，像要发表演说，一副英雄气概……

她说过他，他不是振振有词，就是嬉皮笑脸。

可她没想到，他竟会教他们去骗人，骗杨大夫。

大概他是开开玩笑的，他现在对什么事都没有个认真……大概他是太累了，没有休息日，整天泡在水田里，谁受得了？他不是故意的，不是……大概，大概……

她心里有一种模糊而隐匿的悲哀，觉得自己像是被一股无可逃遁的惯力所驱使，在一条黑色的滑梯上飞快朝下滑去。她看不清那个地方是哪里，也没有力量控制自己。斜坡呈一个黑森森的大圆筒，明明是马戏里的飞车走壁。她完全悬空着身子……她咬着牙骑过去，突然发现自己是在一条钢丝绳上……一旦停下来，不知会跌落到什么地方去……

中午在地里吃饭，好容易熬到下午收工，她神思恍惚地走回家去。开了门，没心思做饭，一个人坐在炕沿上发呆。

"嘀，来了什么灵感啦？"陈旭笑嘻嘻走过来。挽着裤腿，光脚，裤管上沾满泥浆，衣服后背湿了一大片。他从裤兜里掏出一沓钱放在桌上说:"喏,三十一元五角,6月份工资,如数奉交夫人,点点!连队昨儿晚上就开支了,我不知道。"

肖潇木然地望着他。

"噢,累了?"他拍拍她的背,"累了就发呆?好,我来做饭……"

她听着他走出去抱柴火,然后把小米下了锅,添水,点火……第一句话该怎么说?

外屋有人敲门,敲得很急。门开了,陈旭压低着嗓子,同来人说着什么。她听见来人嚷嚷起来,说找肖潇。她走出去,却看见陈旭正把来人往外推,"有话上外头说去!"他似乎有些慌乱。

肖潇走过去,让自己站定了。

她认识他,连队的一个鹤岗青年。听人说,正在追求一个杭州姑娘。

他垂下眼,望着地面,讷讷地说:"这么回事,我让陈旭在南方捎一条的确良裤,上个月给的钱……到现在,还没买来……我想,要是不好买,就不买了。昨儿开支,我想……那钱……"

喏,三十一元五角,6月份工资,如数奉交给老婆……

"多少?"

"二十。"

她转身进屋,从桌上拿了二十块钱交给那人,笑了一笑,说:"真对不起,耽误了。"

"没、没事……"他连连后退,头垂得更低,攥紧钱,逃一般离去了。柴火在灶坑里毕毕剥剥响。有一撮火,烧到灶口,哧哧往上蹿着火苗,炕口堆着一大捧麦秸。让它烧过来,烧着好了。一场大火就什么都完了。她用脚把火苗踩灭，无力地靠在门上，全身都在颤抖。这挂满蜘蛛网的灰黑的棚顶。自己怎么会困在这样一个阴森森没有出口的死洞里？在玉皇山的紫来洞往洞底走，一层黑似一层，一道断崖深不见底，围上了木扶手……原来，原来，原来是这样，人是这样，人是可以这样，人是可以变成这样的！谎言，从那个堆满尸骨的山洞里游出来，那一条她从未见过的毒蛇，竹叶青？是和竹子相同的颜色……

"是真的？"她问。

"是真的。"他回答。

"体温计的事，也是真的？"

"是真的。"

灶里的火灭了。他坐下来划火柴。用炉钩子拨弄柴火，朝灶坑噗噗地吹气。

"为——什——么？"她用尽力气说。

"不为什么！"他站起来，若无其事地笑了一笑，"人，不想做傻子，就得做骗子！"

"啪——"她突然抬起右手，用力甩过去。金星四溅，迸出一地电光石火。她吓呆了，倚墙托着自己的手，阵阵痉挛。她惊恐万状地望着他，不明白自己究竟是做了什么。他会还手的。她偏过身，从侧面死死抱住了他的胳膊。

他轻轻推开了她，眯起眼，好像第一次认识她似的，默默注视了她一会儿。他的脸上呈现出死一般冷酷的铅灰色，使她倏然害怕起来。这种冷酷的注视持续了几秒钟，她看见门拉开了，他头也不回地走了出去。

一只青蛙从水里跳到一张荷叶上，又从荷叶上跳到一座山顶。

山顶有个池塘，一条金鱼在游来游去。金鱼和青蛙长着一模一样的眼睛。她在池塘里照照自己，看见自己也长着金鱼一样的眼睛。她在池塘里游泳，四面是岩石，游不出去。她在山顶上等着什么人。山下有人影，听见人的脚步声，许多戴红领巾的人在采茶叶，她采得飞快，两只手一齐采，大家都叫起来，说她采得太快了，她把一只手从腕上卸下来，大声说：是只假手呀，是只假手呢！

山风吹来，好冷。她缩成一团。

杨大夫背着药箱从苞米地里钻出来，他戴一副深度近视眼镜，在甩一支体温计。体温计里的水银忽上忽下，她甩一下，竟甩出一个弹簧来。

她猛然惊醒过来，发现自己趴在炕沿上睡着了，衣袖湿了一大块。

外屋的门开着，在风里吱呀吱呀地撞着土墙。

桌上的小闹钟嘀嘀嗒嗒地走着，指着九点差一刻。

她恍然想起刚才发生的事。

她记起来，他走出去了……可她也没有料到自己当时会气成那样。这是他的错。他为什么骗人？他应该回来向她承认错误。如果他回来了，她就原谅他。

她等着等着，就睡着了。

可是一个多小时过去了，他还没有回来。

他是真的生了她的气了。

她是太过分了。她不应该那样的。

可他……

他究竟到哪里去了呢？

连队宿舍？场院？老职工家？

他是没有什么地方好去的呀。可他没回来。

一种隐隐的歉疚和自责，在她心里搅拌翻腾。那次她去给孩子寄钱，骑车掉在沟里，他去接她，一步步帮她把自行车扛回家里……她坐月子，他天天大糙子，土豆泡酱油……

她抓起手电筒，披上一件毛衣，走了出去。

月光好亮，如一只饱含泪水的眼睛；亮得那月中的暗影也越发清晰，像一层难以擦去的霉斑。

几个姑娘叽叽喳喳地从前面过来。

一个说："这月亮地，能打柴火哩。"

一个说："这月亮，缝衣服也能看见。"

又一个说："这月亮下没人敢偷东西。"

她加快脚步。月亮自己就有一个见不得人的秘密，它把那一半永远地藏在黑暗中。

她敲了男宿舍的门，找泡泡儿，问陈旭在不在。泡泡儿很诧异，说他晚上没露过面。她又问晚上有没有加夜班的，泡泡儿也说没有。反问她什么事，她拿话岔开了。她不愿别人知道他们打架，匆匆走开了。想去场院看看，可望着那条两边蒿草如密密人影晃动的小路，心里又有些胆怯。在大道上转了几个来回，还是没有敢去。她想起有人说过，前些年这儿还是劳改农场时，年年冬天有人冻死在这条路上，不禁毛骨悚然……

月光在大道两边青纱帐浩大的帐顶上游移，青纱帐像一片塞满疑团的迷梦，空洞而凄凉。她在路边站一会儿，夜风中那股略带苦涩而尚未成熟的生腥味的庄稼气息，使她意识到自己是在一个遥远而陌生的地方，她是那么孤独弱小、无依无靠……

她突然觉得鼻子酸酸的，心也酸酸的。她只想快点找到他，只要找到他，她就什么都原谅他。

她心里升起一线希望，她觉得他一定已经回家了。

她快步走回家去。

为了省事，她从房头的一片柴火垛中间穿过去。月亮很亮，柴火一根根都看得清楚。她险些在一捆柴火上绊一跤。

是自家的麦秸垛，周围散着几捆羊草。

她忽然听见，从竖着的几捆羊草中间，似乎传出轻微的鼾声。

她吓得头皮发爹，手电筒下意识地从草垛上滑过，她看见一个又高又宽的额头，在月色下闪亮。

她蹲下去，慢慢抱住了他，托住他厚密的头发，把他轻轻搂在臂弯里。一滴又大又重的泪，落在他额头上。

"是我不好……"她说。

"是我……"她把脸埋在他胸口，低声抽泣起来。

二十九

　　雁来了，雁又去了。在蓝天里画出个"人"字，又画出个"一"字。单调又单调，重复又重复。春天的谜底留到秋，消失在骤然而起的寒潮和遍地银箔似的晨霜之中。

　　只有分场东头的那片柞树林，满树的叶子叫秋风吹得通红通红，又让大雁的翅膀扇得干爽干爽，在早晨明艳的阳光下鲜润得刺眼，铃儿一般沙啦沙啦地唱着歌。风儿从北来拽它，从西来拧它，那叶儿扑噜扑噜地在枝上打着滚儿，却硬是一片不落。远远望去，衬着一湾刚结了薄冰的水泡子，摇撼的柞树林犹如一片跳跃的篝火，暖暖亮亮地燃烧着。

　　她惊讶极了。她只是偶然经过这里。

　　秋天来了，树林里的叶子变成了黄色和棕色，风卷起它们，把它们带在空中飞舞。于是小鸭便去了。

　　她恰好走到一块岗地上，视线沿着柞树林的边缘伸展开去。坡下一片金黄色的谷草，一片深黑的秋翻地，一块苍绿的樟子松苗圃，还有纯蓝的天空一角褐红的浓云——秋天竟是如此绚丽，如此丰满。往日那肃杀的秋景、心的萧瑟、梦的悲凉，在篝火中焚化了？她没见过不落的红叶，在这雪地里一直守望到来年。

　　她很想钻进柞树林子里去，让这红火暖暖地烤着自己。然而她却一步也未停，急匆匆走开了。她必须马上赶到东大甸子去，今天全分场的人都在那里抢收苞米。她已经迟到了，因为余主任在出工之前把她留下，专门谈了一通写这篇报道的注意事项。而就在她要下地的时候，前天刚刚贴在大队部小会议室门楣上、写着"政治文化室"几个字的红纸偏偏又让风给刮掉了。她找糨糊来贴，贴了好一会儿。没有人帮她的忙，因为这个"政治文化室"，现在明明确确地归她一个人管。

她的手碰到了上衣口袋里的硬面笔记本，还有一支滑溜溜的钢笔。怎么会是钢笔？下地带什么钢笔？这个感觉使她对自己感到陌生而奇怪。——文化室，她怎么就会突然走进了这个过去连想也没敢想过的地方呢？

"政治文化室"是去年报纸上号召读马列六本书的时候创办起来的。小会议室四壁有不知什么时候遗留下来的几排书架。马列的书，当然也现成，还有些积满了灰尘的小说，《烈火金钢》《林海雪原》《红岩》什么的，再加镇上书店大量供应的《沙家浜》《虹南作战史》，许多本同样的书放成一排，办一个阅览室似乎绰绰有余了。不过那时早已废弃了"阅览室"这样温良恭俭让的名字，而冠以"政治"二字，统率文化，才正式开张。

肖潇曾到政治文化室去过几次，在那空荡荡的书架上耐心地来回搜索，希望发现一点可读的东西。几本新书她都虔诚地浏览了一遍，谈不上喜欢，也绝不敢藐视，虽然味同嚼蜡，仍是惶惑地崇敬。那些杂志，大的《红旗》《学习与批判》、小的《党的生活》都在左上角用钉子打了一个洞，系上白线，吊挂在墙上的一排钉子上。也不知为什么，右下角却一律地卷曲起来，朝天翘翘，像一棵棵横向切开的卷心菜。文化室最初开放的时候，来的人也不少，大多都转一圈，嘻嘻哈哈地走了。架上的书，仍是工工整整、干干净净。她只发现过一本厚书，竖立在那里，白纸页的顶端露出奇怪的一道黑印。抽出来，是一本《赤脚医生手册》，未等她翻，书就自动打开了，好似安着弹簧，恰恰打开到留下黑印的那一页，上写着：第八章，生理卫生。

那时候管文化室的，是一个高个儿的哈尔滨姑娘。大家出工的时候，常看见她出来倒洗脸水。后来她突然不见了，听说是到青岛去当了兵。

她走以后，文化室就关了门。

肖潇悄悄地到文化室门口去张望过，她觉得他们的生活里又关掉了一扇窗。尽管它空无所有，她却愿意它天天开放。

李书记第一次来蹲点以后，有一天余主任把她找去谈话：

"政治文化室要恢复了，政治工作是一切经济工作的生命线嘛。哦，分场革委会，决定让你来担负这项革命重任。嗯，因为啥？要明白，因为你，已经在农场扎了根。扎了根，是知青的榜样……"

扎根？很新鲜。只有先进典型在讲用中，才用这两个字，她从来没想到，"扎根"会同自己联系起来。真有点不可思议。

余主任还说了许多，似乎是说，文化室是每天晚上和星期天开放的，所以平时每天下午，她要代替邮递员到七分场邮局去取邮件，另外，还应该常常给总场广播站，给《三江日报》，写写通讯报道，一星期一篇，写稿子的话，可以用工作时间……

开放文化室，代理通讯员、邮递员，这是以前三个人的工作量。

但她不会讨价还价。她只顾惊愕，只顾兴奋，只顾点头了。她被这突如其来的照顾，弄得莫名其妙，甚至有一点眩晕。全分场有多少人明里暗里在争这个不下地的活儿。坐地户凭交情，外来户靠送礼。而她，她，她还是余主任顶看不上的陈旭的老婆——这到底为什么？

陈旭大不以为然地撇着嘴说："不就是管管图书，有啥稀奇？你有骨气，就不要去！你晓得'鲇鱼头'打啥鬼算盘？"

"大概，不是'鲇鱼头'……"她犹豫地分辩，"我想说不定，是李书记的意见。他上任半年，已经两次'精兵简政'了，总场中学的'子弟兵'老师都换了知青……"

他嘟哝："他爱才，有眼力，爱才为啥不用我陈旭？"

她没有力量抵御文化室的诱惑。无论陈旭怎样讥讽，她开始去上班，开始满腔热情而又小心翼翼地参加机关的政治学习。当她轻轻掸去一本本白皮书上的浮灰，又找来纸墨，一笔一画地写下"政治文化室"几个毛笔字的时候，她突然第一次觉得，从今以后，她真是这个农场的人了。奇怪的是，即使在结婚登记的那一天、生孩子那一天，她都从未这样想过。

我想我还是走到广大的世界里去好。小鸭说。

好吧，你去吧。母鸭说。

今天是她上任后第一次履行通讯员的义务。

那团火烧到身后去了，前面是一片灰黄的苞米地，稀稀拉拉的垄，密密麻麻的人。

这场大会战同李书记一齐突如其来。他亲自挂帅当了总指挥。如果他不第二次来蹲点，这块东大甸子的苞米地，就得扔到明年春。

上头来质量检查组，余主任有办法对付，让人把路边的庄稼割倒，再让食堂炒几个菜、弄几瓶好酒就能混过去，他回回都这么糊弄。没想到，李书记来了，三天之内，走遍了所有的地号，包括这块偏僻的涝海，第四天，便调集了各连队所有的劳力，亲自带队来打这场歼灭战。她刚才听余主任说，李书记要采用包干制，每人包割包掰包码堆儿，后头跟上质量检查员验收。这法子妥不妥，有待实践。他要上场部去开会，详细情况只有回来听汇报了。

她走下牛车道，穿过一片蒿草，走进苞米地。不到半天时间，苞米已割出去老远，露出斑斑驳驳的褐色田野。干活儿的人已缩成一个个小黑点儿，随着捆得结结实实的苞米秆铺到远处。她踩着垄沟走，不时有未砍倒的老苍子钩住她的裤脚。她蹲下去摘苍耳子，便看见堆在垄沟里焦黄的苞米穗，实在是又瘦又瘪。

"刚到北大荒时，河沟子里的鱼，老多了，满满登登……我开一枪，一枪打了四百斤……"

有声音，从离她最近的苞米趟子上传来。围着一堆人，横倒竖卧，似在休息。一个瘦小的个头，埋在一堆知青的黄棉袄中，兴致勃勃地讲着什么。

"鱼多吧，狼也多。多到啥程度？一下黑，周围那绿色的狼眼睛同天上的星星似的。嘿嘿，不是吹牛，信不信？我专爱打狼，打着了，就做一锅狼肉给大伙解馋……"

肖潇能从那一阵阵哄笑中，辨别出那个带河南腔的沙哑的声音。不过她可没想到他在给大伙讲故事。这个李书记。从来没有，没有过一个分场领导，坐在地头……

"开荒、开荒那会儿……"一个瘦高的人影从地上站起来，揉揉眼，提提裤腰，是刘老狠。定是让笑声吵醒了，他也来了劲，"开荒那会儿，是蚊子多、小咬多……"

有人打断他："怎么个多法呀？"

"多得……多得上茅楼，往草棵子里一蹲，腚就咬烂了。要拉屎，就得上树，蹲树杈上……"

又笑，笑得人肚子疼。肖潇也皱着眉头笑。有人发现她来了，拉她坐下，她坐在一堆苞米秸上，腿却硌得生疼。低头一扒拉，苞米秸下露出一堆汽水瓶。

有人贴着她耳朵说："别吭气，是李书记买的。和大伙比赛抱垄，赢汽水。他输了一回了，不服气……"

肖潇睁圆眼，望着这位眉飞色舞、神采奕奕的场党委书记。他那树皮一般坚韧而沉着的脸，这会儿变得如此天真单纯；大咧咧、美滋滋地吸着知青递给他的劣质烟，那坦率而明朗的微笑，忽然使她深深感动……

"喂……李书记……"

牛车道上有个骑车的小伙，双手拢成个筒，一边走一边大声喊。

"李书记，在哪儿？"

他从苞米秸上唰地蹦起来。

"在……这儿……"

那人循着声音顺垄沟小跑起来："场部来电话，管理局书记来了，让你回去……"

他脸上顿时变了色，阴沉沉地拉下脸，扯着嗓子喊："回电话去！你告诉他们，小车能到半截河，咋就下不了分场？说我老李头说的，要找我，下来找！"回过身，一挥手，吼道："干活儿！"

汽水比赛又开始了。她在垄台上发了一会儿愣，那报道从哪儿开始呀，汽水？故事？文不对题。她弯下腰，磨磨蹭蹭地选择了一条垄，掰着苞米棒，心里寻思着该插空找几个人唠唠才好。

正犹豫不决，一抬头，见李书记眯眼望着西边的垄，望了一会儿，拎着镰刀，朝那儿大步流星地奔过去。

西边的垄上，有几个人影。他们干得特别快，把所有的人，都落下一大截。

肖潇忽然觉得，其中那高个子，一举一动，很像陈旭。

她跟过去。

李书记走近那趟子，弯下腰，翻动着苞米秸，边翻边走，走了好一段，直起身，脸色铁青。叹一口气，赶上去。

"哦，小伙子，干得好快呀……"他笑呵呵地说。

那人挺起腰，冷冷瞥了他一眼，是陈旭。

"你们快是快，掰得可不净。"他仍然强笑着，"光图快，可不行哟……"

陈旭望着他，一言不发。

肖潇望着他趟子上那一堆堆比别人都稀少的玉米棒，心里早已明白他的招数——他把苞米割倒，只掰下三分之一，而三分之二的苞米棒还留在秸上。所以他比别人都快。

她脸发烧，脚底心黏滑。偏偏这种时候！报道呢？第一次……真想狠狠捶他几下。

"回去，重来。"李书记轻声说，"以后可不许这么干喽。"

陈旭站着，一动不动。眼角瞟了一下肖潇，忽然阴阳怪气地笑起来。

"重来？重来一遍无效劳动？"

"你说什么？"

"你看过苞米皮底下有粒儿了吗？"

陈旭抱着双臂，很有点幸灾乐祸的样子。

李书记没有为这种放肆的奚落生气，他愣了愣，弯下腰捡起一个苞米棒，扒开苞米皮——

苞米粒是浅黄色的，瘪而小，皱巴巴，像老人的牙齿，参差不齐。

"看见了吧——"陈旭冷笑着，"就这样的苞米棒子，掰下来，能打粮食吗？把我们当猴儿耍。你干吗不先弄明白，这块洼地该不该种粮食，长的是玉米秆还是玉米棒，再来发号施令吧！真是瞎指挥！"

"陈旭——"肖潇叫起来。

李书记脸上一阵青紫，一阵灰白。他紧紧咬着牙关，抿着嘴唇，眼睛死死盯着陈旭，竟然没打断他。

"说下去——"

陈旭竟然也就慷慨激昂起来：

"告诉你吧，这三天大会战，全是无用功！这样的苞米棒，只能喂猪，你们如果长点脑子，干吗不把苞米秸带苞米棒一块儿送去做粉碎饲料！省得到了冬天又四处磕头买饲料。可人家兵团，早就用混合干饲料喂猪了。孤陋寡闻，一帮老游击队员带小游击队员，惊人的无知！只知道人海战术。从人嘴里抠出去粮食，补上纲要过黄河，实在自欺欺人。"

他喘了口气，用手指指田野："就这片涝海，搞个鱼塘养鱼，还能闻点腥味儿，偏要以粮为纲，抢个学大寨的头功，结果受到大自然的惩罚。你这个场党委书记，还是先下来调查调查农场的真实情况，弄弄明白那帮土皇帝，到底怎样用国家的财产、知青的血汗，为自己升官发财铺路再说吧！"

他说得气愤，一把拽开自己的衣领，大口喘息。十月的旷野，阳光已收尽了热气，一团团白雾，从他薄薄的嘴唇下吐出来，在秋天干朗的晴空下回旋。

李书记笑了笑。肖潇觉得，那笑容苦涩而勉强。他在用自己最后一点耐心，维持着这场显然颠倒了位置的谈话。气氛令人难堪。劝劝陈旭？他把一切都弄糟了。劝他，也许更糟……这样的时候，他怎么倒是句句大实话……

"噢，陈旭呀陈旭，你这嘴皮子可真厉害！要是同你辩论，我恐怕刚够格。"李书记终于出了一口长气，脸色也似乎缓和了许多，"关于农场的事，咱们上回就说过，要抽个空儿好好唠的，我光听你唠，行不行？我知道你对农场有许多好想法……"他抬起眼，看了看四面渐渐围拢上来的人，口气变得更加婉转，"可是现在，我还是要求你，按照我的命令，把你的垄台重新收拾干净！"

他说得斩钉截铁。

陈旭怔了一会儿，突然把镰刀往地上一扔，大声说："老子不干了！"

他扭头就走，裤管擦得苞米秸哗哗响。

"你回来！"李书记厉声说。

陈旭头也不回地扬长而去。

三十

一行大雁从头顶飞过。

"嘎嘎——"它们叫道。

她望见有一只大雁羽毛上长着黑褐色的麻点，翅膀短短的，两只脚掌向后伸，掌心钉着一块三角形的补丁。

"嘎嘎——"它冲着她叫，摇摇摆摆降下来。

这不是那只小鸭子嘛，那只丑小鸭。她想，怎么变成了一只大雁呢？它应该变成一只天鹅。当然，天鹅蛋早就让牤子打碎了，所以它只能变成一只大雁了。大雁也比鸭子强，可以飞上天，飞到南方去过冬。嘎嘎……肖潇……咻咻……肖潇……那小鸭发出含糊不清的叫声，一会儿像在叫她，一会儿又像在招呼那些天上的同伴。她抬头望天，天空中没有天鹅，只有一朵朵白云，悠悠飘去。

肖潇……嘎嘎……小鸭朝她走来，扁扁的嘴里衔着一封信。她看见信封上有一张烫金的"三潭印月"邮票。她打开信封，里面什么也没有，只有一张火车票。

她一下把车票扔得老远。她拼命地跑，文化室木架上的书竟然也都跟着她跑起来。她回头看见长长的一列白色的火车，车厢是厚的书，车窗是薄的书，车门上有一道黑印，推开一看，上头写着：第八章，生理卫生。

她哗哗地翻书，从车厢头走到车厢尾。书页上却一个字没有，每一页都是空白。她心慌得怦怦跳，书上没有字，文化室不是徒有虚名了吗？

她便去找钢笔，钢笔却掉到路基下去了。那儿是一片黑色的沼泽地，钢笔像人一样直立着陷下去……

昨天，前天，发生了什么事？她本应向李书记说几句抱歉的话，她心里觉得很对不住李书记，但她说不出口。她的脑子乱成了一团……陈旭甩手走了之后，她只好乖乖去接了他的垄，默默地割捆苞米，整整一天，闷闷不乐。几天来由于调换工作带来的喜悦，倏然无影无踪。

还写什么报道，第一次采访，算是完了！

收工时，天已黑透。据说气象预报明天有雪，李书记坚持把七号地干完，竟然也就真的干完了。要在平时，东大甸子起码得要一倍的劳力。如果有月亮，她愿意在地里一直干下去。回家，回家说什么？她愿意晚些下班。晚上的时间竟然越来越难打发。她磨磨蹭蹭地走在最后。走过那片柞树林子时，她偏过了脸。她害怕那模模糊糊跳出来的红色，会更加刺痛自己。

为什么没有亮灯呢？快到分场时，她远远地望着最后那排家属房，忽然发现那连成一片灯光的窗口，有一个格子黑洞洞的，如同一只紧闭的瞎眼，给人不祥的预感。

她的心紧了紧。那是自己家的窗。

第一次安上灯泡那个夜晚，窗子会发光。

她快走几步，猛地推开门，扑来一股呛人的酒气，炕上隐隐蜷着一个黑影。她拉开灯，见陈旭攥着一只酒瓶，倚火墙呆呆坐着。面前的小碗里，有几个前几天刚腌的蒜茄子。

"你喝酒了？"她惊叫起来。

他哼了一声。

"你，真的喝酒了？"

"……又不是喝毒药！"

她怔在那里，突然受到一个重大启发。

"那……今天上午……在地里……你说那些话……是不是因为……因为喝醉了？你是喝醉了吧？你是不是在地里喝、喝酒了？"

他仰面朝天地怪声大笑起来。

"喝醉？我喝醉了？我陈旭什么时候喝醉过？你看我像个喝醉的样子？我要是醉了，才会做那种把苞米一粒粒扒下来的傻瓜。我今朝真正痛快，当众说了那么多快要烂在我心里的话！"

她将信将疑地盯着他的眼睛，那眼睛里闪烁着一种兴奋酣畅的光泽，眼皮却一如平日镇定而清醒地垂落。那眼睛迷迷蒙蒙的像一口井，四面地缝的水都流向那儿。有一种生来不会醉酒、对酒精没有反应的人。他是真的没有醉？

"没有醉，你为啥扔下镰刀就走？"

"这回有材料好写了吧？！"他突然沉下脸，瓮声瓮气地说，"为了让你去写报道出风头——场党委书记帮助教育落后青年……"

她拼命睁大了眼睛，不让泪水落下来。满心的委屈，一时竟找不出一句回话。默默走到外屋，只见清锅冷灶，无烟无火。心里一阵发凉，肚子也咕咕地透着风叫唤。

"回来这么半天，也不做饭……"她嘟哝了一句。

"做饭？"她听见他在里屋冷笑了一声，又听见酒瓶盖叮当响。"咕嘟——"他又喝了一大口。

她忍不住走进去。

他冲她瞪大了眼睛嚷嚷："做饭？叫我给你做饭？做梦！你不是坐办公室吗？你高升了有本事，我在地里单枪匹马同他们辩论，你在旁边站着，屁也不放一个……"

她只觉得脚心有一股寒气，直往上蹿。脑子里嗡嗡响，头盖骨突突跳动。她的手哆嗦了一下，一把上前夺下那只酒瓶，尖叫："别喝啦！酒鬼！"

他扑过来，一只手紧紧攥住瓶嘴，一只手捉住她的胳膊，恶狠狠地吼道："你再嚷——"

"不用吓唬人！"她紧紧闭上了眼睛。

她只听见哐的一声炸响，什么东西从她耳边飞过，凉丝丝的水珠溅在她脖子里，一股刺鼻的酒气冲天而起。她睁开眼，脚下四处是湿漉漉的玻璃碎片。陈旭一条腿架在炕沿木上低头吮吸着自己的手指。炕席上，几滴殷红的血迹……

她想哭。哀哀饮泣，号啕大哭。要我给你包扎吗？哭不出来，欲哭无泪。你活该！她想扑过去，踹烂炕桌，砸碎窗子……人闻闻酒也会醉，会疯，何况喝，何况……

她忽然听见外屋有人喊她的名字。

她触电似的跳过去，堵住了门。"干啥？"她大声嚷，声音发瘆。就说是不小心打破的，就说……

"余主任让你到队部去一趟。"来人在外头喊，没有进来的意思。她答应一声，那人就走了。

她在外屋呆呆站了一会儿，松了口气。拿起笤帚进屋，把地上炕上的玻璃碎片打扫了，又用抹布擦了擦炕席。用凉水洗把脸，系上围巾，不看他一眼，走了出去。

没有月亮，天黑得又低又厚，夜风凛冽，夹着几丝看不见的冷雨，从面颊额际拂过。我就喜欢黑色。黑色是顶永恒、顶彻底、顶真实的颜色。什么东西在路边响动。她打一个寒战，手电一晃，见路边谁家的菜园里，一排割去了脑袋的向日葵，只留下光秃秃的秆，在风里摇晃。一大片摘光了叶子的烟草，孤零零地顶着一簇干枯的烟叶籽，在黑暗中哆哆嗦嗦地呻吟，更显出秋夜的凄凉和寂寞。这样的夜晚应该躲在一个温暖的怀抱里，她竟连晚饭都没有吃……

她缩着脖子快跑几步，跳上了办公室的台阶。她觉得自己的心都快要发抖了。

余主任已坐在他的黑皮椅上，慢条斯理地抽烟，脸上神情莫测。他怎么一天就从场部回来了？那篇报道……他看了好一会儿报纸，才抬起头来，发现了她。

"坐，"他露出一点笑容，很客气，"找你来没啥大事，你调来以后，还没工夫同你唠一唠。"

她蓦然紧张起来。

他咳了一声。

"分场党支部安排你到政治文化室工作，你是咋样理解的？"

"是领导对知青的关怀。"她机械地回答。

"陈旭呢？"

"他……也很感谢……"

他在桌子棱上掸着烟灰。

"如果说，分场党支部对陈旭打击迫害，我们还会给他的家属安排好工作吗？"

"不，不会……"她低下头去。

"你不是不知道嘛，陈旭到农场后的表现，一直不咋的，还有'文革'那些事儿，我们能重用他？他有才，可是思想路线不正确，我们不是一直在批评帮助他吗？我们对你咋样？不是区别对待的吗……"

她迷茫不解地望着他，费力地，希望从那骨碌碌转动的眼珠里，听出他真正的意思。

"可惜呀，他看着聪明，净干糊涂事。好赖不知呀。"他收敛了笑，重重地往椅背上一靠。

他的声音恳切而万分痛心。烟头在他指缝间一闪一灭，烟雾腾腾。陈旭又瞒着她惹下了什么祸水？不就是那几垄苞米没掰干净吗？返工还不行……就像他们已经走到了悬崖边上，只差一步就会落入深渊。"余主任……"她嘴唇动了动，她想辩解说，陈旭这几天正害沙眼，看不清庄稼……

余主任拉开抽屉，取出了一个厚厚的信封。信封上的字她熟悉，还有那张珍宝岛战士的纪念邮票。是的，是的，是去年秋天陈旭寄给省知青办公室的那封告状信，又被转回了农场。那封信里他竭力想说明自己同林彪路线并无关系，而是农场选择接班人的标准有问题……

　　"有问题。啥问题？哪个知青不比他强？他寻思啥？"余主任终于愤怒了，椅子摇得嘎嘎响。"我看他简直是个野心家，闹不好就篡党夺权。你回去好好考虑考虑，如果还想留在文化室工作，你让陈旭必须做深刻检讨，向全分场群众低头认罪。要不然，后果严重……我可说话算话……"

　　她眼前晃动着来办公室路上那一根根光秃秃没有脑袋的向日葵秆，全不知余福年说了些什么……

三十一

　　天下着雨。道路泥泞不堪，屋子漏了，天花板直往下滴水……

　　她在炕上支起了一块塑料布，用来挡雨。

　　塑料布一会儿也漏了，她发现塑料布原来是一个牛皮纸信封，贴着一张彩色邮票。

　　她走出去，外面的雨下个不停。整个天空被一个巨大的雨幕封住了。

　　她走了好久，竟然还在信封底下转。信封上有字，她走过去看。

信封很高，她开始爬山。山陡极了，没有石阶，只有苞米铺的趟子。她爬得好吃力，终于爬上了山顶，却发现自己站在一块悬崖的边缘上。四面是高山峡谷。低头看，崖底是一条翻腾的暗红色的大河。她很想纵身跳下去，却又不敢。

她站在崖顶上，四面峭壁，无路可走。

天空很近，看清了大信封上的字。上头写的是：肖潇何许人也？

原来是一张大字报。

大字报上的字密密麻麻，她一口气读下去，上头列举了她的十大罪状，罪行累累。

一回头，左边的山崖上又贴出一张大字报：肖潇从政治文化室滚出去！右边山崖上又贴出一张大字报：扎根的假典型肖潇。那些大字报长极了，从悬崖上一直挂下去，垂到底；多极了，一会儿工夫，满山遍野都是。她挤在人群里，看了好一会儿，也没看出自己的十大罪状到底是什么。她挤来挤去，忽然遇到了邹思竹，他正满头大汗地奔来奔去。

她问他：好久没见你了，你在干什么？

他回答：找我的一箱子书。

书丢了？

让小偷扛走了。箱子沉，他当作粮食了。

活该，她说。谁叫你从来不到文化室来看书。

他摇摇头，用手做了一个圆圈。

你说我的书等于零？她问。

他点点头。我只看黑格尔、康德。

他想走，她拽住了他的衣角：你说我怎么办？朋友。

他恍然大悟，从怀里掏出一本书，翻到某一页，点着字说：中国革命经验，没有农村包围城市，我们就进不了北京。

她打断他，说：我不是问你这个。

那你问什么呢？

她想了想，也想不出自己问的是什么。但反正不是这个。她挽起他的胳膊朝前走，人潮涌动，她便找不到他了。她又在人群中挤来挤去，忽而看见了他，叫他一声，他回头，却是陈旭。陈旭说：快回去，中央首长给我回信了，说我大方向是正确的。

陈旭想亲她，被她推开了。她闻到他头发上有臭味。他又伸过手来搂她，她躲开他，往山下跑。她看见郁笛背着一支黑管，站在山崖上唱歌。许多人在鼓掌。她穿着一件草绿色的翻领军衣，里面的领子是白底红点点的，很好看。阳光在她头发上闪闪发亮。

她对郁笛说：我怎么办呀？

离婚。她干干脆脆说。买一只梨，一切两半就行了。

她走到小卖店去买梨。小卖店只有冻梨，成筐成筐，黑乎乎、硬邦邦，铅球似的，根本切不动。如果缓过来就化成一包水了，也没法切两半。她摇摇头。郁笛啃着冻梨上的冰碴。一队五颜六色的人敲锣打鼓地从前面走过来。她问郁笛那些人在干什么。郁笛说，陪葬。她仔细看，那些人胸口贴着"囍"字。明明是结婚的人。郁笛摇头说，结婚就是陪葬。郁笛吹起了黑管，从黑管里流出乌黑的墨汁。她赶紧蘸着墨汁，写了一张又一张大字报，密密麻麻的。

她去贴大字报，贴在峭壁上。一座独木桥，通向山崖。她刚踩上去，发现陈旭从对面走来。她摆手，他不看她。下去！她叫道。他不听。她想退回去，却无处落脚，她往前走，独木桥嘎嘎响。陈旭同她走个对头，面对面，谁也不让谁。山涧里升上一股气，桥晃悠起来，她做一个平衡木动作，却踩个空，倒栽下去……

她的身子猛地跳了跳，结结实实砸在炕上。连她自己都听见了那咕咚一声响。

她惊醒过来。

屋子里麻麻亮。玻璃窗呈现着一种模棱两可的青灰色。

她似乎出了一身汗，衬衣黏湿。她感到闷热，掀开被子的一角，把胳膊放在外面。

她感到陈旭轻轻向上拽了一下被子。

他醒了？她缩起身子，尽可能离他远一点，尽可能不碰到他湿热而粗糙的皮肤。他们至今还盖着一条被子，因为只有一条被子可盖。另一条被子做了褥子，原先的单人褥子，阿根死的时候，让他带走了。

自从陈旭摔了酒瓶之后，两个人盖这一条被子，开始觉得有了别扭。其实肖潇早就觉得这条被子太小了，她早就不愿意陈旭像刚搬来的时候那样，整夜卷着她一起睡觉。她总闻到被子上有一股霉味。那天她从余主任那里谈话回来，见陈旭已经在炕上和衣睡熟，便摇醒他，同他说那封信的事，说余主任要他在全分场大会上检讨的事，还有文化室什么的。没想到他一听就火了。

你要检讨你去检讨反正我不检讨，我没错那是事实。不是培养

— 273 —

接班人是培养马屁精名正言顺的政治骗子。我就是要告他们揭露他们这鬼地方，我到半截河之后就开始倒运，什么地方主义排外主义教条主义官僚主义大杂烩，你死我活。我是少数派，真理经常在少数人手里，那棵神树也是这么说的，不信你去问它……

"你不检讨我怎么办？"她冷冷看他一眼。难道要让她给他当陪葬品？如果要一辈子待在这里，总不能这么窝窝囊囊地混下去。

"你？"他轻蔑地一笑，"你以为你那个文化室是个多大的官会有多大的出息多辉煌的前程，算了吧我早看透了，在这个鬼地方是不会有活路的，鬼地方的人讲鬼话，叫人怎么听得懂，人又怎么会讲鬼话……"

"别耍酒疯了。"她轻轻拍拍他的背，"快睡去吧，明朝再说。反正我看这一关难过……"

他忽然掀开被子，急急忙忙扯下衣服钻进去，又一把捉住了她，把她拉到炕上，往自己身边拉。睡觉！他嘿嘿笑起来，笑得猥亵又轻薄，"你是我老婆，你不陪我睡觉你做啥？文化室滚蛋去吧！"

他没头没脑地裹住她。她闻到被子的霉味和他身上的汗味。她感到憋气！她讨厌这气味。他像一条急不可耐的土狗、一只发狂的公猪。他热血沸腾，而她本来就未曾燃起的欲望，却陡然跌到了零点。她终于真正感到了愤怒，突然伸出双脚，猛地踹了他一脚……

自从那一晚以后，陈旭再也没有碰过她。

既然没有动手打架，也不再争吵，冷冷淡淡的沉默中，可以让人冷静地从头到尾想一想。肖潇想了几天，似乎是想明白了，就像那年夏天偷偷跑回杭州那个夜晚，黑暗的公路上，走出两条岔道。

一条其实是可以一眼望到底了，即使横了心走过去，还是一个破屯子。那另一条，虽然也伸向茫茫黑夜，走到头，也许连着国防公路，连着铁轨……

夜半失眠，她第一次想到那念头时，自己也被自己吓住了，惊骇万分。好容易等冷汗消下，心跳得平缓了，听到那小闹钟嘀嗒地走；而他的呼吸，均匀安宁无心无事，永远无梦无烦恼地从容起伏。她静静听着他的呼吸，腮边悄悄滚下几颗清泪，恨恨地咬着牙，下了决心，然后悲悲戚戚迷迷蒙蒙地睡去。而第二天醒来，挨着身后那一座界碑似的坚硬脊背，却又泄了气。儿子的照片寄来了，陌生的一个小脑袋，还是那双泰然自若的眼睛。肖潇徘徊在十字路口，有时甚至是个米字路口，更有时，仅仅只是一个黑点而已。她不知该往哪里走。她很想同他谈谈，推心置腹地谈谈，问问他到底怎么办。其实他是一个有主意的人。可是一连几天，她却又抵制、拖延着这场早晚要到来的谈话。她似乎很想同他和好。那条该死的被子！

她感到他动了动，伸出手，勾起一只脚，搔痒痒。是醒了。

"今天晚上要开全分场大会了。"她突然说。

"其实你可以找李书记谈一谈。"她又说。

远远的，有一声鸡啼。

"谢谢你的提醒，不过，如果你不会出卖我，我打算逃跑。"他终于回答。

她倒吸一口凉气，"逃到哪里去？明天呢？"

"明朝再讲明朝的事。老子现在过一天算一天。"

她的眼睛又酸又涩。是的，他绝不会认罪。凡是他做不到的事，他都看不起。那座独木桥？同归于尽？

她翻了一个身。

鸡又叫了。曙色啄着窗户。

她望着天花板，很久，冷冷地说："在你逃跑之前，我有一个问题，想问问你。"

最后一块舳板。让我抓住你，我们一起去漂流……

她竟不知从何问起，她发现这并不是一个提问，而是一个契约，一个表白。她要说，她了解并同情他的一切厄运和不幸，她能够原谅他所有的过失，比如懒散、抽烟、喝酒、狂妄自大……但唯独不能原谅他的撒谎。王革、奶羊、体温计、的确良裤……她再也不能容忍这样的欺骗！

她脱口而出："假如我对你说，求求你从此再也不要对我说一句假话，无论你做错什么事情，也不要撒谎——你能做到吗？回答我。"

"不能！"他几乎不假思索地说。

一个深渊。冻梨在冰上溜溜地转……

"为什么？"她噌地坐起来，"为什么不能？就是它破坏了我们，破坏了我心里顶顶神圣的东西，它要把我们都毁了，都毁了！你是个傻瓜，你、你到底为啥总不肯同我说实话呢……"她悲愤至极，捂着脸顿时哭出声来。

"我又从来没有骗过你。"她听见他若无其事地说。

没有骗我？从来没有。从来。真的。

"那你又为啥要骗人家呢？"她呜呜哭着，低声叫道，"你脑子有毛病啊？你不晓得骗人总要戳穿，戳穿了更糟，让人看不起……"

"不晓得。"他自言自语，"我也不晓得。我事先从来没有想过要骗人，总是临时一下子想法就变了，我一点儿办法也没有。所有的事情，好像都是不撒谎就解决不了的……"他抠着眼眵，打了一个呵欠。

她止住了哭泣，绝望而诧异地望着他："可是，那天在苞米地……你却说了一通别人不敢说的大实话，这又为什么？"真是本末倒置。"我发觉，你说过的谎话，都是因为、因为骗人东西……"

"东西？"他似乎想笑。

"就是……就是物质、物质方面的。而关于精神、思想上的事，你好像从不撒谎……"

"你的发现真是太重要了。"他狡黠地眨眨眼，"你难道不能够进一步发现一下？我说谎话都是骗人家的，我从来不骗我自己。"

不骗自己？什么叫不骗自己？骗人还这么复杂。

"我从来不骗我自己。"他似乎有些得意起来，"你同我一道好几年，应该晓得，这年头只有鬼才相信人是不会说假话的。谁都想吃好穿好有好工作，谁都想回城，谁都恨这农场，可谁都不说，只有我敢。我有七情六欲，才叫个真的人。但是为了它，常常就得说几句另一种假话。这，值得！有些人你看他从来不撒谎，一颗心老早假假的了。我要像个真的人一样活，独独不能够骗我自己，骗了我自己，我就真正……完了……这大概就是你说的什么精神喽……"

闻所未闻的奇谈怪论。她听得不耐烦，一撇嘴："这样说你还有理了？"

"当然！"他突然恶狠狠地咬着牙，说，"我已经让人骗苦了，骗够了，我要报复！'九一三'以后，那个大骗局谁都看透了，就你看不透……"

"不要说了！"她猛地打断他。她的心一阵阵抽搐。她又无能又弱小，她永远不可能说服他。他是块金刚石，而她是玻璃。

她迅速地往身上套着衣服，跳下地，穿好鞋，两只手抱住头，把头发拼命向后掠去，转过身，语速很快地说：

"我晓得了，我到现在才想通，你不会按照我的愿望去生活，我也绝不会走你喜欢的那条路。我尽了自己的力气，但你并不需要我，你大概还觉得我妨碍了你的自由。我们在一道辛辛苦苦走了好几年，总归还是走不下去，既然这样……"

她咽一口唾沫，吸一口气，停住了。模糊的晨光中，他蓬乱的头发、铁灰的脸，沮丧而冰冷。头发如此枯焦，颧骨的形状尖削可憎。他怎么会是这样！……快说！再不说就会失去说出来的勇气。

"既然这样，我想也许还是……分开的好！"

是他逼着她说出来的！

他欠起身子，从衣服里摸出一根皱巴巴的烟，点着了，猛吸一口，张大嘴，噗地往天棚喷吐上去。

他大口大口地吸着烟，一声不吭。

……假如他扔下烟头，把她紧紧搂在怀里，大声叫道："你胡说！我不许你走！我们从头开始！我改，我一定改！"她定会泪流满面地回答他："我不走，我是吓唬你的，我们不分开！"

他在火墙上按灭烟头，把胳膊枕在脑后，无动于衷地说："分开也好。我早知道会有这一天。"

她怔了一怔，扭过脸，恨恨地说："是呀，大概你对我的那些所谓的爱，也不过是撒了一个小小的谎而已。"她突然尖叫道："假的！"

"随你怎么理解。"他坐起来慢吞吞地穿衣服，"你怎么想，对于我反正都是一样，是没有另外的路好走了。噢，你顶好去分场领导那里问灵清，办啥手续，我奉陪。"

那最后一粒扣子，他扣了几次才扣上，却发现错了位，便慢吞吞地解开重扣，一边长长地出了一口气。

三十二

炕塌了，四处漏烟，却找不着烟究竟从哪儿冒出来。一片烟雾腾腾。

烟雾中只见地上开满了黄色的谎花。每朵花蒂上都结着一个白色的冬瓜。谎花怎么也会结果儿呢？她大声问。没人回答她，她仔细看，发现那冬瓜只是冻梨。她找刀来切，无论如何切不开。她把冻梨放在烟上熏，那梨顿时软了，掰开看，一个空壳，里头什么也没有。原来谎花结的果实是个谎果儿。她恍然大悟。

牤子牵着一匹马走来，马一瘸一拐、垂头丧气，走了几步，停下了，不住地打喷嚏。

牤子对刘老狠说：马累了。

是你累了，还是马累了？刘老狠抱着酒瓶子恶狠狠地说。

牤子用鞭子抽马，马就是不走。

牤子抡开了鞭子，鞭子抽得呼呼响，落在马身上，马还是不走。鞭子迎面过来，它扬起两只前蹄，几乎站了起来，鞭子一落，它又钉在那里。它身上棕红色的毛，被抽得一片片地飞扬，浑身血淋淋的。

你走不走？牤子暴怒地狂吼。它长嘶了一声，一动不动。

鞭子又抽下来，抽在一座楼房上，楼房哗啦坍倒了；抽在一棵大树上，大树连根拔起，可那匹马，眨着眼，还是站着不走。

别打啦——她扑过去抓住了牤子的鞭子，牤子把她推开了。

她跌倒在一片胡萝卜地里。

胡萝卜缨子绿油油的，她拔起一个胡萝卜，咬了一口，又甜又脆。她拔了好多，抱在怀里，去给牤子喂马。马饿了，别打它啦。她哀求他。

她转身一看，那匹马躺在地上，吐着白沫，挣扎了几下，伸开腿不动了。

牤子把马打死了。有人喊道，打死马是犯罪行为。

来了许多人，把牤子揪出去开批判会。

原来是开牤子的批判会。她松了一口气。她和陈旭趴在草棵里一动不动，远远地看着牤子站在台上低头认罪，那样子很可笑。

秋天的茅草又高又密，她和陈旭把一个个草捆围成一个半圆形挡风，人就躺在厚厚的干草上。干草又松又软，好舒服。她枕着陈旭的胳膊，望着天空。

那是什么？她指着天幕上一颗颗亮晶晶的红果子问陈旭。是草莓。陈旭笑笑。这儿是草莓谷？是的，是草莓谷。你去给我采草莓吗？当然去给你采。小心不要让别人看见了。不会的，反正我们两个人都逃出来了，他们找不到我们，而且有牤子当靶子，他们不会找我们了。

月亮出来了，一个蓝莹莹的月亮，绿色的原野和银色的半截河，都变成蓝颜色。陈旭举着一颗草莓朝她走来，忽然她发现那不是草莓，而是一颗蓝色的星星。你骗人，她叫道，这是假的，假的草莓，我要那年在草莓谷看见的真草莓。

不是我骗你，是月亮骗你，陈旭笑嘻嘻地说，是月亮骗你，它用那一半黑的月亮照耀天空，星星就变成了草莓。这不怪我，不怪我。

她往草甸子走去，去寻草莓谷。

这天收了工，吃过晚饭，他们洗了脸，换了干净的衣服，一起到大队部办公室去找余福年。那天他们逃避了批判会，第二天曾经提心吊胆等着倒霉，却听说前一天晚上传达一个中央文件，挺老长，批判会就没开成。害他们白白在野地里趴了几个小时。而且，这几天一直也再没有什么动静，不知余福年又忙什么大事而顾不上他们了。农场的事就是这样没准头。既然暂不批判，陈旭的意思，不如趁空去把那件事办了，像是很坚决。月牙细弯弯，很像一个大问号。新月残月都是个括号，把星星括在里头。新月更像个大问号，若即若离地尾随他们。

这两天，他们之间倒比前些日子融洽了些。既然将从此分道扬镳，家里的气氛便有了一种绝望的平静。彼此都相信将是永别，于是互相都变得宽容起来。

队部办公室点着灯，有两个人在下棋。

"余主任呢？"肖潇问。

"还没来呢。"

他们坐在一张木凳上等。

墙上有一张宣传画，画着几个荷枪的女民兵在芦苇丛中巡逻。好厚的嘴唇，好浓的眉毛，像那个——郭春莓！

陈旭用胳膊肘推推她，递给她一本油印材料，标题是：在路线斗争的风浪中成长——管理局学习毛主席著作标兵郭春莓讲用。

他努努嘴。她看见窗台上放着厚厚一沓这样的材料，散发着一股新鲜的油墨味。

她拿过材料翻了翻。还是以前讲用的那些事迹，多了一个"平面饲喂法"的发明创造。就是给猪喂食时，让一排猪头对头，对称排列，既美观又省地方……

听说郭春莓这次当省劳模，分场推荐了，在总场各分场代表选举时，差两票落选，后来场政工组硬把她拉上去，派人帮她重新整理了材料。原来典型是这么培养出来的。

"你看这儿！"陈旭做了一个怪相。

她顺着他的手指，看到这样一段：

……我这几年的成长，绝不是一帆风顺，而是同阶级敌人斗，同落后群众斗，同错误路线斗，同走资本主义道路的领导斗出来的。斗就是革命，就是胜利。举例来说，我们分场有一位老连长，曾经培养我入党，我对他是尊重的，但是我逐渐发现了他的问题。他任人唯亲，只埋头拉车，不抬头看路，不读书不看报。我建议分场多向国家交猪，支援世界革命，他坚决不同意。说别的分场都不多交，咱显啥；不打仗，有猪杀了吃，给知青长长肉。我坚持自己的意见，革命第一，身体第二，并向分场党支部做了汇报。他就甩鞋底，骂骂咧咧说什么：'没见过杨喇子倒上树的！'还说他亲手培养了我，而我要亲手把他打倒……面对这重重阻力和压力，我又一次翻开了《青年运动的方向》……

她倒抽一口凉气。想不到短短几年，笨嘴拙舌的郭春莓，自从改名郭爱军，变得如此雄辩，如此勇敢。好凶，好冲！一列火车来农场，如今她要去省里当标兵，而她在这里等候办离婚手续……

门突然开了，"小女工"披着一件军大衣进来，瞟了他们一眼，皮笑肉不笑地说："嗬，五分场的两位秀才，前儿晚上传达中央文件，都哪儿去啦？！"

陈旭坐着不吭气。肖潇站起来，嘴唇动了一下，没声音。那天晚上她只是不愿留在家里让他们找麻烦，才同陈旭一起出去"躲债"。既然说好要分手，陈旭拒不检讨，对她也就没有什么威胁了。否则今天来办手续，定是痴心妄想。再难出口也总得出口。她看看陈旭，陈旭毫无表情。

"我们……"她用轻得听不见的声音说，却把头低了下去。

"小女工"嘿嘿地笑起来："啊，是不是又怀上啦？生孩子像下蛋似的，一拱一个。告诉你，不行啦，没计划，早超了……"

陈旭霍地站起来，一把揪住他的衣领："你嘴放干净点，我们是来办离婚的！"

"什么什么什么？"

他吓出好几步远去，撞在窗台上。傻了眼，张大嘴，露出几颗金牙。他这么愣了有好几秒钟，才缓过来，擤了一把鼻涕，揩在墙上，回到那把黑皮椅上，大模大样地坐下来。"你们才刚说，要……离婚，哼？"

"是的。"肖潇提高声音。

"你们——"他拉长了声音，"是谁要同谁离呀？啊，就是说，是谁先不干啦？"

"是我。"肖潇的手心又出汗了。

"哦。"他像审问犯人似的提高了声音，"因为啥不干啦？"

肖潇咬着嘴唇，不知该怎么说才好。

"哦，比方说吧，你男人犯事判刑了吗？"

肖潇赶紧否认。"哦，那么，是你男人虐待你喽？""也不是。"

"哦，那就是，你男人不会生孩子。哎，不是生过一个了吗？"

肖潇的脸忽地红了。她简直想逃走。

"嗯，我说的都不是，那你自个儿说，是因为啥？"

"因为……"肖潇口吃起来，"因为……因为思想不一致……"

"哈哈哈……"他放声大笑，尖尖的下巴抖个不停，"没听说过……两口子过日子，思想……是个什么玩意儿……"

陈旭站起来，铁青着脸，说："你少废话，到底给办不给办？"

"小女工"沉下脸，答道："你们敢情是孩子不在跟前，见天闲得难受了吧。离婚？离婚有那么容易的？人家两口子打了十年八年，屋里砸得没一件全乎家什，牙都打掉十来个了，还没让离呢！你们……"

这时余福年忽然推门进来，孙汝江赶紧起立，跳了跳，坐在桌子面上，把黑皮椅让给余福年。

"你们，连一回架都没听说打过，就想离婚？"他继续唾沫四溅地说下去，"不说你们离婚让人戳脊梁骨，就是我这办离婚的人，也缺八辈子德，得倒大霉。明了告诉你们吧，就我管着印章，谁也甭想离啥婚！"

肖潇的头昏沉沉，她没想到，离婚竟然是这么复杂的一件事。或许应该写一份书面申请，就不必听这些训话了……

"小女工"挤了挤眼，咳一声又说："这回明白了吧？结婚可不是小孩过家家，一会儿好一会儿散的。我看你们准是听着风声了，说知青明年有探亲假了不是？嘿，谁都知道结了婚就没探亲假，离了婚，就可以享受探亲假？去趟关里家，回来又搬一块儿去住了不是？想得挺花花，你们这些南方人倒挺会算计……"

陈旭朝他斜扫一眼，冷冷地说："我们为什么要离婚，我看你比我自个儿还明白。就我这样的落后分子，一会儿蹲小号，一会儿挨批斗，一会儿检讨的，人家一个革命青年，能看得上？"

肖潇的脸烧起来。她偷偷看余福年，发现他似乎愣了一愣。他绝想不到陈旭以此做借口嫁祸于人。好个陈旭。

"也不能这样说嘛。"余福年沉默了好一会儿，皱着眉头搭腔，

"当然，老孙那么说更不对嘛……"

肖潇心里升起一线希望。

余福年忽然显得格外和蔼可亲。他轻轻叹了口气，说："唉，这些天事忙，没顾上找你们来唠唠，是不是闹啥情绪啦？你们念书多，文化高，容易感情冲动，小资产阶级情调嘛，也浓点儿。不过这没关系，夫妻之间发生矛盾，是正常现象。肖潇这一段儿在文化室干得不错，要是有啥困难，说出来我给解决。陈旭毛病多点儿，只要接受教训，改正错误，还是好同志……"

他怎么再不提那封信的事？检讨的事？怎么又一百八十度转向了？他想吓唬陈旭，没想到把我们吓跑了。他怕担不起"破坏"的罪名，"扎根"典型也落了空……

"我看，你们孩子不在身边，正好可以集中精力干革命，明年争取评一个五好家庭嘛……"

陈旭打断了他："我们是来要求办离婚手续的，不是来提什么条件做交易！"

余福年的眉心跳了跳，沉吟片刻，说："这样吧，今天你们先回去，冷静冷静。这几天有时间，学学主席的《矛盾论》。你们不能光考虑个人的感情，还要考虑整个知青上山下乡运动。你们已经在农场扎下了根，走上了同贫下中农结合一辈子的道路，咋能退回去，半途而废呢？这样做，会产生啥后果？啥影响？对知青是啥作用？这才是大事。个人的事，再大也是小事……"

"我们……"肖潇分辩。

"唉，我明白。"余福年通情达理地拍拍她的肩膀，"人说夫妻没有隔夜仇，你们一向不是挺好嘛……"

"说得是哩。""小女工"插嘴，"我才刚进屋时，还看他俩挺热乎的呢，有这样打离婚的？哄谁？明了告诉你俩，你们要真想离，先他妈的别在一条炕上睡觉，先他妈的……"

"老孙！"余福年厉声制止他。

陈旭砰地狠狠一甩门，走了。

肖潇赶紧追了出来。

第二天，分场便传遍了她和陈旭要离婚的事，都说他俩想要探亲假，是假离婚。再加上每个人的猜测与发挥，一时弄得沸沸扬扬。四面八方射来的目光，比他们当初擅自搬进小屋去住时，更加好奇和轻蔑。而现在，肖潇再没有当时那种理直气壮的勇气了，一种犯罪感萦绕她。她无精打采地去上班，沉默寡言。

最糟糕的是，她和陈旭住在一起，竟不知如何相处才好。前几天那种永别前的宽容气氛，总是受到大家伙儿轻蔑的眼光斜视。即便双方都愿意客客气气地度过分手之前这最后一段日子——仍然一个挑水抱柴火，一个洗衣做饭，不吵不闹地等待分场革委会最后同意他们办手续，全分场的职工和知青也绝不能允许。这样和平共处地打离婚，不是假离婚又是什么？

他们只好去食堂吃饭，一个在前，一个在后，各挑各的水，各扫各的炕。行李也分开了，一个在炕头，一个在炕梢。原来的褥子给陈旭做了被。褥子发生了问题，陈旭只好睡在炕席上。就这样，还总有人不厌其烦地从后窗口经过，有意无意地朝里张望。到底是谁同谁离婚，肖潇自己也糊涂了。离婚的标准只有一个——被窝。

自有热心肠的人替他们监督离婚前的道德。那块窗帘布，从此再不敢拉上。

这样的日子，比打架、吵骂还难熬。

肖潇不知该怎么办。早知道离婚这么麻烦，还是不要离婚算了。现在一言既出，骑虎难下。

这天早上起来，陈旭对她说，下午收工后，他想收拾一下东西，搬到连队去住。看来只有分居一段时间，大家才会相信他们打离婚是真事。

肖潇点了点头。"褥子怎么办？"她补了一句。天阴沉沉的好像要下雪。他回答说可以同泡泡儿合着睡。他竟没有一丝犹豫。如果他说……

她独自去上班。分场邮递员探亲回来了，不必再由她去邮局取信。自从他们提出离婚以后，余主任再没有同她谈起文化室的工作。总场发下来一批学习材料，她这几天忙着把它们挂到墙上去。下午快下班的时候，邮递员交给她一封信。

她的心有点发颤。迟疑片刻，才把它撕开。

是妈妈的信。第三封了。她还没回信。妈妈在第一封信里告诉她，她的问题已定性，是人民内部矛盾，现在不教课了，在学校管图书，总算是可以写信了。

她盼了三年，盼妈妈的信。可她还从来没有给妈妈写过信。妈妈也许还不知道她结婚，她却要离婚了。回信，写什么？

她一口气读下去，信上的字迹模糊一片……

……我现在生活着，并没有什么高超的理想，我只有一个微小的个人信念：要为孩子们生活下去，尤其是为可怜的肖潇，她如果没有我，世界上就没有疼爱她的人了。我的全部生活意义，就是使肖潇快乐地生活……今天我第一次坐在图书馆的办公桌上给你写信。

这间小小的图书室，就在以前语文教研组的楼下。你读小学的时候，经常爬上那狭窄的楼梯，到我的备课室来玩。从窗子里可以看到你小学校喧闹的操场和那棵巨大而苍老的香樟树。

大家都很羡慕我的工作，因为这工作只同书报打交道，不必受谁的气。人们总是幻想自由和平等。实际上这小小的图书馆，一共只有几千册书，内容少得可怜。也可以说是瘦瘠贫乏的。以前那么多好书，包括你小时候，钻在里头看得不肯出来的童话，都让那些造反派学生一车车拉出去卖掉了。剩下的书积满灰尘，破旧不堪，都得着手整理、编号。还要订报，发电影票，每天都忙得疲倦不堪地回家。不过我还是挺喜欢这个工作。清早来，我就把自己关在里头，一直到天黑。我忙呀忙呀，总希望偶尔能找出一本好书，将来等你回来的时候给你看。昨天我意外地发现了一本残缺不全的罗曼·罗兰的《约翰·克利斯朵夫》，真把我高兴坏了，我想，我的小花花如果回来，我就把她带到我的图书室内，让她随便翻阅各种报纸和书，她会多么欢喜呀！学校操场上的一树桂花已经谢了，可它的枝子竟然还有浓浓的香味。从你走后，桂花已经谢了三次，前两次我都还关在隔离室里，只能远远地闻着它的香味。这桂花应该是肖潇的，可是肖潇却没有回来。亲爱的女儿，你什么时候能回到妈妈身边来呢？

上星期，我到郊区去看了小家伙（你不要吃惊——爸爸和我都已经知道了一切。有一次孩子得了猩红热，是他奶奶找到我们家来，让我们到医院去做证明的，爸爸当然很生气，他不肯认这个外孙。你知道他的脾气。不过不要紧，有妈妈在，你可以放心）。他会笑了，长出了两颗小牙，跟你小时候的样子很像，这就使妈妈更加想你……

　　肖潇把信塞进衣袋，发疯似的跑回家去。

　　陈旭正在捆行李。她倚在门上喘息，眼睛望着地面，说："你别走了……还是我走吧，我……想回杭州一次……回家去住……几个月……"

　　行李上的绳结一个一个地松开了……

　　"我想……分开一段时间……大家都再冷静冷静……想想……"她仍然垂着头，有点语无伦次，"这样……对你来说，也是个机会……"

　　"机会？"他嘴角撇了撇，露出几丝讪笑，"给我改过自新？考验？谢谢。"

　　她有些恼，但仍然克制地说："不管怎么样，分开一段时间……也好算……分居了……"

　　最后两个字，她用了大力气，才说出来。

　　"好吧。"陈旭把绳头甩得老远，坐在炕沿上，"我不走你走！正好调个个儿，反正一回事。"他打量了她一眼，"不过，你打算怎么去请假？'鲇鱼头'还指望你给他当扎根典型呢！"

我想我还是走到广大的世界里去好。小鸭说。

好吧，你去吧。母鸭说。

她咬着嘴唇。

陈旭说："喏，给你姆妈写封信，让她打个电报来，就说孩子病了——保证灵光。'鲇鱼头'正好下台阶，文化室就换人，一举两得。怎么样？你也来撒次谎吧。这年头……"他想起什么，打住了。

妈妈大概不会同意打这种假电报的。试试？

她呆呆地望着他，她相信他不会骗她。她算不算他"自己"？

一个星期以后，杭州的电报出乎意料地及时到达。

果然，余福年立即准予事假一个月。

肖潇把腕上的小表卖给了连队一个佳木斯青年，还清了上次回家送孩子的欠款。剩下的钱，刚够买一张半截河到杭州的硬座车票。她不想再逃票了。

三十三

这是自己的家吗？家？……恍然若梦。

那个小镜框里挂着全家四口人的合影。照片还是妈妈被隔离之前拍的，她离开家里去黑龙江的那天，曾经很想把它摘下来带走。三年多了，它仍然挂在妈妈床边的墙上。

写字台上有一个大眼睛瓷娃娃，她有次不小心摔破了它的膝盖，妈妈用胶布粘好，在上面放了一只小提琴转笔刀。大家叫它苦孩子，它就年复一年地坐在窗口为大家拉琴。

书架上那只旧花瓶里，还插着蜡梅的干枝。干枝上缀着一朵朵那年她用拌上了黄颜料的热蜡油，套在手指头上做成的蜡梅花。如今褪了色的花瓣上积满灰尘，却没有凋谢。

淡蓝色的墙上有她曾用湿抹布擦灰留下的痕迹，箱子上蒙的一块亚麻布上有她缝的一个圆圆的补丁；写字台的玻璃板下压着一只多年前她在春游时抓到的蝴蝶标本，一半翅膀蓝，一半翅膀紫……

她似乎从未离开过这里。是的，从未离开过。这里到处都留着她童年与少女时代的痕迹。这种痕迹并不是重新勾起的记忆，而是一种烙在心上的疤印，系着她的血脉之根。

这是她的家。是她的意识深处唯一承认的真正的家。她不能够否定这个。她走到天之涯、海之边，最后还是得回来，回到这个她出生、长大的地方。

一路上为之惶惶不安的同妈妈最初的见面，总算是过去了。怀着永不原谅的决心走出去，却又无时无刻不在牵挂惦念。还有懊悔？应该说，是她丢弃了那把罩在她头顶二十年的保护伞，不顾一切地同那个男人一起扑向遥遥风雪之地。她曾发誓永远不再回来的……

可是她在火车站一直等到天黑，背着装满新鲜土豆的沉重的旅行袋，冒着深秋的冷雨，浑身湿漉漉地敲开宿舍的楼门。假如妈妈再晚一会儿来开门，她也许会永远失去敲门的勇气。她听见自己的心跳比敲门的声音还响。门开了，她木木地呆立在那里，下巴一直垂到胸口。她在火车上曾无数次设想过见面的难堪、愧恨、内疚和无奈，在那瞬间通通涌了上来。那只被同伴啄光了羽毛落荒而逃的丑鸭子。她是一个碰得头破血流的残兵败将，筋疲力尽地回到了她当年的出发地。她为什么还要回来？

那时候她感到有一双温暖的手，吃力地卸下了她肩上的重负，一条干松柔软的毛巾，把她凉湿的脖颈和头发，轻轻地包裹起来，一遍遍摩挲着、搓擦着。细腻温热的手指上散发着一股她熟悉的肥皂气息……她把头埋进这条被雨水弄湿的毛巾里，痛痛快快地哭了一场。那片幼时嬉戏的草坪。她抬起头来的时候，望见妈妈额头上又深又密的皱纹，如干树叶后面的筋。

妈妈老了。灯光下，妈妈黑头发里的银丝闪闪烁烁。只有那双眼睛，仍然清澈得没有杂质，如一汪湖水，洗得去天下所有的污泥……

她要回来，为了妈妈的宽容和谅解。也许世界上只有亲人是可以互相原谅的。像螃蟹的钳子，砍伤了，斩断了，还会重新生出来。亲人。她离开家的时候，曾送给她一张糖纸作为纪念的妹妹霏霏，一声不响地注视着她，终于走到门边的那堆湿衣服旁边，小心翼翼踮着脚尖问：

"虮子呢？让我看看虮子。他们说，从黑龙江回来……"

她真后悔没给妹妹带一只虮子回来。她从未觉得虮子竟如此亲切和重要。即使她带着虮子回来，虮子也会受到友好的接待，是的，因为这是她的家。

她闻到被子上有一股阳光的香味，身下的旧棕绷床发出吱呀吱呀的哼哼声。炕很硬，踏实、古板，太硬了！有棕绷床的地方才是自己的家。于是她一个劲地、不厌其烦地翻身。

妈妈没有说更多的话，只是催她早些去睡，自己也早早地到外屋的木床上去睡了。妈妈说她坐了三天三夜硬板火车太累，不必等爸爸回来。爸爸天天晚上要到街道革委会去接待四面八方外调的人。爸爸！你要同他好，永远别回来。滚就滚！……如果那时妈妈在家，那场乱子就不会发生了。她将如何启齿，来对他们谈出自己要离婚的想法。还有他起名的那个儿子陈离……也许她明天就应该到奶奶那儿看他。

　　她睡不着。窗外一株不落叶的女贞树，将婆娑的叶影投在墙上，涂抹出一个奇形怪状的世界，飘飘摇摇的变幻无穷。舟山群岛？阿尔卑斯山脉？亚马孙河上的瀑布？西双版纳密林？许多年以前，她就在这片朦胧的叶影里，怀着无穷无尽的梦想，将陌生的地球，角角落落地走了个遍。在她的遐想中，她无处不到，而她终于穿越这片云翳走到她向往的天际，却发现自己原来寸步难行。而她回来时，那海岛山脉竟已消失。只留下一条疾速拐弯的公路，抛给她一个将要来临的重大转折。

　　一连几天，她总会在昏沉的困意中听到一阵咣咣的套鞋声，从门边传来。接着是一阵硬壳壳的塑料雨衣响。

　　"回来了？"妈妈低声说。

　　"又是调查他的……"那声音烦躁焦虑，频率快而急，"那些外调的家伙真不像话，一定要我说策反之所以没成功，是因为他破坏。他好不容易凑钱弄到十几条枪，准备起义，倒说他搞反革命武装。真是岂有此理……"

　　这几天她从妈妈那里陆续知道，爸爸原来在火车站煤场挑煤，一天可以赚两块钱。但后来外调的人越来越多，每次一来人，就得派人把他从煤场叫回来，工资还要街道出。他们觉得太不上算，就只好把他调到近处当钣金工。工资降到一块二毛。不过妈妈倒宁愿爸爸工资少些，走高跳板挑煤实在太危险了。当了钣金师傅，还可以给左邻右舍修洋铁壶。

"我真弄不懂，他们为什么总要我证明，我介绍入党的人都是些特务、托派、叛徒呢？"他一边脱鞋，一边叹气，"我给根据地输送了医生、记者、教师，他妈的难道就没有一个好人？"

肖潇早在离家前就发现，爸爸的语言风格，不知从什么时候起，变得十分不统一。在他文绉绉的书生腔里，有时会突然冒出一句粗俗的骂人话，令人吃惊。

"当初如果去了解放区，也不会弄到这种地步……"他照例嘟嘟哝哝地发着牢骚，坐在妈妈的床头长吁短叹一番，然后压低了嗓子，鬼鬼祟祟地问，"她今天怎么样？"

"什么怎么样？"

"她对你谈了吗，为什么那么急着从农场回来？"

"……晚上来客人了……"

"客人走了，你为什么不主动同她谈？"

"我……累了。"

"明天一定要谈。"

"……先让她休息几天吧……"

"不行，一天不把真实情况弄清楚，我心里就一天不得安宁。你应该对她说明我们的态度，她如果至今不认识自己的错误，不坚决地同那个混蛋一刀两断，她就永远不会有光明的前途……"

"好了好了，早点睡吧，快十二点了……"

肖潇闭紧了眼睛，心里忽而感到一阵剧烈的刺痛。陈旭这个人，哼，当过反动学生，政治上没前途。她是为了自己的前途而决定离开他的吗？不不。绝不是这样简单。她真正的痛苦在于她至今还不知道，她是否真的做错了什么，甚至不知道自己是否还爱着他。而他是爱她的，她相信。既然爱她，为什么对她说谎话？她不知道自己究竟应该把他当作一块抹布一样扔掉，还是当作配错了型号的鞋子退还。也许还是什么不认识的稀有矿石？她只想平心静气地走开。走开，走开，不再听到他的任何一句谎话。儿子怎么办？从她六岁那年搬进这幢简易的宿舍楼房开始，她所受到的全部教育都是做一个诚实正直的人。他破坏了她的理想，而不仅仅是前途。

她是一定要离开他的。几天来这个房间里留存的她十几年的点点心迹，每时每刻都在唤醒她回到自己原来的轨道上去。只是她没有想到，她和父亲之间的真正和解，中间还隔着那么宽的一道沟壑……

家里白天没有人，她包揽了全部的家务。拆洗被褥、蚊帐，揩擦锅碗瓢盆，买菜做饭，从早到晚地团团转。她必须让自己一刻不停，只要空闲下来，发一会儿呆，陈旭就会突然从房间的哪个角落里蹦出来，朝她讪笑。

我把这些书藏到我家里去，我阿爸工人阶级，顶保险。家里为啥不挂你自己的照片，倒挂这种标准像？今天晚上我来教你学脚踏车。

大家似乎都尽量在回避什么。爸爸老阴沉着脸，吃饭时沉默无语，吃过饭就走。幸亏他在家的时间很少。妈妈总是一副欲言又止的样子。只有霏霏顶开心，每天回来就讲她那个学校里发生的一些只有相声里才会有的事。肖潇笑过了，心里依然沉沉。

终于有一天晚上，妈妈在厨房里同她一起洗脸的时候，突然低声问："怎么还不去看孩子？"

"你说呢？"她故意反问。她不愿用"孩子"这个词儿，她仍然说不出口。她自己也不知道，有什么东西在阻止、妨碍她去看他，她本应一下火车就去。她怕他叫她妈妈，这一拖就拖了整整一个星期。她躲开妈妈的眼光，轻描淡写地说："我……明早就要去的……我会去的……"

要不要说出"离婚"两个字？可是离了婚孩子怎么办？也许就因为这个，她才怕见他……

妈妈很快说："你明早去，不要再到郊区奶妈家去，他们大队不准农民私自领养孩子了，忠顺的奶奶把他抱回自己家去了……你……要不要妈妈陪你去？"

她摇摇头。不能到他家去看孩子。他们家如果知道她回来，会把孩子送来给她。对孩子有了感情的女人，大多下不了离婚的决心。啊……要不要说出来？妈妈，你受得了吗？她似乎故意笑了一笑，说："那么怎么办？我不想到他家里去，我和他奶奶合不来，但是……"

"噢，那就让我到他家里把他抱出来好了。"妈妈很快接上来，好像早就想好了这样的办法，"我可以说，带他去打防疫针。"

她像被针深深地刺了一下，紧紧咬住嘴唇。可以说，可以……妈妈，你什么时候也学会撒谎了？她把脸盆的水拨拉得哗哗响，低头问："抱到哪里去，这里？"

"不是不是，"妈妈的眼睛熠熠发亮，"公园里嘛……"

江南的十月小阳春天气，中午暖融融的阳光下，似乎还能嗅到早已落尽的桂花气息。花坛里残存的几株普普通通的大叶紫菊，孤傲地仰着头。甸子里的花谁采归谁。那种缀满了水手似的梧桐籽的小船儿漂到哪里去了？只有长着一串串蓝宝石的矮墩墩的苏丹草还那么茂密。如果他是个女……女孩儿呢？他的奶奶肯定不要他了。

她盼见到他却又怕见到他。周围一切都变得生疏至极。

他由妈妈抱着出现在她眼前的时候，她微微吃了一惊。那额头，那平直的眉毛，那嘴边的棱角，竟是这样地酷似陈旭。他怎么会长成这个样子？她伸出手去抱他，他懒洋洋地一扭身子，转过头去。他的身子裹在一件脏兮兮的小花棉袄下，显得很小。比她离开他时大不了多少。搭在妈妈额上的小胳膊，也是细瘦的。人没长，何以先长五官呢？面孔小，那双眼睛便显得出奇的大，双眼皮倒是秀气地朝上挑去。只有眼睛不像他。可是那种神态，依然茫茫，依然漠漠，怯怯又冷冷地瞧着她。又是一个他。

"叫——妈妈——你的妈妈回来了。"妈妈摇摇他。

他盯着她，一声不响。

她悄悄地扫了一眼四周，脸热起来，真想趁着他还不认识她的时候逃走。她捉住他的两只小手，往胸口拢过来。他甩开了。她不知该再怎样哄他。她也不认识他。她只认得一个任人摆布的婴儿，那个褪裸里的小猫。她努力地朝他笑了一笑。他毫无反应。她是认得他的，他有着同他父亲一模一样的神态。她如果留下他，就等于永远地把他的父亲留在身边……

她觉得厌烦起来，看看妈妈腕上的表。妈妈指指樟树下的环形椅子，她们走过去。她又朝他伸出手，拍了拍，他扭过头不理她。她想起衣袋里有买给他的一只塑料吹气球，便一口气吹得鼓鼓的捧给他。他抱住了，贴着脸就哨……

"他不爱笑？"她问。

"好像是。"妈妈回答，"有点老三老四的……"

"他好像很馋？"

"小孩子……都这样。瘦一点，那奶妈其实也没什么奶……现在抱回来养，吃奶糕，大概会胖起来。你小时候，也是七个月断奶……他奶奶、爷爷，倒蛮欢喜他的。"

她不知为什么松了一口气。她忽然很想亲他一下，在那嫩滋滋的腮帮子上咬一口。她又伸出手去抱他，他竟然畏惧地朝后仰去，钻在妈妈的腋窝下。她有些恼怒起来，用力一扳，将他提了起来，抱到自己怀里。他挣扎了几下，哼哼呀呀的似要哭，妈妈塞给他一块糖，他抓住了，塞进嘴里，竟也就安静下来，别别扭扭地坐在她腿上，只顾对付那块糖了。

没出息的家伙，她在心里骂道，你要狠狠地哭闹一通，也像个男子汉。你到底像谁？她的心泛上一股酸水。你叫我妈妈吧，你叫我一声妈妈，我就再也不离开你。她泪眼蒙眬地轻轻摇着他的身子。你不把我当妈妈，我怎么给你当妈妈呢？她在他的颈窝里狠狠亲了一口。你如果大哭起来，我就扔不下你了。她把他指缝间的脏东西一点一点抠掉，又掏出手绢给他擦嘴角的黏液。她把他抱得紧紧的，摸着他柔软的头发，忽然觉得心里充满温情。她如果把他养大，他一定会拉小提琴，那双纤细的小手。其实他才不在乎她将怎么处置他。她不能把他带回冰天雪地的北大荒……要？不要？要？不要？不要不要不要要不要不不不要要要……

　　她的膝盖热了一热。她慌忙地站起来。一个湿印。"尿了。"妈妈宽容地笑笑。她也笑了，笑得无可奈何。她不知自己该做些什么，看看妈妈的表，她觉得过了很久。"我们回去吧。"她对妈妈说，"我和你一起去送他，送到他奶奶家的巷口。"

　　会见其实一共只有四十分钟，根本就没有发生什么。可她心里原先还暗暗期待自己会被诱发出什么母性来。她奇怪自己竟然如此平静，像看望一个朋友的孩子。她对自己有些失望，下车时，却又莫名其妙地庆幸起来。

　　她在小巷口等着妈妈把儿子（她在心里仍然还是固执地叫他陈离）送还给他奶奶，然后和妈妈一起走回家去。

　　路灯亮了，她和妈妈回家了。这细细长长弯弯曲曲的小巷。夕阳在墙上把竹竿变成了魔杖，好撑着自己不掉进那模糊的保俶山背后去。在蔚蓝色的大海边，住着一个老头和他的老太婆……

　　她终于在那座上中学时天天走过的石桥下站住了。她望着污黑的河水，忽然很快说："妈妈，我大概要同陈旭离婚了。"

　　总要说出来的。是什么加速了她下决心？她不知道。她不想当什么妈妈，陈离没有妈妈也长出了牙齿。何况他太像他的父亲了，像得叫她战栗。在这个世界上，她连自己的立足之地都没有，如何承担一个不满周岁的孩子？

妈妈轻轻叹了口气，那会儿黑色的河面上正漂过几片黄绿的菜叶，她凝神目送它们远去，才慢慢说：

"妈妈知道。你和陈旭，不是一路人。妈妈不想说他是坏人，他在困难中帮助过我们，但没有一个好的品质，没有意志，顺水漂流——遇到障碍，会沉；遇到风浪，就翻……他主宰不了自己的命运。你还记得这条河里总有好多木排，用竹篙撑着河岸溯水而上，一步步，接近自己的目标。你不应该再为他浪费自己的生命……"

肖潇猛然抱住妈妈的胳膊，头靠在妈妈肩上。妈妈！谢谢你！她的泪水一串串淌下来，落在青灰色的桥面上，又溅进乌吞吞的河里。

三十四

肖潇开始重温她在下乡前那种无所事事的生活。

这幢"大跃进"年代盖的简易教师宿舍，对于从边塞回来的她来说，实在舒服得不能再舒服。这里没有柴火垛，没有炕洞，没有猪圈鸡架，没有悬崖一般的厕所……有煤炉，有汤婆子，有自来水，有书架。虽然没有旷野上的新鲜空气，却为什么使人感到呼吸畅通、轻松自由？她是属于城市的。她喜欢城市的生活。她有时想起农场，便觉得惭愧，也许自己还是未曾改造彻底，白费了三年多时间……

然而她却真正地心疼那些自来水，她用自来水，总是格外节省的。清洗衣服的水用来擦地板，洗菜的水用来刷马桶，就是洗脸水也要留着搓抹布什么的。妈妈觉得奇怪，告诉她说："早不武斗了，不会停水……"

　　"不是……"肖潇红了脸，不知道怎么解释。那积满冰凌的长长的井绳。陈旭担水时，她用得再节省，他还是说她浪费。

　　除了买菜，肖潇从不出门。老师？同学？亲戚？她谁也不想见。那个纯洁无瑕的青春年代，早已让北去的列车车轮无限拉长、碾细而终于崩断。她只想躲进晶莹的蚕茧中，化作一只吐尽了银丝的蛹，安安静静地过冬。可她却像孤岛中的一只小鸟，飞不过茫茫汪洋，不知该飞向何方。她的心寂寞，她需要能对话的朋友。但过去楼上那个三好学生杜清清到农村插队去了；隔壁那个刚上初中的平平，只听见他念外语单词，听不见他说话；对门小学四年级的莉莉，天天晚上在厨房十五瓦的灯下做功课，把"谆谆教导"念成"哼哼教导"，把"宇宙观"念成"宇庙观"。莉莉家有一台黑白电视，她的妈妈天天晚上开一只三瓦的灯管看电视，爸爸坐着摩托车送回家来鲜灵活跳的大鲫鱼。她爸爸是工宣队的。

　　奇怪的是，肖潇的爸爸倒有许多客人和朋友。

　　来找爸爸的人大体分两类。一类是街道、居民区的干部，总板着脸，像电影中收租的伪保长，来叫爸爸去开会。另一类就是同爸爸一起做工的工人，穿得破破烂烂，喉咙沙哑，在大门口就大叫爸爸的名字，一阵风窜过来，带来一身烟酒味，一口杭州土话里塞满脏字眼儿。他们会通下水道、安电灯、修房子、踏三轮车，唯一不会的是写信、写申请报告什么的。所以他们就来找爸爸，又脏又油的裤子使劲在干净的床单上蹭，往地下吐痰，真叫人忍无可忍。

"他们做生活时，常常帮我的忙……"爸爸说。

她在"文革"时就知道，这些人不是劳改释放犯，就是因为男女关系什么的被单位开除，像渣滓一样沉淀到社会底层来的。她不喜欢他们。

有个叫"长生瘌痢"的秃头，搭的灶头又省煤又不冒烟，封火过夜也不灭。他第一次看见肖潇，就大声嚷嚷起来："哦哟，陶老师的降压灵回来了！"

她是妈妈的降压灵？她才知道妈妈已得了好几年高血压了。

"长生瘌痢"是一个快活人。出去拉钢丝车送货，半路忽然馋了，在一个小店里买了两毛钱猪头肉，想带回家晚上吃老酒，猪头肉就塞在车座后头。一路走得垂涎三尺，终于是熬不住，走一歇儿，伸出手到后头摸一块，走一歇儿，到后头摸一块，走回家，车把子油麻麻，猪头肉早没了影儿。看来他很关心吃的事情，所以见了肖潇就挤挤眼，说："回来了，喏，换换肚皮再回去。"听妈妈说，他就是因为困难时期请了病假，到钱塘江滩涂上摸小蟹给他的孩子吃，被送去劳教的……

他另外还有一个嗜好，就是搜集杭州城里各种新鲜的奇闻逸事，然后跑到她家来眉飞色舞地宣讲一通。那时杭州城里的怪事多得像蚊子一样，嗡嗡嘤嘤地追着人飞。一会儿是什么民警罢岗，交通堵塞，流氓起哄扒了一个姑娘的衣服；一会儿是小偷用计抢劫一家食品店；一会儿又是全家六口人集体自杀，还有山下派山上派互相换了老婆……他的消息来源又快又杂，讲起来得意扬扬幸灾乐祸。当然，如果同吃的方面无甚关系，他讲了一半就兴趣大减，顿时才华枯竭，三言两语完事，好像不这么简练，就根本讲不完似的。爸爸总是怀疑他夸大其词，追问其中细节，他便烦了，搔着秃疤，说："相信不相信由你，现在这种辰光啥事体不会有？"

有一天晚上十点多钟，他突然鬼鬼祟祟地溜进门来，从一柄雨伞里抽出一把亮晃晃的刀，放在桌子上："哎，给你们切西瓜，怎样？"

爸爸妈妈都慌起来，远远地站着不敢走近。

他笑嘻嘻说，前些日子他用工厂的边角铁做了一把切西瓜用的刀，有人看见了去汇报，街道治保组叫他去谈话，说他搞反革命活动，让他把武器交出来。他装模作样想了好一歇儿，恍然大悟说："噢，刀呀，有，有一把，我回去拿来。"他回家寻出一把用旧钢皮尺做的小刀交上去，竟也蒙混过关。而这把真刀放在家里，倒不保险了……他讲到这里，一回头看见了霏霏。

"哎，你不好说出去的哪，听见没？就说是外头店里买来的，噢？"

"你骗人！"霏霏不买账。

"不说假话，要饿煞！"他在霏霏头上拍了一记，夹着雨伞满意地走了。

只有一个戴眼镜的中年人，衣服总是干干净净的，连布鞋帮子上那道边也总是白了又白的。他有一个好听的男中音嗓子，说起话来文质彬彬："肖师傅在家吗？""请同你爸爸说一声，我明天再来拜访。""这是上次借去的书，一共三本。"

"你也是街道生产组的？"一次，她好奇地问。

"噢，不，不，是的是的……"他不知为什么吞吐起来，慌慌地走了。

此人大概也是犯过错误的。她决定以后不再同他搭讪。爸爸回来了，看见书，很高兴地问："芦锥来过？"

"哪个芦锥？"

"那个年纪轻轻的右派大学生……"

右派？除了那些劳改释放犯，还有右派。同爸爸来往的，只是这些人……她垂下头，久久无话。

而且右派还不止芦锥一个。还有什么穆阿姨、方叔叔、徐伯伯、阿山舅舅……他们不是来借钱，就是借宿。这些右派客人中，肖潇只喜欢方叔叔一个人。他细高的个子，戴一副白边眼镜，居然从帆布旅行袋里摸出一块扁扁的小石头，让她猜上面的图案。

"化石！"她惊奇至极。

五千万年前的鱼，七千万年前的小虾，一亿年前的树叶子，连那鳞片、筋、须和尾巴，都清清楚楚地印嵌在石片上，浇铸在岩缝里。浮雕？岩画？与世共存。生命的形式竟比生命本身活得更长久。埋葬在岩层中忍受那几亿年的重压才能得到永生。太残酷了。历史凝聚、浓缩在一块小小的石头上。不是山崩地裂，又有谁去发现？

"真的？"她问。

方叔叔嘿嘿笑。他说他的工作就是为一家博物馆鉴别化石标本的真假。可惜打成右派后，全家去了农村。如今的化石标本是真是假他便管不着了。他和爸爸坐下来喝老酒，就讲起他们一家在乡下的生活：两个儿子去钓甲鱼，钓回来一只草鞋；粮食不够吃，只好把猫扔了，猫却逃回来钻进了被窝；刮台风时全家五口人用绳子拽着屋顶，不让风把它吹走，像演杂技一样……大家听得哈哈笑，好像下放农村是顶顶好玩的事。

采黄花。蘑菇圈。菜地窝棚那只白蹄子狗。捡天鹅蛋。雪女王的宫殿。辘轳把井……她如果讲北大荒，也会那么好玩，那么迷人……

"你骗人！"她突然生了方叔叔的气。他像一块压扁了的化石。她可早已知道了农村是怎么回事。既然乡下那么好玩，他为什么总来借钱？

再没有第三种客人了。凡是到她家来的人，都是倒霉鬼。无论外表干净醒龊，神情沮丧还是亢奋，她总可以猜出他们的经历和来由。是他们时时提醒她的家庭所处的阶级地位。她总感到难堪。芦锥又来还书了，书上包了新的牛皮纸封面。她翻翻，是《苦难的历程》，四五年前她就读过。抄家时封存在大木箱里的书大多保存下来了，还有陈旭帮着转移收藏的那些……

他推推眼镜架，犹犹豫豫地说："你家这么多书，你最喜欢哪个作家？"

"法捷耶夫。"她很快答。

他似乎很吃惊，"陀思妥耶夫斯基呢？"

她把目光移开。她不想告诉他，她一读陀思妥耶夫斯基的小说，心里便充满死亡恐惧。她真正喜欢的俄国作家，是普希金和屠格涅夫。

"陀思妥耶夫斯基的东西太晦涩了。噢，你呢？"

"我喜欢……嗯，罗曼·罗兰。"他小声说。

他一定是喜欢陀氏的。他也没说实话。

谈话不容易进行下去。人和人之间都有一道无形的屏障。还是回到各人自己的王国中去，寻找自己钟爱的导师或知音。肖潇从小就喜欢读书，书带给她安慰和启示。可如今她却真有点不敢读书，一走进书里那个彼岸世界，便不见了自己；挣扎着回来了，苦恼的更苦恼。她还怕中毒，怕潜移默化。那书本同生活，格格不入地对不上碴口，大的大，小的小，总不是一回事。书也骗人！

她跟着妈妈到她的图书室去了几次。妈妈信中那个无比美好的图书室，出现在她面前，竟然同农场的政治文化室惊人相似！空空的书架上，同样的新书，放了长长一排；挂在墙上的杂志，右下角都像荷叶一样卷起了边；一本厚的干净的书上有一抹黑，翻到那一页，是"生理卫生"。不同的只是书架之间散发着一股阴湿的霉味，像外婆家的蚕房。书都整整齐齐编了号，仔细地补贴完好。她为了让妈妈高兴，还是认认真真地挑选出一本克鲁普斯卡娅的《列宁回忆录》带回家去看。现成的书不想看，想看的书又没有。你到底要什么？

吃饭时妈妈说："肖潇小时候喜欢写诗。"

霏霏说："不，她顶喜欢跳舞。"

爸爸说："她脑子反应快，可以当一个优秀的新闻记者。"

都是海市蜃楼，都是水中捞月。快把这"分居"的日子过完，回去乖乖爬垄沟抢豆包吃。她在农场写过诗，写过报道哩。如果不是他冷嘲热讽，她也许在半截河就小有名气了。她只是在这里养伤，为了有足够结实的血肉再去受伤。

黄叶遍地，一只孤雁惶惶惊呼飞去。雁过也，正伤心，却是旧时相识。它从半截河来？是逃离，还是回归？下过一场小雪。飘在空中，明明是一片片白色的羽毛，落到掌心，便成了一粒晶莹的水珠。那场雪飞飞扬扬下了一清早，黄叶刚披层霜，太阳出来，瞬息无踪无影。刚才还一层白沙，即刻只留下些湿印。南方的雪。雪也骗人？

肖潇一日日沉思，一日日恍惚，一日日反省，一日日郁悒。心绪、大脑犹如一团乱麻，一个迷宫，越理越乱，越转越迷糊。她在那百思不得其解的痛苦中，求助于她读过的巨著名作，可是摘抄在一个又一个笔记本里的伟人大师的警句格言，没有一句能解救她。

我想我还是走到广大的世界里去好。小鸭说。

好吧，你去吧。母鸭说。

有一天半夜她被自己的一个梦惊醒……风飒飒响，是那种江南才有的湿重的夜气，摇撼着依然常绿、依然茂密的阔叶树的声音。昏暗的路灯，在窗外的墙上投下不落的叶影。她久久凝神。黑暗里，树影中重又升起了她的阿尔卑斯山。那会儿她忽然明白，在那个广大的世界里，她的灵魂也许将要长久地流浪。她唯一能做的事，就是快快追上失散的雁群。

杭州城里火焰熊熊。火舌如蛇，东游西窜，总是跟着她。她举着一捆绿松枝在打火，遍地干柴，分明是茫茫草甸。草棵里有半只血淋淋的耳朵，"长生痢痢"哑着嗓子喊：罪过罪过，是老师的耳朵。他叫学生做功课，学生把他的耳朵割掉了。

她问他为什么到北大荒来，他说整个杭州城都搬来了。是南人北调。

有人敲门，她去开门，一个小伙子。你是谁？她问。是你爸爸。他回答。她极惊讶，你怎么会是我爸爸，我妈妈还没结婚呢。她戴红帽子，在蹲监狱。爸爸说，我们是战友，你是一个战利品。她仔细看，他果然穿一身军装，用军帽扇风，擦着汗说，总算到了根据地。他从书包中拿出许多传单扔进邮筒，换条工装裤，开始教工人识字。

妈妈坐着小船回来。两岸都是火。妈妈两手空空。外婆问：你的丝绵被呢？送给别人了。她回答。你的大衣箱子、雨伞、项链呢？让大火烧掉了。妈妈把陈离抱上船，到儿童公园去玩儿。陈离会骑小自行车飞跑，一只小狗在钻火圈玩儿。

有人走过来，大声问，这孩子是谁？

她说，是我舅舅家的。不，是我叔叔家的。

"妈妈——"陈离叫道。妈妈回过头。

她忽然发现陈旭在火边烤黄豆吃，一边吃一边念：烧豆燃豆荚，豆在荚中泣，本是同荚宿，为何东南飞？

错了。她说。谁错了？他问。你错了。不，你错了。我有什么错？我给你写信为什么不回信？我没收到过。陈离天天找妈妈。你撒谎，陈离在杭州。杭州搬到黑龙江了，有冰有雪，六和塔根本烧不动。你骗我。不相信你自家去看。芦锥伸出细长的手臂，给她看手上的表，他说那是一块真正的瑞士表。她摇摇头。他走到湖边的一个长椅上去看书。

一排自行车从远处来，跳下几个漂亮姑娘，穿藕荷色的纱裙。一个姑娘蒙住了芦锥的眼睛，嘻嘻笑，问：猜猜我是谁？

七仙女？白雪公主？刘胡兰？红卫兵奶奶？姑娘只是摇头。他恼了，站起来大叫：我不认识你们！

姑娘们顿时逃开，不见踪影。芦锥捂住自己的眼睛跺脚，连声喊疼。她跑过去，见芦锥泪流满面，眼睛鼻子上一层黄乎乎的药膏。她闻到一股清凉油的气味，眼睛好辣，这时芦锥突然声嘶力竭地大叫：

我的瑞士表没有了！抓住那群贼骨头！

她帮他去追，树下有辆自行车，轮胎却没有气；湖边有匹马，却没有钉掌；街角有台噔噔响的"热特"，却没有司机。她坐上去自己开，车歪歪扭扭往一陡坡下冲去……

三十五

肖潇决定过了春节就回农场去。

她偶然对妈妈流露了这个想法。那一夜，她不时听见外屋的木板床上传来吱吱的翻身响。三年多前她离家，妈妈还在"牛棚"里。无论是她自己还是妈妈，还是别人，其实都把去黑土地看成绑赴刑场。她想不出什么话安慰妈妈，她心里充满几近决一死战的悲壮。

爸爸同她的谈话，进行了又进行。对于她的今后，他似乎还无暇顾及。尽管她已经一再向他说明她和陈旭分手只在早晚，他依然固执地将话题引到几年前她与父母的那次决裂，期待着她在负荆请罪之后方能施予的宽恕。苦难赋予他先知的洞察力，他因为她的受骗而得到了某种安慰。他寄希望于这安慰的延续，也许可以冲淡他这二十多年来所受的不公正待遇。失去了一切人的一切承认之后，他只剩下了妻子儿女。她是他的一个救生圈。她心里生出哀哀的同情，觉得他可怜，可怜得可敬。于是当他锲而不舍地重复那些耿耿的结论时，她终于妥协地点了头。

"那年他就是个骗子！""他从来没有对你说过一句真话。""他从小就是骗子。""他认为我们这样的家庭好欺负！""你应该从 1966 年开始，从头跟他算账！"

她点头时，心里盈满苦涩的泪水。谎话重复三次就会变成真的。她和他，他，究竟谁说了谎？也许陈旭也总是面临这样别无选择的逼视。她意识到自己的口是心非，而且居然坦白从容。爸爸，爸爸算不算自己？她竟是骗了自己吗？难道这也是公平交易？为一个死去的谎话偿还另一个新鲜谎话……

她不忍抛下妈妈恓惶的目光提前回农场去，又不忍用将会破灭的谎言伤害爸爸的自尊。无奈中，她想到了灵隐上天竺的舅舅家。自从"文革"中西湖许多风景区被占领，舅舅那个工厂也搬进了封闭的上天竺大殿，她还没有去过。听说那是一个绿色的山谷，一年四季从不换装。

西湖，已然变得陌生。它也许忘了她。

在灵隐下车，走过隐约可见残留的"咫尺西天"四字的照壁，两山间一条新修的水泥路，缓缓钻进深茂的绿林中。阳光洒下些斑斑碎影，蝶儿一般在脚下引路。树缝里倏忽闪过一线亮，又听潺潺水声迎面跌下——一道山泉在幽暗的山涧逍遥吟唱。她扳着几支粗竹滑到涧底，撩起冰冷的山水洗脸洗手；跑上横在溪涧上覆满绿藤的石拱桥，跑过去，又跑过来。桥边有一株桂花树，树大如冠，郁郁葱葱。秋天桂花开，落在溪里，溪水喷香，煮茶也香，洗衣也香，可叫桂花溪？她折一枝桂叶，又采一片香茶，含在嘴里，嚼一嚼，吮一吮，苦涩得皱眉，却通通咽下。弯弯的山路上没有一个人，一只褐色的松鼠从树顶跃过，又被绿色吞没了。一株古樟，一片翠竹，一片茶地，一坡马尾松……层层叠叠地蔓延，绿得鲜亮又朦胧，绿得她也如一棵树……

"喂——"她对着烟雾缭绕的山头喊。

"喂……"山谷回答。

"我来了——"

"来了……"

寂寞的肖潇，你只有大自然这一个大朋友了。

舅舅的家，在接近山顶的一座石桥边上。桥上有一家小店，悬空地架在溪上，让山上下来的水，叮叮咚咚地从它胯下穿过。桥头有几尊石柱的残垣，模糊刻着些碑文。过了桥，右边便是一个石门，写着：长生路十八号。进门便分不清东西南北，式样相同的木楼回廊，中间一口四四方方的天井……

她平生只迷恋过一回《西游记》，其他的佛教知识"四大皆空"。

她忽然有些腾云驾雾起来。这山这水这人家都似蹊蹊跷跷得神秘。她莫不是慕名前来朝拜？明明是当年香客的住所。恍惚中，一个大耳朵的男孩、一个细眼睛的女孩，从房里跑出来牵过她的手，"姐姐，姐姐。"她定定睛。不认识了？表弟表妹。那站一边悄悄笑的，是舅妈。

听舅妈说，天竺山顺山而建的三座大庙，原先香火极盛。远来的香客到了灵隐的大雄宝殿，必定要爬山越岭，一路拜过下中上三座天竺菩萨，才算心诚意笃、功德圆满。但60年代以后，三处大殿通通被封了山门，断了香火，挂上了工厂的牌子。他们一家随机器一同从城里迁来，庙里已是荒芜冷落，和尚不知去向。如今除了一座空殿、两株巨樟、三座池塘小桥，上天竺已徒有虚名。她想起途经中天竺时，看见庙门口挂着一块××革委会的牌子，门前有株大银杏树，树皮竟被剥得精光，难道办工厂的人连树也不放过？

舅妈连连摇头，"倒不是，不是工厂……"她放低声音，"是前前后后茶叶村里的农民，相信有过菩萨的地方，总有去邪避灾的神通，生了毛病，就来剥庙前的树皮回去煎汤，求菩萨保佑。上天竺的庙门也一样……"

菩萨打不倒？那棵神树，那主宰着每一个人命运的众神之灵……也会保佑她吗？

她一个人出去散步，在这被喧嚣的尘世遗忘的佛地寻求心的宁静。她走过庙前石阶，见石缝里插满残剩的香烛；她走过庙后的水池，见池里扔着一枚枚象征虔诚的硬币；她穿过层层茶园，登上山顶，在傍晚的茫茫雾霭中眺望竹林间隐露一角的大殿飞檐，她竟第一次感到了佛的神秘、神的威严。六根涤净了便再没有人世的欲念，没有欲念也便没有了痛苦。可他说过，为了自己的七情六欲而活才是真的人。山里静极，佛地的风、水、草，也如佛一般端庄凝重。她在那落寂中一直痴痴坐到黄昏，期待得到神的启示和感召，心却越发空荡荡，平静如一潭死水……

遇到天晴的中午，她便同弟弟妹妹一起到山顶的大青石上晒太阳，目光越过浮云，可以望见山那边，银线似的钱塘江和镜子似的西湖。躺在干草上，只见悬停在天边的浓云，在做永远没有答案的沉思。他们有时会捡到鸡蛋大小的松塔和一种叫作"糖罐头"的带刺的红果儿。既是糖罐头，当然是蜜甜蜜甜，吃上几个，手指头和嘴便都粘在了一起。有时候，九岁的阿虹妹会在茶叶地边上发现一大片野荠菜，采了抱回去，让舅妈包一顿馄饨吃，真是鲜得眼睛也要打喷嚏。阿虹采的荠菜王大得盖住篮子底了，肖潇夸奖她，那大两岁的哥哥阿华就撇嘴说："嘿，稀奇！上次打蛔虫，我打出来那么多，她一条也没有……"

阿华和阿虹每天上午到灵隐一个小学去读书，中午就回来，从来不做功课，因为根本就没有作业。一到晚上，阿华就开始在墙上放电影，他有一箱子自己画的幻灯片，打亮手电筒，再把那灯片上上下下地活动，什么刁德一、座山雕、鸠山队长就通通地打成了一片。肖潇笑得倒在床上，她夸奖他，那妹妹就噘嘴说："哦，稀奇，他一支歌也不会唱，唱歌课大家一道唱，他就动动嘴巴……"

肖潇大笑，觉得自己真快活。那一瞬似乎人生的一切，还来得及从头开始。

一天下午她去溪边洗菜回来，见舅舅气哼哼握一杆鸡毛掸子，揪着阿虹一根辫子在叫骂。

"你回来路上去跳牛皮筋，骗我做值日，我都晓得了，你小小年纪就说假话……"

阿华倚在门后小声说："她没有跳，真的没有，我没看见……"

"滚！"他爹咆哮起来，"你也一路货，你把自家裤带上的结子管牢！"

肖潇知道因为天冷阿华不肯大便，宁可熬着，每天谎报军情，说已去过。他爸爸只好每天早上在他裤带上拴一个结子，以便检查……

她劝住舅舅，搂过阿虹，摸出手绢替她擦眼泪。"好孩子不说谎。"她说。

她忽然看见阿华用那样奇怪的眼光飞快看她一眼，她如被蜂子蜇了一口，脸上麻辣辣地疼。是神经过敏，还是做贼心虚？她脸红了，在两个孩子面前。

那一日，邻居的一个胖婆娘，同她搭讪："从黑龙江回来？蹲了有日子了？结婚没哩？"

"嗯。"她胡乱答，"哪里……介早……结婚……"

"噢，"那婆娘恍然大悟，"这天竺山种茶的农民倒是蛮富的，农村对农村，户口也好迁。"

她急急分辩："我是回来养病的，嗒，关节炎……"

她有什么资格去给阿华阿虹讲大道理。只是由于她自己也不清楚的原因，谎话便如此自然地脱口而出。她为自己羞愧。就在这远离沧桑人世的山谷里，那个她曾憎恶的魔影，竟然也在暗中随她同来。

她上山以来的好兴致，倏然全无。

春节前几天，山里阴沉下来，好像要下雪。她帮舅妈准备妈妈爸爸上山来团聚的年夜饭，去溪边洗鱼。

她走过石桥时，看见桥栏上趴着个人，痴痴地望着溪水出神；她走下石阶，又回头看一眼，见那人仍在那儿一动不动，鼻梁上的眼镜快要滑脱了。她停下来——怎么可能呢？高颧骨，厚镜片，额头一缕柔软的黑发……可是……

"邹思竹。"她轻轻叫了一声，叫出口之后又蓦地回头，快步往溪边走。见鬼！连她自己也不会相信，邹思竹会跑到这儿来。

却有脚步，跌跌撞撞追下来，慌得上气不接下气。一把揪住她的袖子，喉结突突跳，说："是、是我，你、你别紧张……"

……农场放了探亲假，真的，知青都回杭州来过年了，他也回来，去她家里找她，她妈妈告诉他这个地址……他结结巴巴解释说，并没有出什么事。

她回家扔了鱼，拉着他往山上走。她的手微微颤抖，腿也直打绊。陈旭没有探亲假。她要带他去爬那座最高的棋盘山。

谁在这样的日子来看她，谁就是她最好的朋友。

"那……是陈旭叫你来的？"她突然问。

"怎么会是他呢？"他很惊讶，"我连他的面都没见过几次，他……他不大上工……"

"为啥？"她的心沉了沉。

他摇摇头。

"你说，他怎么不上工？"她追问。她忽然发现自己原来仍然急于得知他的消息，她还在挂念他。

他停下来，用手扶着膝，大口喘息，"听说他……赌博……输了还不上钱，对人说他有个叔叔在部队当大官，可以介绍人去当兵，抵那些钱……结果，唉，你可想而知……"

什么东西碎了。竹子？球？叶？石头？心里那最后一点希望、一点幻想，破碎、毁灭，化作齑粉，永远永远……

"你，不要生气。"他有些不安，"你不是反正……要同他离婚了？农场里，大家都不相信，我相信……"

"你为啥相信呢？"她冷冷地问，"大概你老早就认为他……是个坏人吧！"

"哪里会有这样简单的分法呢？"他笑了笑，"一个人可能同时是好人又是坏人。你知道，我刚认识他时，在学校的隔离室，我还蛮崇拜他呢……"

她低下头，轻声说："是的，他是到了农场以后才……才开始堕落的……一个人，说了第一个谎，就去往下说第二个，为自己圆谎……"

邹思竹大不以为然地摇摇头："我总觉得，陈旭那种堂堂皇皇的撒谎，比起一些人的虚伪，还是好得多。他固然有许多恶习，但他在强大的社会面前，实在是太渺小了，他只有这一种反抗方式。"

这些话出自邹思竹之口，肖潇大为震惊。

"其实，撒谎和欺骗，就像伊索寓言所说的舌头一样。"邹思竹慢吞吞地边想边说，"它既善又恶，善恶难分。有时大善大恶，有时不善不恶。比如，对病人隐瞒真情，是善；对老百姓空许诺言骗取信任，是恶；对不怀好意的人必要防卫而说谎，是不善不恶；农民为生存瞒产私分，是既善又恶。说谎在中国历史上常以用计和智慧的面目出现，所谓兵不厌诈，也在其列。欺骗并不总是演出丑剧，西施、王佐不也是撒谎大师吗？这又如何解释？"

她打断他，带着一种莫名的憎恶尖声质问："那你干吗不撒谎？你干吗总躲在自己的蜗牛壳里，窥探着别人……"

他似乎哆嗦了一下，脸上愀然作色，仿佛有什么触到了他的痛处。额上那缕黑发也歪歪地扭过去，扭过去……他怔一会儿，径自走了。

肖潇赶上去，竟不罢休，盯住他的眼镜片，那暗淡无光的镜片里只剩下枯叶、青苔和树根子。

"你说，既然你不认为他坏，你干吗主张我们分开？"

湿冷的雾气从四面山谷升腾起来，茶园竹林弥漫在一片凝重的蓝烟之中，渐渐地模糊。黑森森的松树下，一条隐隐可见的小路伸向茫茫山岭……

他在一块突起的石头上坐下来，低头拔着石边的小草，咳了一声，又咳了一声。

"我相信你们早晚要分手，因为你们有各自不同的理想世界。陈旭要的那种真实，在你看来未免丑恶。而你要的那种纯真美好，在他看来未免虚假。他认为人生之海脏了，人无法干净。而你大概相信只要自己干净，世界就不会弄脏……他把自己看得比世界重要，而你的自我牺牲精神，正好做了他的殉葬品……"

肖潇晃了一晃，抓住了一棵树。

好一个冷眼旁观的家伙，竟把他和我卸了一地零碎。可你为什么不早点告诉我？你居心叵测，心怀鬼胎，看我走到这走投无路的地步，才来放马后炮，什么真实丑恶纯真虚假像绕口令。

"照你那么说，真和善倒是自相矛盾了？"她突然抬起头问。

"这是一个涉及真实本质意义的问题。"他推了推眼镜，"究竟是不是只有美好的东西才能称为真实，我一直很怀疑。为什么人们都认为说谎不好但又总要说谎？好像有一个什么东西总在阻挠人说出真话。就像动物为了生存有一种天生的伪装能力一样，人也总是想把自己的本来面目掩饰起来，去适应社会的要求。就总是在想，为什么我们不能承认恶也是真实呢？包括人性恶。真的，人最可怕的就是自己骗自己……"

他停住了，没有再说下去。他用一根枯树枝抠着脚下的泥土，眼镜片越发的灰暗，清癯的脸在暮霭中越发苍白。他好像被什么巨大的苦恼困扰着，镜片下有一圈不眠留下的黑印。

他们坐了很久没有说话。

风来了又去了，无声无息。

你到底为什么来寻我？为了表示同情？为了来替陈旭辩护？为了显示你比我聪明？还是……那个梦里，为什么会有他？月亮里的桂树。你也没说实话。

她站起来。

他也站起来。

他们往山下走。

天黑下来。莽莽山林，游移着一个苍白的声音。她听见他说，他来寻她，是为了告诉她，郭爱军病得很厉害，风湿性关节炎发作，不会走路了，送回了杭州，在住院，可能要截肢。农场的一些杭州知青想结伴去看看她，毕竟曾在一个农场蹲过，她做人太假，如今毕竟病了，总是可怜。他问她去不去。又说她顶好不要老一个人在家闷着。她如果愿意，他可以带她去看一些"文革"时认识的青年朋友，都从天南海北回来过年，心里和外头的世界都热闹得很。他又说起书，说起她可以做的事。他的话突然多起来，多得语无伦次。该说时无话，不该说的话都早已说完。他是怎么了？颠三倒四有点神经分分的……

她望见了石桥上的小店。她停下来。

"不要高谈阔论了。"她勉强笑了笑，"谢谢你来看我。不过，我现在更想知道的是，我和陈旭如果离婚了，儿子怎么办？"

黑暗中那镜片闪了闪。

"我看你们两个人都不具备做父亲和母亲的资格。"他回答得毫不犹豫，"如果是我，我在自己不能够得到社会承认之前，绝不会让一个孩子来承认我。我看——你们应该把孩子送给有教育能力的人……"

没想到，你是这样一个悲观主义者。你还奢谈什么振作，什么重新开始……你对自己的看法简直糟透了……

她僵在那里，心里一阵阵发抖。她蜷起双臂抱住自己的肩。只有自己。她紧紧咬住嘴唇。他伸出手来同她告别，那手纤瘦而细软，比她的手还要冰冷。陈旭的手掌总是热气腾腾。她挣开了他那只手，说："你们什么时候去看郭爱军，叫我一声好了。我过了正月十五就回农场去。"

她在一座医院的白色走廊里穿行。走廊里有那么多门，那么多房间。她推门进去，又出来，总不见她要找的人。她忘了自己是来探视什么人。一个医生探头大叫她的名字，门上贴着字：人流。她对医生说她不要人的潮流，而要做人工流产。医生摇摇头推她出去。

她往回走，走进一个房间，突然看到郭爱军，她叫她的原名郭春莓，郭爱军理也不理。她低头看自己，自己竟然看不见了，明知自己活着，却没有形状。

她看见魏华拎着一大包东西走进来，向郭爱军敬礼。报告你一个胜利喜讯，连队小麦亩产上了纲要。

他们拥抱起来，忽然郭爱军把他推开，哭道：让我回农场去吧，我生是农场人，死是农场鬼。

魏华说：你可以病退回杭州嘛。

郭爱军说：我死也要死在北大荒……假如我真的死在杭州，你一定把我的骨灰带回去……

一个戴着大口罩的医生走过来说：你不会死的，关节炎只是关节死了，人还活着。

她大声说：你给我换一个关节吧！中国人连死都不怕，还怕换关节吗？

她闭着眼，好像昏迷过去。

魏华抱着她，摇着她，问她还有什么话要说。

她突然唱起歌来，断断续续，好像是《东方红》，又像是《草原上的红卫兵见到了毛主席》，还有《战斗英雄麦贤得》《学习雷锋好榜样》……

病房的门边窗口挤满了人，所有的人都感动得掉眼泪，眼泪落在地板上。

郭爱军睁开眼，突然看见了门上的红十字，她瞪大眼睛叫道：红旗，红旗！

魏华说：那不是红旗，那是墙壁。

她大声说：不，那是红旗，让我亲一亲。魏华脱下外套，露出里面的大红色汗背心，贴在她脸上。泡泡儿扑哧一声笑起来。闵姨蹬着缝纫机，缝纫机嗒嗒响，那声音说：就是一个脱离了低级趣味的人，一个高尚的人，一个纯粹的人，一个有道德的人，一个有益于人民的人，一个十全十美的人。

三十六

"热特"拐进五分场的岔道时，肖潇趁着颠簸，迅速转了一个身，让自己背对将要经过的路西那片家属房。

她不愿，也不敢看见那排茅舍。那个她辛辛苦苦建立起来、曾经生活过的小屋，有一个褪色的木头窗框斜对大路。那灯光将从此熄灭。她不会再回到那里去了。

早春的风，在原野呜呜地吼叫。听起来像一只痛苦的巨鸟，追踪着她，疯狂地扑翼。她拽了拽头巾，紧紧闭上眼。车轮从她心上肆无忌惮地碾过。她觉得自己在温煦的南方久久培育起来的决心，正一丝丝被挤压出去，慢慢软化。那扇小窗对于她似乎依然是亲切多于厌恶，眷恋多于憎恨。她害怕那只巨鸟。它会不会把她的心思也搅碎、扬散？

她一直没给他写过信，他并不知道她今天回来。如果他望见拖车上的她，下车后直接去了连队住，他就会什么都明白了。

她睁开眼，茅屋在她眼角的余光中一闪而过，如那只巨鸟翼上飞散的羽毛，被灰黄色的尘土卷走。总算过去了。然而，她朝前望去——正对着她的，是路边一块未曾收割的苞米地。枯萎的苞米秸一根根竖立，如大地的一撮胡须，挂在积雪尚未化尽的斑驳的田野上。

有人窃窃地讪笑，笑这块自留地的主人，快开春了都还没收下去年秋天的玉米，竟像贮藏大白菜似的，在这几条长垄上，让苞米站了整整一个冬。她的心被深深刺痛，虽然东北人很讲面子，车上的人因为有她在场，不会说过头的难听话，她仍然冒了一脊背酸酸的冷汗。看来他是真的放弃了。放弃了自留地，也彻底放弃了她留给他的那个机会。他并不指望她回农场来同他言归于好。那些残剩的幻想和希望，在喀喀响的车轮声中通通急骤地后撤了。

车停在围墙外的大队办公室的旗杆下。她踩住胶皮轮，从车厢后头爬下去。一条腿全麻了，有点恶心。她必须重新回到那个她之前曾经无情背叛了的女生宿舍去。无论分场领导会不会批准他们的离婚请求，她从此都将在这百米大炕上安身。

宿舍是熟悉的，眼光却陌生。空气中浮游着惊异、猜疑和鄙视，招呼打得勉勉强强，笑容冷冷冰冰。那些正在热恋的毛丫头，定是把她看成了不吉的象征。"天天读"，起床哨，分水，熄灯，军训，刷饭盒，既然那个寒冷的冬夜里，她一言不发地从这条炕上搬走了自己的行李傲然离去，她今天为什么还要回来？她似乎永远在重复同一种无可奈何的忏悔，总是要回到她出走过的地方。从荷花池头到五分场女宿舍，又是一个对位。回来又将是什么命运在等待她？

她把旅行袋放在屋角炕梢的一个空处，她准备就睡在这个地方。她的心忽然一阵慌乱：她的被褥行李，都在那个"家"里，她还得去把它们取回来。

正是收工时间，姑娘们忙于梳洗，有一句没一句地同她搭讪。却没有一个人向她发出邀请，也不会有哪个人肯主动去替她取回那行李。今晚她睡在哪里？她愣一会儿，站起来走出去。

身后有脚步追上来，怯怯叫着她的名字。

她回过身，见是一个名叫小颖的鹤岗姑娘。她的姐姐是她的朋友，可惜已办回城去了。

"你……今晚，睡我的被呗……"她嗫嚅说，却不知为什么红了脸。

肖潇摇摇头。

"谢谢，不用了……我有被的……"她说。

她快快地走开去，怕突然涌上的泪水会使自己感到被怜悯的难堪。

她往家属区走。

那只痛苦的巨鸟，依然跟踪着她，在黄昏的天际下挣扎呻吟。双翼掀起路边不知所措的沙砾与草秸，层层将她卷拢包围。惨淡的夕阳在远天尽头，酷似一只生锈的铁环，战战兢兢地任凭巨鸟啄得摇晃不已。

就在拖车刚才经过的最后一排茅舍的西头的斜坡上，在她春天时采过野菜的那块西葫芦地旁——昏暗而疲惫不堪的最后一线残阳之中，伫立着一个人。

他一动不动地站着，凝望着前面不远的杨树林。大路上人迹已稀，只有一辆空牛车，慢吞吞地往分场方向走来。

他仍然站着。朦胧的逆光下，她只看见他的头发在飘动——是这个高大的身影全身唯一活动的地方。她知道他是不喜欢戴帽子的。只有这个人，在风中不戴帽子……

她朝他走过去。

先前心里那种酸楚的滋味，又泛上来。好像倒灌的泥浆，要淤塞什么。他是在等她，等别人？应该是等她，除了她……不不，但愿不是等她也不是等别人，什么人也不等……她悄悄站在他身后，屏住了呼吸。是的，一切都不那么容易割断。茅屋、柴垛、菜园。那时候她是一个挑得起生活重担的女人，几百个日日夜夜。风吹起她的鬓发，轰隆轰隆地响。

他突然回过头来。

他瞪大了眼，吃惊地望着她。

于是，她讷讷地说："我……回来了……回连队了……我来拿行李……看到你在这里等我……"

"等你?"他冷冷反问一句,龇着牙,似笑非笑,"你怎么知道我等你? 你回不回来,关我什么事?"

他甩下她,大步朝房头走去。

那样固执诚挚的等待,在男人的自尊面前,原来是一个不能等价交换的秘密。

她随他走进小屋,扑来一股令人窒息的烟味,满地烟头。天棚上黑色的蛛网密匝匝堵住四角,垂挂下尺把长的灰绳,在头顶晃悠。

"你不是喜欢真实吗? 别皱眉头。"他用鞋尖把一个罐头盒踢到墙根上去,往地下吐了口痰,然后往炕里一缩,穿着鞋盘上腿,抓过一个纸盒,卷起了烟叶末。

她盯着他那只油黑锃亮的棉袄袖子,心里泛上一阵厌恶。

"怎么,哪天再第二次去大队部开证明?"他懒洋洋地问,"分居半年,这回大概有希望了。"

她用手指绕着自己的围巾角。连一声问候、一句悔恨、一点挽回的表示都没有? 太冷酷了。又堕落下去一层。她早该把他看透。

他昂着脖子对着窗口噗噗吹烟,"你要什么,都拿走。"又加一句,"这套家什,也值百把块。"

"你少提钱!"肖潇突然愤怒了,"我倒要问问你,你什么时候有个叔叔,在部队当大官?"

他竟连眼皮都不抬。

她越发气愤,气得声音都变了,"家什家什,留着你赌博换钱去吧! 省得输了就去骗人!"

可那只小闹钟竟还嘀嗒走着，没有被他赌押掉！

"骗人？"他失声笑起来，似乎真觉得十分好笑，"又是老调重弹。我真弄不懂，你为啥对这个问题格外神经过敏，格外感兴趣。我看你真是有点自寻烦恼。"

"你说什么？"她紧紧咬住了嘴唇。那些苦口婆心的规劝，那些伤神伤心的争辩，竟然全是白费唇舌，没有撼动他一丝心弦？还是他要理直气壮地走开去，厚着脸皮死不认错？"我怎么是自寻烦恼？你也不是不知道，我一直是想让自己活得坦白，活得真诚。我当然也这样要求我的……爱人。"

"算了！"他耸耸肩，"你知道什么叫坦白真诚？我不是已经同你说过，在这个世界上做一个好人，恰恰是很虚伪的，像个伪君子……"

"这么说你倒是真诚啦？你好意思……"

他却并不生气。又卷了一根烟，用舌头舔着烟纸，慢条斯理地说：

"你为啥总是一口一个你撒谎、你骗人，好像我犯了什么弥天大罪。你干吗不问问，别人又是怎么骗了我们！这个时代，这场运动，这个农场，曾经对我们说过几句实话？可是谁去质问他们，谴责他们呢？我丝毫不想为自己开脱，我又不是不晓得谎话总是要被戳穿的……"

她打断他："那你为啥还要一而再，再而三地费尽心思，编造一个又一个谎话呢？我想了一年也弄不懂你。"

"你说为啥？"

除非你的神经有点毛病，你控制不住自己，你变态……

她为自己的想法一阵寒栗，默默摇摇头。

"你要我明明白白地告诉你吗——"他古怪地笑了笑，"这是一句百分之百的真话，信不信由你——当我看到别人相信了我的谎话时，我就快乐到了极点。当我看到我说实话办不成的事，用谎话去办就畅通无阻的时候，我真是发疯一样开心。这是我生活中唯一开心的时光，我无论如何克制不了自己获得这种快乐的欲望。世上无论哪一种真理，哪一种道德，如果不能够给我带来快乐，它即使再完美，又有什么意义？何况，在我们面前的这个世界里，只有用谎话，才能得到人起码应该得到的尊重，你为什么不想想，这样的社会，也配还报给它坦白和真诚吗？"

"你只想到你自己。"她忍无可忍地说。心怦怦跳个不停，好像被什么东西震动摇撼，扭绞翻腾。骇人听闻，却又想听下去。"你是一个彻头彻尾的利己主义者。"她简直觉得自己无地自容，"真没想到，我会如此轻信，爱上你这样的一个……"这样一个赤裸裸的无耻之徒！"这样一个人！"

他竟然嘿嘿一笑。狡黠的目光从灰蒙蒙的烟气里钻过来，勒紧她的胸。天黑下好一会儿了。他伸手拉亮了电灯。

"你看，我说吧，连你也不喜欢这样的真实——我把内心的隐秘暴露给你，而你却把它们当作祸水。"他说。灯光下，他那阴郁的目光显得坦然无邪。"你口口声声说喜欢真实，我把一个真实的我交给你，你却无法接受，你是绝对无法接受的。你要的是一个规规矩矩道貌岸然的假我，是的，要一个所谓善良美好的假我，而把真实当作一块遮羞布，你！"他突然暴怒起来，"你才是一个口是心非的东西呢！"

她愕然。惊诧。气恼。羞愧。虚弱。噤若寒蝉。她理屈词穷，再无法说服他。

那只长方形的小闹钟，朝很远的地方一步步走去，嘀嗒嘀嗒。在它的世界里，即将没有"我"。但是没有了"我"，又要它做什么？

"那么……以前……你说自己从不骗我，可是你却什么事都瞒着我……又为什么？"她结结巴巴问，"假如你真的爱我……"

他把头靠在火墙上，微合上眼，似乎平静了下来，用一种疲倦的声音说：

"我刚才已经说过了，假如我早就把什么都告诉你，恐怕你老早就离开我了。你会把我当作一个真正的坏人唾弃。因为你……你还不懂，你还没有能力来承受我……我为了维持我们之间的感情，向你隐瞒真相，把自己装扮成一个天使，让你爱我，为我牺牲……但你永远不会懂得，我的心并没有骗你，我是爱你的！你是我唯一的一个无论如何不会用谎言换取快乐的人，这难道还不够？我是爱你的，从认识你那时候开始——我为了保留你的纯真，把所有的丑恶都向你包藏起来；为了不使你对生活厌倦失望，我独自一个人面对冷酷的现实。毕竟，我从来没有教过你说谎！从来没有！我让你留在自己的王国里，用我的'坏'，去换取你的'好'，我小心翼翼地不让你的真诚在这个丑恶的世界上受到污染，你还要我怎样爱你呢？到底是谁，为爱付出的代价更大？"

那声音突然低下去。

"……你走吧，我不会拦你。我早料到会有这一天。当我把真实说出来的这一天，一切都会完结……也许早一点，早一点告诉你谎话是个什么东西，你反倒会变得聪明些……我不知道怎样做更好，我真高兴看见你，还是像你自己认为的那么天真无邪，同我第一次见到你时那样自信而又自尊地离开这里，离开我。我是一个微不足道的人，但请你一定记住，我绝没有欺骗过你。为了不欺骗你，我大概欺骗了自己，所以受到这样的报应，只要你相信我没有骗你，我无论怎样倒霉也心甘情愿。我把你当成我自己，我没骗你就没骗自己，就没骗生活，生活又为啥要惩罚我？可见它也不喜欢真实，我们都是受了它的骗了……"

他背对着她。一个冷峻而威严的后背。渺小又高大。

灯突然灭了。又是停电。一片漆黑。

思维停止了，她失去了析别的能力。一个无底的黑洞，黑得连恐惧、连惊惶都无法辨认。她的心也是一片黑暗。她从未看清过自己。

一个黑影，巨大而模糊，从墙上升起来。似从她的躯壳里爬出，那个夏夜的魔怪。他把一根蜡头放在炕梢的沿木上，她机械地站起来。

"我该走了。"她说。

"如果需要，我可以最后当一次搬运工。"他说着，动手去卷铺盖。

她默默望着他把炕上的行李分成两半。她的那套被褥好像一直

隐形伴侣

没动过，草绿色的垫被，樱桃红的花布面被子，将重新归于自己的主人。一双皲裂的手，系着粗糙的麻绳。一张终于散架解体的炕。

她抓住绳子，掂了掂，用另一只手托住。

"好吧，那就自力更生吧。"他侧开身子让她。

她抱起铺盖卷走出去。竟走不出去。它太大，在门边卡住了。他为什么不坚持呢？

他在她身后，忽然说："还有最后一句话。"

她索性让铺盖卷卡在那儿，用膝盖顶住。

"你说好了。"

"……"

"说嘛。"

"你听着！"他突然咬牙切齿地低吼，"办手续，开证明，什么都随你。你想啥辰光离就啥辰光离。可是儿子——必须归我！听见没有？归我！"

"我想……"铺盖要掉下来。

"你想什么？你要真想离婚，就把儿子给我。一言为定，儿子！如果你不肯，到时候不要怪我……"

铺盖到底滑下来了。全部家当。他们之间没有财产纠纷，却有儿子。儿子是共同创造的财产。她抱住铺盖，使劲一挤，踉跄出了门。

田野一片惨白。一个又圆又大的月亮，哀婉又惊讶地望着她。似乎怀疑自己弄错了时间，竟在两个人分离的日子赶来祝福。

你也是一个黑暗的自我！你的光亮也是骗人的！可是你认识自

己吗?

肖潇跌跌撞撞地走。她看不见自己的脚。她只是模模糊糊记起,她的那只帆布箱子还没有拿走。

她在一片茫茫林海中行走,荆棘树枝钩住她的衣袖,衣服挂破了,露出粉红色的衬衣。

她记得自己并没有粉红色的衬衣。

树林很密。林深处,隐隐约约挂着一只只橄榄绿的果子。远远望过去,像一根根鲜嫩的莴笋。走过去,侧面像一根根香蕉,而正对它,又像一个个椭圆形的梨苹果。她完全不知道这是一种什么水果,她从来没有见过这样的水果。她把鼻子贴在水果上闻闻,绿色的花纹中散发出一阵阵又似黄瓜又似西瓜的香味。她咽着口水,只觉得食欲极其旺盛,肚子咕咕乱叫。她伸手去抓那果子,忽然发现树枝上盘着一条黑色的蛇,正哑哑吐着舌头。她吓退几步,把辫子上的橡皮筋解下来,像游艺会上套圈圈那样把橡皮筋弹过去。橡皮筋恰好束在蛇的脖子上,使它无法动弹。她跳一跳,把果子摘下来,急忙囫囵吞了。等她想起应咬一口尝尝滋味时,果子已沉甸甸落在胃里,却又转瞬没了分量,连她自己也没了分量,只觉得眼睛清凉凉的舒服,她像要飞起来,腿和胳膊的力气都大得惊人。

她飞跑,从密密的树林中穿过,灵活轻巧,能从老远的地方,辨别出前面的障碍。

她发疯地用一把锤子打铁。锤子尚未接近铁坯,铁坯就成型了。

她拔起一株大树。山洪暴发。她把大树架在山涧上走过去。她踩着一片树叶从大海上走过去。她用树枝发疯地鞭打海浪，白浪滔天。她在海底生起一堆火，吱吱地烤着海水，海水变成了一层白盐。

天空中掠过一个巨大的黑影，追着她喊：你偷吃了那个果子，给我吐出来。你偷吃了那个果子，给我吐出来。

我不知道吃了什么果子。她叫道。跌在一块沼泽地里。我不知道吃了什么果子。她更大声叫。她想把果子吐出来，却什么也吐不出来。

三十七

北大荒的春天，是骑着推磨的驴子来的。

他说过。

这话是他说的，驴子驮着春天，转了一圈又一圈，好像是来了，来了又走了。似乎是暖和了，暖和了又冷了。明明是冰化雪消了，又下场雪，又积一层冰。冬天就是那头驴子，蒙着眼睛呀。

终于它走累了。它停下来了，它歇息去了。于是春天从它背上跳下来，大地淌满欢喜的浆汁。

他说过。他说过什么？说过许多许多。忘了的，记着的，都再没有什么意义——介绍信已经开出来了，上面写着：调解无效，同意离婚。八个字，盖上了分场的大印。他和她，很快就要到总场去办手续。

这张介绍信，也是像驴子驮着的春天一样，在这块弹丸之地，转了无数的圈圈。分居是事实了，五好家庭破产了，那么第一对在农场安家的南方知青的光荣历史呢，就此一笔抹去吗？太便宜这两个兔崽子了。假如是假离婚为了要探亲假呢？不忙着答复他们，劳改干部干什么吃的？不会侦察一段儿吗？要好好地盯梢，看看这对明离暗合的家伙搞些什么鬼。被褥分两套，人可以钻一个被窝不是？

那些天，肖潇有生以来第一次听到这样的词：捉奸捉双。是孙干事在连队大会上指桑骂槐讲的，事后有人问她有没有听懂。她倒很想知道一下那是怎么样的一种事。她不懂离婚的痛苦之外，为什么还要加上人格受辱的代价。磨推过来，又转过去了。下一次，又推过来，背着希望的缰绳。

她突然发现，周围的目光，变得更加陌生，更加阴冷莫测。早春的风刺骨，而且总是从背后刮来。不知从什么时候起，她变成了一个坏女人。谴责的重心向她倾斜——几个月前她还是同情与怜悯的对象，忽然间，她与陈旭的位置做了一百八十度的对换。

"是她要离的。"她们窃窃私语。

"心真狠，孩子也不要了……"

还有……还有更多的，她听不见。

她成了坏女人，因为是她提出的离婚。他被这种坏女人抛弃就变成了好人。他是受害者。他们原谅了他先前的一切过错，因为无论有多少过错的男人也是男人。无论有多少过错也不能成为离婚的理由。

她不知该求助于谁。那是一个没有法庭、没有律师的年代，只有革委会。而革委会主任的心情取决于总场主任的电话，取决于春耕的进度，取决于饲草的多少。何况那些日子五分场根本就没有革委会主任。余福年已经调到管理局去当政治部主任了。新任命的分场主任是郭爱军，还在杭州的医院里练习走路。只有刘老狠临时执政，他把那份离婚报告倒着看了很长的时间，瞪着眼说："不行，没有老婆，陈旭这小子更无法无天了！还得有个人管着！"磨推过来，又转过去。它真的要永无休止地推卸自己的责任吗？

春天就要逝去，青春和希望在哪里？……

她在绝望中拦住了李书记的自行车。

你停一停吧！

他真的停住了。那天下着小雪，他的帽子被打湿了，清癯的脸显得疲惫劳累。他耐心地听她讲，不时地点着头。她觉得他恳切的目光相信她说的是事实。这温和的神情鼓励感动了她，她几乎要把他当作朋友一样来推心置腹。

"李书记，听人说，你同你……爱人也过不下去了。前几年你也离了婚？你们当初难道会……撕破脸皮地动手打架？不彻底分开，不是两个人都会……死的吗？"她说得语无伦次。

他微微一笑，并不怪她触了自己的痛处，似乎还有点喜欢这样的直率。

他说："好。我同他们谈一谈。"

车轮子转起来，向前走了。磨推过来，终于停下了。春天从驴背上跳下来，跳上了一匹骏马。也许是一头牛。没关系，就是蜗牛也会朝前走。

果然，他同"他们"谈了。谈的结果，就是那颗大印。别人悄悄告诉她，孙干事得意扬扬地教训了刘老狠几句："咋样？我早说，让他们离了吧，陈旭这小子，老婆跑了，活该！这下，可得给我乖乖滚回连队住去了！"

刘老狠默默走了。肖潇知道，对于他们的离婚，真正伤心的，是刘老狠。他老远看见肖潇，扭头就走。本来就没有笑容的脸，这会儿更像霜打过的黄叶。那个雪中送炭的灯泡！

他说过，春天是骑着驴子来的。

他说过，秋天是坐着雪橇来的。

他说过，他爱，爱她……

无论说过什么，现在都已经毫无意义，明天一早，他们就要坐车去总场办手续，然后客客气气地分手。也许她不会忘记同他说一声再见。

一只只白色的蚕宝宝，在她的床上蠕动。风儿从窗外吹进来，满地白色的落叶。原来是蚕宝宝蜕下的一层层、一片片皮，柳絮似的漫天飞舞。

她低头捡着那些柳絮，原来是一些撕碎了的纸片。她想把它们贴在一起，粘在一块，可它们全是些不规则的多边形，没有一块纸片能拼合在一起。她对了这块，那块又散了花。她忙得浑身是汗。忽然有两块碎片惊人地合拍，她把它们组合在一起，却发现胶水一点都不黏。她在火炉上调糨子，糨子也不黏，像水一样。她抹上水，拿到雪地里去上冻，竟然也冻不上。拿回屋里让火一烤，碎纸片又全化了，变成了雪片片……

三十八

这天一早，她穿上黄棉袄，戴上头巾、口罩，把介绍信放进随身携带的黄挎包里，又检查了一遍，然后到机耕队去坐拖车。

她和他约好在那里见面，一起去总场办手续。

拖车的车厢板上，积着一层亮晶晶的白霜。等车的人，把草绳、麻袋片、砖头拖来做坐垫，蜷缩着身子，一声不吭盼着开车，有人同她打招呼，她草草地做一个答，只是埋下头不看人，怕有更多的人注意她。终于驾驶员出现了，对着满满一车厢的人吆喝几句什么，又同路边上工去的姑娘逗笑，磨蹭一会儿，才钻进驾驶楼。拖车像通了电的鼓风机，噔噔响起来。

她朝大道上张望，没有他。她站起来，家属区的小道上，连个人影也没有。

拖车越发吼得起劲。它要出发。

肖潇揭下口罩，脸上一层汗，手套也黏糊糊的。——她总不能一个人去总场。

车猛地震动了一下，人纷纷向后倒去。

她不顾一切地攀抓着车厢板，踩着车尾的一角铁跳了下去。她听见车上发出一阵惊叫。

她还没站稳，就向小屋跑去。他变卦了？到底为什么没来？一定是睡过了头。横竖今天是赶不上车了。

她用力推门，门没插，她一个趔趄跌进去——

满地碎瓷片、碎玻璃片、破布条、破纸片……一个触目惊心的垃圾堆。

而他，埋在这垃圾堆里。半跪在炕前，头垂在炕沿木上，好像睡着了。脚下踩着一只空酒瓶。喉咙里呼噜呼噜响。

她朝他走过去，拼命摇他的肩，一股刺鼻的酒气熏得她扭过头去。她看清地上那些碎片，是砸烂的杯碗，还有撕开的床单和书信，连那张简陋的小炕桌，也已成了一堆破木条……

他喝醉了。她松一口气。看来他还是感到了极度的痛苦。她心里略略地有些轻快。她极希望看到他这种失去了男人的妄自尊大，而显得软弱不堪的狼狈相。这么说，离婚对于他绝不是一件轻松的事。

屋里很闷气。被严冬封锁的窗子尚未到开启之时，玻璃上积满尘土污垢。小屋半明半暗。那个蜷卧在她脚下的男人也如一堆破布似的肮脏难辨。但他曾经是她的丈夫，现在还是。她眼睁睁看着爱的潮汐一步步退出干涸的河床，却无能为力。

她怔怔坐在炕沿上，忽而感到心力交瘁，恍如隔世。她看不见什么，更想不起什么，心中虚荡，身外缥缈。过去和现在，现在和未来，都似乎隔着一条无限扩张的沟涧，使她对自己在这个小屋里曾经度过的岁月又一次感到困惑。那种曾经几乎要把她燃成灰烬的饥渴如狂的情欲，如今却悄然隐没，不知躲藏在哪个角落的阴影里，冷冷地嘲笑她。她愿意重新一百次一千次地燃烧，她为什么不是一个太阳？从此以后，她将远远地离开那爱的天堂和爱的地狱，到大地上到人世间去寻找一个宁静的湖湾。

他蠕动了一下，哼哼着。她清醒过来，到外屋去舀了一点凉水，弹在他脸上。她心里丝毫没有同情，只有厌恶。她用出全身力气，把他拖到炕上。

他睁开眼，眼里布满血丝。那茫然恓惶，犹如从另一个世界回来。他阴惨惨地笑了笑，又皱起眉头，好像完全不认识她似的，古怪地盯住她。忽然伸开胳膊，猛地搂住了她，把她拖到自己身边来。他的力气大得出奇，死死地夹住了她的双臂，使她无法动弹。她开始挣扎，小声地恳求；她揪住他的头发，愤怒地抗拒……全然无济于事。他像一头发了疯的大象，从莽林里气势汹汹地冲撞出来，粗重的喘息声如暴雨前的雷声轰鸣。他几乎是撕开了她的衣领，蛮横地把手伸进她的内衣……

"不！"她叫道。她听不见自己的声音。

"不！"她感到有什么冰凉的东西，从眼角滑下来。她悲哀至极。

然而那沉重的身躯，仍然不顾一切地向她倾倒下来。她瑟瑟发抖，她推他、打他，她筋疲力尽……

"不……"她对自己说。她咬紧了牙。

她知道自己拗不过他。她吐不出那个果子。她仍然渴望着黑暗中温柔的抚摸，哪怕最后一次……是的，她要。要在那宽厚的胸脯下，重温最后一次天堂的快乐。他是她丈夫，她依恋他、怀想他，她习惯他……

他翻身爬开的时候，她觉得自己像是从一座冰山下挣脱出来，赤裸裸暴露在一片雪原之上。空荡荡茫茫无边。一阵寒战，又一阵寒战。他和她像两块互不相干的石头，像两颗从高空坠落的冰雹。全世界都回到了冰川时代。那鲜嫩欲滴的草莓谷呢？只有恶心、虚空，犯罪似的恶心……

他披一条撕成两半的灰毯子，呆呆坐着，两眼发直，久久望着墙壁，忽然含糊不清地嘟哝了一句什么。

——你给我回来！

灰毯子从他肩头滑落下去，露出半年来明显消瘦下去的前胸。他的牙齿打战，身子一阵阵哆嗦，他伸出两只冰凉的手，扶住了她的肩。一双闪烁着仇恨的蓝光的眼睛，罩住了她赤裸的全身。

"你回来，我们从头开始。按你说的那样生活。"他的毛发直竖，脸上的肌肉剧烈地抽搐起来。也许这正是她一直以来期待的保证。

"你说什么？"她问。

他摇摇头。

老爹爹，放了我吧，你要什么我都给你……

她仰起头，从他那双此刻睁得很大的眼睛深处，看见那个折磨了她许久的恶魔，正静静躲在一边，舔洗自己的伤口。狼来了！它觑视着她手中的纱布，妄图将它变成一团诱她走向深渊的迷雾……

她轻轻拨开他的手，去抓周围那一件件扔得凌乱不堪的衣服，默默穿好袜子，套上棉靰鞡，慢慢系着鞋带。

"我不会再相信了。"她喃喃说。

他颓然望着天花板，自言自语，神情恍惚。

"相信什么？我是说——你可以走了。你放心，从你不是我老婆那一天开始，再不会有……这种事体了。"

他的脸，在昏暗的浮尘里，呈现出一种她从未见过的伤心自嘲的苦笑。这种恓惶之情同他平日的傲慢判若两人。她的心怦然一动，溢满苦涩的酸水。她也许应该吻他一下作为告别。她默默站在地中央，身子像被一股气流冲击得摇晃起来。

"好啦，你走吧。"他的声音重又变得冷峻严酷，"明天早上，我在机耕队的拖车上等你。一定。"

她在一条长长的走廊里飞快地穿行。走廊两边是无数的门，每扇门上都有一个扁扁的钥匙孔。

她打开自己房间的门。

房间里有一张炕，铺着席子。炕中间有一根巨大的圆柱，一直伸到屋顶外面去。有这根圆柱，她的房子就不会塌下来。她想。

她看见圆柱的出口有什么在闪动，好像是一个人影。

她低头一看，发现自己赤身裸体。

窗外有一个小湖，她跳到水里去，一条金鱼向她游来。金鱼吐出的一个个水泡泡都变成了一只只金色的蘑菇。一面大网朝她劈头盖脸撒下来。她逃上岸去，阳光下，她看见自己原来穿着游泳衣。我在游泳呀，她大声叫道。

三十九

"因——双——方——感——情——不——和——分——居——半——年——请——准——予——离——婚——"

一个瘦瘦的老头，坐在一张没有抽屉的办公桌后面，捧着那张介绍信，结结巴巴地念道。念完了，眯起眼，威严地打量他们。他似乎很乐意处理这件事，对他们充满了兴趣与好奇，以至于他的审视长达半分多钟，来回转动的眼珠一定有些疲倦了。

"都是知青儿？"他问。

她点点头。

"浙江的？"他把"浙"念成"责"。

她又点了点头。

"结婚多长时间了？"

"两年半。"

"有孩子吗？"

"有。"

"因为啥？感情不和？"

肖潇低下头。

"不是有了孩子吗？怎么会感情不和？"

他在提问中同时得出了一个难以收回的结论。

"问你们话呢！"他伸伸懒腰。

肖潇讷讷地说："这种事……一言难尽……分场领导……都同意了……"

"那你找分场办去吧！"他显然生了气，"这样一辈子的事儿，闹着玩儿呀？"

陈旭重重地咳了一声，突然说："感情不和，主要是我的责任。我道德品质恶劣，经常旷工、酗酒、偷窃、诈骗，我干了许多坏事，她没法和我过下去了。我也改不了了，所以我同意和她离婚。"

他说得那么平静、坦然，好像在讲述一个别人的什么故事。

临时法官惊愕地张大了嘴，眼睛的形状变成了一个竖着的橄榄，半天说不出话。

"是、是事实吗？他说的那些……"他总算想起扭过头来问她。

她的眼睛里霎时充满泪水，向陈旭投去感激的一瞥。他避开了。男子汉！呀，假如在平日，你也能这么严厉地对待自己……

"他说的是不是事实？"他有些不耐烦。

"是的。"她声音轻得只有自己听见。可她情愿回答说：不是！为什么没有人问问他们彼此是否还相爱？为什么要由也许从未体验过爱情的人来主宰他们的命运？可是，万一离不成，她该怎么办。

沉默。"法官"摇着腿，抽上了烟，在烟雾里，他变得越发纠缠不清。

陈旭向他凑近了几步，扔过去一包"迎春"烟。"帮帮忙吧，主任。"他显得愁眉苦脸、痛心疾首的样子，指了指自己的心口，又指指自己的脑壳，"我是个落后分子呀，她是个革命青年，离婚是阶级关系发生了变化，是阶级斗争的反映，你可不能掉以轻心，这关系到我们走哪一条道路的问题。最高指示说：世上决没有无缘无故的爱，也没有……"

"哦。"他站起来，打了一个呵欠。既然涉及阶级斗争……他的表情已变得警觉而严肃。他兴味索然。

他拿出一串钥匙，去开屋角的一只木柜，在里面翻动着什么。他翻了很久，居然没有结果。这时有个人推门进来问他一个什么事，他嚷道："这里头的离婚证哪儿去了？八百年也没人来用一回……""上政工办去找找。"那人提醒他。

他出去好久，最后拎着一沓纸片走过来。"填吧。"他对他们说。

以下的手续是简单的。性别、年龄、财产、离婚理由……

只在写到"子女"这一栏时，临时法官哼哼着问："孩子归谁？"

"归我。"陈旭抢着回答。

"你同意不同意？"他问她。

她感觉到，陈旭向她投来近于求救的目光，她不敢抬头。如果她点头，意味着她将从此失去陈离。如果她摇头，很可能即刻前功尽弃。他说得出做得到。你不把我当妈妈，我怎么给你当妈妈？陈离没有妈妈也长出了牙齿。他太像他的父亲了，像得叫她战栗。

"快说话！"临时法官的蘸水笔尖上挂着一滴墨水。

"我们早说好了，孩子归我。"陈旭斩钉截铁地重申。

一笔多么残酷的交易。他奉行了自己的诺言。她难道不应当"报答"他吗？

那滴墨水，落在纸上，变成了法律。

她惊叫起来："……如果他再结婚，儿子要还我……他不能有后妈……求求你写上这个……"

"再结婚？"陈旭苦笑着反问，突然暴怒地大叫起来，"假如你再结婚呢？我不能让他有后爸！"

"法官"的同情完全倒向男人。他敲敲桌子，用教训的口吻说："孩子归男方，你一分钱抚养费不拿，还闹个什么劲儿？"

他接着举起笔，在那张纸的"备注"一栏上，庄严地加上了一行字："孩子归男方所有，女方不得干涉。"然后他举起大印，在嘴边呵了口气，往纸上狠狠地砸下去。

于是她和陈旭各人都得到了一个血红的圆圈。他们的名字分别落在红圈里。

"行啦，这回，你过你的独木桥，他走他的阳关道啦，走吧！"

他宣布。然后无精打采地倒在椅子上。

他们一前一后地出来。门口光秃秃的小树林背后，也挂着一个血红的圆圈。太阳偏西了。一天就要结束。红圆圈，意味着结束，还是预示着开始？是零还是满分？是血滴还是太阳？

陈旭头也不回地走开去了。

她捏着那张盖有红印的纸片，木然望着他远去的背影。她为着这张纸片耗费了太多的心血，以至当她得到它时，几乎已感觉不到轻松。神经从哪里被抽剥去了？她记得明明是昨天刚来登记过。此时，她得一个人回连队去。

她在一块空地上表演杂技，从一个燃烧的火圈中钻过去。她钻得好灵活，动作像一只没有毛的兔子。可是她每钻进一个火圈，总是又有一个新的火圈横在路上。她钻得很累，火圈却没有穷尽，像国庆节游行队伍的花环。她站在一辆彩车上，装扮成一个七仙女的形象。马路两边都是没有发叶的钻天杨。

她低着头在地上寻找什么。她记得草丛里有一条路。可她怎么也找不到那条路了。

天下起雨来。遍地是鹅卵石，亮晶晶的像一条银河。陈旭就站在河岸那边，拎着一只人造革箱子。他过不来，只好把箱子放在河里漂过来。河里没有水，箱子沉下去。只有一只小钟嘀嘀嗒嗒地走。她把小钟捞上来贴在耳边听，却明明是一颗心。心不在陈旭胸脯里，怎么会在这儿怦怦地跳着？她想喊他，告诉他他的心在这儿。银河太宽，他根本听不见，隔着河岸，她望见他，魁伟英俊，却穿一身和尚的袈裟。

雨下得更大，银河里开始涨水。水里隐隐有一条路，像运河的塘堤。一只喜鹊把箱子衔来，她却无论如何打不开……

四十

瓦砾堆。

她被压在一堆碎瓦块底下，呼吸急迫，四肢笨重。她无法挣脱腿上的重压。她从瓦砾的缝隙里望见一片蓝得透明的天空，发出一种金属般的光泽。她从来没有见过这样蓝的天。她弄不清那到底是天空还是海洋。

瓦砾堆的亮光处，探头探脑地爬过一条巨大的蜥蜴。奇怪的是它竟然没有尾巴，尾巴处在滴血。它的小眼睛盯住她看，她一点不害怕，伸出手摸摸它的脑袋。蜥蜴低头在洼里喝水，它的尾巴突然长出来，像小狗似的摇晃。

一只螃蟹从海里爬出来，用它坚硬的钳子，翻开了一堆瓦砾。瓦砾下原来长着一大片绿油油的韭菜。螃蟹用钳子去割韭菜，刚割下一茬，一会儿工夫就又长出了一茬。她对螃蟹说，你来帮帮我吧。可是螃蟹刚刚翻动石块，它的钳子就咔嚓折了。她很焦急。突然又咔嚓一响，刚才断裂的地方又长出了一只新的钳子。螃蟹帮她搬开了石块，她钻出来，深吸一口气，迅速地用手捏住螃蟹盖的两侧，大声说：好了，我有长出新钳子的本事了！

螃蟹无法动弹。她却想不出该到哪里去煮熟它。她低头看自己，满身是伤。

天还是那么蓝，蓝得像图片里的大海一样。

她不知自己是在哪里，是一个陌生的地方。她环顾四周，天棚高而黑，窗子大而低，箱子不是摞在炕里，而是架在地中央。屋子不大却不显拥挤，整整齐齐十几条花褥单延伸过去，不远便是一堵墙。墙上挂着一张表格和几束谷穗、苞米穗。阳光在发黄的叶片上投下发亮的斑点，远远传来母鸡的咯咯叫声。

是一个科研班。她记起来。是离五分场十几里地外的七分场。她记起来。她总是不断地在更换住处，像一个流浪汉。她昨天同大康值夜班观察记录种子的发芽试验情况，今天上午她休息。她也记起来，她已经正式从五分场调到这个地方来了。她舒舒服服地伸了一个懒腰。树挪死，人挪活。换一个地方，她将从头开始她的新生活，按她心中的理想去寻找自己的道路。从她来到这个分场的第一天开始，她就对这里的一切充满了新鲜的激情。

那天中午刘老狠披着一件光皮筒子，走进女宿舍来。自从她办了离婚手续，见到刘老狠心里总是别别扭扭的。

"下雨不出工了。"他卷一根烟，坐在肖潇铺位旁边。

"春雨贵如油，下得遍地流（刘）嘛。"有人同他开心。

她扭过头去。她不知该对他说什么。

"可不咋的。"他倒是十分和气地搭腔。吧吧地抽烟，抽完了，在鞋底上捻灭烟头，双手拢一个筒，侧过脸冲着她低声说：

"同他分开这么些天了，你咋就不想想换个地儿呢？"

她摇摇头。换哪儿去？她谁也不认识。

"我瞅着你俩，抬头不见低头见，总不得劲，总不是个事儿……你要想换换地儿，我同七分场徐主任说说去，他是我连襟……"

她没觉得同陈旭见面不得劲，可别人，也许全分场的人都觉得别扭得受不了。那天闵姨不也好心地劝过她，也许换一个地方，就会忘却许多难受的记忆，人也会变成另一个样子的呢！

一个月以后，她真的就调到这个七分场来了。

离开五分场的那一日，天有一会儿没一会儿地下着小雨。浓密的云层卷去了最后的残冬，风湿润得柔软、滑腻。雨声滴滴答答如钟摆似的走，泥泞的公路上吱吱嘎嘎的车轮声，如雨点子敲在竹笠上一般响，采茶季节的大竹笠。总好像有雨的春天才像个真的春天，听见雨敲竹笠的春天才是真的春天。可惜在北方，这样的天气实在太少了。她坐一辆拉干草的马车去七分场。马车沿着新播的麦地间的大路走，麦秸上的水珠子颤悠悠地闪烁。无论回头还是翘望，来路与去处都是烟雨茫茫。她似乎觉得自己已将那一身的沉重卸留在五分场。可一会儿又觉得心的缝隙里仍然淤满污尘。她似乎觉得雨点已经浸涨了蓬松的麦秸草茎，它们会在半路上就发芽生长；又觉得它们转瞬就会溜走，躲回到天边儿重重叠叠的云团上头去……

与陈旭分手之后，她在这种不安与郁闷下度过了最初的日子。奇怪的是似乎比她想象的艰难要容易过些。假如你想绝望，你就会绝望。假如你想着希望，希望就会有的。她相信自己只要离开了陈旭，就会像蜥蜴那样充满再生力。

老爹爹，放了我吧，你要什么我都给你。

马车嘚嘚驶过检疫站的白石灰线，便是七分场的地界。一群群散在草场上闲游的灰黄色的本地牛、红鬃马，一片片破旧的原木围栏，一排东倒西歪的草房，突然出现在她面前。天色明亮起来，于是这个以养畜为主的小小的分场，就像一幅走近去观赏的漂亮油画，忽然变得粗糙不堪。

她将要在这里，寻找一个叫作肖潇的离了婚的女人。其实她完全无所谓到哪里去寻找。她并不知道在哪儿可以把自己找到。她将要在这里挽回这些年丢失的时间、责任，还有名誉。

她记起这一切，便对自己放下心来。她喜欢这个被草场和水库环绕的小分场，喜欢它的那种几乎与世隔绝的宁静。如果在晴天的阳光下，在科研班的小区试验田，遥望绿色的漫岗下这片褐色的农舍，实在太像她中学时代看过的那些列维坦的风景画，或像苏联小说中的一幅插图……尤其当清晨几百匹高大的红鬃马如一团团火焰般从马号喷射而出，在大道上卷起漫天的红色沙尘时，她觉得生活依然美好。

她的目光为窗台上一束没有叶子的小红花所吸引。它的形状有点像桃花，粉中带紫的娇艳花瓣，挺直的干枝条却坚韧。达子香，北国迎春花。她到北大荒几年，年年都没有采到过这种开得最早的野花。她多么想知道北大荒的映山红到底是什么样子。它却终于出现了。

准是大康采的。她猜想。就是身边这个铺盖上罩一块绿格子塑料布的大个子大康。她又是天不亮就带着姑娘们下地去了。那个雨天肖潇从马车上爬下来，拎着自己的行李愣在那儿，就是这个大康，甩着两条大辫儿飞跑过来，一把将她拽过去，说："跟我来！"她的眉宇间的距离宽得像条跑道，无论眼睛、鼻子、嘴巴、门牙、手掌、脚丫子，哪儿都是大大的。"人都管我叫大康。"她大咧咧地一笑，"科研班，我是头儿。是我向徐主任把你要来的！"

好一个爽爽快快、快快活活的大康。

大康从早到晚手不停，嘴也不停，只要一休息下来，满耳朵是她一个人的"单出头"。

"……'破四旧'那会儿，有一回我妈揍我妹妹，我妹一边往外跑，一边喊：'毛主席说要文斗不要武斗。你还是街道主任呢，为啥不学学十六条？'我妈气急了眼，追到街上直嚷嚷：'小兔崽子，我就揍你个十六条！'过路人一听，这老娘儿们可真反动，就把她送派出所去了。啥？你耳朵感冒了？我妈到了派出所也没认错，跟人吵吵说：'十六条还管揍孩子？十六条还得加一条才行！'

"……那次我回家，我嫂子给我一张票，让我去看节目。那演员上了台，嘴那么一张，嗬，嘴真够大的，大得肠子肚子都能看见了，真了不得。可下了台，同人一唠嗑，嘿，那嘴比脚还笨……"

在大康那里，生活似乎就是由这种有趣儿的事组成。无论生病、干仗，或是倒霉的事，都充满了可笑可乐的气息，她必须时时刻刻地竭尽全力将它们挥散出去。于是，在这样一个偏僻静寂的小小角落，肖潇第一次感到，过去曾被她厌烦的日常生活，竟然不再难以打发。

一到晚上，女宿舍里更加热闹，总是大康的嗓门最高。

"哎哟，又照上镜子啦？镜子让你照破啦！人说现在的电影呀，中国片儿——新闻简报；朝鲜片儿——又哭又笑；越南片儿——真枪真炮；阿尔巴尼亚……哎肖潇，你给我讲讲你们那个西湖，断桥断桥，是不是人走上去就折了……你们这些南方丫头，一吃咱这疙瘩的土豆白面就发胖，衣服全穿不下了不是？嘿，瞧咱的，咋样，大裤衩子，俺妈早给预备下了。她说一上农场干活儿，人就像发了面似的……"

有人去捶她，追得她满屋子跑。笑声像个大旋涡，把肖潇卷进去又甩出来。大康闹够了，突然收敛起来，拿出一本什么书来读，读几页，呵欠连天，眼神直发茶。她揉揉眼便让肖潇教她唱歌，学打拍子。两只厚墩墩的手掌在炕面上拍起一阵灰，却仍然怎么也踩不住调。"这些个数跟一群跳蚤似的！"她哭丧着脸，满头大汗地倒在铺盖上，"六八届，不如猪八戒！算啦！"她宣布。

可如果谁有了病，就有她忙活的了。端病号饭烧开水，不够她忙乎的。星期天肖潇要拆洗被子，她把肖潇往炕上一推："读你的书去吧，少碍事！"不大一会儿，透亮的被单子，就在门口榆树间的绳子上晾开了。然后她又悄悄盘腿缩进炕里，拿出一团白线来钩，钩出一朵菊花，又拼出一块奇妙的图案。肖潇在读书的间歇中，偶尔抬起头望她，竟发现她也笑眯眯地望着自己。

"你干吗老在看书？看不累呀？看那些书干啥？我看出来你肚子里有不少水儿。你是个明白人，上学时一定成绩好，我不行，脑子笨。看别人有文化，我真服。你有啥难处，吱声，我就爱管闲事儿……你不想家？不想你儿子？你心真狠……可我知道你心里难受，你没法子，就老看书，看书就啥啥都忘了，是不？我知道，啥都知道，你为躲他才到俺七分场来……这疙瘩的人，心好……"

她盈上一层泪，又柔又轻地把个心包得暖暖和和。望过去，那一双亲善的大眼，竟也潮乎乎地垂了下去。

"夏天咱们去采黄花，啊，南边那片甸子贼拉多……"

"等秋天下了雨，我领你采蘑菇去，榛蘑、松蘑、草蘑，哎呀，老了。还有雷蘑呢，一打雷，它就吓得麻溜蹦出来。嗬，可别碰上'蹬腿蘑'，吃一口就蹬腿完蛋啦……"

肖潇期待劳累的夏快过去，盼望那个丰实的秋快到来。她的心是一块干涸的荒地，渴望河流，渴望泉水。在经历过孤独之后，她格外珍惜集体；抛却了爱情之后，她分外珍视友情。而朴实的北方姑娘，比精明的南方姑娘，少了些心计，多了些热忱。肖潇竟然感到在一个全是由佳木斯、鹤岗知青组成的科研班和七分场，比在五分场亲切得多，轻松得多。这儿的人只关心自己想关心的事，不像五分场的人，对一切别人的事都那么神经过敏。

这小小的桃源！

她跳起身，去地里干活儿。只要大康有一会儿不在她身边，她就会感到不安……

四十一

一群大马朝她奔来，踩着她看管的小区试验田。

兔灰，兔灰，你过来！

小耳朵，你又溜号，回来！

一声口哨，那些马竖起了耳朵。听一会儿，竟摇摇脑袋，乖乖地走了。

一个小马倌，抱一杆鞭子，摸着马背的毛毛自言自语地说话：二傻子，你可不能吃人家的麦种呀。

你的马都有名儿？你叫啥名儿？

我叫小扣子。

她看看他，发现他的脸黑黄。背上有一口倒扣的白锅。锅扣锅扣，她叫他，原来你是个驼背呀，驼背也放得了马？

放得了。人说养马如君子，你看那匹小人钟，老马了，有心脏病、气管炎，楚大夫给它治病，它就认识楚大夫。它只要一犯病，咳嗽了，自个儿就会上兽医室门口等着去……

她果然看见一匹马，慢吞吞地落在最后头，马倌跑到前头去了，

— 353 —

它东张西望一番，忽然咬住路边的麦苗大啃大嚼。另一匹马在路中央，怯生生地盯住一张让风吹起的破纸片，一动不动。路边突然蹿出一只红狐狸，马顿时炸了群，四处乱窜，她拦住这匹，那匹又跑了。她大叫小扣子，小扣子从背上的锅里抽出一根马鞭子给她，她狠狠地抽打那些马，用力地挥着鞭子，打得胳膊都酸了。终于马儿乖乖地朝一座山坡跑去。她一鞭子抽碎了小扣子背上的锅，从锅里飞出许许多多的邮票……

"同学们——"她初时听到这个温和细柔的声音，浑身轰地一热，每个毛孔都舒张开来。

"老师好——"她很久很久，没有听到这样的称呼了，尤其在这儿……

她抬起头来，面前是一个背着小孩的中年妇女。她的前胸被一条粗布带打了一个大叉，蓬松的头发马马虎虎向后梳拢，黑色的布裤上沾满做饭刷锅的油垢。一个老娘儿们？她不由得大失所望，怀疑自己刚才是不是听错了。

"同学们，你们好。"那背孩子的女人又说了一遍，走到肖潇面前，"你就是肖潇吧？"她笑着问。

大康急了，"肖，这就是咱们的农业技术员苏芳大姐呀！"

在她想象中，这位同丈夫一起到农场来落户的东北农学院老大学生，不应是这个样子。应该穿着白衬衣和背带裤，戴一顶宽边草帽。她疑惑不解地望着苏芳大姐，她没有想到无论是她的装束还是笑容，纯朴得像一个地道的农妇。

苏大姐背着孩子到试验田去，因为分场没有托儿所。她在地头休息时，解开衣襟给孩子喂奶，真有点触目惊心。可她打开黑色的硬面笔记本，做试验记录时，落在白纸上一手漂亮的钢笔字，更让肖潇吃惊。

四月过去，五月来临。试验田一片葱绿。苏大姐天天背着孩子来，又背着孩子回去。那是一个长着一双蓝莹莹大眼的小男孩，眼睫毛卷卷地向上翘起，一头黄松松的软发。他常常安静地躺在试验田旁边的树荫下吮自己的指头，麻雀在他身边跳来跳去，他便乐得直蹬腿。苏大姐每天早晨总是准时出现在试验田小区，她培育一个小麦早熟品种，已经第四个年头了。

"春播以后一定要加强对土地镇压，压得越紧，土地的毛细管就越畅通，土层下的水分输送上来就快……"

她像一个循循善诱的女教师。那是一种十分遥远的气息，闻得到，却看不见。就好像她——苏芳大姐，是由一个农妇和一个技术员叠合而成。在她给树荫下睡着的孩子轻轻驱赶小虫的时候，是前一个；当她给科研班的姑娘们娓娓讲课时，是后一个。肖潇被自己这种奇怪的感觉弄得心神不定。人怎么变成这样？苏芳大姐喜欢不喜欢自己变成这样？她从小就想当青蛙公主。大概知识分子经过改造，就应该变成这种能文能武、模棱两可的人。

肖潇每回从分场兽医室门口走过，总可以看见苏大姐的爱人，那个东北农学院兽医系毕业的楚大夫，戴着口罩，穿着胶皮围裙，两只衣袖一直撸到腋下，露出两条瘦长的胳膊，在地板上走来走去地忙碌。兽医室的窗缝散发出漂白粉和酒精的气味。门口贴着"闲人免进"的字条，只能望见那里面的一匹高头大马和一个小小的人影。楚大夫是分场最忙、最累、最瘦的人。大康说，分场要没有楚大夫，那些马和牛全都成了包子馅了。

苏芳大姐带肖潇去过她的家，一个杂乱无章的小院。遍地鸡粪，劈好的桦子，泡在水里。外屋锅台上凌乱不堪，囫囵半片的！而里屋，一张宽敞的大炕炕梢上，用长长的木板垫起了一排书架，整整齐齐竖了一墙。墙下扔着尿布、奶瓶、拨浪鼓、饼干盒……它们之间竟然相安无事。

理想是固执的，现实也是固执的。谁向谁做了妥协？谁又战胜了谁？它们各自都依然完整如初，又似乎各为一半，融为一体。为什么他和她就不能？是他错了还是她错了？爱情要靠吮吸理想的血液才能生存？爱情毁灭理想就不是爱情……她的心突然痉挛。这低矮的茅屋她既熟悉亲切，又陌生冷酷。

"以后你想看啥书，就来拿。"苏大姐说。

她点点头，快快告辞了出来。她害怕它会触痛心上那层尚未愈合的痂壳。但她似乎有点明白，为什么在这块土肥水美的僻壤上，会有那么一个生气勃勃的科研班，会有那么一个起死回生的兽医室。世界很大，大得你永远无法知道自己是在哪里；世界又很小，一块秧田、一间斗室，就足以容纳你灵魂中的全部自信和渴望。

她觉得在苏大姐的茅舍同她之间，有一种微妙的理解，刺痛她又催她新生。

那年春夏之交，雨竟然下个没完。眼巴巴望着天空露出块晴，转瞬又是灰云沉沉。雨一场接一场，空气好像水做的，将大地泡成了散豆腐渣，塌了筋骨。去冬雪厚，融雪加雨，低洼处，兜起一片汪洋，浮出几枝衰草，倒像是春天刚解冻时的芦苇荡。播谷草的拖拉机刚开出机库便陷在污泥中，连地头的边儿也没啃上一口，就彻底趴了窝。肖潇到北大荒近四年了，还没见过这样严重的春涝。

总场的广播喇叭里，一遍又一遍号召人们抗灾夺丰收。电话会议也开过了。因为交通中断，吉普车没来过。全分场的人都出动了，到齐膝深的水里去撒播青饲料苞米种。农谚说：过了芒种，不可强种。苏芳大姐也说，等水退了再播种，就误了农时。

科研班的姑娘们都脱了毛裤，又干脆甩了雨鞋，像下水田似的光了脚。肖潇倒是有点巴不得，她喜欢不断地换花样干活儿。何况往水里一把把撒种子，很有点像喂鱼似的好玩。她把裤腿高高地挽过膝盖，一脚踩进冰凉彻骨的稀泥之中。她会让大家知道她是个什么样的人。她不是为了离开农场而离婚的！走下去，咬住牙，往前走，水漫上来，抓住手里盛满种子的脸盆。心一阵哆嗦噎住了喉咙，手脚竟然麻辣辣地发热，热血从冰壳里迸溅出来。脸盆有一种要将她拽往地心的力量，那些种子渴望回到地里去。她要把她心里的愿望通通播下去。她拔出这只脚，那只脚又陷下去。她第一次感到自己原来有那么重的分量。脸盆一步步空下去，她的心却一步步充实起来。她觉得自己轻松极了，她真喜欢下雨。

大康拽着锄把在她前面不远的垄沟里刨埯，不时地回过头来看她一眼，冲她笑笑。所谓刨埯，也就是在泥水里蹚一条缝罢了。大康隔不大会儿就噼里扑噜地溅着泥水，到地头去帮肖潇装苞米种，她干活儿总是那么"飒棱"。

一帮小伙子踢里秃噜地从后头赶上来，嘻嘻哈哈的，好像特别开心。

　　"去年播黄豆，在地头烧黄豆吃，管二说啥也不干，非说这种子豆发芽率百分之九十，吃下去会从肚脐眼儿里长出豆子来……"

　　"管二管二，我知道你爸姓杜，你妈姓杨，你叫杜杨，一星管二，是不是？"

　　"这大水再发下去，水库的鱼都要冲出来了，田畈里随便捉……"

　　她无心无意地听着。她很久没听到男人的声音了。宁波人？杭州人？

　　大康贴着她身子走过，低声说："别理他们，机耕队的臭小子。车下不去地，让徐主任撵来干活儿，没好气儿呢，瞧那种子扔的……"

　　她注意到他们的速度果然是惊人的迅捷，三三两两地聚在一起，心不在焉地漫天散花，只差没有把一脸盆苞米种，挖个洞扣在地里了。

　　他们很快走到前头去了。

　　"萝卜头，萝卜头！"有人叫道，"早点收工到水库摸两条鱼来吃吃。"

　　"萝卜头摸鱼，有窍门。上回我们去，他跳到闸门底下潜下去，先捉一条鱼，把闸门上的洞塞牢，摸到了，咬在嘴里，再摸，一只手抓一条，浮上水，一口气三条……怎样？"

　　一个穿草绿色胶布雨衣的人影，忽然把身上的雨衣拍得哗哗响，大声说："顶好现在就去，我给你们露一手！"

　　"这些种子怎么办？"

"......"

有人回过头张望，看见了怒目圆睁的大康，他做个鬼脸，又回过头去低声商量什么。穿草绿色雨衣的人摇摇头。队伍又向前移动，不知为什么没有走。

"他们听萝卜头的。"大康说，"就是那个穿军雨衣的，还是个班长，一到夏天就领他们上菜地偷西瓜。要不是他干活儿好，徐主任早刷他了。"

萝卜头？她正想问点什么，地头有人喊大康，好像是苏芳大姐，叫她到试验田去一下。好在这块地不大，大康将垵子刨到头，吩咐几句便走了。

肖潇闷头一口气，把自己脸盆里的种子撒到地头。

裤管湿漉漉地巴在腿上，叫风一吹，激起一层红点点，又痒又湿的难受。泥浆溅在脖子、额头上，擦不去抠不得，腰也酸乏得直不起来。她把脸盆倒扣在地头，坐在上面，喘一口气。天色暗下来，地里只有零零散散的人影，几只花翅膀的喜鹊在地头的柳茅上跳跃，雪白的肚皮在一片苍茫之中格外显眼。

她忽然注意到，机耕队的那几个小伙子，终于是不见了。

地头扔着一个空麻袋。

她纳闷起来。

离她不远的地里，泥水中隐隐泛起一团泡沫。

种子呢？她走过去。

她看见一堆黄褐色的苞米种，弃在黑水中。

果然他们抓鱼去了。小偷一样逃跑。竟然就这样，偷工减料，

— 359 —

弄虚作假。她愤然。这些馋鬼，小心鱼骨头卡在喉咙里。她四下张望，人都远远的。也许快收工了。她想了想，转过身回到地头，默默捡起自己的脸盆，又走到那堆种子跟前，连泥带水一捧捧抓在盆里，费力地端起，搁在腰上，一步步朝地里走去。

总不能这样把种子白扔在地里，她对自己说，饲料本来就缺。她可不是为了离开农场才离婚的。如果不结婚，她也可以当劳模。当然出身是个问题，正因为出身不好，才该更加自觉地改造自己。自觉的事是不应声张、不应宣扬的。也许会有人看见她这么做。她不在乎别人看见没看见，她需要自己心灵的满足。她决不欺骗农场的土地，也不欺骗自己。谎花到底是雌花还是雄花，可以去问苏大姐。

黑泥浆中踩出一条沟，水分开了又悠悠闭合上。淤泥松塌塌，人时时要陷下去，脚底却似有一只大手托住，坚实牢靠……

她似乎听见收工的哨音。她觉得时间并不晚，天气不好时，出工是象征性的。她回头望一眼那冒着泡沫的泥淖，拎着空盆又走了过去。她想她应该把那些种子通通物归原主。她多么愿意有机会来做一点这种补救灵魂的事情。她用潮乎乎的袖子抹一下脖子里的汗。衬衣也湿了，凉飕飕地贴着脊背。她又回头看一眼大路，人们在陆续往回走。那么大康是不会来了。她必须一个人播完这些种子。

她低头干起来。最累的时候已经过去，这会儿腿脚倒不觉笨重了。她有足够的力气把种子均匀地铺进这几条垄中，听着它们噗的一声从她指缝中漏出去，又在混浊的泥水中咕咕地沉没不见，她感到快活极了。

脸盆终于又一次空了的时候，天色暗得已看不清盆底那两条金鱼。上帝保佑你，金鱼！我不要你的报酬。到蔚蓝的大海里去吧，在那儿自由自在地漫游。她抬起头。她很想唱一支歌，但唱不出来。她拎着脸盆往回走，开始觉得饿了。

她突然一阵毛骨悚然，顿在那里。

就在离她不远的地方，站立着一个庞大的黑影，耿耿地盯着她。野地空旷无人，天地昏昏。她害怕起来。她想逃走，淤泥却黏稠得像糨糊……

"是我。"那影子说，向前挪了一步，却并不过来。

她听出那声音尖细稚嫩，却有些暗哑。镇定了，慢慢辨别出，那人披一件发绿的军雨衣。萝卜头？她急得恼怒了，大声问："你来干什么？"

"我……"他垂下头去，嗫嚅着，"我们从水库抓鱼回来，走过这里……我想看看……到底是哪个……帮我们……"

"哪个哪个，哪个还不是一样！"她打断他，扭头就走。还好意思来看呢！

他竟追上来。泥水溅在她衣服上。她跳上大路，他一个横步，拦在她面前。一把掀去雨帽，几乎用恳求的口气说："你不要……生气……我说的是真的……从来没有人会这样……真的，他们只会去报告领导……你为啥不……"

肖潇终于看清楚，这是一张异常年轻的圆脸。脑袋显得有些过分的大，又黑又圆的眼睛带着一种固执又顽劣的笑意在雨幕中发着光亮。湿漉漉的黑发耸立着，江南三月绿刷子似的秧畈田，嘴唇有些翘翘的。

"我一猜就是你。"他笑了一笑。

脸皮真厚，谁认识你了？

"不认识我啦？"他失望地叫起来，"那一年半夜里，我还开车送了你们一段路呢！"

"馒头插在操纵杆上，连狗都会开。"她的眼睛亮了亮。是的，是那个在车里养鸟的小家伙。他怎么会蹿这么高了呀。我们到镇上去买书……

"我一猜就是你。好几次我开车经过试验田，都看见你在树底下看书……"他认真说，"你是喜欢看书的人……"却又咽回去了。

大概只有喜欢看书的人才这么傻。他眼里分明积淀着一层故作精明的讥讽。四年时间，可以改变一个人。当然，那时他才十五岁。

"你不看书？"她反问。

"不大看。"他承认，搔着头皮，"也没啥书好看的。"

肚子又叫，又冷又乏。脸上一丝丝凉，似有雨点落下。她忽而觉得有些失望。并不是为了付出的那些劳动，而是付出之后所得到的。她加快了脚步。天几乎全黑了，只有泥泞的道路上那些灰色的水洼微弱地发亮。四年了，他怎么还会记得她？可见全场谁都知道她是个离婚的女人。同这种毛孩子说什么……

"我只读了六年书就'文化大革命'了……"她听见那粗重的喘息仍然跟在身后。

"读点书，好上大学呀。现在不是有工农兵学员了吗？"她用大人对孩子说话的口气说。

他叹了口气，"大学？大学我才不稀罕。我就想……参军。"

"体检不合格？"

"不……我爸……还没解放……"

"你妈呢？"

"走了，不要我们了……家里只剩一个奶奶，她有时半夜两点钟爬起来，去排队买肉，熬成猪油，连油渣一道寄来给我吃……我总是吃不饱。"那啪啪的脚步声靠近她，"所以我想，读书是没有用场的，参军才有本事……我下乡临走前一天，到关押我爸爸的市委仓库去看他，漆黑漆黑的天花板上，吊着一只高得要命的电灯，像月亮一样。我爸爸什么话也没说，把墙上挂的这件军用雨衣披在我身上……你说他不是叫我去参军是什么？抓他的那天，是个下雨天，他穿这件雨衣走的，后来就在'牛棚'当了他的毯子。一到下雨天，我就想起我爸爸，他会冷的……"

他吸了吸鼻子，不再说话。

一个受了委屈的小弟弟，你的童年在保姆和蛋糕中度过，你对突如其来的灾难自然惊惶失措。一个落难的小公子，你受点罪大概倒会成人。你竭力想使自己老练世故，却一不小心就露出马脚。你仍然诚实、坦率，刚刚学会同土地耍花招，是个不大高明的小两面派……

雨点大了。她眯起眼，想说几句安慰他的话，却一时无语。

"所以你一定要告诉我，你为啥……为啥帮我们去播苞米……又没有人看见……"他固执地追问，语气中有那么一点胆虚。"刚才我对你说了那么多，就是觉得，你这个人同别人不大一样，叫人想同你说话。在这里，热闹归热闹，可以说话的人是没有的。从你调来我就发觉，你积极得死心眼……其实你没必要……这么认真的……"

她站下。

"我什么也不为。"她打断他，低声说，"我去返工时，脑子里很混沌，只想不要浪费了那些种子……也许现在我明白一点了，也许就是为了……为了不被你们糊里糊涂地骗了！"

"被我们骗了？"他叫起来。

她抱歉地笑了笑，"只是这么比方。因为，我既然看见你们捉弄了土地，我默认了，也就捉弄了我自己。"

他久久地僵在那里。雨点在雨衣上打出嗵嗵的响声。风从肩上溜过，吹不起她湿重的发鬈。她觉得时间过了很久。他干吗不说话？雨点斜扫过来，铁帚一般，前面好像就是机耕队宿舍了。

他突然飞快地脱下雨衣，猛地甩给她。一句话不说，扭头跑了。黑暗中一阵嗒嗒的雨靴声远去。雨衣将她整个儿裹起，从头顶上罩下一片叮咚的琴声，隔断了冷雨风寒。她越发感到孤独。

她隐隐听见大康嚷嚷的声音，好像在叫她的名字，有手电筒光投来……

四十二

她坐在一个大房间里，面前铺着一张巨大的白纸。她看见前面黑板上写着几个字：请用笔名。

她想起自己是在参加考试。考一所林学院。可她明明是想报考上海戏剧学院的。她的准考证号码和考卷怎么也对不上，而且她不知道自己有没有笔名，她的钢笔是英雄100型。她在考卷右上角写上：丛中笑。又划了。写上：云水怒。又划了。写上：红旗乱。又划了！最后写上：广积粮。

考试题目是：为什么说江湖骗子骗不过政治骗子？

为什么说秦始皇的家乡是在湘潭？

要不要发给孔老二探亲假？

她答不出，坐着发呆。她想她如果考不上大学就得在农场待一辈子，急得想哭。忽然有个纸团扔在她脚下，她捡起来，看见上面许多密密麻麻的小字，全是答案，可是她一点也看不懂。她抬起头，见邹思竹在后面座位上挤眉弄眼，还把手贴着嘴唇，再那么一扬，朝她做了一个手势。她扭头不理他，把纸团扔还给他，在考卷上飞快写道：社会主义松一松，资本主义攻一攻。

李书记用教鞭敲敲桌子，大声问：谁跟我去修路？修路的人都推荐上大学。

只有她和邹思竹去跟李书记修路。路修得快极了，像百米赛跑那么快。原来她用的是火车头牌铁锹。李书记在路边竖个牌子，写着：一天通。

一辆大卡车从路上开过，车上装着满满的大圆木。李书记大发雷霆，吼一声：给我卸下！知青在农场安家即将进入高潮期，木头留给他们打家具。谁反对就枪毙谁！

一辆拖拉机慢吞吞开来。驾驶员在啃一只青萝卜。她交给他一本书。却发现他原来是邹思竹，未戴眼镜，胳膊粗壮。他说要去嫩江当民工，一去二十年。她摇着一束蓝色的花欢送他。

"你这样来回走，太累了……真的，你不用经常来……我没什么事情……"

她在女宿舍门前的那棵山丁子树下，口气尽可能婉转地说。昏暗的星光，照着他苍白的额头。如是白天，可以看出额头上已经有了细细的游丝般的抬头纹。二十几岁的人竟就准备开始老了吗？山丁子树如有记忆，知道她不是第一次这样对他说了。也知道，他不是第一次，而是照例这样回答：

"累什么？不累不累，这一点路，一走就走到了。干活儿是机械重复劳动，所以累人，而我们说说话，时间总是过得很快的。你晓得，现在连队里，可以交谈的人，真是越来越少了……"

不知从什么时候起，农场的伙伴们，都各自有了悄悄的心事，藏在舌苔底下，留到半夜的被窝里自己去嚼。大康的笑话竟也没有以前那么多了。在这寂寂边地、寥寥人圈、浩浩世界里，肖潇发现自己最长久、最相知、最可信的朋友，也就是邹思竹。

邹思竹早已把自己视为她的当然保护人，每周探视一次，风雨无误，送来不知从哪儿弄来的书和深奥的理论，偶尔还有随手摘撷的几枝野花。（唯独没有吃的。他似乎从不提起与吃有关的一切。他对食物好像没有兴趣。）大康说：那眼镜儿星期六不来，星期天早早地！

她高兴他来。他一来，她便觉得自己背上的筋骨，绷得又直又硬，顿时有了目标，有了底气。她在这与世隔绝的黑甜乡中一日日沤下的许多个疑问、许多个难题，有了疏导和解答的通道。自从她和他在天竺山上有过那番谈话，她觉得同他亲近了许多。犹如受了神明的启示，心扉顿开。她尤其喜欢在他那种诲人不倦、俨如兄长的恳谈中，领受和沐浴那闪闪镜片中的无穷智慧。

然而她很快敏感地觉察到，只要他一来，女宿舍的姑娘们，都一个个溜了出去。连大康，竟连大康也……

她恍然大悟。她们把他看作她的男朋友了。

男朋友？她的心疲疲沓沓竟无反应。脸都未红一红。人家搞对象的，挑水抱柴火，送鸡蛋，抓兔子，做小锅，说悄悄话……而他来了，目空一切，旁若无人，大声争辩，咻咻出气。"嗑瓜子？""吃这种东西？浪费时间！""我今天不大舒服。""不要紧不要紧，挺一挺就好了。"男朋友？

她斩钉截铁地对大康说："不是！"

不是？不是是什么？那些圆的斜的长的眼光，都否定了又否定，然后螺旋上升。

总归有点不明不白的。

何况他还总是一坐就坐得那么久，很晚了才走。

何况她送他到门口，他总还要在山丁子树下，磨蹭上一会儿。那时候他滔滔不绝了几小时的喉咙突然落下闸门，变得哑巴似的安静。黑暗中，镜片投来一道倏尔即逝的闪电。这么默默伫立，总似要说什么，又什么也没有。忽地惊醒，慌然一甩手说："我走了。"掉进沉沉的夜气中……

有人发现肖潇送人总送得回不来，就有了会心而肯定的判断。

何况每次他来，凡遇萝卜头在场，他便有满心满脸的不悦，耿耿地流窜出来。萝卜头管他叫"四眼"，碰上刚开支的日子，死活缠上他去小卖店买两瓶罐头来请客，又邀他去"鸡窠"（机耕队宿舍）打牌。邹思竹眉头紧蹙，捉牢镜腿，问他："你晓得拖拉机是谁发明的吗？""《黑桃皇后》是谁写的？"那一个晃着圆脑袋，嘻嘻地笑："你晓得原子弹是谁发明的，还不照样耙垄沟！""还不去弄张红桃老K碰碰运气？"……俩人见面就抬杠，谁也服不了谁。大康在被窝里贴着肖潇的耳朵嘀咕："邹思竹也太小心眼儿，人家萝卜头比他小五六岁，同他较个什么真儿……"

肖潇的脸热了一热，她想说邹思竹并不是那个意思。不是吃醋，他是看不上萝卜头那种满不在乎、吊儿郎当的样子。他对那些无论走运还是落难的公子，通通抱着深刻的敌意。但连她自己都不相信这种解释。鬼才知道他俩为什么犯别扭。

自从那次萝卜头怒气冲冲地甩了雨衣给她，第二天却精神焕发地来取走那件宝贝雨衣之后，他几乎每天吃晚饭时，都要捧着饭盒到科研班宿舍来转一转。有时寻东西、讨东西吃，有时送来几只野鸭蛋或是灶坑里煨熟的土豆。他好像已经忘了那天雨中相逢的不快，毫不掩饰地表现出他对于食物的强烈兴趣。有时讲个逮野兔、打狗吃的故事；有时拿一本菜谱，教肖潇怎样念着菜名来一次精神会餐，还做出吃得津津有味的样子，让肖潇忍俊不禁，笑得肠子都疼；有时他还教肖潇怎样在炉盖上烤窝窝头片儿，烤出喷香酥脆的饼干味道，吃得嗓子直痒痒，实在解馋。在这种无拘无束的轻松气氛里，她感到周身的血管活泼泼地跳动，每根神经都坦坦地舒张开来。萝卜头也爱笑，笑出一面腮上单只杏儿大的酒窝，将苦难和忧愁淘筛出去、放逐出去，盛满了自己寻来的快乐。一边抹着心满意足的油嘴唇，一边就从兜里掏出一只口琴来吹。吹一个《打靶归来》，又吹《我是一个兵》。那双清澈的眼睛熠熠发光。那光泽蓝中带着赤橙，不像大康的笑容，火红的热情一览无余。他的单纯中藏一点狡黠，是那种十五岁离家的小大人在跟头把式的人生路上沉淀下来的复杂。这种单纯大概为他赢得了信任，狡黠换取了威望。她曾奇怪这两种似乎矛盾的性格如何统一在他身上。看来这恰是机耕队的小伙子们信服他的原因。他们不会拥护一个过于认真或是过于不认真的人。于是她便给他讲《王子复仇记》，讲《牛虻》，讲《斯巴达克思》。讲得他屏息静气，突然自言自语说："书是这么好看的吗？你没来时，我们那儿，夜里专讲怎么同女人睡觉。"借了书回去，又来还。虽然总没好意思叫出一声姐姐来，肖潇却觉得同认了一个小阿弟差不多。连常年冒黑烟的煤油灯，也变得透明透亮。那是萝卜头在灯芯绳上，套了一个细细的铁皮管……

邹思竹见那油灯，"嗯"了一声，从此就一脸的不自在。

你总有什么难以诉说的心事，憋闷在心里，为什么不痛痛快快说出来？星光微弱的山丁子树下，彼此隔了一层夜幕。心的石壁凿到最后一层，终于再凿不动。我也不知为什么。那个中秋节我梦见过你，灵隐的山上我为你祈祷过。我曾那么渴望自由，渴望你的友情，但我自由之后，却更吝啬自由，也吝啬友情。我离婚绝不是因为你，但愿你不会发生这种误解，即使发生了你又为什么从不表白，究竟有什么障碍妖魔鬼怪在咬噬你、纠缠你、苦恼你？你喜欢把生活弄得太复杂、太累、太严格、太呆板，真出乎我的意料，我其实是一个再简单不过的人，受不了这样的深刻……

她在他久久的凝视中，惭愧不安，对自己说一百遍，说不出口。入夏以来，他的心思全在当年的高考复习上。听说将按成绩录取工农兵学员。他给肖潇送来复习提纲和参考书，为她出假设题，给她打分、讲解……他似乎比她本人对大学考试更有兴趣和热情，似乎把他后半生的全部希望，都抛向那只茫茫大海中漂来的舢板。肖潇甚至感觉到他对这次考试具有一种孤注一掷的疯狂。也许这是离开农场唯一的机会？为什么偏要死死地拽上她？

上次同你讲的主体与客体的关系弄清楚没有？要根据我给你的哲学辞典上的定义去理解，不要参考那些乱七八糟的书。还有形式逻辑、绝对真理、二元论的基本概念，都属于常识范畴，应该掌握，不管它考与不考。《马克思恩格斯选集》第三卷四百四十四页到五百七十三页的《自然辩证法》也可以读一读的。我要读就读原著。作文嘛，肯定有一篇什么唱起《东方红》的时候，要花点时间预先编一编。语文方面肯定是考鲁迅发扬痛打落水狗精神，费厄泼赖必须缓行，先生有知，亡灵在九泉之下不安，让人利用来做政治斗争的工具，可悲可悲……

那些深奥或是费解的理论，常常把她弄得筋疲力尽而又不知所措。她不喜欢那些枯燥的条例、概念，而情愿听听轻松的笑话和歌子。但她知道自己必须争取考上大学。她要去学知识学本领，回来建设边疆。她知道除此之外再没有第二条出路。她不得不强迫自己、监督自己重温重背那些似乎从来也没有教过学过的东西。书本很陌生，大脑也很陌生。她宁可出出黑板报、写写广播稿什么的。她觉得自己大概不会有什么出息。大学是她这样出身的人考的吗？做梦。她开始厌烦邹思竹。她发现同他在一起简直枯燥无味。他将自己那严肃而忧悒的情绪传导给她，使她绝望得想哭。

你晓得还有一种捉鱼的办法吗？比摸鱼还便当。弄一点烧熟的羊骨头来，放在一只破脸盆里，脸盆上包一块破布，中间露个洞。脸盆上系一根绳，绳头抓在自己手里，把脸盆扔进河沟里。要不了半个钟头，拉上绳子来，打开布，嗬，半脸盆河鲫鱼、鲫瓜子，活蹦乱跳。真的，我抓过，蛮灵光。那些笨鱼，都是嗅到羊骨头的味道从洞里挤进去的。还你争我夺呢，哈……

那你带我去抓鱼好不好？萝卜头，我是属猫的。……唉，不行不行，我要温功课，还有半个月时间了……

六月中旬，小麦扬花；下旬时，皑皑的土豆花染白了北大荒田野。忽然听说招生不考试了，仍然是去年的老办法。一夜之间白卷覆盖了九百六十万平方公里土地。那天清晨落下一场鸡蛋大的雹子，将试验田砸成一口绿酱缸。在肥硕的倭瓜叶上钻出无数的窟窿，连水库波平如镜的洋面，也让雹子凿出苍茫的空洞。大学的铁门从此紧紧关闭，将他们的那场大学梦，击得粉碎。

邹思竹出现在她面前时，一张青绿色的脸，几乎把她吓了一跳。眼镜如两块灰瓦片，脱落在鼻梁上。头发稀稀拉拉，露出了褐色的头皮。人往炕上一倒，坍了。

她递一杯凉开水给他。

你知道梅斯金公爵吗？你读过陀思妥耶夫斯基的全部作品吗？《白痴》《罪与罚》《卡拉马佐夫兄弟》《名利场》《凯旋门》，管它是谁写的，都是些倒霉鬼。我也写得出《苦难的历程》《高老头》。你知道马丁·伊登为什么会死？因为他真挚的灵魂不能同这虚伪的世界和解，是他对人生的彻底否定。你不懂我。这样无知闭塞的地方会把人活活闷死……

她默默地望着他。她不知该怎么安慰他。她不喜欢听到他哀伤的抱怨。如果仅仅为了上大学的落空，就变得如此沮丧，他未免太脆弱，他原先抱了如此的奢望，他未免太天真。那盏小油灯下有一块黑影，大康管它叫"灯下黑"，它的火焰无法照亮自己。她希望他告诉她的，不是那些书本上的话，而是此时此地应当做些什么，怎样去做，哪怕去同萝卜头打一架。

那以后他仍然每周来一次。来了便怔怔地在炕沿上坐着，望着天棚，久久地一言不发。

有一次苏芳大姐在收工回来的路上，同她一起走。夏天快过去，路边只有淡蓝色的野菊，让晚霞染成紫金色。大姐弯腰采起一朵花，给背上的孩子玩着，笑吟吟地问她："邹思竹还常来吗？"

她点点头。

"看见他，我总想起我大学里一个男同学，同他长得挺像，是我们班学习成绩最好的一个。"苏大姐耐人寻味地看了她一眼，"他对我好，我一直麻木不仁。快毕业了，他写信给我。我也觉得他不错。可不知为什么，总培养不起感情。一次开运动会，我管救护，你楚大哥扭伤了脚，刚一认识，心就乱了……后来就同他来了这儿……

唉，说句笑话，我觉得感情这种东西，一开始没爆炸，就跟那二踢脚似的，时间越长，越点不着……"

肖潇把手里的花掐碎了。眼里悄悄迸出几点泪。谢谢你苏大姐。我大概是不会爱上他的。同他相处的时间越长，越是不会。月亮里的梦属于黑夜，而我渴望内心的阳光。陈旭燃烧过我，那场大火是真实的。而邹思竹的心里沤着黑烟，我却不是吹火筒……

"你这样来回走，太累了……真的，你不用经常来……我没什么事情……"

于是，她在女宿舍门前的山丁子树下，口气尽可能婉转地对他说。

四十三

一辆黑色的吉普车从一片梧桐树林子里开出来。它的车门开在后头，并列的两扇。打开了，跳下一个头发短短的人，好面熟。那人抓住她的手，说：不认识啦？

大家哗哗地拍巴掌，有人呼口号：热烈欢迎七分场新来的一把手郭爱军同志！

她想，郭爱军不就是郭春莓吗？她不是在杭州住院吗？她死也要死在北大荒！

郭春莓拍拍自己的腿说：你看！一边说就一边跑起来，同马一样快，那腿细细的，脚指甲又宽又厚，很像马的腿。

她也跳上一匹马追上去。她的马是白色的，跑得风一样快，追上了所有的马，所有的马都跟着她跑。她毫不费劲就跑上了一座陡峭的山峰。回头望，身后所有的马都不见了。她感到地球在缓缓地转动，自己也在缓缓地转动。可是郭爱军却像吴琼花一样踮着脚尖在自己转圈，一会儿工夫就转了几十圈。她想郭春莓的鞋子里一定安了电池。到处是大幅标语：会战一百天，誓叫山河变！人为会战想，汗为会战流！女宿舍门口砖砌的花坛里开满了紫红粉白的罂粟花。郭爱军将花通通拔掉，扔在厕所里。厕所里鲜花盛开，香气扑鼻。郭爱军去上厕所，"哎哟"了一声，原来让罂粟花的刺扎了一下。罂粟怎么会有刺？

　　七分场一片混乱。所有的东西都被不停地从一个屋搬到另一个屋，又搬到房子外面的空地上。箱子架在大锅上，行李堆在柴火垛里，脸盆扣在头顶……一只喇叭在哇哇地喊，只看见喇叭筒里的郭爱军厚厚的嘴唇在动。她不停地搬砖头，砖头无穷无尽，她搬了竹竿那么高的一抱，累得再也走不动了。她想把砖头往郭春莓身上砸过去。可是郭春莓穿一件暗红色的上衣，只一动，衣服就绿了，闪闪烁烁的瞄不准。

　　她看见一头牛在啃地皮。地上有许多绿色的铁钉。牛张大嘴，一口一把，一口一把，就将钉子津津有味地吞了下去。郭爱军问她有没有看见它把阶级斗争吃下去，她摇摇头。一只毛毛虫倒着身子往树上爬。她想躲开那条毛毛虫，用脚去踩，隔着鞋底却让毛毛虫蜇了一下，麻疼。有人喊她去开批判会。她看见到处都刷着白灰，黑森森的菜窖里装满垃圾，分场的大道上有无轨电车在开。路边耸立着一座放鹤亭，有"长脖老等"在走来走去。她想到亭子里坐坐，却发现那是一幅画。

又有人喊她去开批判会。她走进一家气势宏大的剧场，天花板有无数金色的星星闪烁。突然眼前一黑，停电了。

将近麦收时，一辆草绿色的北京吉普穿过墨绿色的田野，停在七分场办公室门口，胖胖的余主任亲自送来了七分场新任的一把手郭爱军。

郭爱军的头发剪得短短的，精神焕发，只是瘦了些。她一眼看见肖潇，异常亲热地在她肩膀上重重地拍了一下。

肖潇吃惊极了。她可没想到，从杭州医院的病床上爬下来的郭爱军，真会重返北大荒。听大康说，她是因为严重风湿不能再下水田，也不能再推饲料车，才被安排到这个畜牧分场来的。大康的口气，对郭爱军很有几分不敬。郭爱军说她想住科研班宿舍，大康答道：没地儿了。郭爱军不理那茬儿，当天就搬了进来，刚搬进来，就发现了宿舍门前花坛里的罂粟花，她劝大康清除这样危险的毒品，大康不肯，她便亲自动手，将刚刚开花的罂粟拔得一干二净，全部扔在了厕所里。为此大康同郭爱军吵了一架，气得号啕大哭。肖潇去安慰大康，说："别哭了，真让上头以为科研班在种鸦片，也不好。"大康推开她的手，愤愤嚷道："亏你和她是老乡，也不拦着点，鸦片，鸦片还能治跑肚拉稀呢！"她不吃晚饭，蒙头大睡，梦里还哼哼唧唧的。这是肖潇第一次见到大康哭，心里不是滋味。自己也琢磨不透，为什么郭爱军拔花的时候，她没上去拦一拦。

自从她年初时在杭州的医院里，亲眼看见郭爱军在疾病中的勇敢、在死神掌心里的无私、昏迷中的纯粹、生命边缘上对农场的深情，她真正感动了。那一刻她的灵魂被震撼，被惊醒，被荡涤，被冲刷——她认识了一个过去为她所不了解、不喜欢的郭爱军。在这个坚定高大的先进典型面前，她又一次感到无地自容。鱼娘娘，你做做好事吧，我的老太婆责骂我，不让我这个老头安静，她需要一只新的木盆。而郭爱军真的就带病回了农场，真的在五分场放弃了上大学的机会——肖潇越发惭愧。她竭力驱逐过去脑中残留的郭爱军的形象，拼命睁大眼睛去发现郭爱军的可敬可爱之处。她知道在她和郭春莓之间，心灵的通道曾被障碍堵塞，才使她们彼此疏远。如果说那个障碍是陈旭，那么现在已不存在。她愿意重新得到郭春莓的信任和友谊，让郭爱军知道她绝不是人们所传说、所认为的那种人。她们曾经坐一列火车来农场，四年过去了，郭春莓能做到的，她怎么会做不到？郭爱军所得到的，她为什么得不到？她越是做不到的事，就越想去做。所以，如从大处看，郭春莓毁了几棵罂粟，有什么了不起的呢？

她和大康之间，有那么一点别扭了。

平心而论，郭爱军到七分场才短短两个月，七分场发生了多么大的变化。无论是七分场的人，还是外头、上头来的人，都是一目了然的——

所有的房屋都粉刷一新，连马号牛舍，都刷得像要住人娶亲似的；大暖窖已破土动工，今年冬天的白菜、土豆将吃不了地吃；分场办公室门口，新安了两块大黑板，用来写大批判文章或是大字报大标语什么的，老远就望见红红绿绿一片，很有气势；青年食堂安上了纱窗，桌子铺上了白塑料布，还转圈钉了四方框的木凳凳，谁也甭想揣回家去。食堂进门的墙上，写着一行红漆大字："筷子磨短了，酒壶捏扁了，椅子坐散了，离新沙皇不远了。"

这字是写给上头来的人看的。大小官儿一律不做小灶伺候。就连余主任来了，也一样，在食堂同青年一块儿排队买饭吃。谁都知道郭爱军是管理局政治部主任余福年培养的"点儿"，他不搞特殊，别人还有啥说的？这一整，气跑了好多检查工作的科员、科长、处长什么的。只有李书记在全场干部大会上表扬了郭爱军。又有总场广播站写了小评论，提倡向七分场党支部学习……那广播传回七分场的时候，分场的青年正在集体宿舍互相搬东西，按郭爱军的指示整顿调换，重新编排。大康冲着电线杆上的喇叭做个鬼脸，嘟囔一句："整景！"

肖潇忍不住问："你老说整景整景的，到底啥叫整景？"

大康撇撇嘴，说："整景还不明白？就是尽瘾儿摆上一个景儿，让人看，不是真景儿，是假的！那余官儿，不在这疙瘩喝酒，不会换个地儿喝去……"

她默然。她知道自己无法说服大康。就是萝卜头，也好像对郭爱军憋了那么一股劲。分场放电影《龙江颂》，他在人群中一边啃着青苞米，一边嘻嘻地说："啥叫龙江风格，龙江龙江黑龙江嘛，我看郭主任就是个江水英……"肖潇瞪萝卜头一眼。她不愿意他们这样挖苦郭爱军。毕竟是她的到来，敲响了这个桃源的沉钟，将一潭死水搅得生气勃勃。出工的哨声响了，分场广播站的有线广播响了，开会前的歌声响了——它打破了这遥遥僻壤的沉闷和平淡，使生活重又变得紧张而充满期待。肖潇发现自己原来是那么不甘寂寞。那只折断的钳子只要略微长出一分，就痒痒地想伸出去比试……

过了夏至，三江平原一带呈现出旱象。那些水珠子在春天降到大地后，大概都外出串联，没有按时返回，以致入夏以来，白云朵都似挤干了的棉絮，在天空拉拉扯扯，却滴水不漏。春雨委实下得很多，连夏、秋的雨都预支了出去，最后自己也犯了渴。这一年麦收期，破天荒一连十几个大晴天，晴得干瘪的麦穗嚓啦嚓啦冒火星，平坦的黑土地上裂了龟背纹，于是春播时趴窝的"康拜因"和割晒机全体出动，几天工夫，就把百十垧小麦，通通收回了场院。总场广播站的喇叭一天播了三遍：万丈长缨要把鲲鹏缚——七分场全体机务战士在党支部领导下，麦收进度居全场首位……

萝卜头端着饭盒来，嚼着满嘴的西葫芦问："产量呢？"

肖潇笑笑。产量是次要的，灾年夺丰收，重要的是人的精神面貌。夏锄、麦收、基建、整顿……郭爱军每天拖着她的病腿，从露水沉沉的大豆地，到臭气烘烘的马号，事必躬亲，无处不在。额上的汗水一串压一串。她竟有两个月没出去讲用了。鞋头上的补丁一层加一层。她累得半夜直哼哼，天一亮却依然雄赳赳气昂昂。小小分场，一只五脏俱全的麻雀，几百号人的吃喝拉撒睡全压在她的肩头，她竟然面不改色心不跳。

肖潇叹服了。几个月的观察，她不能不佩服郭爱军。自己什么时候能像她一样？

郭爱军不但能干、能说、能吃、能睡，脑子也能动。有一根弦，始终绷得紧紧。突然死了一头牛，她立即让楚大夫解剖检查，结果在胃里发现了几枚钉子。饲养员被带到办公室审查交代，她让肖潇做记录。郭爱军说："这不是简单的钉子，是阶级斗争。"楚大夫列席会议，插言道："牛吃草时误咽铁钉常有。是饲养员疏忽，不是破坏。"徐主任蹲在炕头，吧吧抽着烟管，说："俺这疙瘩没啥阶级，都是农工。"郭爱军沉下脸，亲自念一张报纸："狠批阶级斗争熄灭论"，念到一半，徐主任火火地站起来，咧嘴骂："没见过杨喇子倒上树的！七分场到了儿谁说了算！那机耕队、基建队、大车队、畜牧队，没有我，听你个六！你是哪儿批的党？场部。俺是哪儿批的？三江地委。你有个级别没有？俺向你请示个啥！"

说完，往地上啐一口痰，怒冲冲地走了。

肖潇被徐主任这一顿突如其来的发作，弄得晕头转向。正发蒙，听见郭爱军坚如磐石的声音说："今晚开批判会——"

她茫然望去，见郭爱军的眼里没有她所担心的一滴委屈、气愤的泪水，而像一片烈日照晒下的沙漠蒸腾着的烟尘。

那到底是怎样的一个郭春莓？

四十四

一片浅浅的水湾里，游动着五颜六色的金鱼。有一条黑色的金鱼，像狮子一样披着长毛，眼睛像红色的灯笼闪闪烁烁；有一条金鱼长着蝴蝶一般绚丽多彩的大尾巴，在水里呼扇呼扇漂游；还有一条金鱼不停地吐着翠绿色的珍珠，用手掌一样的鱼鳍去拨弄珍珠玩要；一条巨大的、身上有紫色花纹的金鱼朝她游来，几乎同鲸鱼一样大，宽厚的脊背上驮着一座白色大理石圆柱的宫殿，一个老太婆在岸边对着金鱼鞠躬，说：我不想再做世袭的贵妇，我要做个自由自在的女皇。

金鱼们朝一面大网游去，又从网眼中穿出，摇摇尾巴不见了。

她在沙滩上捡到一支铅笔，没有削铅笔的刀，就把铅笔扔了；又捡到一支圆珠笔，却怎么也写不出字，她把圆珠笔扔了；又捡到一支毛笔，可是找不到砚台，磨不出墨汁，她把毛笔扔了。她想找一支笔写诗。

有脚步嗒嗒追上来，是郭爱军。递给她一支红蜡笔，她用它一写就写出字来——

半截河农场七分场百日大变样。

刚写出来，就印在了一张发黄的报纸上。"农"字，写成"農"；"场"字，写成"場"；"样"字，写成"樣"。可她记得自己并不会写繁体字。

大康把报纸狠狠揉成一团，扔在地上，又踩一脚，嚷道：你溜须！

萝卜头嬉皮笑脸地挤过来说：肖姐又不会写繁体字。这报纸是解放前的吧，那时我们还没生出来呢。

她睁大眼睛读报，报上的文章果然是文言文，根本读不懂。她说：那是余主任改过了，昨天郭爱军还把稿子给他看了呢！

大康恍然大悟地点点头，朝她笑了笑，递给她一把煮熟的青毛豆，说：往后呀，没有那弯弯肠，别吞那镰刀头，看把你卖了，还不知上哪儿找钱花去。如今的七分场，熊瞎子打立正——一手遮天啊……

金鱼又游过来……

就在《三江日报》发表了署名为"半截河农场七分场通讯员"的那篇《半截河农场七分场百日大变样》的小报道的第二天傍晚，肖潇下了工正在洗脸，听见身后响起一阵喘喘的粗气，一个熟悉的声音，结结巴巴问：

"那、那张报，是你、你写的？"

女宿舍只剩她一个人，都去打饭了。她动作慢，落在最后。她听出是他，便低下头去，仍然洗自己的脸。一篇小稿子，有什么可大惊小怪？跑八里地来问！她洗得很仔细，往毛巾上打了香皂，搓了耳根，又搓脖子，还搓手背和手指缝。她偏这么慢慢吞吞，让他等着。谁叫他前天刚来过今天又来！她洗得不厌其烦，终于再无可洗之处，便仔细地擦干了脸，睁开眼——见一条细长的胳膊，将一张叠成四块的报纸，直愣愣伸在她面前，不知已伸了多时。

她接也不是，不接也不是，扭过头去抹雪花膏。镜子里看见邹思竹搓着两只手在地上走动，脸涨得如同一只斗架的公鸡，眉心打了个结，乌煤一团，薄薄的嘴唇激愤地翕动，嚷出一句：

"你说，不是你写的。我不相信是你写的。"

她不吭声。

"我想，你是一定不会写这种文章的。"他又说。

她猛回头，抓过报纸，嚷道："是我写的，是我写的又怎么样？"

她看见他顿时萎萎地矮了下去，跌坐在炕沿上；脸上的血色倏然消失，浮上一层比先前的苍白更加惨淡的青灰。他扶住眼镜架，半晌，喃喃说：

"我不懂，你做啥要写，这种……东西……"

她心里受到了蔑视的自尊，突然一股脑儿爆发出来：

"做啥要写？因为那是事实。百日大变样，你难道没有看见？一个原来死气沉沉的破烂摊子，经过她的努力，变得焕然一新，为什么不可以、不应该写？你们到底同她有什么怨仇，总是看她不顺眼，说她想往上爬，说她脱离群众，说她这不好、那不好，可她带病没日没夜地苦干，总是真的，你们对她的劳动这样不公平难道是公平的吗？去年冬天在杭州，是你带我到医院去看她，你不是不晓得，她在昏迷中把一件红汗衫当作红旗的时候，我哭了……"

他打断她，冷笑了一声。

"就是那次，我才发现，她的灵魂已经被改造得无可救药了……"

"你的发现总是那么空洞抽象。"她气愤地扭过身子，背对着他，"郭爱军来了两个月，做了多少事情！这些事，你做得了？"

"我想不客气地说一句，她做的那些，正是我最不想做，也不愿做的。表面文章，好向上头邀功请赏，根本不解决实际问题。农场如果靠这样来改变面貌，过几年大家都要喝西北风。"他摸出一块手帕来擦额头的汗，"但她做了，我们没有办法阻止、干涉她。而你错就错在还要去宣传这种弄虚作假的现象。天旱了麦子丰收，是科学种田还是押宝种田？知青扎根，没文化的贫下中农子女，让卫星上天？牛吃钉子死了，抓阶级斗争，把人也弄死了，'二劳改'反正命不值钱。她，她的灵魂里藏着不可告人的动机，除非她是个白痴。而你本来明明对她反感，现在又为啥跟着她跑，我真正弄不懂。你要求进步我不反对，总应该实事求是。世界就是世界，不会按你希望的样子存在。你过去凡事都顺着自己的心思心愿，而现在反而处处拗着自己的心思心愿，你到底还晓得不晓得自己心里在想啥呢？我为你感到悲哀……"

正因为过去凡事顺着自己的心思心愿，我才倒霉倒运到了现在的地步。我早已不是过去的那个软弱天真的我了。我虽然反感她也要支持她，不支持她我支持谁去？大康很愿意谅解我，一下子就谅解了，萝卜头也见怪不怪地一笑了之。只有你这么痛心疾首死去活来的，好像我犯了什么弥天大罪，我写写文章同你有什么关系……

肖潇忽然仰起脸，失声叫道："不用你教训我！"

他失神地望着她，好一会儿，慢慢往门外走去。

叫住他。她怎么这样粗暴？会伤了他的自尊。毕竟他的率直和偏执是出于对她的好意。叫住他……

她追出去。在门口差点撞上了兴冲冲端饭进屋来的大康。"苏大姐让你明儿同她一块下地去估产。"大康嚷着，"快点儿趁热吃，糖三角……"

去二号大豆地，要顺着水库的堤岗走。一夏一秋的旱，水库快见了底，混浊干瘪，露出干裂的湖滩，稀稀拉拉地歪倒着些黄绿的衰草。走过一座守夜人破旧的窝棚，肖潇忽然望见前面裸露的湖滩上，燃起一团红火，将天空与湖水都染成绯红一片。那火苗却又不跳跃，只是沉稳地铺排、蔓延开去——走近了些，竟是偌大一块红色草场，贴地匍匐的竹鞭似的铁锈红草梗，密如蛛网似的盖满了湖滩地，好不气派。

"蓼吊子，"苏芳大姐轻声说，"干旱年头，它长疯了。上了冻来打柴火，搂巴搂巴就是一车，又起火又抗烧……"

她不想知道什么柴火。她再也不会打柴火了。她总会离开这儿的。旱年头没有芦苇就有它。适者生存。

她们走下堤岗，走进低洼的大豆地。长垄连天，不见豆子，只见艾蒿和人高的灰灰菜，参差不齐，浪峰涛谷。黄绿的垄台中常常露出一片寸草不生的空地，如一个秃疤，晾在头顶。云淡淡，阳光无精打采。万物委顿，连一只小咬、一只田鼠都没有……

她们盲目地在地里转来转去，裤脚、袜子上挂满长着尖尖小刺的苍耳子，鞋头上落满干燥的粉尘。

苏芳大姐突然在垄台上坐下来，倒着鞋里的土坷垃，重重地叹了口气。

"您估计……这坰产……"肖潇试探地问。

"今冬明春饲草将严重不足，别说口粮了。"苏大姐烦躁地挥挥手，"本来涝灾以后，土地就容易板结，夏季不重视田间管理，墒情咋保持？来个卡脖旱，还有好？"

她听出那话音里，很有些怨气，是怨郭爱军把劳力全用在"百日大变样"上了……

"那她就不怕冬天缺饲草？"肖潇不解地问。

苏大姐似乎迟疑了一下，她从不在背后议人长短。"……大概，她是想开荒种地打粮食，把这个分场的牛马，淘汰出去……"她忧悒的脸上心事重重，"如今，不是以粮为纲嘛……听说秋后修水利，她不同意修河堤养草场，而坚持开排水渠……"

"那怎么办？"她似也焦急起来，为着苏芳大姐的焦虑，"你……应该同她说说……"

苏大姐摇了摇头，"她怎么会听我的意见？局领导怎么指示，她就怎么做。她连徐主任、李书记都不放在眼里……"她摘着脚脖上的一粒粒苍耳。

苏大姐也不喜欢郭爱军？郭爱军也许正因为这样，才能得到赏识，才能成功。"那你总得想点法子。"她恳切地说。

苏大姐站起来，"想法子，除非少报些估产量，到时候，还能抠出点饲草来留下……"

她大步走了，扬起一阵灰沙。

肖潇怔了一怔，以为自己听错了，回过味来，心里慌乱得一阵狂跳。原来苏大姐也会撒谎？对上头，用这样的法子去瞒。虚报，不是报多而是报少，也叫欺骗？不是为自己是为了……为了什么？她趔趄地赶上去。苏大姐那在地里走了十几年的大步，她真有点赶不上。

"苏大姐……你等等我。"她大口喘着粗气，"我要问你一个问题，憋了好久了，怕你觉得怪，就不敢问……"

苏芳大姐站住了。一双细弯弯的眼睛，叫田野的风吹得干涩，像一层初秋的早霜。

"什么？"她问。

"是……是关于谎花……黄瓜、西葫芦的谎花，到底是雌花还是雄花？为什么叫它谎花？好多人说得都不一样……"

国王有只驴耳朵。她忽然轻松极了。那谎花竟如鲠在喉，吐不得咽不下，害她憋闷了那么久。这天底下无处不在的魔鬼！仅仅说出了问题，她就觉得自己解脱了一半。

"谎花？"苏大姐摇了摇头，"我不知道。这大概是民间的一个叫法，在植物学上没有这个名称。"她沉吟片刻，"不过，人们种瓜时，为了让雌花的子房集中获得养分，促其早熟，总是要及时把不结果的雄花摘除。从这个意义上说，谎花是指不会结果的雄花。"

就没有一种既非雌花也非雄花的中性花吗？

四十五

星云密布，东边的红太阳，同西边的绿月亮一齐在空中闪闪发光。一排排黑色的旗帜迎风飘扬，一只紫色的甲虫在宽阔无边的土地上蠕动。走近前，甲虫原来是一台推土机，嗷嗷吼叫着，在陡斜的河堤上如飞檐走壁一般，发疯地兜着圈子。她看见萝卜头一只手握着操纵杆，一只手抓着一本书在看。她对他摆手，他看不见。她喊他下来，他只是听不见。她想，余福年明明是说不让修堤让挖渠，这水利大会战不是成了大混战吗？她的报道怎么写？

一辆吉普车开过来，她看见车里坐着余主任和郭爱军。吉普车开进了堤上的一个黑洞，水从洞里哗哗淌出来。她想去堵，却看见洞里有两只脚，一只穿尼龙袜，一只穿丝袜。她的心怦怦直跳，赶紧走开去。她跳上那台推土机，推土机颠簸起来，开得像汽车一样快，嘟嘟地叫。她抓住圆圆的方向盘，发现这是一辆吉普车，有草绿色的坐垫和车门。萝卜头说：出身不由己，道路可选择，你起草一个知识青年扎根公开信吧，管理局要搞个典型。她听声音不像萝卜头，抬头一看，却是余福年，正同她坐在一辆吉普车里。她说：去哪儿？余主任说：去了你就知道了。

　　他们走进一个大会场。会场里坐满了年轻人。胸口都别着大红花。奇怪的是每个人的鞋底都长着长长的根须。郭春莓穿了一双大红色的绣花鞋，鞋底的根须像水草一样浮在地面上，她走到哪里，那些根须就跟到哪里。忽然吹来一阵风，那些根须像风筝飘带一样被吹上了天空。郭爱军去抓那飘带，却重重地摔在地上，变成了一颗花生。她剥开花生壳，又剥开一层白色的花生皮，再剥开一层红色的花生衣，才看见郭爱军蜷在里头，正在做眼保健操。做完了正面，又做反面。她大吃一惊，发现郭春莓竟有两张面孔，一张黑红黑红的，笑容可掬；而另一张却黄白黄白的，阴险奸诈。她感到很可怕，却看见座位四周的那些知青都是两面人，只要这一面在讲话，另一面就闭紧了嘴；这一面说行，另一面就说不行。她惊骇得缩成一团，问道：你们都是什么人呀？一个东北口音很重的人回答：都是先进典型呗，这年头只有两面人才能当典型，明白不？她又问：那你发言时假如两面嘴讲得不一样，咋办？那人摇着头，说：哪能呢，一面儿嘴专在这疙瘩用，另一面儿回家用，各有各的用处呗。她想起自己是一面人，松了口气。

这年入了冬，也还是旱。过了冬至才下一场刚盖地的雪。

那雪干松干松的，粉笔灰一般，落在衣服上也不沾，一抖搂，便掉个干净。那雪又是粗粗拉拉的，沙子一般，落在脸上，生疼；踩在脚下，嚓嚓响。像是不甘碎裂的瓷片，即便炸成齑粉也依然挺着那决不融化的铮铮筋骨。带着北方汉子豪放又爽朗的气概，几乎蛮横却又真挚地包揽了一切，来做这黑土地漫长的冬天忠实的卫士。它不像江南的雪，唏嘘哀叹自己的命运，在抽泣中化作一摊泪水。它是坚硬柔韧的，在高空寒冷的涡流中将自己旋转成一粒粒珍珠。

肖潇在收工的路上，凝视自己掌心的几粒晶莹雪花，停了脚步——

这是真正的北国雪性。

她欢喜又感慨，感慨又惆怅。她还是喜欢北大荒。不喜欢北大荒又为什么喜欢北大荒的雪？南方的雪暖，北国的雪冷；南方的雪轻柔，北国的雪刚劲；南方的雪素朴，北国的雪绚丽；南方的雪一落下就融化，像个虚妄的梦，北国的雪则留到春天，是一个真实的故事……况且，南方的雪平淡，北国的雪强烈，强烈得刺眼，刺得眼要得雪盲症……她不知道哪一种雪更适合自己。她望着忽明忽暗的雪地，觉得它像一个巨大的晒盐场或是医院……她不由得满腹狐疑。她喜欢收工时一个人走在最后，默默地想些什么。想到后来，总是这样心烦意乱。

她走近宿舍。昏暗的屋檐下，来回走动着一个人，抄着袖筒，帽带歪搭在肩上，不时地跺着脚。她放下肩上修水利用的铁锹，揉揉眼。他找谁？人似乎总有预感，身影有些熟识。老鼠又不要紧，你吃吃看就晓得好吃了。这只鸡养到六月，就会生蛋了，大家庆祝庆祝。这张小炕桌……

"泡泡儿——"她叫他。她听出自己的声音有些慌乱。他来干什么？是他派他来的？会不会有信？千万不要当着别人的面拿出来。他过得怎样？也许泡泡儿只是路过……她尽可能笑了笑，说："寻我？"

"嗯。"他摸出一包烟来。

"进去吧，外头冷。"她说。顶好别进去。

"不冷不冷……"他缩着脖子，不看她，把火柴盒抽出一半，划一根火柴，飞快塞进那一半空当里，燃着了，猛吸一口，半天才说，"这地方蛮好。"

"还好的。"

"离水库近，有鱼吃。"

"今年旱，鱼死了好些。"

"弄匹马骑骑？"

"就骑过一回，是放牧人的老实马，打它也不跑，没啥骑头。"

"你不放马？"

"我在科研班，培育良种什么的……"

她发现他对她的情况基本一无所知。

他不吭气，大口大口地抽烟，抽到头，扔在雪地里，听见哧的一声，烟头灭了。他看看她，舔舔嘴唇，似有什么话，难以出口，欲言又止。

"吃过饭了吗？"她问。除了这句话，她不能够问别的。她什么也不想打听。那一切都过去了。

"吃了。"他瓮声瓮气说，又把手抄在袖筒里，看看天，又看看地，并无走的意思。天黑下来，雪地还有薄薄一层亮光，照见他的踌躇。

"陈旭的被褥全烧坏了，炕漏烟。"他突然很快地说，"'小女工'倒说他烧炕烧过了头，要他写张检讨，才补助十块钱……他再过几天，就要到鹤岗小煤窑去干活儿了。"

"为啥到那种地方去？"

"工资高呀，下一天煤窑就有一块钱补贴。"

雪地上溜过来的风，绞扭着她的十根手指。

泡泡儿变得结巴起来。

"陈旭说，他才不写检讨……他也不想再编造话去弄钱……所、所以，他叫我来……同你借、借二十块，他好去买棉絮棉布做被褥。过几个月，就还你……"

他又摸出烟来。风好大，连划几根火柴，没点着。

她让风噎了一口，半天说不出话。风过去，她背过脸，问："现在就要？"

"顶好是。"

她走进屋里去，走到门口，又停了脚步，想了想，回身对泡泡儿说："我这里，只剩五块钱了……要么，等开了支，你再来拿好不好？反正还有五六天就开支了……要么，你先拿这五块去？"

泡泡儿连连摆手，说："不用不用，我再来一趟好了。反正路蛮近的。"

他对她的答复似乎很满意。他相信她真的只有五块钱了。她真的只有五块钱。他也相信等开了支，她是一定会借钱给陈旭的。她是会借给他的。他不是真的遇到了困难，一定不会向她伸手。他转身走了，走几步，回头问：

"开支那天，啥辰光来呢？"

"吃过夜饭好了。"她回答。

她也很满意，为着他至今为止对她的信任。

泡泡儿走了，雪地里一个小小的人影远去。她吐一口长气。她发现自己听着关于陈旭的消息，就像听着一个普通朋友的事那么淡然，那么平静。她确实已经不爱他了，是的。

那场小雪断断续续下了两天。雪晴后的第三天上午，通信员从邮局扛回来一个面口袋，里面装满了被这场雪耽误了几日的信件和报纸。

肖潇一下子收到了好几封信。她从中首先挑出那个浅黄色的牛皮纸信封，只有妈妈爱用这样的信封，她要先看妈妈的信。

跳跃的、奔跑的目光，如一只饿急的小兔子，寸草不漏地搜寻它的食物。它快乐，它期待。遍地是松针，松针下是喷香的蘑菇；遍地是白雪，雪地下是通红的大萝卜。树洞子豁然明亮，是小松鼠送松明子来了；树林子里鲜花盛开，是温暖的四月提前来临……她的眼睛扑朔又迷离，她的额头闪光又闪亮，她的心快乐得透不过气——一个机会，从远方扬鞭而来。就看她，能不能翻身跃上去了。

她反复读着这几行字：

……其维叔身边无子女，也是我们一直牵挂的心事。前些时接他的信，才知他已从干校回到北京，仍在历史研究所工作。玛沙婶婶回石油部等待分配。他们说京郊区在兴建一座大型石油化工厂，急需青工。婶婶已托人联系，想设法将你调去。一旦有了眉目，即打电报通知你去京洽谈有关手续。你如接到由京发出婶病危的电报，立即请假赴京，万勿耽搁，切切，切切！

爸爸妈妈

再没有其他的注释、说明，没有任何废话。就好像他们早就同肖潇有过契约——以前所有的那些关于革命、关于理想、关于建设边疆的豪言壮语，通通可以一家伙掷入炼油厂的大熔炉中，干净利落地烧个干净。就好像他们从来也没有教育过她把一切献给农村。就好像肖潇是必须、必然、必定会离开农场似的。

她在突如其来的兴奋之余，忽然感到了吃惊，惊讶一向恪守本分的父母，居然也在岩石中凿出了一条通道，学到了一点曲线返城之术；也惊讶自己连半分钟的迟疑也没有，就在心里痛痛快快、毫无抵御地接受了这个安排。一只救生圈漂来了。她当然选择走。她感到脸上微微地发热。她肯定会走的。她不能够拒绝这样的机会。她连一点抵御这种诱惑的力量也没有。她抓着信纸的手不由自主地颤抖起来。当然，因为陈旭在这里，两个人早晚应该彻底分开，永不见面。她跑到宿舍外面去。当工人总比当农民进步大。工人阶级领导一切。她踩着新鲜的雪地，脚印歪歪斜斜。叔叔婶婶从小把她当女儿，她要不去，他们会伤心死。她蹲下来，用手指头在雪地上画着符号。她不知自己写的是什么，站起来的时候，她看出那是几个乱七八糟的字：离离离……她没打算说服自己。

她开始等电报、盼电报，考虑怎么请假。

没有人察觉她心里的秘密，就连大康也不知道。心就是这么一个奇怪的东西，它才是真正属于你自己所有的。无论酸甜苦辣忧愁快活，通通由你自己承受品尝。它常常将真相和真实对你的朋友和敌人隐瞒，它只忠实你一人而欺骗其他所有人。而那其他人的心，也欺骗你，谁也看不见谁。她终日神思不定，憧憬、焦虑、隐隐不安。一种说不出的滋味萦绕她，时时来叩击她心室的门。她不得不又在上头加了一把锁，可它们依然固执地从门缝里钻进来，咬噬她，纠缠她。她审视自己的内心，越是剖析它便越是觉得它难以理喻。这真是难挨难熬的日子。她从没有这样同自己过不去。

电报很快来了。电文好长一串：婶病重家无人急需照料万望来京。叔。

吃了中饭，她拿着电报就去找郭春莓。郭爱军每天中午都不休息，在队部办公室看材料或找人谈话。

队部办公室的门虚掩着，桌上也放着一份电报：肖潇婶病重恳求领导准事假两周回京照料。肖其维。

肖潇哭丧着脸，把自己那份电报递给正一边咬着馒头一边看报的郭爱军。她吸吸鼻子，掏出手绢擦眼睛。她觉得自己确实很悲伤，很焦急。很可笑。

郭爱军反复看着那两份电报，沉吟不答。

徐主任披着棉袄进来，瞅一眼，说："谁家人没个病了灾了的，走呗。"

肖潇赶紧说："能用 1974 年的探亲假吗？"

"那可不行。"郭爱军很坚决地答复她，"第一，离元旦还有两天；第二，新年一开头就放探亲假，别人会有意见。"

肖潇咬咬嘴唇，说："那我请事假好了。"

"事假最多不能超过一个月。"郭爱军看了她一眼，"春节前一定要回来。"

"嗯。"肖潇含混地哼了一声。

徐主任说："你上北京看见有好的皮筒子，给我淘弄一件，回头给你拿钱。"

郭爱军拉开抽屉，拿出印戳，给她开介绍信。一边写一边说："余主任又来电话问了。"

"问什么？

"那封信呗。"

"什么信？"

"你忘了？扎根公开信呀。"她抬起头，眼睛里很有一点责备的意思，怪她竟会忘记这样重要的事。

肖潇笑笑说："如果来不及，你自己写吧，我怕自己的认识高度上不去。"她突然发现自己找到了一个逃避起草这封信的最好理由。她并不那么愿意起草这封信。她从来没有真正考虑过扎根的事。

郭爱军把介绍信撕下来，又看一遍，说："我看咱们分场，噢，不，咱们半截河农场的知青，就你写最行。上次那篇百日大变样的报道，写得挺生动的，观点又鲜明。余主任表扬你了，他说这次这封公开信，一定要写出水平来……"

你这个蠢货，你这个傻瓜！只要了一只木盒，你真蠢！木盒可有多少财宝？滚，蠢货，回到金鱼那儿去，向它行个礼！向它要一座木房子。

"你要带什么东西吗？"肖潇打断她。

"给分场买些评法批儒的书吧。"郭爱军果断地说，又叮嘱，"你能早点回来就早点回来，公开信还要你来起草。这段时间，我正好再找几个典型议一议，准备得充分些。你出去，要多关心形势的发展，回来好给我们讲讲……"

肖潇连连点着头，把介绍信小心叠好放进衣袋，告辞出来。她忍不住想笑。踩着路边上那未经践踏的雪地走，扑哧、扑哧，好像踩实了一个又一个秘密。她心里似有一种恶意的快感，不知在什么地方狠狠地报复了郭春莓。

当天晚上连队开支（为元旦提前一天），是肖潇的运气。三十一元五角，够她买一张去北京的硬座车票，还可以到佳木斯车站给叔婶买两盒酒心糖。晚上她收拾行装，又有不少人托买东西的，忙得不亦乐乎。换下的脏衣服，大康通通包下了。肖潇一直紧紧皱着眉头，好把兴奋藏在额头的皱纹里，免得别人疑心。

晚上躺下后，她半天没睡着。翻一个身，又翻一个身。不敢再翻，怕吵醒了大康。却听见大康那床被，朝她这边翻动过来，又传过来一声低沉的叹息。

"肖，你真的一个月就回来？"

"真的。"

"你真的还回来？"

"你怎么了？"

"不怎么。"大康赌气地又翻了过去，嘟哝着，"我怕你回来时，见不着我了。"

"怎么会？"肖潇伸出一只手，弹弹她的后脑勺。这一个多月，大康总有点闷闷不乐，笑声少了许多，好像有什么心事。肖潇想她大概是对自己同郭爱军的配合不高兴，也不去劝她。今天来了电报后，大康竟是一句话也没有说。把北京的事告诉她吧，就告诉她一个人。有些快乐，没有朋友分享，简直不能够叫快乐。又不是地下工作，何况是大康，这半年如果没有她，生活也许又是另一个样子。可是，不能。她既然向所有人隐瞒了真相，也就得向自己隐瞒自己的心。隐瞒到底。有些快乐，一说出来就全都没有了。

……玻璃亮晃晃的，是天亮了？不，是雪地的反光。压抑了一冬天的雪，是这样性急地、拼命地发光。天亮得好像天不必再亮，也不会再亮了。天亮了她就要离开这儿。会不会是永远地离开呢？她不知道。

第二天一早，拖车经过五分场路口的时候，她看见三五成群缩着脖子出工的人们。她的呼吸猛然急促，一股寒气逼入腹腔——她记起了泡泡儿说过的三十号开支来取钱的事！

连续二十四小时的兴奋、激动，忘乎所以，想入非非，使她完完全全忘掉了这件事。

她确确实实是真的忘记了！

逃跑？她的脑子嗡嗡炸响。泡泡儿和陈旭一定会认为她是存心搪塞、敷衍他们。真卑鄙！他们，还是她？她即使可以捉弄任何人，也绝不能让陈旭以为她是在骗她。跳下车去，回去！明明还来得及补救，来得及纠正自己的过失。光光的炕席，乌黑透风的煤窑工棚。只要敲敲驾驶楼的铁皮顶，管二就会停车。你如接到电报，立即赴京，万勿耽搁，切切，切切！后天就是元旦，过节两天都没有车。如果回去，误了北京的大事呢？工人阶级领导一切。

车轮突突地从压实了的雪地上碾轧过去。它一定埋葬了雪底下无数个秘密。骗子——她在无意中骗了他。她对他说的第一个谎话，是在他们分手之后。不不，她不是故意的。不是故意的就不是欺骗。总有一天她会当面对他说清楚，这不能算作谎话。

可如果这能叫作谎言的话，那么绝不是第一次。一年前回家看孩子的那个电报？昨天的介绍信？坦然自若，心安理得。岂止骗了刘老狠，骗了陈旭，骗了郭爱军，还有大康、苏大姐和萝卜头……这么说，你也是一朵谎花？

剧烈颠簸的车厢，把她抛过来又甩过去。她听任厢板撞着自己的身子，竟觉不到疼痛。不知是冻僵了还是麻木了，只有心一阵阵翻绞，一阵阵恶心。

你到底还晓不晓得自己心里在想啥呢？

谁在问她？她问自己。

是邹思竹。是的，只有他会这样一本正经要死要活地对待自己，对待自己的心。

天哪，她竟也忘了同他告别。就像忘了泡泡儿的事一样。

那棵狰狞的老神树，举着虬龙爪一般弯曲的树枝，黑色闪电似的从灰白的雪原上蹿出来，飞快地靠近她，好似打着难解的哑语。不知要给她一个什么样的忠告，或是暗示。

四十六

长安街，长安街是这样窄的吗？天安门，天安门怎么变低了？民族宫，民族宫怎么会这样旧？——北京北京，这真是北京？

肖潇坐10路汽车，从宽宽的长安街上穿过。叔叔的家，在南礼士路的一条胡同里。大串联时她来过北京，住在一个中学里，五湖四海的红卫兵，铺满一个个教室。那时北京城里所有的建筑物，都比现在高大雄伟，又漂亮又神气。北京城里到处是红墙红旗，还有天安门广场上满天金红色的朝阳晚霞。是她长大了还是它们变了？反正这个北京城，暗淡得可疑。怎么就没了颜色，没了精神，倒像一座冷却的火山，吐尽了往日的热情，只留下忧郁疲倦的岩浆，凝固成一堆堆灰墙灰瓦，灰色连着灰色……难道就在这阴沉的灰色中，系着她命运的转机？

她走进一扇厚重的大铁门，穿过围着生锈的铁栏的长廊，轻轻叩门。一双柔软的大手搂住她，又在她的脸颊上喷地亲了一口。她满脸绯红，叫一声："婶婶。"

婶婶身材高大丰满，声音洪亮，喜欢耸着肩哈哈大笑。肖潇小时候，有一次婶婶陪一个什么代表团到杭州来，肖潇说："我见过你。""在哪儿见的？"婶婶大为惊讶。"这儿！"她指着一本《钢铁是怎样炼成的》连环画上的苏联妇女，她觉得婶婶同那人长得一样。婶婶扬着眉毛对妈妈说："鬼灵精的小东西，给我做女儿吧！"婶婶送给她许许多多好看的小画片。后来她知道，婶婶真是从苏联回来的，当然不是苏联人，而是在苏联留学五年。她和叔叔结婚时，已经三十七岁了，所以没有孩子。"文革"一开始，婶婶就变成了"里通外国"的反革命分子，叔叔变成了资产阶级反动学术权威，他们梦想中的女儿也远走高飞了……

"其维，女儿回来了。"她对里屋嚷嚷。

其维叔趿着拖鞋出来了，摘去了金丝边眼镜，仔细打量肖潇。他长得恰好同婶婶相反，瘦瘦小小的广东人个头儿，既不爱笑也不爱说话。"先换换衣服洗个澡吧。"他说，"衣服、鞋子、旅行袋，顶好通通用开水煮一煮……"

叔叔有洁癖，洗完手绝不摸任何东西，用脚开门。干校几年也没改造好？她在卫生间把自己彻底清理一番。她早已渴望这样热气腾腾的大扫除，只是洗得心神不定、马马虎虎。他们为什么还不把消息告诉她？

她洗了澡出来，婶婶正端着一只式样很怪的亮晶晶的银壶，往茶几上的三只小杯子里倒一种棕红色的东西，还用一个细长脖子的小银匙，往里加着小方块的白糖。

"我不喝甜红茶。"她说。

"这是咖啡。"婶婶说，"你闻闻，多香！是我的一个老同学送我的，现在市场上哪能买到……"

"你们不上班吗？"她问。嗬，竟连咖啡也想不起来了。

"还没分配工作呢！"婶婶歪着头撇撇嘴，"干校回来的人都得重新安排工作。快把人闲死了。快喝，趁热喝。"

肖潇喝了一口那黑乎乎的酱油汤一般的咖啡，喝得愁眉苦脸，还不如说是中药呢，又苦又涩。

"你怎么了？"婶婶的眉毛扬起来。

"我……"她咬咬牙，咽下去一口。总不能说自己根本不会喝咖啡，"我……大概坐火车有点晕车……"

"哪儿不舒服？"两个人都围过来。

对不起，我从农场来，不习惯城市文明了。"我……我老在想，那电报，是欺骗领导……一路上，我都不好受。"她低下头，无比沮丧。

"你看，我说嘛。"叔叔放下杯子，看看婶婶，"我说先不要打那个电报，你偏要打……结果呢，事也没办成，还做了假……"

肖潇把一口咖啡全吐回杯子里。没办成？全完了。

婶婶却晃晃她的一头黑发，大笑起来："嘿，这算个什么事儿，算个什么事儿呢！不成，不成咱们还可以想别的法子呀，潇潇你说是不是？请假撒个谎，又算个什么事儿呢？那些人成天鬼话连篇，他们从来不会感到不安……"

"轻点，轻点好不好？"叔叔站起来，走到窗子跟前，低头检查了一下插销。明明是冬天，封着窗，还是二楼。

"为什么呢？"肖潇问，眼泪有点要涌上来。

"谁知道为什么。"婶婶放低了声音，不过依然是很响的，"答应得好好的，1974年的新指标，所以急着把你叫回来。可昨天又来了电报，说一律不招农场的知青。出尔反尔，莫名其妙。"

她并没有把电报拿给肖潇看。

叔叔叹了口气，说："我看，你那位石油部的总工程师老同学，也没有什么实权……留苏的老九……"他没再说下去。

婶婶摸着肖潇的小刷子辫，搂着她的肩，笑笑说："不去炼油厂也好，那地方可不安全，容易爆炸，不像国外的工厂，是不是？我再托人找个好地方，不行就到京郊的养鸡场去，也比北大荒强。"

"托人办事要送东西的。"肖潇谅解地说，"我们农场有个人，办户口是用一车皮煤换的，还有一个人，用一台拖拉机换的……"

婶婶不屑地耸耸肩，拉开大衣柜，取出一条淡紫色的纱巾，披在肖潇的头上。合拢手掌，歪着头端详她，连声夸赞："哟，我的女儿漂亮多了，像个大公主了。我看呀，这些日子，你就爽性在北京玩玩。咱们上长城，上颐和园，你哪儿没去，我们上哪儿……"她似乎很高兴这场史无前例的运动和炼油厂，归还了她的女儿梦。

泡泡儿，皮筒子，评法批儒的书，公开信……

肖潇动动嘴唇："我，请的是事假……"

叔叔说："事假要扣工资，是吗？"

婶婶嚷嚷："嘿，这算个什么事儿！我给你发工资。这年头，留着钱干吗？商店要什么没什么。咱们痛痛快快玩玩，把钱都吃了喝了……"

第二天他们全家就去长城，坐火车去。带了午餐肉、凤尾鱼罐头和面包。在城墙上，他们俩爬了一半就说爬不动了，肖潇只好一个人爬到最高的烽火台。可惜塞外也是一片灰蒙蒙，城墙上冷冷清清，激发不起什么豪情壮志。大串联时，城墙上的红卫兵就像驮着一条蜈蚣的蚂蚁王国，何其壮观，何等气魄！她觉得失望。城墙上风很大，她待了一会儿就下来了。

叔叔瞪起眼说："你没在上头留名字吧？那是一种无知的表现，是一种恶习。红卫……咳，真正的名字要留在史上。"

她笑笑。她发现叔叔对她（年轻人）有一种不便明说又处处流露的极度不放心和不信任，而且好像对什么都看不惯。"名字？"她大声回答，"我常常都忘了自己叫什么名字。一到冬天，黄棉袄、大头鞋，人人的装扮都一模一样，根本分不清谁是谁……"

身后灰色的长城，如一块巨型的恐龙化石，隔绝了一个永远逝去的年代。她喜欢那个活的长城，它不只会防御守卫，还会出击。这样的长城是没有的。

第二天，婶婶带她到莫斯科餐厅去吃俄国大菜。

她们在中苏友好大厦（现在叫北京展览馆）西边的小路上，没有找到莫斯科餐厅，那有圆柱的转门上写着：北京餐厅。

"简直文不对题。"婶婶愤愤地说。

虽然改名为"北京餐厅"，大厅的建筑、陈设依然是俄式的——穹形的天花板上布满了白雪花的浮雕，几十根浅褐色的圆柱上缀着波浪似的花纹，巨大的落地长窗（不知为什么没有窗帘），黄褐相间的镶木地板，白色的长餐桌……光线柔和，整个餐厅有一种安谧舒适的气氛。《安娜·卡列尼娜》还是《战争与和平》，还是《樱桃园》《前夜》……肖潇屏息静气。她从未想到吃饭也会这样庄严。她是第一次到这里来。

婶婶要了两份火腿沙拉、一份煎肉饼、一份烤大虾、一份黄油面包，最后说："再来两个乌克兰红菜汤。"

那女服务员毫无表情地回答："只有番茄汤。"

婶婶抬头看看她，想说什么，咽回去了，点点头，默认了。

服务员走开，肖潇说："可能番茄汤就是红菜汤。"

"红菜汤怎么可以是番茄汤呢？"婶婶的眉毛扬起来，"那需要真正的乌克兰红菜头，红得就像……"

"像胡萝卜吗？"

"怎么可以像胡萝卜呢？"婶婶露出诧异的神情，"我的意思是，像红玛瑙、红玫瑰一样……"

肖潇耳朵热了一热。她身上所有的那些让农场人嘲讽讥笑的所谓小资产阶级情调，在首都一个改了名儿的半吊子餐厅里被冲散得无影无踪。她只在书上见过这一切。这一切离她是多么遥远。可她又多么喜欢这儿啊！就为这亮铮铮的不锈钢餐具和盛着沙拉的方盘子。假如让她在这里当一个端盘子的服务员呢？可她觉得西餐的味道并不好吃。

婶婶一边用餐刀切着肉饼，一边教她怎么使用刀叉才不会发出响声，又一边抱怨这菜做得一点俄国味也没有，倒像是广东小吃。她皱着眉头费力地嚼牛肉饼，忽然问肖潇：

"哎，你们那儿，不是离苏联挺近吗？吃不到俄国大菜？"

肖潇摇摇头。她觉得婶婶的问题问得可笑。农场吃肉都大块大块炖，炖粉条，没人知西餐为何物。

婶婶放下了刀叉，仰脸观望穹形的天花板，指着雕花的圆柱，说："潇潇你看，壁灯就安在柱子上方的隔层里，在我们的座位上看不见灯泡，光线所以这样优雅。当年这个设计小组，还有我一个留苏的同学呢。"

肖潇淡淡说："灯那么高，多浪费电呀。"

婶婶看她一眼，耸耸肩。她们没有再谈什么。肖潇不懂得西餐，婶婶也不想知道农场。吃完面包，她们回家了。

叔叔靠在躺椅上，捧着一卷厚厚的稿纸在读。见她们进来，忙把稿纸塞到毯子底下去。肖潇走过去，故意问："你看什么呀？给我看看。"

叔叔递给她一本精装的《伊里亚特》，说："你看这个吧，这个好。"

肖潇撇撇嘴，"我要看你写的书。我知道那是你写的——"

"轻一点！轻一点！"叔叔大惊失色，站起来冲到窗口去检查插销。那会儿肖潇趁机把稿子抽了出来，抓在手里。翻翻，似乎是一些难懂的文字，第一页上有几个字写着：佛经故事。

"你在写佛经故事？"她很吃惊。

"不是写，是翻译。"叔叔仍是一副惊魂未定的样子，"也不是我译的，是……一个教授……让我帮他……看看……"

"有意思吗？"

"反正……也没有什么其他事可做。"

"都讲些什么呀？讲给我听听。"她来了兴致。

"轻一点，轻一点。"叔叔叹了口气，"这种东西，现在是不让出版的……好吧，你自己挑一篇吧……"

她随手一翻，翻到题目写着"木师与画师"的那一篇，递给叔叔。他斜她一眼说："怎么挑这篇？""就这篇嘛！"她撒娇。

叔叔捋捋头发，咳一声，又欠起身子看看窗外，然后说："哦，从前，北天竺地方，有一位专门制作木器的师傅，有很高的技艺，他造的一个木女，就同真的女子一模一样，又漂亮又能干，只是不会说话。哦，南天竺地方，有一位画匠，会画很好的图画。木匠就请了画匠来吃饭。画匠看见木女斟酒送菜很可爱的样子，就喜欢上了她。木匠看出了这个，就对画匠说：天色已晚，你回去不便，就住下好了，让木女伺候你睡觉……"

"怎么不讲啦？"肖潇问。

叔叔有一点难言的样子，含混说："换一个故事吧，你小孩家家的，没结婚，不懂什么叫侍寝……"

肖潇垂下眼皮。她从未告诉过他们她结婚又离婚还有孩子的事，怕引出无数的提问。唉，她早不是小孩家家了……

"讲吧，人家肖潇都二十好几了。"婶婶说。

叔叔便又往下讲。好像是说，画匠和木女进了屋，可木女不到他跟前来，画匠以为木女怕羞，用手一牵，才知是木头做的，心里又惭愧又恼火。心想既然木匠骗他，他也得报复一下。于是画匠就在墙上画了一幅自己的像，画上的衣服也同自己的一模一样，又画

— 405 —

了一根绳子在颈上套着，好像吊死的样子。还画了苍蝇和鸟，正在啄画上人的嘴巴。画好之后，画匠就关上门，自己躲到床下去。

"这故事倒有趣。"婶婶乐起来，"互相欺骗，就像现在的人似的。"

"别乱发表意见好不好？"叔叔瞪婶婶一眼，"听我讲完嘛——第二天天亮，木匠从自己屋里出来，往画匠屋里一看，看见了画匠吊死的样子，木匠吓坏了，立刻破门而入，去砍绳子。这时画匠从床下钻了出来，木匠明白了他的用意，心里也很惭愧。画匠说：'你能骗我，我也能骗你，大家都不吃亏。'两个人因此都很感叹，觉得自己同世上那些互相欺骗的人也没什么两样。"

"讲完了？"婶婶问。

"哦。"叔叔抱着那摞稿子，重又靠在躺椅上。

"就是我说的那个意思嘛。"婶婶咂咂舌，"你不认为正可以古为今用吗？小心说你影射！"

"肖潇怎么不说话？"叔叔转过头问。

"像个寓言。"她沉吟良久，说。

两千多年前的人，就会互相捉弄、互相蒙蔽。两千多年前的社会，遥远的印度，异国的种姓，就是如此。古人与今人，竟是何其相似。没有亘古不变的人性？有没有一种人性亘古不变？"但如果我们承认恶也是真实，包括人性恶……"

叔叔的嘴动了动，想说什么，却没有说。他本来就不想讲给肖潇听的，他不知道肖潇是否能听懂。

婶婶在那边屋子喊："潇，来帮帮忙。"

婶婶从上了锁的大衣柜里，搬出一只小小的绿匣子，让肖潇放在桌上，又从那绿匣子里，拿出一盒唱片来。"咱们听唱片吧，别听你叔叔那些破故事。"她仔细地安上唱针，轻轻哼着《喀秋莎》的曲子，在一大堆唱片中找着什么。"你想听什么？"她问肖潇。

　　肖潇摇摇头。她听妈妈说过，婶婶有许多从苏联带回来的唱片。"文革"中竟未弄丢？"你有贝多芬的《命运交响曲》吗？我还从来没有听过。"她的心狂跳起来。

　　叔叔蹑手蹑脚地走进来，神色紧张地说："一定要轻一点。"又走出去检查门窗上的锁，掖严了窗帘角。婶婶的脸上洋溢着一种青春的光彩，好像要举行什么庄严的典礼。

　　音乐开始的时候，肖潇觉得自己仿佛被一双手重重地推了一记，浑身一震，紧接着心便缩成一团透不过气……战场上的鼓乐擂响，一场生死厮杀……

　　"这是命运在叩门。"婶婶轻轻说。

　　肖潇把前额埋在掌心里，几绺头发，垂挂在她的手背上。她闭上眼睛，任凭那奇妙的声浪将她带去崇山、大漠、海洋……

　　一扇厚重的大门紧闭。

　　暴风雪抽打着低矮的红瓦房，房屋在摇撼。黑色的风暴在咆哮，铺天盖地。万物生灵在它的怒号中瑟瑟发抖，垂死挣扎。那风暴是何等强大，何等猖獗，无人能与它抗争，与它匹敌。

　　她倒在一片绿色的草地上。草地是那么鲜绿柔嫩，充满生命的渴望。她筋疲力尽，遍体鳞伤，轻轻舔着自己的伤口……

　　火燃烧起来，吞噬着绿色的草地，她在火焰中寻找自己的路，冲上去，又退下来。路边站着一个红色的恶魔，狞笑着，它的身后有一条路。她用身子滚压着火苗夺路而走，隔着火海，那一边伸过来许多双手，她却够不着，够不着。有人远远地呼唤她的名字，她挣扎着爬过去，支撑着，站起来，站起来……

她站起来了，跌倒，又站起来了……

她的掌心湿透，她抱住自己的肩，啜泣起来。

敲门声重新响起来。这回，是真的敲门声。

命运之神真的来了？三个人都愣住了。

嘭嘭——

"快！快盖上唱机。"叔叔反应过来，"用、用毯子。"

婶婶像救火一样，把一条毛毯压在留声机上。

于是命运就躲在毛毯下继续搏斗。

叔叔拔掉了电源。

命运便跑到门外去了。

肖潇去开门，她对命运充满了好奇心。

是一个干瘦的老太太，手里抓着一把钞票，笑呵呵说："收扫地费。"

婶婶突然大笑起来。

叔叔说："您老……不进、进来坐会儿……"

"不了。"老太太接了钱，就走了。

命运没有进来，它去扫地了。

肖潇发现，命运最好还是待在留声机里。在留声机里搏斗，是很令人神往的。可在生活中，只要它一出现，即使仅仅是敲门，也让人魂飞魄散。看来，好的命运太少了，而有自信去战胜厄运的人，也太少了……

肖潇眯着眼，偷偷望着恢复了平静的叔叔和婶婶。音乐在低低地响着，叔叔捧着茶杯，轻轻摇着脑袋，怡然自得。婶婶则倚在床栏上，胳膊托着下巴，睁大了眼睛，好像一个专心听讲的女学生——这模样同几分钟前他们惊慌失措的表情，犹如来自两个世界。也许他们只是生活在留声机的世界中，欣赏着命运和人生的游戏。而肖潇，却要走出这大门，去迎接命运残酷的挑战。

唱片在不知疲倦地旋转，循环往复，无休无止。而唱针却在悄悄移动，顺着那细密而神秘的黑纹，走向时间的深处。它也在不停地兜着圈子，却从不回到原地，它那么巧妙地滑过那个重复的道岔，攀登着那座流动的大山的极顶。

在她二十四岁的生命中，这是第一次欣赏交响乐。她想自己也许根本就没有听懂，也没有记住任何音符。但音乐勾起了她对自己的人生经历的全部回顾和沉思。她凭借自己的本能和内心痛苦的经验，结识了贝多芬。她希望把他从这灰色的城市里带走。

肖潇和唱片做了朋友。

婶婶每天像坐禅似的念她的俄文。叔叔不看书的时候，就找邻居下围棋。

他们去动物园，去天坛。他们喜欢她，给她买巧克力和羊毛衫。但叔叔爱谈广东甘蔗，婶婶爱讲列宁格勒的雪，肖潇想说农场的马和沼泽地。他们每天饭后唠嗑，呀，不，聊天的时候，大家都觉得很累。于是只有音乐是三个人共同喜爱的朋友。

肖潇听音乐的时候，便觉得世界也是可以旋转的。她决定忘掉什么炼油厂，活出一个自己的样子来。

日子便一天天这么过去，打发得既轻松又艰难。第三个星期的最后一天，她对婶婶说，她要回农场去了。

叔叔说："我们去托人给你买票。"

她没有钱买票，可见钱是很重要的。没有钱就没有发言权。因为车票买回来的时候，她看见角上印着：北京—杭州。

反正已经超假了。到杭州住两个星期再回农场。让它去旋转吧。每一条黑纹里都藏着幸运的契机和无法逃脱的厄运。

火车开动的时候，婶婶哭了起来。肖潇久久地在车窗里挥手，却没有眼泪。

再见，北京。沉默的火山，你什么时候再爆发？

一张又一张桌子，到处都是桌子。

她费力地将桌子移开，又有新的一批桌子挡了她的去路。

前面是楼梯。

楼梯拐一个弯，又拐一个弯，到不了头。楼梯的拐角有一个大象鼻子滑梯，她从滑梯上滑下来。

她捡到一个摇篮，摇篮里有一个洋娃娃，眼睛会动，坐起来就睁开，躺下就闭上。

她带着洋娃娃去儿童公园玩儿，洋娃娃要骑小三轮车，骑得好快。洋娃娃咯咯地笑，柳荫走过来，问她：这是谁呀？

她说：是我表姐的孩子。

柳荫又问：你表姐是谁？

她说：是一条金鱼。

柳荫说：那她就是条小金鱼喽？我带她去照 X 光，就知道她是不是金鱼了。

她们走到一间漆黑的屋子里，里面有一架绿莹莹的巨大机器。她把洋娃娃放在那块银幕似的玻璃上，清清楚楚看见洋娃娃的圆圆的头部透视出一个尖尖的鱼脑袋，还有一条完整的鱼脊椎骨。她就把洋娃娃放回到蔚蓝色的海洋里去。洋娃娃跃进水里后，果然变成了一条鱼，一条像杭州玉泉池里的蓝色大鱼。它摆摆尾巴游走之前，忽然回头叫了一声妈妈。

拖拉机翻起一节节红色的藕。大康跟在拖拉机后头弯腰点籽，口中念念有词：一埯双株，一棵喂牛，一棵喂猪。

她从藕节的小孔朝里张望：一个孔里，郭爱军披头散发地在画一张画皮，画上的人比郭春莓还要胖，嘴唇更厚，鼻子更塌。她说：这个面具这么难看，你画它做什么？

另一个孔里，邹思竹正在烧书，烧完一页，就把纸灰吞下去，又舔舔眼镜。她说：你病了。他说：是的。凡是认为自己没有病的人，都是真正有病的。她问：那我呢？他伸出胳膊搂她：你也有病。她逃走。

她往最后那个没有人的管状藕孔里逃去。洞里白亮亮。她钻出来的时候，身上缠满银色的藕丝，像只蚕茧。她看见一棵大樟树下，有一个小男孩在玩耍，背一支冲锋枪，对着她嗒嗒地扫射，她急得喊：不要打死我，我是你妈妈。

小男孩朝她跑过来，歪着头看她，说：你是我妈妈？你有奶吗？

她撩起衣服，露出鼓鼓的乳房，乳汁像蚕丝一样源源不断地流淌出来。她带着孩子去坐火车，火车往雪山开，便发出"痛苦痛苦"的车轮声；开过绿色的稻田，车轮声就变成了"痛快痛快痛快"……

四十七

肖潇到北大荒快五年，从未见过这样的大风。

天黄黄地黄黄，天地是一个巨大的黄色旋涡，扼紧你，勒索你。你变成了一粒沙、一片纸，翻着跟头上天入地——只有魔鬼的哭声、星星们穷凶极恶的争吵、海的咆哮，还有生锈了的地球轴心的呻吟，组成这疯狂的合奏。愤怒、快乐、摧毁、死亡——太阳湮灭了，月亮破裂了，天空被撕成碎片，连同你，连同风。风刮得连自己都不知去向，而你为要证实自己，在骤雨般袭来的沙砾缝隙中，勉强睁眼往前走，只见那浑噩的村舍房屋车马树木，竟也如同那瞬息万变的风，没了形状……

肖潇从路口的长途汽车站，走回分场宿舍，几百米路，走了足足半个多小时。大路混沌沌、空荡荡，连个鬼影也没有，似都让风刮跑了。

她浑身上下，头发、衣服、牙缝、鞋壳里，落满了这些春天的使者扬起的尘土。她走了两个多月，走时还是一片天寒地冻，如今却从那喧嚣的风里，忽然嗅到了阳光的芬芳气息。她走得步履艰难，心却舒张而欣喜。

春天，你好！

你回来了，我也回来了！

她走进科研班宿舍。炉子压着火，一个人没有，显得冷冷清清。她在自己的铺位上坐下来，炕沿上一摸一手灰——她发现旁边空空的，大康的那套铺盖没有了。

她慌忙扫视两边炕上的行李，她熟悉大康那块淡绿格子的塑料布，萝卜头有一次还趴在上头下过棋。可是，哪儿也没有那块塑料布。而且，大康的那只刷着蓝漆的木箱子、有一个大疤的花脸盆，还有墙上那面小方镜子，通通不见了。

她有点发毛。

她定定神，放下东西就往外跑。

她第一个想起来可找的人，是苏大姐。可苏大姐这时候一定不会在家里。

破旧不堪的分场办公室隔壁的科研室锁着门。

财会组、卫生所、广播室都锁着门。

连食堂的烟囱都不冒烟。大风的呼吸把所有其他的呼吸都压住了。

她跑到兽医室去找楚大夫。

风总算没有把马儿都刮上天。楚大夫戴一双透明的手套，正蹲在一匹马脚下忙碌。她闯进去，连叫三声，楚大夫才回头。看见她，一点没有惊奇的样子，笑笑说："噢，回来参加大会战啦？"

"什么大会战？"

"水利大会战呀。"他似笑非笑地说，站起来，走到窗口，敲敲玻璃，"这不，大战龙王庙呢！"

她往窗外看去，灰蒙蒙一片，什么也看不见。

"是挖水渠开荒吗？"她急急地问。

"不是，是修半截河河堤。"楚大夫回答。

她有些奇怪。她记得郭爱军是一心想多打粮食的。

楚大夫一边往一个瓶里倒一种白色的液体，一边说："这是场党委决定的。李书记坚持七分场要以畜牧业为主，必须加固河堤，开辟草场。郭爱军不能不执行党委的决议，只好扔下挖了一半的水渠把队伍拉去修河堤。"他叹了一口气，"可是眼看春播就要开始了，机械、人力都不够，我看无论怎么大会战，也不赶趟。要修个半半拉拉，桃花水一下，全完……"

"全分场所有的人都去了吗？"

"能去的都去了。我对郭主任说：对不起了，一匹马驹落地三千块呀……"他说着，又埋下头去忙自己的事。

她来不及告辞，急忙掩门出来。她决定马上到工地上去。苏大姐和大康也一定在那儿。

风把她吹得东倒西歪。她解下纱巾把整个脸面和头部都罩住，像个蒙面大盗。纱巾是白色的，于是望出的田野和天空，都成了白茫茫一片。

顺风。风推着她走，送着她走。

她走得飞快，腾云驾雾。她变成了风，风变成了她。

她听见耳边传来叽叽人声。

她睁大眼，看见一片灰黄的草滩，一堆堆草绿色、蓝黑色的棉袄，一张张蓬头垢面的脸。还有一条又低又窄的土埂，向草滩两边延伸，像一条干瘪的死蛇。土埂上插着一面红旗，在风中啪嗒啪嗒地飘舞，一会儿卷成一根红色的鞭子，一会儿又变成一只火红的大鸟。它每一记拍击，都好像有什么东西炸碎了，叫人心惊肉跳。

就在离她最近的一段土埂上，堆着一些蓬松的柴火。不，是一些长胡子的土块。不，确切地说，是一块块黄褐色的草垡子。

草垡子每块约有炕桌那么大。厚实的土圪中裹着密密的草根，土层以上的干草松松垮垮的占了很大的体积，可以看见土圪中的冰碴在阳光下闪闪烁烁地冒着寒气。

没有多少人在干活儿。许多人裹紧棉衣，背着风靠在土埂下，似睡非睡地眯着眼。还有些人围着不远处的一辆灰色的推土机，那家伙腾腾地响着引擎，夹着几声争吵。

她走过去。

她看见萝卜头一只脚蹬在链轨板上，一只手抓着一副油腻腻的手套，歪着脖子，恶声恶气地说："反正没听说放着机器不用，让机耕队人下地背草垡子的！"

一个戴绿军帽、浑身是土的人，背对她站着，像哄孩子似的慢声细语地说："那过去垦荒时没有拖拉机呢？你这个代理队长如果不干，机耕队的同志都罢工，劳力就更不够用了。要顾全大局……"

肖潇听出那是郭春莓的声音。她把短发掖在帽子里了，像个假小子。

萝卜头却打断了她："劳力不够？不够活该！谁叫你放着推土机

不使，倒用爪子刨！"

郭爱军正色说："这是个路线大事，是铁锹能不能打败推土机、人能不能战胜机器的原则问题。党支部决定全分场总动员背草垡子，是有深刻的政治意义的。"

萝卜头脖子上暴出几条扭曲的青虫，他嚷道："你那个草垡子，暗乎乎的，顶屁用！一场水来就塌了！"

是萝卜头？那个把豆种倾在地头的萝卜头，他什么时候变得这样较真？也许是他不愿意背那又脏又扎的草垡子，他要摆拖拉机手的谱……她弄不清到底怎么回事，超假的时间太长了……

一只干热的手扼住了她的手腕，肖潇回头，见是苏大姐。苏大姐满面尘土，只有眼睛还转着一星白。苏大姐将她拽到一边，低声问："今天刚回来？"

肖潇点点头，忙问她这是怎么回事。

苏大姐几乎贴着她耳根说："挨了批评啦，李书记不同意她继续开荒种粮，她心里有气。前些天一直灰溜溜的，后来管理局那个政治部主任来了一次，她不知怎么就想出这么个招，全部用人工修堤，体现什么人海战术、人定胜天……"

政治部……余主任？她干吗那么听他的话？

萝卜头那个尖细的嗓音又响起来："别废话了，要说上推土机，我们通通包了，准保误不了春耕！"

郭爱军斩钉截铁地说："党支部的决定不能改，你不干也得干！"

萝卜头忽然嬉皮笑脸地说："那好，你自己干去吧！"

他大步流星地走了。身后跟上了几个人。

灰沙很快遮掩了他们的背影。

郭爱军抢起一把铁锹，狠狠挖起土来。

肖潇揪住自己的纱巾，她真想喊住萝卜头，心里暗暗佩服他，为他敢在大众面前给郭爱军这样的难堪。她避开郭春莓的目光，跟着苏大姐走开去。苏大姐的眼神，忧心忡忡。

肖潇忽然想起，并没有看见大康。

"大康在哪儿？"她问。

"走了。"

"什么走了？"

"回鹤岗了。"

"……回去……干啥？"

"矿上。"

"招工？"

"不……是，嫁人了。"

"嫁谁？"

"一个矿工。先当家属，过一段，就会有正式工作了……"苏大姐说得那么平静。

肖潇直着眼发愣。她仍是不相信，一个快快活活的大康，怎么就突然不声不响地嫁了人呢？撇下自己种了五六年的试验田。而且，按说只有走投无路的姑娘，才嫁矿工……

我怕你回来，见不着我了……大康翻一个身嘟囔。

这么说，她临走前一天夜里，大康那句话不是随口说说的。那时大康就知道自己迟早要走？那时大康就已经让家里人筹划好了？

好你个大康，为什么不说实话？可你揣着假电报去北京奔工厂，不也没对她说实话？……何况，何况那天晚上大康吞吞吐吐、欲言又止，是不是因为同她的心隔了一层？……不，人人都有不可告人的秘密。

肖潇不能解释大康的行为，也不能解释自己。大风把她本来就纷乱复杂的思绪，刮得七零八落。她突然觉得，自己这一次回农场来，心里竟是这样的虚软，空空荡荡，没着没落……

四十八

风一连奔嚣了几日，终于累了，钻进土圪下喘息。天空清澄下来，露出背阴处雪地上胶轮的花纹、牛蹄印和长长短短的鞋印。

肖潇每天到河堤去背草垡子。男知青们将那些七高八低的草垡子像砖块一样砌成一道两米多宽的河堤。草垡子上的干茅草和土圪，在她的脖子上勒出了一道道红印。汗水将泥土灌进衣领，又痒又辣的难受。她每天背草垡子，倾其所有的力气和毅力，背得呕心沥血、筋疲力尽。萝卜头一气出走，再也没露面，不知道去了哪里。可她只能乖乖地与这条河堤同生死共存亡，哭不得笑不得，用手中的铁锹，去同推土机决一死战。那辆推土机静悄悄地趴在一边冷眼旁观，两只睡眼蒙眬的车灯瞧着这蜗牛般爬行的河堤，分明是一副幸灾乐祸的神色。只有郭爱军日日挥动着那双母牛般健壮的胳膊，上下奔忙，永无倦容。肖潇看见她肩上的血痕，看见她咬紧的牙缝；也听见那些怠倦的人，在她的身后嘀咕着难听的话：充啥大屁眼子！但也许郭爱军并没有听到。即使听到了，她也不会回头。肖潇的心越发虚软，她觉得自己永远成为不了郭爱军那样的人。

这天下午，余主任坐着一辆绿色的北京吉普，到会战工地来了一次。挖了几锹土，掸掸衣服，把郭爱军叫到一边，谈了好长时间的话。肖潇偶尔望去，见郭爱军总是在点头，袖子卷到胳膊肘上，很振作的样子。后来她终于不再点头，因为嘭的一声车门响，余主任不见了。吉普车在坑坑洼洼的土路上扬起兴奋的尘土，郭爱军朝尘土微笑着招手。

收工的时候，郭爱军走到肖潇跟前，低声说："你明天别出工了，在家写一篇批判稿。"

她疑惑地看了郭春莓一眼。

"就是批判唯生产力论，坚持人的因素第一……唔，比如说，一条河堤，体现了两条路线斗争……"

她仍然不作声。

郭爱军又说："余主任今天来，又强调了这场斗争的重要性……"

余主任，干吗总提余主任？不知人家都在怎么议论你？

她含糊地"嗯"了一声。

"你先考虑一下吧。"郭春莓通情达理地笑笑。牛车在道边等着她们，上头已坐满了人。上了车，郭爱军一言不发，俨然是个分场一把手。

牛车慢吞吞从绛红的晚霞中穿过去，在一片绚丽的星海中，轧出一条冰冷的银河。那银河是蛋青色的，将那淡紫、嫣红的云彩冲刷成碎片片，漾在麦黄色的烟霭中，令人迷惑，又令人心颤。那个下雨天，萝卜头就是从这里扭头跑掉的。

吃过晚饭，肖潇在炉子上温上水准备洗衣服。天还没黑，她忽然想起来再到"鸡窠"里去看看萝卜头回来没有。一路走，一路想着该怎么样去说服萝卜头，再不要这样消极怠工。

她听见从"鸡窠"的窗子里，传出喝酒猜拳的声音：五魁首呀……都来了呀……

她看见了那张圆圆的脸，通红地扭到一边。那双圆圆的大眼睛里，浮荡着不羁与疯狂的光彩。手指从腋窝下勾曲着掏出，比画得如此粗野放浪……

赌博？她倚墙而立。她觉得恶心。她想走开，眼前却一片模糊。不会的，不是他。她抬手擦眼睛。

"他们说你回来了，我还不相信——"

一个笑嘻嘻的声音，从身后跳过来。她吓了一跳，来不及抽手，那声音蓦地沉淀下来。"嗬，你怎么了？"

她看一眼那涂满酒精的脸，那粗胀而蠢笨的脖颈，狠狠地说："你怎么了？"

"我……"他在那样严厉的逼视下竟不知所措，像一个干了坏事的孩子，"我……"他摸着头，"我也不晓得，我心里……不痛快，那天……在地里……我一气之下，到五分场去玩了几天，买了瓶好酒回来……"他悄悄抬起下巴看她一眼，"他们教我……"

她路上想好的那些话，一句也记不起来。她现在知道了什么叫恨铁不成钢。陈旭不是铁，是一块花岗岩，花岗岩是不会成钢的。

可他是铁，一块质朴的铁矿石。他不该让酒精白白焚化。她怜惜他，这无人照料的小阿弟。她又气又急地喊："你不去上工地倒在这里玩耍，你要把自己毁了！"

他愣一愣，挺着脖子嗫嚅："是她不让我们干的，我是拖拉机手……"

"不要同我说她、她的，你干活儿是为她干的？工地上人手那么紧，堤修不好，夏天草场又要淹水了……"她愤然拧着自己的手。手背粗糙，磨得她自己的手疼。

他不再说话。他的目光停留在她的手背上，似乎哆嗦了一下。默默站一会儿，用鞋尖蹭着脚下的沙土。突然慌慌张张地说："哎，忘记告诉你，五分场的邹思竹……有点不大对头……"

她的目光立时充满疑问。

"人家说，他已经七天七夜没睡着觉了，吃安眠药也没有用……大白天，用手摸着墙壁走路……你……不去看看他？"

邹思竹。走时没有告别，回来也……怎么会？受了什么刺激？当然不会因为我……是因为考大学……

"你……生我气了？我……"萝卜头怯怯地问。

"你回去吧。"她摇摇头。她心里乱得像塞了一团钢丝球，真想独自一个人哭一场。她转过身走开去。

天暗了，却不黑，只是蓝。深蓝、宝蓝、藏蓝，蓝得灰心丧气，像退潮的海滩。有一次她向大海撒下网，拖上来的只是一网泥沙。她再撒了一次网，拖上来的，是一网海草。海水吞没了那些晚霞的碎片，把一只暗淡无光的月牙形航标灯，挂在礁石上。

一个人影冲她走过来，晃着手电筒。

"是我，郭春莓。"那声音走近了，"我猜你是到机耕队去了。怎么样？萝卜头回来了？"

"不怎么样。"她回答。没好气。什么时候去看邹思竹？

"我们走走吧？你回来后，我们还没好好谈谈，真的，正好今晚上没有什么会。"郭爱军显得很诚恳的样子。

为她的超假？稿子？她和她的心，隔了一条河，又一座山……

"我到七分场快半年了，觉得你同在五分场相比，有很大进步。"在灰黑湛蓝的暮色中，郭春莓眸子里躲闪的光点依稀可辨。那曾是非常朴素明朗的笑容，如今却似有似无。"可你为什么不要求入团呢？"

肖潇不置可否地笑了笑。你们会接受吗？从入团的年龄开始，她早就断了这妄想。

"分场党支部最近考虑，大康回城后，科研班一直没有班长。我想你来当这个班长，一定能胜任。还有，上头现在要求每个基层组织都要成立理论小组，我个人的意见，也想让你当组长。"

肖潇噎了一口气，浑身发热。郭春莓竟然……她闭口不谈北京的事，出乎意料。到北大荒快五年，她还从未得过组织、得过郭爱军这样的信任和器重。这家伙又整什么景？

天黑透。一阵小风从耳根溜过，四处瑟瑟响。郭春莓按亮手电筒，朝四周晃了晃。

"你不是一直喜欢看书写作吗？这是一个难得的锻炼机会。写批判文章、理论文章，可以送到《农垦报》去发表。噢，对了，上次你去北京之前，同你说的那封扎根公开信，我……自己写了个草稿……写得不好，你给改改吧。"郭春莓从上衣口袋里摸出一沓纸，哗哗响，不由分说塞在她手里。

肖潇想说自己不行。干吗不行？又不是写而是改。改就是略高一筹。她把那沓纸抓住。她想看看到底写些什么。

郭春莓亲热地挽住了她的胳膊。她浑身起了一层鸡皮疙瘩。"那就这么说定了，理论小组明天就开会。我想，那篇关于河堤的，嗯，批唯生产力论的文章，可以作为你们小组第一枚炸弹！"

是她不让我们干的，我是拖拉机手。

"哎，你怎么不回答我，肖潇？刚才余主任还来电话催问呢，这是他出的题……"

原来，原来……

"余主任很支持的呀！"郭爱军补充。

"余主任，余主任同我们有啥关系？"她的情绪突然坏到极点，大声嚷道。她厌恶！

郭爱军的口气十分惊讶："余主任对我们一向很关心爱护的嘛……"

"我们？"肖潇一发不可收地脱口而出，"是我们，还是你个人？"她愤愤加快了步子，把郭春莓扔下老远。

那个奇怪的梦……吉普车开进了堤上的一个黑洞……洞里有两只脚，一只穿尼龙袜，一只穿丝袜，她恶心。她不愿听郭春莓一口一个余主任。这是噩梦的兑现，谣传的证实。"别把我牵进去！"她叫道。

郭爱军的声音追上来："难道……"她说，"难道连你……也相信……那种话……"

肖潇停下脚步。那黑暗中的声音突然变得如此凄楚，使她大大地吃了一惊。她知道她指的是什么。她愕然。

"你真的相信？"郭春莓问。似乎这比那谣传更使她痛苦。

她木讷地答："那……你为啥对他……唯命是从……他又为啥对你……对你……反正，同人家不一样……"你一顺百顺，平步青云，凭什么？"大家都在议论。我起初也不相信的……"月睖睖地偏过脸，星儿挤着眼。只见前面的黑影，慢慢蹲了下去，像一只触礁沉没的船，又像一个幻觉——她听见低低的啜泣声。

"没有。"那个地上的声音边哭边说，"真的没有，不相信，可以去医院检查……"

肖潇有点不自在。扯谎！她才不会相信这种鬼话，她现在什么都不相信。不过她本来并无意去探知别人的秘密，她干吗要多管这种闲事？

"没有就没有。"她朝她走过去，"人家也是瞎讲讲的，你别当真好了。"

黑暗中，她摸到了郭春莓的肩膀，肩膀正在抽搐。她的手也随着上下起伏—— 一个真实的人体，不是影子，也不是沉船，也不仅仅是一个声音。她弯下腰去扶她，虽然看不清她的脸，却沾上了冰凉的泪珠——肖潇心里忽然被一种奇怪的同情和自责占据了。自从魏华被打伤的那个夜晚到现在，她还是第一次见到郭春莓的眼泪。

"别、别哭了……"她说着，蹲下去。

隐形伴侣

郭春莓长久地啜泣着，紧紧地抓住肖潇的手。似乎有无尽的委屈，从泪水中宣泄，却又不能放声悲啼。她哭了许久，抬起头，断断续续说：

"……那种事，我真的没做过……余主任对我好，是有原因的。不过不是、不是你们说的那种……你一定不相信……我给你讲实话……我晓得你，心正。你一定不要同别人讲……千万千万，不要讲出去……"

肖潇赶紧点了点头，心怦怦直跳，紧张得头晕目眩。她实在很想知道每个人的秘密，每个人。郭春莓竟然要对她讲"实话"，太惊心动魄了。

对面的黑影脱开了她的手，开始款款地叙述——

你晓得我哥哥郭春军。在兵团救火牺牲的那个哥哥，他是1968年第一批到黑龙江支边的……但当时，我们家的成分，怎么说呢，我爸爸在一家工厂当会计，他解放前参加过……三青团。你晓得，有历史污点的人的子女，是不能到反修第一线去的。我哥哥很焦急，他说要去就一定要到第一线去。他写了血书送到上城区委去。黑龙江兵团来招兵的人，分别在各个区委设有办公室。余福年就是上城区委的一个干事。他看了我哥哥的血书后对他说，如果上头有一百名知青的签名，他就破例按特殊情况处理。我哥哥串联了许多同学，喏，他在学校是很有威信的，签名的人超过了一百个，这件事当时还登过报纸，很轰动的，余福年为这件事还受到了兵团司令部的表扬……

别绕那么大弯子了，难以出口的到底是什么？

咳咳，当时，每个人的档案袋都是由自己从学校领出来，送到区委去的。因为收与不收，是黑龙江来的干部说了算。我哥哥把档案袋交给余福年的时候，余福年说，不忙，你们先自个儿保管几天吧……晚上回来，我哥哥怎么也睡不着觉，第二天，终于把档案袋拆开，把履历表上关于父亲……的那一段历史……涂掉了。

你说得真客气。他不明明是在教唆诱使你们涂改档案嘛！他为了多招些人回去邀功……真卑劣！

我哥哥去以后没多久，给家里来信，说连里所有出身不太好的人，通通被编在一个排里，调到离边防五百里路的荒甸子里去开荒。他心情很懊丧，说自己受了骗，成了廉价劳动力……再后来，他就在一次救火中，牺牲了……

我知道那次大火。根本没法子救，团长却下了命令把一车车知青往火场送。风向一变，火一回旋，没有一个逃出来……

牺牲以后，他被追认为烈士。

他幸亏牺牲了。否则涂改档案早晚要算账……

因为那场大火损失惨重，那个团的干部都受了批评，调了地方。余福年恰巧就调到半截河五分场。他看了我的档案，找我谈了一次话。也许他良心有愧，他安慰我，说他没有把我哥哥照顾好，很内疚，他要弥补这个过失。

他怕你认出他！怕你散布他利用你哥哥邀功的丑事。

其实我心里也明白，他并不是真的良心上过不去，他是在利用我。说真的，我早把余看透了。他是安徽人，他才不想在黑龙江蹲一辈子哩。我哥哥临走时，爸爸把余找到家里吃过一顿饭，我爸爸随口同他说过，我家有个叔叔在安徽，当了区革委会主任。他记住了。他想通过这个关系，过几年把一家老小都弄回去……

女人的贞操、声誉，永远是女人最宝贵的东西。她为了证明自己，不得不，不得不用她内心痛苦的秘密来交换。原来如此……

"那你、你为啥……你为啥要怕他呢？你为啥不离开这里呢？"肖潇终于匀出一口气来问。

郭春莓已经不哭了，她站起来。

"我的档案袋，同我哥哥一样。上大学、招工、返城……到一个新地方，弄不好就要外调，万一查出来就完了。当然，我是没有办法。因为我哥哥这么改了，我不改也不行，所以我只好不跟自己学校的同学去一个地方，而报名到这个谁也不认识我的农场来……现在总算有余主任在这里，他会帮我的。我都想过了，像我们这样的南方知青，在这里举目无亲，政治上没有什么依靠，假如不得到领导的信任，更加没有出路。也算我运气，总算还有一点对他有用的地方。说到底，我没有什么个人的打算，我是真心想把北大荒建设好的……我是老初一的，读书不大行，但是我能当好一个分场长。真的，我真的欢喜北大荒，不，是热爱……"

她激奋，又有些慌乱。慌乱中，似有什么难以启齿的话，在舌边打转。肖潇突然被感动了，她觉得自己的心在一阵阵战栗、一阵阵膨胀，变得宽大松弛。这是一个她从来没有看见过的郭春莓。想不到，郭爱军的心，袒露在黑夜中。原来黑暗中并不是只能看见发光的东西。黑暗中看见的黑暗，才真实。

"那你，你就不怕我……"不怕我因此轻视你？"不怕我会不理解……"

"不会的，你有勇气离开陈旭那种人，说明你，说明你……唉，你不晓得，我顶怕人家把我和余主任的关系往那方面想，我受不了，我顶顶看不起那种人了。我是真的喜欢北大荒，因为，因为……我的初恋……第一个……就是在这里……我发觉，人，爱了这个地方的人，才能爱这个地方。真的，我随便怎样，也忘记不掉他……"

"他？"

"魏华。"

"他不是已经办回鹤岗了吗？你们怎么办？"肖潇奇怪自己并未觉得多么惊讶。

"不知道。"郭春莓悲哀地摇摇头，茫然望着天空，"我好好干……也许……总有一天会调上去的，管理局离鹤岗很近……"

肖潇的鼻子酸了一酸。耳朵嗡嗡地响，又豁然清朗。真心话。郭春莓也是有真心话的。真心话具有它天生的神奇力量，它可以拆除人和人心上隔阂已久的高墙，在重洋和银河上架起飞桥。

"唉，我心里的那块病，今天全告诉你了。"郭春莓深深地叹了口气，"有你知道了真相，我就放心了，不会跳到黄河里洗不清了。除了我爸爸的那件事，我从来没骗过人。我真想有人知道这个。这个分场没几个杭州人，你一定要帮帮我啊……"

国王有个驴耳朵。

真的，假如不是因为她和她哥哥要死要活真心诚意地想来建设边疆保卫边疆，就不会有那第一个谎话。没有那第一个谎话，也许后来的一切不幸、耻辱、悔恨，都不会有。郭春莓到黑龙江来下乡是没有过错的。她爸爸加入过什么组织，她也是没有过错的。她哥哥改了档案，她也是没有过错的。她爱魏华也是没有过错的。那么那个令人讨厌憎恨的郭春莓到底是谁？也许是一个连郭春莓自己都不认识的家伙。现在她看起来好可怜、好羸弱哟……

"我们走吧！"肖潇说。那一刻她在心里原谅了郭爱军，决定要帮她。

四十九

过了几天，肖潇写出了那篇批判稿。因为工地劳动太累，理论小组一时还成立不了，只好她一个人起草。当然这种批判稿，实在好写得很，只要找张报纸，东抄一句，西抄一句，改一个开头，换一个结尾就行了。题目就叫《一条河堤，两条路线》，狠狠批判了依赖机械作业的唯生产力论的反动本质。写完以后，觉得有点空洞无物，心里虚虚，拿去给郭爱军看，郭爱军居然很满意，让她加上一个七分场职工大战半截河堤，是大批判联系实际的成果。她改完，郭爱军又让她抄了一份，在上头加盖了一个红印，套上信封，寄到场部广播站和《三江日报》去了。

肖潇顺便把那封扎根公开信，也还给了郭爱军。对她说，写得很朴实，感情很真挚，她没什么要改的。

处理完这两件事，她松一口气。又赶去上工，去背草堡子。

工地上气氛异常，人们正在议论纷纷，干燥的唇上有忽明忽暗的冷嘲和讥笑——河堤上早些日子填筑的一段草垡子上，竟然不知被谁堆上了干鲜的黑土，河堤加高了，地面上留着宽大的履带印。显然，这是推土机干的，可是推土机明明一动不动地趴在老地方打盹儿，热风里连一丝汽油味也闻不出。

我是个拖拉机手。她想起前几天傍晚同萝卜头说话时，他那懊丧又犹豫的模样，心里似有一点明白。她相信自己的直觉。

她不想说什么。她学乖了。

郭爱军竟然也不说什么，只是默默地带头干活儿，好像什么事也没发生。

晚上政治学习结束后，郭爱军揣着手电筒，走到肖潇身边说："你陪我出去一下。"

她明白，郭爱军要去河堤。

几朵薄云，乘着夜风在田野上巡回。风像一个绵软的装满东西的大口袋，好像随时会有许多绿芽从里头钻出来。

她们不说话。前几天那个晚上说得太多了。

远远地听见，河堤方向传来呜呜的吼声。路很难走，深一脚浅一脚，鞋里灌了土。走近了，望见果然有一只灰黑的怪物，怒目圆睁，雪亮的光柱射出去好几丈，肆无忌惮地往河堤上运送着泥土。再走近些，看见驾驶室里有一张圆圆的脸，紧紧咬着嘴唇，下巴扭结，驱动着庞大的机身，发疯似的搅动，又往陡斜的土坡翘首突进，如同垂直挂在那坡上似的，同地几乎成了一个四十五度角，甚至好似要倒过来，叫人看着眼晕。而他倒像在做一个上了瘾的游戏，冲上去，退下来，卸土，加高……

好你个小子！果然你想出了这么个法子，既坚持了自己的主意，又为工地的进度做了补救。肖潇情不自禁地举起双手，又用手拢成一个筒哇哇地喊起来。当然，马达声太大，他不会听见。而且，车灯也没有晃到她们站的地方。

郭爱军按住了她的肩膀。

"我们回去吧。"

"为什么？叫他下来嘛，问问他……"

"不，不必了，让他去吧。"郭爱军很坚决地摇了摇头。

肖潇疑惑地看了郭春莓一眼，她既不气恼也不吃惊。她到河堤来似乎只为证实一下"半夜机叫"。看来她压根儿不想制止萝卜头。萝卜头这么一干，河堤的进度倒可以大大加快了，但自己起草的那篇批判稿就不实事求是了。肖潇悻悻往回走，心里有点别扭，也许这正是自己那天苦口婆心煞有介事地劝说萝卜头的结果？

郭爱军倒完全不介意这个。将错就错大概也是领导艺术。那篇批判文章很快就在总场有线广播里播出了。难堪的是，没有什么人谈到它，就像没听见一样，连苏大姐也没提起。

大家照样天天去背草堡子。

草堡子堆砌的河堤在延伸。

被泥土覆盖和加固的河堤也一日日加长。

大家熟视无睹，就像一道流水作业线似的。

郭爱军胸有成竹。她除了那个夜晚在肖潇面前乱过方寸，永远是那么喜怒不形于色。肖潇在白日的阳光里观察她，怀疑那个夜晚伏在自己肩头哭诉的人，只是一个梦里的幽灵。如果不是幽灵，而是如她平日那般平稳乏味的真人，怎么会有那样神奇的魔力，降伏肖潇，动摇肖潇，使一个内心如此孤傲的肖潇，竟为她所驱使、所差遣，无从抗拒地去做那个叫作郭春莓的人让她去做的事。

肖潇实实地不解自己。

一日晚，郭爱军对她说："刚才余主任来电话，那封扎根公开信，就要在《农垦报》上发表了。"

她"嗯"了一声。

郭爱军又说："余主任的意见，签名的人，好像少了一点。"

这同肖潇有什么关系？连日来都是郭爱军自己里外奔忙，串联了邻近的好几个分场的先进典型签名。

"余主任强调说，我们七分场是发起单位，就我一个人签名……不够……有力量……"郭爱军笑了笑。

肖潇紧张起来，"不少不少。这种签名，顶好是青年干部来签，政治过硬……"

七分场就郭爱军一个正式的青年干部。即使搜刮全分场的每个角落，也没什么合适的人。

"找楚大夫和苏技术员好了。"肖潇开玩笑地说，"他们已经扎了根了。"

郭爱军甩甩头发，显得不大高兴。"他们又不是知青。顶好是群众，才有说服力。否则大家会说，知青干部得到重用嘛，当然不扎也得扎根了。"

肖潇避开她的目光，讷讷地说："我看……还是干部好。"

"罗新淮怎么样？"郭爱军突然冒一句。

"萝卜头？"她吃惊极了。

"我看，罗新淮在男生中还蛮有号召力的，而且，他又是机耕队代理队长，干部、群众都可以算。听说，他并不愿意上大学嘛，是不是？"

肖潇含混点一下头。萝卜头想参军，并不是想留在农场，但她没说出来。她恍然大悟，郭爱军根本没有让她签名的意思。在郭春莓眼里，她大概连签名的资格也没有。她不禁有一种难以言说的委屈，却又完完全全地放下心来。

"萝卜头，我可不知道萝卜头肯不肯签。"她说。

郭爱军立即说："你去同他讲讲看好不好？人家都说他蛮听你的话……"

"那……他这些天，没去背草垛子，不会算旷工吧？要不，影响多不好……"她试探着问。她不能一口回绝。

郭爱军翻着炕上的一张报纸，很有城府地笑笑说："当然不会。余主任说，我们应该把矛头对准那些走资本主义道路的老家伙……至于小家伙们嘛，要尽可能拧成一股绳……"

刘老狠、徐主任、李书记……没见过杨喇子倒上树的。农场这些年的规矩，你一人一天就改了？

肖潇怔一会儿，又听郭爱军说："罗新淮大概每天清晨从工地回来，你可以……在路上等他。你对他说，他如果签了名，以后假如想走，一样可以放，懂不懂？"她说完，卷起一本《红旗》，出去了。

肖潇打了一个冷战。懂了？不懂。不，懂了。

冷峭的晨风，撞开夜的大门，将曙色吹进来，在黝黑的草地上涂一层苍白。树木、房屋、天空，都在模糊中显出一种稀薄的灰色，薄得似乎什么也包藏不住。挤在天边的皱巴巴的灰色云朵，一副严峻的忧虑状。

肖潇沿着土路慢慢走。脸冻得板板硬，她系紧了头巾。四月的清晨，冬天最后一个脚印。

她想来想去，决定去说服他。他干吗不利用这个机会，改变自己的处境？尤其是在郭爱军需要他的时候。

她听见远远传来的沉闷的轰鸣。那个怪物，正从灰色的薄雾中爬过来。地面在震动，连同她的骨骼和心。一只灰鼠惊惶地从大路上蹿过，一团火焰蓦地升起，稍纵即逝。是车窗玻璃的反光。朝阳吐了一记舌头？它气宇轩昂地轧过来，碾碎了朦胧的晨曦。

她招招手。

引擎突突响。它迟疑地站住了。

驾驶室里的他，清晰又遥远，竟一脸密匝匝的胡子。他从车窗里探出身子，张大了嘴。

"你……"

"一天天也见不着你的影。"她仰着脸，勉强笑了笑，"怕你醉倒在堤上。"

"哪里。"他嘭地关了车门，跳下来，"那次以后，我再没有喝酒……"

"喏，拿去——"她把一包东西，塞在他怀里。是从家里带回来的香肠。"馋了吧？瘦得像小鬼。"

他把纸包贴着鼻子闻闻，咽一口口水，嘻嘻笑了。

"还笑呢，天天晚上当周扒皮。"她说。

"是罗扒皮，不，萝卜皮算了，嘿嘿。"

她也笑起来。笑一会儿，又沉下脸，做出严肃的样子。

"哎，干吗连我也不告诉？这么干，倒是个好办法！"

他皱起鼻子，哼了一声，用他那种特殊的温州普通话说："我怕破坏你们的革命友谊嘛，你们不是一帮一，一对红嘛！"

"别开玩笑好不好？"

"真的。你看人家超假一个月，起码检讨三个月才过关，你呢？"他不像说笑话的样子。

"那……你这次……郭春莓也没给你算旷工……"

"因为我根本就没旷工，我是做夜班。嘿嘿，她还欠我的夜班补助哩。"他打了一个呵欠，"不过，假如没有那天晚上你的一顿臭骂，我也就打算旷他个十来天工去逛佳木斯了。真的。"他揉揉眼，"……现在夜班总算做到头了，你去同她说，苏技术员告诉我，后天要开始播小麦了，所以我把车子开回来。她的草堡子河堤，我们是管不到底了……"

她写了一份扎根公开信……

"你愣着干啥？怪冷的，一道坐车回分场去吧！"他缩着脖子。

有好多人签名了。

"上来呀，我困死了，我要回去困觉了。"

你也签一个吧！她慢吞吞爬上车去。在那双红肿困倦的眼睛注视下，她原先想好的那些话，竟一句也记不起。在这庞大的冷冰冰又热乎乎的铁家伙面前，她突然感到自己又矮又小。她的嘴唇动了动。签名只是做做样子的，签了名一样可以走。她抿紧了嘴唇，舌头抵住牙缝。马达声响极，震耳欲聋。他喊着什么。她听不见。她说不出口，说出了会后悔莫及，会换来他的轻视。他仍哇哇地喊，来了精神，兴致十足。她低下头，看见车座下有个纸盒，似有些叽叽的动静。驾驶室里好暖和，像个暖房，保护着他的心，不受伤害。无论如何不能说，说了你就会永远失去他的信赖。她想抓起纸盒来看看那些小鸟，车太颠，她抓不住。"鸟蛋——"她终于听清他喊，喊得那么兴奋。车慢慢减速，望见了前面的机耕队宿舍。"萝卜头你还想参军吗？"她用尽全身力气叫道。他狠狠地点头。"你是一定要离开农场的吧？"他狠狠地点头。车冷不丁停了。他弯腰抓起那纸盒，掀给她看。她看见一摊浓黄的浆汁，几只虎皮斑纹贝似的破蛋壳，碎了。那洁白如玉的天鹅蛋。碎了？他的脸色蓦然刷了一层灰绿，苍老而阴沉。他抬手将纸盒扔出窗外，突然没头没脑地问：

"去看了那四眼儿吗？"

她茫然。邹思竹？她全然给忙忘了，忙糊涂了。她是记着要去看他的呀。可根本没有休息日。"今天就去。"她答道。他倒挺记得他，怪事。"还有事吗？"他问。她摇摇头，钻出驾驶室。哪怕试探地同他提一提公开信的事？她朝他挥挥手。排气孔冒出一阵黑烟，履带急速转动，车走了。黑烟弄脏了四周恬净的天空，把金碧辉煌的东方视野，抛在了它和他身后。

肖潇回到宿舍，见郭春莓正在梳头，她总是每天第一个起床的人。

"谈得怎么样？"郭爱军轻轻问。

说萝卜头不肯签，郭爱军一定会对萝卜头恼怒，会怀恨在心，这对萝卜头是大不利。她不忍心。说自己压根儿没说出口，郭爱军会认为她出尔反尔，或是对扎根公开信有看法，或是遭到了萝卜头的奚落。郭爱军才不会相信她没有对萝卜头说签名的事，真的事往往没人相信。郭爱军会打心眼里瞧不起她。连一个萝卜头都说服不了的人，还有什么本事？她打了一个呵欠，趁着还没有完全闭上嘴，含含糊糊地说：

"他让我代签，他的字不好看。"

她说得很从容，就像真的一样，连她自己也吃惊，她竟然也开始撒谎了？郭爱军略略一思索，放下梳子，点点头说："那就去签吧。"

肖潇便跟着郭爱军来到那个小办公室，默默看着她从上了锁的抽屉里，拿出一沓抄得很清楚的纸，第一页有两行字："关于扎根农场干一辈子革命致全体知青的一封公开信。"

郭爱军说："喏，给你笔。"

"我有。"她摸出自己随身带的圆珠笔。在最后一页上，她看见郭爱军已经签好的像男人笔迹一样遒劲的名字。她咬住嘴唇，飞快地签上了"罗新淮"三个字。没有谁认识罗新淮的笔迹。她的手微微有些发抖。"会登出来吗？"她问。

"不知道。"郭爱军毫无表情。

登出来时木已成舟，萝卜头也只好认账啦。这毕竟不是什么了不起的事情，她可以把责任推到郭爱军身上的……

“你最好今天就把它送到管理局去亲自交给余主任。”郭爱军用毋庸置疑的口吻说，“寄的话万一丢了。”自从那一晚的谈话后，郭春莓总是时时处处表现出对她的特殊信任。也是特殊提防？

“今天？”今天一定要去看邹思竹，再不能拖了。“明天吧！”她答道，“我刚来——那个了，肚子疼。”

玻璃窗发出嘭嘭的响声。一阵烟，又一阵沙子，打在玻璃上。是起风了。

“我明天一定去！”她重复了一遍。她并不想拒绝这差事。

……我不愿再做自由自在的女皇，我要做海洋上的女霸王，这样我可以生活在大海洋上，让金鱼来侍奉我，还叫它来供我差遣。

大风把喷薄欲出的太阳拴在了地平线上，用它硕大无比的扫帚，赶走了天空中微弱的霞光；大风携来漫天漫地的灰沙，它自己依然两手空空无牵无挂；大风在盘旋、叫嚣，世界都随之盘旋叫嚣。然而肖潇觉得，大风再也吹不进她的胸膛，也吹不动她了。她的心又冷又硬。如果大风有心，一定也是这样。

她决定下午收了工就去五分场看看邹思竹。这大风天没法子骑自行车，她得走着去。

五十

傍晚时，风势丝毫没有减弱。肖潇顶着风走，走出七分场二三里，看见前面大路上隐隐出现了一辆北京吉普车，像只蚂蚱似的蹦过来。她一阵高兴，如果是余主任的车，她就可以让他把那封公开信带走，不必跑一趟了。

车驶近了，她望过去不像是胖胖的余主任。车驶过她身边，减了速，冲过两三米，突然哧地停住了。车门打开，探出一个花白头发的脑袋，眯着眼说：

"是肖潇同志吗？"

她"呀"了一声，赶紧跑过去，一把抓住了那双干瘦的手。"李书记！"她叫道。手心一阵发潮。但愿他没听见那篇关于河堤的广播稿。她说不出话来。

"上五分场？"他笑眯眯问。

她点点头。

"河堤修得咋样啦？"他又问，索性走下车来。

"还好。"她答道，"有好几里长了。"

"哎，长短不是主要的，关键得有质量。"他又眯起眼，望着坦坦的荒甸。"听说，你们那儿发明了用人工背草垡子砌堤，我，想去看一看。今年天旱，草垡子怕不结实……"

她点点头。她知道自己其实并不真正关心堤上的事。可是他关心，他是半截河王国的主人。那篇批判稿……但愿不要登到报上去，她有愧于他。他是她见到过的官儿中，官位最"高"的一个好人。

"秋天，秋天可以再搞大会战的，根治……"她不知为什么突然很想安慰这个小老头。

他望着她，目光和悦。可在那褐色的眼底，分明透着忧虑和焦灼，如一口被汲取得干涸疲惫的深井。风把他花白的头发吹得狂飞乱舞。一年一度的春风刮走了他黑发中的精华，将那茁壮油亮的黑颜色汇入了脚下的黑土。青春被春风撕成碎片，一年一度地还原给绿色的原野。白色的冬天即将来临。他，老了。

他深深叹了口气。

"是啊，秋天。还有多少事等我们去做。可是我……在半截河没多少日子了……不赶趟了……"

她睁大了眼睛。

"我要调到大兴安岭去了。那儿在新建一个高寒地区的农场管理局。"他平静地说，"调令下来了。我今天来七分场……也许是最后一次了……"

她的眼眶里突然涌满泪水。不。她喃喃。不，你不该走。你走了她的内疚将永远无以挽回。"大兴安岭，特别冷吧？"她说。

"好吧，再见了！"他把那只小而硬的手掌伸给她，"好好干。"他意味深长地笑了笑，"将来我要是路过这儿，还会来看你们的。"

一阵弥天的黄沙，掩埋了那绿色的车影。夕阳早已被风刮得无影无踪。天色昏昏，她看不见四周的一切。明天也许风会把太阳又刮回来，而她，也许是再也难以见到他了。

肖潇走进邹思竹住的那幢男生宿舍大门时，发现原先的大屋子已被隔成了一间一间的小屋。北窗下留了一条长廊，昏黑中只见堆满了从一只只火墙炉子里扒出的炉渣。她朝一个通炉子的人打听邹思竹的住处，那人很奇怪地看她，对屋里喊："哎，四眼儿不是要送回杭州去吗？走了没？"那人看样子年纪不大，大概是这几年新下乡的哈尔滨知青，并不认识她。有人在屋里答了一声，那人就用手指指走廊尽头的一间小屋。

敲了敲门，没有反应。又敲，还是没人来开。门缝很宽，泄出微淡的光亮。她从门缝里望进去，见一个披着长长头发的人，埋头玩着一堆扑克牌。他把那些扑克牌分发几张在自己面前，然后从手里抽牌，一张挨一张地将它们续接起来，接不长，就用手搅乱了，拢成一堆，鬼鬼祟祟地洗牌，洗得好像十分烫手似的。没完没了地洗，口中还念念有词。终于洗好了，于是又重复如前的那套动作……

她看得纳闷。昏暗的灯影下，那面部高耸的颧骨酷似邹思竹。但没有戴眼镜。而且，那种贼模贼样洗牌的动作，在邹思竹身上也是从未有过的。

忘了告诉你，五分场的邹思竹，有点不大对头……

她一阵心悸。犹豫一会儿，轻轻推开门进去——

"邹思竹！"她站在离他几米远的地方，叫了他一声。

他慢慢抬起头来。是他。尽管面色灰肿，眼睛深陷，昔日的书生风度荡然无存，他还是他。当然更像是他的一个影子。他死死地盯住她看，那目光呆滞而散乱，神思恍惚。他看她许久，又把双手抬起来，卷成两个筒，罩在眼睛上，还转动着身子，像在瞭望什么，突然开口说：

"你——来了？"

她的心慌慌，她有些害怕，"我来看看你，听说你病了……"

"我没有病！"他打断她，缓缓地摇头。头好像很重，摇不动似的。"我没有病，医生——说——认为自己没有病的人就是真的有病——真是——胡——说——八——道！"

炕发凉，被褥黑黢黢，屋里阴冷，有股难闻的气味。他已经病了多久？

"你干吗……不托人……捎封信来？我……好来照顾你。"她说，鼻子一阵酸。

"你？"他又摇了摇头，惨惨地笑了笑，"你不是在北京吗？你从北京打来的电话，风太大了，我总是听不清楚你说什么，不过电报我是收到的。"

什么电报电话？难道他是因为我去年冬天不辞而别去了北京受了刺激？也许早一点来看他就好了……

"电报呢？"她问。

"这里，喏。"他把蓝制服解开，从毛衣里面贴身的衬衣口袋里，掏出一张破旧的纸片，却并不交给她，紧紧抓在手里，笑嘻嘻地说，"我晓得你考上北大中文系了，我真是高兴得觉也睡不着。考上的就不算工农兵学员，是不是？我一想你不戴眼镜也考上了，我何必戴着眼镜呢。上次就是，戴眼镜体检视力才不合格……"

又是上大学！去年夏天大学的事对他打击太大，以致他郁郁至今积愤成疾。怎么会是她的过错？他说话慢条斯理，既不吵闹也不疯狂，也许只是极度神经衰弱所致。那大概是哪里捡来的电报封皮，是他内心渴望的暂时满足。啊，邹思竹，没想到你的痛苦这么深重，你的心这么脆弱……

"现在睡得着了吗？"她尽可能装作无意随便的样子问，"我也常常睡不着觉的。"

他摇摇头。"睡觉做啥？浪费得一塌糊涂。上次发入学通知，就是我睡过了头。前个月他们领我到一个白颜色的研究所里去，我看见那里头的人都不睡觉。本来他们要请我留在那边工作的，我一想你已经到北京去了，我一个人在那里做啥？就硬要回来。回来前还种了一次牛痘，痛得我要死要活的。现在说说看，臭老九臭老九。我看那研究所里，人多得像蚂蚁一样，穿蓝条子的工作服……"

她的心缩紧。一阵酸楚，一阵抽搐。浑身的血液倒流，骨髓凝固僵硬……他被送到过北安的那所医院，去过那种医院的人，精神上永远判了死刑。他大概马上要被病退回杭州去，回了杭州，回了杭州……

"哎，北大怎么样？"他突然问，"闻一多给你们讲课了吗？"

她哭笑不得。"你吃饭胃口好吗？"她赶紧转移话题。

"你看我像警察还是像老虎？为啥他们都怕我？一个人也不来同我说话。"

"你看上去精神蛮好。"

"当然，我的扑克牌马上就要通了。"

"通啥？"

"我把那只乌龟捉出来，我就有救了。"他用瘦长的手指抓过牌来，又洗；洗洗，放下了，叹一口气，"不过我打了八九七十二天，那只乌龟就是压在牌底不走出来现形。乌龟蛋倒一只一只下，墨黑墨黑像乌贼鱼一样……"

连对话也不能了……逻辑理智一派混乱荒唐……那真是你，邹思竹？实在叫人难以相信。你为什么，为什么要变成这样？为什么会变成这样？究竟是什么东西在苦恼你、纠缠你、戕害你？我要是早来些时日，你也许不至于这样。我就是早来些时日，也无济于事，帮不了你。我不了解你心里想些什么，你一定是想得太多想得太多了……

他从一只木箱上拿起一管牙膏，朝她面前伸了一伸。

"吃不吃？"

她大吃一惊，刚要伸手去夺，他已将牙膏筒塞进嘴里，龇着牙使劲挤了一大段，喷着舌头做个怪相。

"好吃的，蛮好吃，天天吃，肚肠很干净。"

她霍地站起来，大声说："我帮你收拾东西吧！你明朝回杭州上大学，为啥还不收拾东西？"

"哎——"他用一只脚拦住她，"不要不要，这是多此一举。我这些东西，都要留给北大荒做纪念的。北大荒到底养了我五年，没有亏待我，我留给它做肥料的，我一个人回去实在已经太重了，我还要背一个人哩……"

她听不懂他说什么。

"哎，你走过来！"他突然诡秘地对她招招手，"过来，我同你说件事。"

她挪了几步，依然离他有几步远。

他压低了声音。那摘掉了深度近视镜的眼睛凹陷进去，暗淡如一片枯叶。

"我总觉得有个人跟牢我。真的，已经好长辰光了。随便我走到哪里，随便我做什么，他总是跟牢我。"

她毛骨悚然。

"不相信？不相信你就是近视眼。好比我看你，你就不是原来那个你，是另外一个人，一个我也不认识的人。但我晓得这个是你，那个是我。那个我有点像我自家，年纪也同我差不多；不过你刚刚要看见他，他就不见了，从来没有看灵清过，他总跟牢我，弄得我不舒服。有辰光他罩在我头顶心，有辰光蹲在我心里头，有辰光钻在我骨头缝里、血里、肠子里。会大会小，会长会短，总归同我黏在一道……"

"他是个影子？"她小心翼翼地问。

"不是不是，就是个人。"

"是个幽灵？"

"不是不是，就是一个人。同你说是个人，就好像是，好像我不是一个我，好像有两个我，两个我叠在一道，你要往东，他就要往西，你要往南，他就要往北，专门同你作对。真的，不骗你，我不会自己骗自己。"他突然来了精神，滔滔不绝起来，唾沫飞扬，"我恨死他了，想把他掼掉、赶走，他就不走，半夜里还同我说话，教我唱歌。我想他一定是个妖怪，我要弄死他，为民除害，就在大树上磨自家背脊想把他磨掉，就钻到草垛里去想把他闷死，就吃敌敌畏想把他毒死，就用剪刀剪他，用火柴烧他，想不到他是同孙悟空一样的，随你怎样弄也死不了，他们就叫我疯子，哈哈哈……"

他突然仰脸大笑，笑声酷似青蛙。那突起的喉结如青蛙的气囊鼓颤颤抖动，笑得她心痛欲裂。他的病看来是很重了……

他忽然沉下脸，眼珠暴怒地凸起，踮着脚尖立起来，手指着屋角："喏——就在那里，就在那里，我看见了，快捉牢他！"他扑过去，扑个空，栽倒了，撞得火炕咚咚响，又飞快爬起来。"在那里！他要跟我到死，我死了他才会死，快捉牢他！"他绝望地尖叫，一把抓起那堆扑克，高高地举起，一挥手扔散了，白的黑的扑克牌，雪片、火纸似的落下来，落得一炕一地。"捉牢他……"他扑倒在满炕的纸牌上，身子奄奄一息地抽搐，嘴唇翕动着，挂一圈白色的泡沫。他终于筋疲力尽，把头斜靠在炕沿上，闭上了眼。

她几乎被他吓坏了，好一会儿才想起来到隔壁房间去要了一点冷水，用毛巾蘸湿了，敷在他额头上；又用木箱上的牙杯，舀一点水，慢慢地滴了几滴在他唇上，水毫无知觉地从他腮上流淌下来，流进那一片很久没有剃刮的、参差不齐的黄胡子里去了……

她的头疼得好像要炸裂。

她蹲在地上一张一张地捡那些纸牌。白纸上落满肮脏的指印。一面是白，一面是黑；正面是牌，反面不是牌。两个我叠在一道，你要往东，他要往西。她想她应该去找一下他连队的干部，问问明天到底怎么把他送上火车，她可以来帮他。明天？公开信。她至少应送他到佳木斯。他除了病退回杭州，其他无路可走。她拧了一把毛巾，替他擦脸擦手。他长黑的指甲划过她手背，留下微微灼痛。

钻入窗缝的风将他焦黄的头发吹乱，有一绺搭在苍白的额头，抚慰着那思虑太重的头脑。她第一次注意到，在他摘除了那副厚镜片的深陷的眼眶四周，有两圈浓黑而密长的睫毛，害羞似的微微弯曲低垂，使他清瘦的脸显得秀丽而文雅。她发现他从未有过这般令人爱怜的俊逸阴柔之美。她对他充满怜悯。一切都太晚了……会不会是永别？

她顺着风跑，风将她托起来。越托越高。她的脚离开了地面，被防风林带隔成一个个方块的田野，像一张张连接的扑克牌。白色的云朵缠绕着她，变成了她飘飘的长裙。她顺风飘去，前面出现了巨大的圆柱、巍峨的宫殿。大理石的平台下，光滑的石阶，一直通向绿色草坪上的喷泉，喷泉中央的一条大鱼嘴里吐出水流似的珍珠……音乐袅袅传来，优雅迷人，许多长翅膀的白色小天使随着音乐翩翩起舞。

这是什么地方——？她喊道。

宫殿大门两边依次而立的众神雕塑中，有一个美丽的女神回答：这是天堂。

她认出那是智慧女神雅典娜。这么说，她已经让风吹到了遥远的希腊？这是在古希腊神庙？她又认出了月神阿尔忒弥斯、爱神厄洛斯、太阳神阿波罗和万神之父宙斯。他们亲切和悦地对她微笑，请她在天堂歇息玩耍。

她看见喷泉边和草坪上有许多人在自由自在地漫游，有人跳舞，有人吟诵着诗歌，有人在树下饮酒，还有人在花丛里拥抱接吻。

纯净的空气在阳光下颤动，微风送来浓郁的花香，树木和草地如翡翠绿得柔润，乳白的圆柱在云烟雾气里若隐若现，人们颈上的珠链闪闪发光……天堂果然名不虚传，如此令人怡然陶醉。她感到无比幸福。

忽然她看见一个穿紫色长袍的胖女人身背后的长袍，竟是橘黄颜色。她很诧异。她又看见一个穿棉鞋的男子，另一只脚穿着凉鞋。她大大吃惊。往前走，一个迎面走来的白胡子老头，朝她转过头，在他的后脑勺上竟然还有一张面孔，长着长长的黑胡子。她吓一跳，想转身回去，却发现周围的人都生着正反两个面孔。只要这一面在笑，那一面就在哭；这一面睁着眼，那一面就闭着眼。还有人用背面的嘴互相亲吻。她害怕极了，大声问："这是什么地方——？"

这是天堂。雅典娜女神微笑着飘然而来。她发现女神原来也是一个两面人。那另一面很丑，有一张大嘴和长长牙齿。她想，难怪女神那么聪明，她原来长着两个脑袋嘛。

女神快乐地在草地上播撒着种子。

一会儿工夫，草地上开满金色的小花。

她想采些花带回去，她弯下腰去采花，发现花瓣全是纸做的。

谎花！她跳开去。

你错了。雅典娜女神在自己胸口佩上了一朵纸花，对她摇摇头。你错了，这不叫谎花。

什么是谎花呢？她大声问。声音在浩大的天庭上轰轰作响。

结了果的花才是谎花。雅典娜回答。

为什么？为什么结了果的花反而是谎花？她越发不明白。难道既不是雌花也不是雄花，更不是那种不雌不雄的花吗？

当然。雅典娜笑得很神秘。结了果的花，难道不是谎花的父母吗？雅典娜说完这一句，飘然离去。

她也想尾随雅典娜而去，却被一个剪着童发的小女孩拦住了。我不要做两面人，那小女孩哭哭唧唧地扯着她的衣角说。我不要做两面人，阿姨你帮帮我吧。

她看见小女孩有一副洁白的牙齿，像珍珠一样发光。而她背后的脸上，却有一副黑黑的牙齿，难看极了。她不忍心让小女孩这么苦恼，就去采了许多白云来擦洗她的黑牙齿，可是擦来擦去无论怎么也擦不白，擦得她的胳膊好酸疼。她灰心了，她知道这一切是无法改变的。既然天堂里也有两面人，看来地狱里也会有的。忽然她想到自己，出了一身冷汗，她想转过头去看自己的背后，怎么也看不见。她想找梯子从天堂下来，云雾茫茫，无从落脚，忽然踩了一个空，像颗流星似的从天上掉下去……

五十一

第二天一早，肖潇带上了那封公开信，坐拖车到镇上换火车去管理局。拖车路过五分场的时候，她特地下了车，想再去看看邹思竹。邹思竹如果真是今天走，只要赶上中午去佳木斯的火车，她可以再从佳木斯坐火车去鹤岗。她走进那阴暗破旧的走廊，听不见一点声音。走廊尽头那间小屋，门敞开着，行李仍如昨日卷成一堆，靠墙放着。屋子空荡荡——邹思竹不见了。她一阵恐惧。只是少了木箱上的牙杯牙膏，还有那副扑克牌。我这些东西都要留给北大荒做纪念的。她呆呆站了一会儿，木然掀开木箱盖。他的那一箱子宝贝书也不带走吗？她打了一个寒噤——她看见一箱子碎纸片，几乎撕成花生米粒大的碎纸片，幽幽地沉在里头，满满一箱。

就在那里，就在那里，我看见了，捉牢他！

她慌忙合上箱盖，走了出来。

有声音在她身后捅炉子，大声说："那疯子送回杭州去了。有人护送他去的！"

她木木地走。她追不上他了。一个往南，一个往北。阴冷的南方，寒冷的北方，横竖都是一个冷。树叶是碎片，白云是碎片，浪花是碎片，头发丝儿也是碎片。横竖都是一个碎。我死了他才会死。他死了他才会死。他碎了他才会碎。而她的心，碎过又拼接。她只有在这寒冷的地方，才能把自己像上了大冻的水，拼接成冰和雪。

风又刮起来。

肖潇到管理局已是下午四点多钟，没有找到余主任。有人说他上午到总局去了。她把那份材料交给了收发室，在管理局招待所住了一夜，第二天上午就坐早班汽车去了鹤岗。她得在那儿换乘回半截河的火车，路上还得大半天。她不准备等余主任回来。她正巴不得他不在。她得赶回农场去，科研班的活儿也该开始忙活了。

她在鹤岗老街下了长途汽车，车站离火车站很近。她无心逛商店，想去乘中午十一点三刻的那班火车。她没有什么钱，上个月的工资给孩子寄了一半。何况风又那么大。煤城的风是黑色的，煤城的积雪也是黑色的。他在这里挖煤，永远挖不到春天。她走进候车室去避风，很快又被呛人的臭气赶了出来。她到售票处去买票。这儿倒冷清得多。看来大多数的人都并不买票，大概因为火车总是晚点。离正点开车时间还有一个小时。她无事可做，无处可坐，便靠一扇窗站着，闷闷想着心事。窗玻璃污浊不堪，外面灰蒙蒙的，什么也看不见。

不远处另一扇窗下，有个人站着在看报纸。

她无意溜了一眼，发现他看的是一张当天的《三江日报》。

她又扫了一眼，发现正对着她的那一版上方，登着一则醒目的标题：一条河堤，两条路线。

她的脑子嗡地一热，身子往前倾，凑上去，想看得清楚些。那人转过脸来，有些奇怪地瞅了她一眼。

那报纸忽地耷拉下去。

她抬起头看看那人。

"是你——"那人低声说。

"陈旭。"她的嘴唇动了动。他怎么会在鹤岗火车站？

他穿一件破旧的草绿色棉袄，领子上露出些黑乎乎的棉絮，胸前一片油垢。一顶新而脏的狗皮帽夹在腋窝下，露出长而蓬乱的头发，一直压到耳根。人好像没有什么变化，既不显瘦也不显胖，只是腮帮子刮得挺干净，看上去比以前还显得精神些。她平静地打量他，就像打量一个熟人。

"正在拜读你的大作。"他好像也总算反应过来，露出了她熟悉的那种无所谓的神情，扬扬手里的报纸说，"你，蛮会写嘛……"

如果说世界上有一件她最不愿发生的事，也许就是不愿让他看到这张报纸。但恰恰他走过了报亭。

　　"你怎么晓得是我写的？"她表现出不高兴。

　　"哎，不要谦虚嘛，谦虚过头就是虚伪了。"他清清嗓子，声音有些得意，"你不是从政治文化室开始，就表现出这种才能了嘛。我连你写的文章也看不出来，白白同你在一条土炕上住过……"

　　"你别无赖好不好？"她有些愠怒。平日想象中如果偶然与他重逢而勾起的旧情全都不翼而飞。"你有啥意见，直说好了。"她不知该怎么摆脱他。

　　"我晓得你是不喜欢听假话的。"他颇为自信地点点头，"我当然要直说。你和我今朝在这种地方碰到，简直是个奇迹。今生今世，要想再碰到，恐怕不大容易。你要上天，我要入地，各奔前程了。所以，我这几句话如果不说，实在对不住你。"

　　他摸出一包烟，点上了，舒舒服服吸了一口。

　　"要说，实在也简单不过。一句话——我看如今你说假话的本事老早超过我了！"

　　什么东西在她头顶猛击一下。她眼冒金星，冷汗四溢。等开了支，你再来拿好不好……一个黑影在角落窃笑。她口干舌燥。

　　"不……"她结结巴巴地辩解，"那次你让泡泡儿向我借钱的事，我不是故意的……我是真想借给你的……结果家里突然、突然来了电报……"

　　他哈哈笑起来，指间的烟灰飞散开去。笑得她莫名其妙。

　　"借钱？你以为我会向你借钱？真是笑话。那是泡泡儿同我打的一个赌，他一定要说你这个人一生一世是不会编假话的。不过，你编假话，还骗不到我头上。我这个老骗子，还会不知道你说的是真是假？就算你真骗了我，我也无所谓，不会像你那样要死要活的。因为……"他停顿了一下，仰着脸，往污秽的空气中吐着烟圈，"因为人生来就要骗人，也要被人骗的，互相骗来骗去，一笔公平交易。我老早就同你说过。怎么样，我去当个预言家蛮合格呢！"

"我没有骗人。"她用一种坚决的口气说，"不要把你和我混为一谈。"

"岂敢岂敢。"他嘴角滑过一丝冷冷的嘲讽，"你同我当然是不一样的。你只要大笔一挥，什么'七分场百日大变样'的谎话就全场满天飞。你只要闭上眼睛说什么'一条河堤，两条路线'，乌鸦都变成了喜鹊。你向几千几万个读者不负责任地描绘这种假象，重复这种谎言，你还要受到表扬、重用、提拔。哼，你敢说你没有骗人，没有学会说谎？你，你是骗人有功啊！"

肖潇悚然。他一直在暗中跟踪、观察，并监视着她呀，这个魔鬼！如果他知道，知道了那封公开信上签名的事……她张口结舌。

"而我——"他把烟头扔在地上，用脚踩灭了，又继续踩，踩得稀烂，"我是骗人有罪，罪该万死——你不是不知道当时我为什么那样做。我同你今天的处境恰好相反。可惜我们的结局，恰恰也正好相反。"

沉默。火车惊天动地地吼叫。天花板在颤抖。

恰好相反？也许。不，她没有骗人。那是她的工作，她的职责，她的理想，她的……

他抬手看了看表。

"我是专门从煤窑出来接牤子的。"他的口气平和了些，"那年他打死了马，判了两年，刑满了，从汤原监狱出来，打电话给我，不想回家了，想跟我到煤窑去下井，多挣点钞票……火车，晚点了……"

她睁大眼睛望着他。牤子？那个破碎的天鹅蛋。什么，朋友？什么时候对位？他原谅了他，就因为她月子里那袋鲫鱼？友谊很简单也很实惠，爱情也很实惠却太复杂。那个天鹅蛋永远不会再有了，天鹅却会年年飞来。人顶可怕的是自己骗自己。真理从来只遇到我而我却从不曾遇见真理……她茫然而疑惑。

"那么，你就打算一直在煤窑……待下去？"她问。火车为什么还不来？她不知道自己为什么还站在这里。

他摇摇头，又点了一根烟。

"这么傻？墨汁浇在烟丝上，抽个把月，肺部就会出现阴影。哪一天弄到病退证明，就好打回老家去。我这点本事，骗骗医生足够了。"

她打了一个冷战。

"不要慌。肯说出自己心里的所谓罪恶的人，不会是顶可怕的人。"他直勾勾看着她，目光阴冷而锋利，"承认自己丑恶的坏蛋，同那些自以为高尚的伪君子相比，哪个真实？每个人心里的私欲，噢，也叫私心杂念吧，不会因为你不承认它而不存在的；不会因为你想消灭它，它就灭亡的！"

好比我看你，你就不是原来那个你，是另外一个人，一个我也不认识的人，但我晓得这个是你。

她不想听他讲演。火车还不来。她犹豫了一会儿说："你晓得，邹思竹发神经了……"

"发神经？"他竟完全无动于衷，撇了撇嘴，"你晓得他真疯假疯？现在装疯病退的人多的是，我……"

"你太冷酷了！"她忍无可忍地打断了他，"如果说天下有一个人不会装假，就是邹思竹。"

他嘿嘿地笑起来，狡黠地挤了挤眼。

"他不会装假？他对你说过，他爱你吗？"

没有，从来没有。即使爱过，也早已不再爱了，他对她失望……

他用一种无所不知的神气说："我晓得他是一直想同你好的，只是他不敢想，也不敢说罢了。他亲眼看见了我们在农场安家的结局，他晓得自己如果不考上哪个大学，不离开农场，一切都是空想。压抑也是一种装假，装假就要压抑，压抑的人到头来不发神经才是怪事。说穿了他同我的区别就在于，我是看破红尘而无所不为，以毒攻毒。因为你只有比那些坏蛋更加坏，你才能战胜他们。而邹思竹……"

她的耳膜胀得像要裂开，头皮也要裂开了……

"而邹思竹这个人明明是陷在烂泥塘里，明明也早早看透了人生，却偏偏还要装清高。他怎么会不苦恼？"他一口气说下去，"这种书呆子想得太多就想出些古怪的念头来折磨自己。所以我说他真疯假疯弄不灵清，历史上许多思想家都是疯子嘛……"

他再说下去，她也要发疯了。

"不过实在是犯不着。人这个东西，就是这样真真假假、好好坏坏的。老子这辈子假如还有出头之日，假如让我来——管人，我就要对现在的这套道理来一个彻底革命。我要让每个人都把心里那个所谓的魔鬼放出来，每天给它们足够的时间和地方让它们去作死。谁也不会因为看见了对方的魔鬼而吃惊害怕，谁也不会因为背着自己的魔鬼而感到沉重。况且，那魔鬼也不会因为关押在瓶内太久而憎恨人类。它们互相残杀的结果，只会是内耗和内损，筋疲力尽就要去休息。休息的时候，天下或许就太平了。当然天下太平是很无聊的，同死亡差不多少。所以太平总是暂时的。但毕竟人们再不需要伪装和撒谎，他们内心的私欲都通过溢洪道排放出去了。你说这不是真正符合人性的吗？"

　　"请你不要再说了！"肖潇忽觉胸腔中涌上一股怒气，脖子上青筋绽出。他多么轻而易举地原谅了自己，他为自己的懦弱和失败创造了这样一套魔鬼的理论，真是厚颜无耻。她绝不会被他说服！她也永远不会像他说的那样去做。她要寻找自己的真实。她会找到的。"再见！"她匆匆说，没有再看他一眼，扭头冲出门去。但愿从今往后，她再也不会见到他。

　　她不知道自己是怎么回到七分场的。一路上狂风呜咽，天昏地暗。一路上她觉得头晕目眩。你向几千几万个读者不负责任地描绘这种假象，重复这种谎言，你还要受到表扬、重用、提拔。哼，你是骗人有功啊——翻腾的胃液和血管里，只是翻来覆去旋转着这几句话。如同烧红的钢针烙刺她，穿透骨髓；又如一把尖利的刮刀，将她的皮肉一丝丝剔下，剔得体无完肤。如果他知道公开信上萝卜头的签名……他实在早已将她看透了。他是唯一能将她看透的人！

她走着，没有知觉。她似在一片暄软的沼泽上行走，一只脚陷下去，陷下去。她挣扎。风撕裂着她，她撕裂着风，田野茫茫。她在一片若有若无的空白中游逛。她填不了这空白，这空白要吞没她。她发现原来自己的心空空，脑子空空，如一片撂荒的土地，如一片从未开垦过的土地。只有一个她不认识的人跟着她。她刚要看见他，他就不见了。好像我不是一个我，好像有两个我。我中有他，他中有我。她感到极度恐惧。她跑起来。如今你说假话的本事老早超过我了。她大口大口地吞咽着风，又吐出来。大风如网，天网恢恢。……人最可怕的是自己骗自己。这么看来人是有两个自己的，糟糕的是他们往往谁也不认识谁。她大概就是受了自己的那个自己的骗了！

她拼命地跑。她要追上风，抢在风的前头。免得让风把那个若隐若现、若即若离、死乞白赖跟着她的家伙又带上！风是猩红色的，由于穿过她的血管而变成冰冷的猩红色，由于穿过了太阳而变成火热的猩红色。太阳马上就要落下去，那风就会冷却会变成黑色。黑色是他喜欢的颜色。她不知道自己喜欢什么颜色，但永远不会喜欢黑色。她穿过这斑斓的世界太短促，她更多的时间将留在黑色中，但愿她喜欢除了黑色之外的所有颜色！风在盘旋，盘旋成一道七彩的虹、一个七彩的环。她从来没有见过这种七色的风。华丽的风，辉煌的风。太阳马上就要落下去，明天升起来的将是另一个陌生的太阳。明天的太阳将不会给她七彩的风，明天的太阳不会原谅她！

她要找到萝卜头！

在机耕队车库前，她见到管二拎只桶过来。管二不等她发问，没好气地说："萝卜头不在！"

"他……到哪儿去了？我刚从外头回来……"她用恳求的口气说。

"河堤着火了。"管二伸手向西一指，"天太旱了，河堤是草垡子填的，全烧成灰了。救火的人都回来了，我没有见他回……"

肖潇转身便往河堤上跑。额上淌下来的汗水眯住了她的眼睛。她跑着。她要找到萝卜头，对他说实话。

远远的河堤，在夕阳下低低回荡着散乱的紫烟。烟随风化了，飞起一片片黑色的草灰，如蝶如蝇，旋转扑腾。

她闻到了一股煳焦味。

半个多月来，人们用汗水辛苦堆砌起来的长堤，如一条被打断了脊骨的长蛇，瘫卧河滩。燃尽的草垡子，软绵绵坍倒下来。灰飞烟灭，露出旧日的土埂，如一个从朽烂的棺木中暴露出来的尸骨，不堪一击。——河堤未毁于水，却败于火。她几乎为眼前的情景惊呆了。烟头？野火？没有人告诉她。堤下有一个灰白的人影，呆呆坐在一块土圪上，一动不动。

"萝卜头！"她叫道。

他仍是一声不吭。

"萝卜头，是我。"她站在他身后，"听我同你说句话……"

他似乎低沉地"嗯"了一声。

"你还想走吗？比如参军……"她小心地问。

他点了点头。

"那么上大学呢？郭爱军说……"

他突然问道："郭春莓说什么？"

"郭春莓说……说……"她仍是说不出口，"说假如你在那封扎根公开信上签名，就让你走。"

他冷笑了一声，"我要走，也用不着她帮忙。"

她迟疑了一会儿。为了他，也为她自己。"可是，我想……我想即使签一下，其实也没有什么……"

他站起来，朝她转过了身子。

"你是说，耍个花招做做样子？"他似乎有些吃惊。停停，断然说："不，我不想这样。"

她避开那双骤然间变得很暴躁的眼睛。她没有勇气直视他。她的眼睛在强光下酸疼而虚弱。她知道她不说出来她将永远失去这个机会。失去自己，失去他的友谊。她紧紧咬住了嘴唇，忽而大声说：

"我已经给你签上名了！"

"你别寻开心了！"他脸上闪过一丝犹疑和自慰，甚至坦然地笑了笑，"别寻开心了。你是那种人？这一年假如不是你到了七分场来，我还不知道变成个什么糊涂鬼呢！我不会忘记那个下雨天你在苞米地里同我说的话……"

"不！"肖潇嘶哑着嗓子打断他，"是真的，真的，真的呀……"

他似被电击了，肩膀猛地一颤，木然。许久，他慢慢抬起头，看了她一眼——她永远不会忘记那双四周刚刚浮出几丝细纹的年轻的眼睛里，那双曾经闪耀着何其真挚的敬意的眼睛里，掠过了一丝寒冷的轻蔑和不屑。这目光在那一瞬间使得世界永远沉没于冰冷黑暗的海洋，在她心头封上一层永难消融的冰壳。她战栗了。

"那份东西现在在哪里？"他说。

她告诉他已经送到管理局去了。她想让他知道木已成舟。她发现自己原来并不了解他。他竟头也不回地大步朝前走去。

她跑几步，拦在他面前。

"干什么去？"

"到管理局去，去把我名字划掉，我根本不想扎根，我不会说假话！报纸上登出来，我成了什么人？"他平静地说。她看见那双蔚蓝的大眼睛里，有一行银灰色的大雁飞过。

第一队南归的大雁吗？春来了？

他拂开她的胳膊。她垂下了双臂。

风吹起他皮帽上的两根带子，平行飘在他身后的空中。顶风，四十里走到镇上……她伫立着，望着他穿灰白色帆布工作服的背影消失在大风扬起的沙土中。也许她正是期望他去改正这个错误，为他自己，也为她。夕阳正从他和她背后一点点沉下去。他没有七彩的风，他的风是白色的。

苍茫的原野上，斜阳将她孤零零的身影拉得细长而单薄。他走了。他走了。他也走了。她走了。她早晚要走，往高处。只剩下她一个人，还有这满天满地的黑色粉末。

世界曾经崩溃过几次？它从碎片中新生吗？

就像这条被风摧毁了的河堤，这条土崩瓦解的河堤。

那是从此丧失了温柔的没有眼泪的风。

那是从此不会再驮着七彩的梦幻去旅行的冷酷的风。

天黑下来，她一个人在原野上走。他走了有多远？她不知道。但她明白自己再不会回到原来的地方去了。

1985 年 2 月初稿于北京定慧寺

1986 年 6 月完稿于北京花园村

发表于《收获》1986 年第 4 期、第 5 期 [①]

---

①　作家出版社 1986 年版，华艺出版社 1995 年版，时代文艺出版社 2001 年版，作家出版社 2005 年版，武汉大学出版社 2012 年版，河南文艺出版社 2017 年版，中国青年出版社 2019 年版。

跋

2022 年，是我从事文学创作活动五十周年。

自 1996 年出版《张抗抗自选集》（五卷本）以后，二十多年过去，又有几百万字的新作，但我一直没有出版更为完整的文集。很多朋友表示不解。

出版文集，意味着对自己文学成果的一次庄重梳理：篇目的选定、文字的校勘……包括选择出版社，均需反复斟酌，需要投入大量时间。

事实上，从 2007—2017 年，我埋头写作那部百万字、三卷本的长篇小说，七易其稿。根本没有多余的精力来进入十卷本文集编选的浩大工程。

直到长篇在 2020 年最后一次改定后，我终于下决心来完成自己的夙愿。

感谢我的文友、老友们慷慨伸出援手，热情做出安排。

多年来，广西师大出版社出版的书籍为我喜爱、为我敬重，我把文集交给这家出版社，欣然而往，恰得其所。广西师大出版社严谨细致高水平的编辑工作，纠正了我旧作中的多处谬误，在此诚致谢意。

2021年12月启动该书，整整大半年，我在电脑上反复校勘文稿，希望把完美的样貌呈现给读者。

遗憾的是，那部耗尽我心血的长篇三卷本，未能收入这部文集。

该文集的三审三校接近尾声，已是酷暑时节。

就在2022年夏季，九十九岁高龄的父亲在杭州仙逝。

悲痛之余，谨以这部即将出版的文集，敬献给我亲爱的父母。是他们引导我和妹妹走上文学之路，与我分享每一部新作，在文学中陪伴我走过了大半生。

那一晚，工作结束后，我坐在二楼阳台上发呆，看星星。

蝉鸣渐歇，薄云稀疏。眼前的夜色中，忽而闪过一点荧绿透明的亮色，在我身边萦绕，迅速隐入浓密的树影，无声地跳跃旋转。

萤火虫！

它从花园的草丛里飞起来，飞到二楼阳台。我没有想到，小小的萤火虫能够飞得这么高。

我终于见到了久违的萤火虫。那一刻，我喜极而泣。

谢谢你，自带光源的萤火虫。

是萤火虫还是星星，照亮了浩瀚苍茫的夜空？

2022年8月3日